有爱的青春陪伴者

赴约

唐灯里 著

江苏凤凰文艺出版社
JIANGSU PHOENIX LITERATURE AND ART PUBLISHING

图书在版编目（CIP）数据

赴约 / 唐灯里著. -- 南京：江苏凤凰文艺出版社，2023.10
ISBN 978-7-5594-7858-0

Ⅰ.①赴… Ⅱ.①唐… Ⅲ.①长篇小说－中国－当代 Ⅳ.①I247.5

中国国家版本馆CIP数据核字(2023)第128483号

赴约

唐灯里 著

责任编辑	王昕宁
特约编辑	周丽萍
责任校对	言 一
出版发行	江苏凤凰文艺出版社
	南京市中央路165号，邮编：210009
网　　址	http://www.jswenyi.com
印　　刷	长沙鸿发印务实业有限公司
开　　本	880mm×1230mm　1/32
印　　张	10
字　　数	328千字
版　　次	2023年10月第1版
印　　次	2023年10月第1次印刷
书　　号	ISBN 978-7-5594-7858-0
定　　价	42.80元

江苏凤凰文艺版图书凡印刷、装订错误，可向出版社调换，联系电话025-83280257

目录 / contents

第一章
结婚证 /001

第二章
游乐场 /010

第三章
小夫妻 /024

第四章
病人和医生 /046

第五章
再见 /071

第六章
Lucky 爸爸 /094

第七章
AI 江逾 /124

第八章
同学会 /142

目录 // contents

第九章
照片 /173

第十章
月球陨石 /197

第十一章
独立女性 /237

第十二章
草莓味 /277

番外一
婚礼进行时 /298

番外二
Plan B/305

后记
/313

·第一章·
结婚证

连下几场秋雨,江北温度骤降,晚风里浸着凉意,许念加快脚步回到宿舍,将打包回来的饭放到舍友陶玥的桌子上:"下来吃饭啦。"

陶玥从上铺下来,边哼着小曲,边给许念转饭钱:"谢谢我的宝贝。"

看她心情还不错,许念问道:"和男朋友和好了?"

陶玥一拳头打在桌子上:"别说了!那个渣男说什么都不想和我一起留下来工作,两个人都不在一块儿生活,还有什么未来,分了算了。我才不会为了男人委屈自己,放弃了一棵歪脖树,还有一片大森林呢!"

许念赞同地点点头,异地恋是不太好。

陶玥把手机递到许念的面前,说:"许念,你看这个怎么样?江神要回来了!"

"江神?"许念低头一看,校园论坛上一行标红了的大字标题:

【重磅消息!江神下周即将回国!】

陶玥将手机收回去,欣赏着论坛里江神的照片:"你不会不知道吧,医学院有名的校草,叫江逾。他大三的时候去了国外联合培养,虽然好几年没在学校了,但关注度一直挺高的。他下周回来,论坛里都要炸了!"

许念听到"江逾"这个名字,有些愣神:"你喜欢?"

陶玥"啧啧"了几声:"长成这样,是个人都喜欢好吧。不过,他长这么帅太多人追了,我就是奢望一下,过过眼瘾。"

许念不着痕迹地扫了一眼手机里的照片,然后做出一副不以为意的模样:"是还可以。"

陶玥瞪大了眼睛,特意站起身来,将手机递到许念的眼前:"要不去配一副眼镜?这个模样,你居然给出的评价是'还可以'?你听过他的光荣事迹吗?"

"什么光荣事迹啊?"许念好奇地问。

陶玥看她一脸无知的样子,叹息一声,然后认真地科普:"江逾,本科期间就发表了一篇顶级期刊的论文，每次考试都是第一名，妥妥的学霸，重点是长得又帅。不过，虽然很多人追，但听说他一直是'单身狗'哦，和我们一样。"

许念笑："你什么时候成'单身狗'了？不就是吵架吗？"

"别拿那个'狗男人'打岔！"陶玥咬了咬牙，"你知道江逾为什么单身吗？"

许念："不知道。"

"因为江逾这个人特别不近人情，整日都在实验室里学习。有女生想要约他出去，在教学楼等他一直到下晚自习，终于等到他出来，女生欢欢喜喜地上前，没想到江逾和她说的第一句话，居然是——"

"什么？"许念好奇起来，"他不会把人家赶走了吧。"

陶玥摇摇头："当然没有。江逾说：'你要和我一起去搬尸体吗？'"

许念想象着那个画面，大晚上的，忽然刮过一阵阴风，江逾扛着一具尸体在长长的黑暗的走廊里一步一步走过来。

她后背发凉。

陶玥拍了她一下，皱着眉："许念，你不会真没听过他的这些八卦吧？"

许念如实回答："没有。"

陶玥觉得她无趣，也是个整天只知道学习的人。陶玥坐下来，一边吃着饭，一边感叹："也不知道江逾这种只会学习的漂亮机器，最后会找个什么样的女朋友。我听说他家给他安排了娃娃亲，也不知道真假。这样一想，将来他的老婆还挺可怜的，虽然拥有一个帅老公，却得不到温暖与陪伴。"

看着陶玥表情夸张的样子，许念笑道："这年头娃娃亲都是说着玩的啦，江逾应该也不会找不到对象，他高中的时候还给女同学送过信呢。"

"啊？"陶玥瞪大了眼睛，"这你怎么知道？"

"我们是高中同学。"更何况，他们还不只是高中同学的关……

其实好多传言都是真的，就比如江逾有娃娃亲这件事。

许念默默回到了自己的位置，打开微信，找到江逾的消息框：【听说你下周要回国了，是吗？】

很快收到一条回复：【嗯，下周二就回。】

许念打开日历，下周二是三天后。这个消息来得有点突然，她放下手机,从箱子里找出一个红色的本本,上面写着"结婚证"三个字。

唉,那个与江逾有娃娃亲的可怜虫就是她本人。

这时陶玥突然在一旁怒吼:"赵岑这个渣男!我要分手!"

许念下意识地脱口而出:"一起吧。"

"什么一起?分手?你又没有男朋友。"陶玥惊讶地看向许念,目光被许念手里那个红色小本本吸引了去。她好奇地走过来,偷袭一般将小本本抢了过去,"这是什么呀?怎么这么像——"

"结婚证"三个字还没说出口,陶玥已经石化在原地。

居然真是结婚证!

带着钢印的。

照片里的一男一女神色都有些僵硬,但她立刻认了出来,女生是许念,男生……不就是她刚刚刷论坛看到的校草江神吗!

陶玥下巴半天没合上,手里的结婚证掉到了地上都没发现:"我的天啊!念念,你什么时候背着我把江神搞到了手了?"

许念弯腰将结婚证捡起来,掸掉了上面的灰尘。

"没用,马上离婚了。"

三天后,机场。

许念之前给江逾发了一条消息:【等你回来后,我们去离婚吧。】

这条消息没有得到回复,直到昨天,江逾才给她回复:【明天,来机场接我,有空吗?】

这算不算是去机场接老公啊……怎么说她也是江逾法律意义上的妻子,两人高中、大学还都读的一个学校。许念美滋滋地开始幻想,其实——她喜欢江逾很久了。

是暗恋。

江逾不是因为喜欢许念才跟她结的婚,真正的原因是那个听起来不可信的——娃娃亲,而她就是那个拥有帅气老公却享受不到的可怜人。

许念的爷爷和江逾的爷爷是战友,两人有过命的交情,便想着结成亲家。但后来许爷爷和江爷爷的小孩都是男孩,这亲事,便又往下挪了一辈,正好是她和江逾。

在恋爱婚姻自由的年代,没人把娃娃亲当真。许念和江逾上了同一所大学后,只一起吃过两次饭。江逾读的医学,每天比高三还忙,大二的时候,许念报名了学院的交换项目,出国了一年半,回来的时候,江逾已经去了国外,一走就是四年。

事情发生在去年春节之后,许念的爷爷忽然病重,作为老战友的江爷爷过来看望他。见老战友病危时口里仍念叨着孙女的婚事,江爷爷情绪涌上来,为了让老战友安心,他拉着老战友的手,说要履行他们给孩子定下的娃娃亲,并承诺让他的孙子江逾照顾许念。

许老爷子听他这样说,也有了执念,非要看着两个人结婚领证才算安心。许念怕江逾为难,其实有劝过江爷爷,但江爷爷铁了心要把孙子交出去。第二日,江逾还真答应了结婚。两人就这样领了结婚证,就像是在签订合同。

如今,合同期限已到,该解约了。

正想着,许念看到人群中一道熟悉的身影,身姿挺拔,腰细腿长,比例完美。某个刹那,她脑海里冒出一种奇怪的感觉,她和江逾就像两条相交线,短暂交集过后,马上就要背道而驰,渐行渐远。他越是走近,许念越是不舍。

那是江逾啊,是她从十几岁开始就偷偷喜欢的人。

要是能不离婚,该多好。

"许念。"

许念回过神来时,江逾已经站在她面前距她只有一步的距离,喊了她的名字。

他穿了一件棕色风衣,整个人比她高出了半个头。他还是老样子,没什么变化,唯一的细微改变,就是比她印象中的少年成熟了一些,自信却又谦和。

机场里人来人往,但他永远都能够脱颖而出。

"太久没见,认不出来了?"江逾低头看她。

许念忙开口:"认出来了。"早就认出来了。

她伸手去提他手里的袋子:"我帮你拿吧。"

"这个很重,你拿不了。"江逾婉拒,看许念真心想帮忙,便将一个小袋子递给了她,"帮我拿着这个吧。"

许念接过来,是一个粉色的袋子,印着一串英文字母,是她并不认识的牌子。袋子很轻,她拎着就和什么都没拎一样,让她觉得怪不好意思的。

"这个这么轻啊。"

"轻就不想拎了？"江逾声音微微挑起，调笑道。

"不是不是，我是觉得没帮上什么忙，那我来打车吧。"许念掏出手机准备打车，"你要去哪儿？"

江逾低着头看了她一会儿才开口："许念，你觉得我喊你过来，是让你帮忙的吗？"

许念嘀咕着："不是吗？"

"当然不是。"

"那你为什么叫我来啊？"许念小声问。

江逾挑眉："不帮忙，就不能见你了吗？"

许念疑惑，有什么可见的？急着想去办离婚？思考过后，似乎也只有这个答案合理些，毕竟江逾当初很抗拒与她结婚，全是为了爷爷能够完成心愿，才答应暂时做做样子。

许念拍了拍背上的包，信誓旦旦地保证道："放心，我把证件都准备好了，随时可以去民政局。"

江逾没理会，只抬脚往前走："打车吧。"

"嗯嗯，去哪儿？"许念问。

"你定。"

许念不解："我定？不回家吗？"

江逾的行李车上堆了两个大箱子，得先将这些送到家里。难道她要跟着去江逾家里吗？她想象了一下去江逾家的场景，觉得好尴尬。

"想和我回家？"江逾有深意地笑。

许念意识到自己说错了话，脸"唰"地就红了："没有！"

江逾虽开了个玩笑，但声音柔和，并无戏谑的感觉，像逗小孩子，分寸恰到好处，这让许念不至于太过窘迫。

两人一前一后走出机场，便听到一道声音："阿逾，这里！"

江逾扬起手朝着说话的人晃了晃："小叔。"

许念抬眼看去，见马路边上停了一辆车，车旁有一名看起来三十来岁的男子在朝他们招手。许念认了一会儿，听江逾喊他小叔，才想起来，对方是江逾的表叔钟铭。她跟着江逾走过去，礼貌地说了一声："小叔好。"

钟铭将她端详一番，一拍脑瓜子，恍然大悟："念念来了啊，好久不见我差点都认不出来了，越长越漂亮了。我说江逾这小子怎么让我来接他呢，原来是帮他拿行李的。你们小两口好久没见了，得去好好逛逛了。"

听到"小两口"三个字，许念脸热："不是，小叔，我们——"话说到一半又咽了下去，总不能说他们要去离婚吧。

钟铭以为她是害羞，笑着道："那我就不打扰你们的二人世界了，你们好好玩，吃吃饭、看看电影什么的，行李给我吧，我先走了。"

"嗯，小叔，行李就拜托你了，谢啦。"江逾道。

钟铭走后，许念看了江逾一眼："小叔好像误会了。"

"误会什么？"

"我们的关系啊。"

"不是还没离婚吗？"江逾语气很平常。

"也是。"许念现在的心情有点复杂，忽然想起自己手上还拎着江逾的袋子，"这个忘记让小叔拿回去了。"

江逾看她茫然，忍不住摸了摸她的头："这是送你的。"

这个看似极其自然的动作在许念眼里实则有些暧昧，他再来两下，许念觉得自己的心脏就得跳出来了。

"送我的？"

"走吧。"江逾没答，而是轻轻拉了她一下，先行一步。

"去哪儿？"许念跟上去问。

江逾走在她微微靠前的位置，看不清表情，只能听到他笃定的声音。

"听小叔的话，去吃饭。"

从出租车上下来，江逾拉着许念往商场里走："想吃什么？"

"等一下。"许念一路上都在思考，她觉得有些话还是得对江逾说出来，"江逾，虽然我们领了结婚证，但你我心里都知道，这就是为了完成爷爷的愿望，你不必负担太重，我们该怎么样就怎么样。"

江逾顿了一下，讽刺一笑："我们应该是什么关系？"

许念沉默，但心里在想，如果没有那本小红本，他们就是普通的同学关系。

江逾没追问，淡淡说道："要负担重，也是你负担重，和我领了证，就得负责的。"

他哂笑了一声，见许念面色局促，语气软了几分，终于恢复了正经的模样："这么久没见了，老同学叙叙旧都不行？"

他的眼睛很好看，眼角稍稍上挑，有种冷冷的艳丽感，眼神里带着真诚的恳求，让许念无法拒绝。她点点头："好。"就当是看在老同学的面子上吧。

两人最终选择了一家火锅店，点了鸳鸯锅，算是散伙饭。

许念点了几道爱吃的菜，将菜单交给了江逾。

"想喝什么饮料？"江逾问。

许念还没答，服务员小姐姐主动推荐："今天可以免费送大杯的可乐。"

许念道："不用了。"她记得江逾不喝可乐。

"要一杯吧。"江逾道。有点出乎许念的意料。

服务员走后，许念问："我记得你不喝可乐。"

"是吗？"江逾沉吟片刻，"在国外待久了，口味变了吧。你怎么知道我之前不喝可乐的？"

"有次聚会，无意间听到的。"许念绝对不会告诉他，其实她在日记本上，把他的喜好都悄悄写了下来，早已背得滚瓜烂熟。

菜上齐后，许念盯着大杯可乐里的心形吸管傻了眼。

这根吸管的造型让她大开眼界，最底下是一根，到了中间经过一个红色的心形，然后一分为二，设计得十分巧妙，显然是情侣款，但放在她和江逾之间，就显得非常尴尬。

看着她为难的样子，江逾推了推杯子："你喝吧。"

许念挤出一个笑："你不喝吗？"

江逾："不用了。"

许念没再谦让，闷头喝了一大口可乐。江逾一边把第一锅下的羊肉全都夹到了她盘子里，一边和她闲谈："今年要毕业了吧，工作找好了吗？"

许念点头："我打算去三院的精神科的心理咨询部，师门里也有师兄师姐在那里，去了应该也好融入一些。"

"挺好的。"

"你呢？"

"去市医院实习，明天休息一天，后天就要去了。"

"你刚回来，都不多休息几天吗？"

江逾忽然认真："如果多休息几天，你能陪我吗？"

"我陪你？"许念被他这个问题惊到了，支吾了几声，算作答应。她猜不准江逾的心思，等紧张过去后，开始悄悄埋怨自己，在躲什么呢？

旁边一道清亮的声音打破了尴尬的气氛。

"师姐？你也来这里吃火锅啊？好巧啊，我就在里面的位置。"

许念抬头，见到了她的同门师弟林颂："林师弟！你也在这里？就你一个人吗？"

林颂一脸幽怨的表情："师姐，我也不怕你笑话，实话和你说吧，我今天原本约了安安吃饭看电影，但她放了我鸽子，饭都没吃就跑了，电影也不和我去看了。"

许念表示心疼："你是不是吓到人家了？"

林颂犯嘀咕："不可能啊。"他看到桌上的情侣杯可乐，又看了一眼对面的江逾，最后将惊讶的眼神转向许念，"师姐，这位是——"脸上的八卦藏都藏不住。

"你别误会，这是我的高中同学，这杯可乐也是无意中点的，我们不知道它是这样的。"

许念光顾着解释，没注意到江逾脸色明显暗了一下。江逾站起身，很有礼貌地说："你好，我叫江逾，是许念的——高中同学。"

他在说出高中同学之前略微顿了一下，似乎在想着措辞。

不是高中同学，难道他还想说老公？

许念被自己可笑的想法逗乐，在心底偷偷笑。

林颂瞪大了眼睛："原来你就是江逾啊。"

他很殷勤地打了个招呼，然后将头转向许念，羡慕地说："师姐，没想到咱们学校这么有名的校草，居然是你的高中同学，哪天能不能给我介绍一下，我也想认识认识这么厉害的人物。"

说完，他一拍脑瓜子，干脆就挨着许念坐了下来："还哪天干吗呀，今天这不就有机会嘛。师姐，我和你们一起吃吧，反正安安也弃我而去了，我一个人吃饭太孤独了。"

许念不好拒绝，便答应道："好……吧。"

林颂很自来熟地让服务员拿了套碗筷过来，热情地自我介绍道："我叫林颂，是许念低一级的师弟。江学长，以后我有什么事，能不能找你啊？"

江逾点点头："有什么事，尽管提，只要我能帮得上忙。"

林颂欢呼一声："太好了，真没想到江学长这么平易近人。"

"你快吃吧。"许念为了堵上他的嘴,给他夹了一大块肉。

林颂吃了两口,从兜里掏出两张电影票来:"对了师姐,我这儿还有两张电影票,安安不去了,我自己也不想看,要不就给你和江学长吧。"

"不用了,我们不去看电影。"许念推辞。

"师姐,你就拿着吧,我自己留着也浪费了。"林颂的手机响了一下,他看过后神色一变,匆忙起身告辞,"安安找我了,谢谢你们请我吃饭,电影票就当是我的感谢,先走啦。"林颂说完,放下电影票就跑了。

许念看了一下电影院,距离倒是不远,但她觉得和异性去看电影是很暧昧的一件事,江逾应该不会答应。

"林颂就这个性子,别管他了。"许念道。

江逾拿起桌上的电影票,看了一会儿:"这场电影口碑还不错,要不去看看?"

见她愣着不说话,江逾问:"你不想去看?"

许念摇摇头,她是怕江逾不想去看啊。

江逾平静地望着她,在等她的答复。不知为何,许念从他的目光里看出了期待,心猛地跳了一下,一股冲动涌上来,郑重其事道:"不,我想去。"

夫妻一场,有一个圆满的结尾也不错,就和江逾来一次最后的约会好了。

"反正明天你还休息一天,那明天去离婚好了。"许念想通后,脸上露出一个粲然的笑容。能和江逾去看电影,她心情也好了,至于其他的事情,就推到明天。

火锅店里人声嘈杂,她没听清江逾说的话,只隐约感觉他"嗯"了一声,还给她夹了好多肉和她最爱吃的香菇。

许念闷头吃,她今天没扎头发,一低头,发丝就不听话地往前跑。过了一会儿,江逾站起身,许念以为他要去洗手间,但江逾直奔她的位置,绕到她身后,从手腕上取下一根黑色的头绳,将她散落的头发扎了起来。

他动作很轻,起码比她小时候妈妈给她扎头发时要舒服得多。第一次和江逾离这么近,她的心脏"怦怦"乱跳,半天只挤出两个字:"多谢。"

再回过神,江逾已经坐回到他的位置,目光认真地看着她,用不痛不痒又带了些疑惑的声音问道:"许念,我什么时候同意离婚了?"

第二章
游乐场

"为什么?"许念说完,又重复一遍,"为什么不同意离婚?"

虽然她喜欢江逾,但她不想要一个不喜欢她的江逾,更不想以后要一起生活一辈子的人,是个不爱她、只是迫于家庭的安排与压力或者别的原因,才选择妥协的人。

江逾沉默了一会儿,给出的原因是:"明天是你的生日,我不打算在那天离婚。"

这个答案令人有点意外,许念目光瞥到放在桌子角落那个江逾送给她的粉色礼盒,伸手指了指,问:"那这个是送我的生日礼物吗?"

"嗯,要不要打开看看?"

许念摇摇头:"不要,我回去后再看。"

半个小时后,许念和江逾坐在电影院里。

周围的人陆陆续续入场,灯光一暗,电影开始放映。许念从来没想过,有一天她会和江逾一起坐在电影院看电影。两人肩并肩坐着,挨得很近,能清楚地听到对方的呼吸声,昏暗的光线让气氛暧昧到了极点。

许念不由自主地将手伸进放在他们两人中间的爆米花桶里,期待着能碰到江逾的手,一般电视剧里都会这么演。她还故意将手放在爆米花桶里等了一会儿,硬是连江逾的半根手指头都没碰到。

许念转头问:"你不吃爆米花吗?"

江逾淡淡道:"我不吃了,刚刚吃饱了。"

"哦,好。"许念没好意思一个人吃,吃了一颗后就没再伸手,"是有点饱了,不吃了,不吃了。"

过了一会儿,江逾拿了一颗爆米花吃。

许念看他。

江逾:"消化了,得再吃点。"

"我也消化了。"许念眯眼一笑,毫无负担地吃起爆米花。

看电影的空隙,她有时会偷偷瞄江逾一眼。他目视前方坐着,看不清脸上的表情,只能感觉他看得很认真。可能,只有她一个人觉得暧昧吧。

电影是部悬疑片,略微带了点恐怖的元素,许念怀疑林颂是故意选了恐怖的电影来和安安一起看。结果轮到她头上了。她从来都不敢看恐怖片,并不是怕鬼,而是对一些突然出现的血腥镜头感到不适。她闭上了眼睛,只听声音不看画面。

过了一会儿,她听到江逾轻声唤了她一下。

许念睁开眼:"怎么了?"

"困了?"江逾问。

"没呀。"许念强忍下心里的不适感,目光看向大银幕。

江逾准确地猜到了她的心思,伸出一只胳膊:"如果害怕的话,可以抓着我的胳膊。"

许念虽然很想去抓,但时刻记着要注意分寸,于是摇摇头:"不用的。"

江逾没再坚持,转过头继续看。

许念继续闭着眼,只用耳朵听声音,刚闭上眼没多久,听到江逾对她说:"睁眼看看。"

许念试探性地先睁了半只眼,眼前并不是大银幕,而是一个奇奇怪怪的东西。她看了一下,才发现那是江逾的手心。他在替她挡着。

电影剧情转为日常的生活场景,江逾把手放下,说道:"有害怕的镜头了,我就帮你挡着。"

许念好奇地问:"那你怎么知道,什么时候有害怕的镜头?"

"我大概能猜到。"他自信地说。

许念就这么相信他了。因为她也会根据音乐和剧情猜测是不是该闭眼。

江逾猜得很准,每次都精准地帮许念挡下恐怖的镜头,为了让她不落下剧情,还会用简短的语言描述一下发生了什么。

许念还没来得及说谢谢,忽然大银幕上冒出一张带血的脸,许念一个激灵,下意识就抱住了江逾的胳膊。

这个画面实属来得突然,没有任何前兆,隔壁也有胆小的女生喊出了声。

等过了两秒钟,许念才察觉自己用的力气还蛮大的。

"对、对不起。"她急忙松开。

耳边缓缓传来江逾带着笑意的声音:"不好意思,镜头换得太突然,没来得及。"

许念也没有办法,只垮着个脸,在心里发誓,再也不看恐怖片了。

从电影院出来,许念脑子里忽然冒出来一个想法。江逾不离婚,会不会还有一个原因——江逾也在试着喜欢她?

虽然以前江逾喜欢他们学校的校花,但如今都过了这么多年了,或许他们早已不再联系了。

面对江逾她总是少了点自信,不敢相信又或许是不敢让自己相信,他对自己也有点感情的。

不然,就问问吧。

"江逾,你觉得电影好看吗?"

"还可以。"

许念心里一喜,真诚的眼睛看向江逾:"你交女朋友了吗?"

前后两个问题毫无关系。江逾明显愣了下,许念开始后悔,忙补救:"我是说,要是和喜欢的人一起看恐怖片也蛮好的,以后你可以带喜欢的人来。"

江逾皱眉:"我现在交女朋友,不算是出轨吗?"

"没事,等我们离了婚,你就能找女朋友啦。"许念笑着安慰,实则心酸。

"确实如此,不过我不打算找。"

"为什么?"许念追问。

江逾随便甩了一个理由:"工作忙,没时间。"

这种回答一般都是在没有遇到心动对象时的想法。工作忙,也不能一辈子都单身。

许念问了最后一个问题:"那你有喜欢的人吗?"

出乎意料的是,江逾点了头:"有。而且——"

许念心里打着小鼓,她刚刚的猜想被否定了,江逾竟然有喜欢的人,为什么还说工作忙?他还喜欢校花?许念很怕他下一秒说出校花的名字,一时不想听了,便侧过头,却听到有人喊她的名字。

"念念——"她顺着声音看过去，见到一张熟悉的面孔。

"师兄？你怎么在这里？也是来看电影吗？"

余盛似乎是跑过来的，一边喘着粗气一边说："不是，我是特意来找你的。"

"找我有事吗？"

余盛戛然而止，目光顿在江逾的身上，他压着心里的焦灼，开口问："念念，这位是？"

许念答："是我的高中同学，江逾，这是我的同门师兄余盛。"

余盛皱眉："只是高中同学，你们一起看电影？"

许念原想解释，但想了下觉得没必要，只道："他一直在国外，今天刚刚回来。"

余盛将目光转向江逾："你就是江逾？"

他语气不算友善，江逾倒是保持一贯的平和："我是。"

许念起了个话题，问道："师兄，你来找我什么事情啊？你怎么知道我在这里啊？"

余盛摸了摸鼻子："我碰到了林颂，他告诉你我在这里的。不过，既然你和江逾只是高中同学的话，应该也没什么事了。"

许念听完，随即懂了。她下意识地去看江逾的表情，他双手揣在兜里，气定神闲地听着他们对话。许念莫名其妙地有些失落："我就先回学校了。江逾，你要回哪儿？你还住学校吗？"

江逾道："我回家，学校的宿舍还没收拾好。"

"嗯，那再见。"许念干脆道。

江逾打开地图："我送你回学校。"

许念、余盛："不用了。"

两人异口同声，片刻沉默后，江逾没再说话。

余盛先开口："我也回学校，顺路，我送她就好了。"

江逾也没什么理由再跟着，只道了声："好。"

电影院离学校很近，步行就能回去。从前余盛和许念走一块儿的时候，一向话多，今天却很安静，微妙的气氛让许念不太自在，也使得路途稍微显得有些漫长。

快到宿舍时，许念忽然看向余盛开口："师兄，你喜欢我吗？"

余盛没想到许念会这么直接，他略显僵硬地挤出一个笑容，承认道："许念，你都知道啊。那你呢？"

他紧张地看着许念，她的眼睛很亮，在路灯下，笼着一丝动人的韵味，只是表情不像平日里轻松。

"师兄，你帮了我很多忙，也一直是我学习的对象，但对不起，我没有办法接受。"她说出这个答案前认真思考了很久，她不想拖着不讲，对余盛不公平。

余盛不是情场的新手，女生喜不喜欢他，他多多少少都会有点感觉。他预料到会被拒绝，沉默了一会儿，他开口问道："念念，你是不是……喜欢那个江逾？"

许念一滞，摇头否认："没有，我只是对你没有那种感觉。"

余盛半信半疑："没关系，毕竟感觉不是说有就有的，以后可以慢慢培养。"

许念没反驳，只晃了晃手，告辞道："师兄，我先回宿舍了。"

宿舍是三人间，许念回去时只有陶玥在。她对许念的感情之事一番八卦后，既震惊又好奇："江逾不想离婚？念念，你确定他不喜欢你？"

"确定。"许念很坚定地点了点头。

陶玥不知道她为什么这么确定，疑惑道："可是他今天的表现就很反常了，我觉得他不想和你离婚。"

许念本来也觉得江逾今天的行为反常，但是刚刚在路上她想通了："他一向是个责任感比较强的人，大概是不想让我觉得难堪吧。"

她了解江逾。

高中时许念和同学张宁波负责出黑板报，有一次张宁波有事，就拜托给了江逾。江逾作为学生会主席，当时有好多事情要忙，许念便说她一个人画就好，但江逾却很认真地说："既然我答应了，就是我的事，我有责任把事情做好。"

许念看着他专注画黑板报的样子，忽然心动。就是那个时候，她开始喜欢江逾了。

现在，虽然结婚是为了完成爷爷的遗愿，但他们在法律上有着夫妻的名分，对江逾来说，就算不喜欢，也不可能对她特别冷淡。一如当初他选择了帮忙，就会认真地对待。

"那你是怎么确定他不喜欢你的呢？"陶玥又好奇。

许念架不住陶玥的紧追不舍，只好说出来："以前，江逾喜欢我们学校的校花。"

陶玥无奈地笑了声："都过了多少年了，你觉得他还会对那个女生念念不忘吗？他们已经很久没见面吧，说不定江逾现在移情别恋了呢。"

"不会，江逾很长情很专一的。"许念似乎习惯了守护着江逾的名誉。

陶玥眼睛一亮："我知道了，还有一种可能就是，江逾是一个很传统的人，他不想离婚，然后变成一个二婚的男人。"

许念"扑哧"笑出声。

陶玥道："也不是没可能啊，当初他答应和你结婚，就是对你有点好感的。"

许念摇摇头："他不喜欢我的。有一次我去他家，亲耳听到他和他爸爸说不接受这个契约婚姻。"

听到这里，陶玥被说服了。她叹了口气，摇着头惋惜道："这样啊，既然他都亲口这样说了，那可能真的没有办法了。"她眼中的一点点同情逐渐转为气愤，"那他就是个渣男！大渣男！"

许念不懂："为什么？"

陶玥双手叉腰："像江逾那么帅的男人，肯定都很渣啊，脸在那里摆着呢，身边肯定不少女孩围着。你刚才不是说他还帮你绑头发吗？这么高明的撩妹手段，他又不喜欢你，又有小皮筋，肯定是渣男。说不定那根小皮筋就是哪个女生放在他那里的！不然他自己怎么可能会准备那个！"

许念失落地回到座位上，打开了江逾送给她的礼物——一款鱼尾项链。淡粉色的颜色很柔和，许念没戴上，而是将它放回到了盒子里，连同盒子一起收藏在了抽屉里。

手机微信有两条未读消息，是她妈妈发过来的。

【念念，最近忙不忙？】

【你张阿姨的儿子今年回国工作了，他比你大三岁，年龄挺合适的，你们有时间了要不要见个面？】

从上个月开始，徐岚女士一直操心她的终身大事，隔三岔五就给她介绍相亲对象。因着这个事情她们母女俩的关系闹得有些僵，当初许念爽快地和江逾领证，不仅仅是因为爷爷，她自己也想要摆脱相亲的魔障。

那之后,徐岚确实消停了,但只坚持了半年。她和江逾的合约期到了后,江逾在国外一直没能回来办理离婚,但徐岚已经开始操持起相亲的事了。

许念不明白,她今年二十五岁,硕士还没毕业,很着急结婚吗?

许念愤然打字:【不要,在忙着写论文呢。】

刚放下手机,忽然手机铃声便响了起来,她本以为是徐岚打电话来控诉她,拿起一看,居然是江逾。

"到宿舍了吗?"江逾的声音传来,清清冷冷的,很好听。

"嗯,刚刚到。"

"明天有空吗?要不要一起去游乐场?"

许念有些受宠若惊:"啊?有空,但是为什么要去游乐场?"

江逾缓声道:"我记得你高中毕业曾经许过一个愿望是去游乐场,正好明天你生日,我帮你实现这个愿望。"

高中的愿望,这都过去多久了?许念早没当初的热忱了,可现在邀约的人是江逾,她又有了新的期许。但江逾是怎么知道她许过这个愿望的?

"江逾,你这是在履行丈夫的义务吗?"许念存有一丝理智,用半开玩笑的语气问。

"不是。"

他声音低沉且平和,似乎有一股力量,给了许念一种勇气,她开口问:"那我们这算是约会?"

江逾在另一头轻笑了一下:"可以算是。"

"我考虑一下。"许念挂了电话,起身去倒水,刚转过身就发现陶玥正站在她背后。

"打电话的是江逾?"她大大的眼睛里充满了好奇。

许念被她吓了一跳。

"念念,我突然想到一个问题。"陶玥一脸认真。

许念:"什么问题?"

陶玥道:"你一直在猜江逾的心思,那你喜不喜欢江逾?"

"就那样吧。"

许念笑着掩饰心虚,但陶玥一眼将她看穿:"原来你喜欢他啊!怪不得对他那么了解!"

许念被猜中了心思,伸手去捂她的嘴:"帮我保密啦。"

陶玥恨其不争，说："有什么不好意思的。江逾刚刚不是邀请你了吗？去啊！"

"我在纠结。"许念道。

"从前就开始喜欢的人，如今还和他领证了，已经很幸运了好不好！要是我，就不管三七二十一，先和他发生了关系再说！"陶玥狠狠拍着许念的肩膀怂恿。

许念摇头："什么啊！"

"明天出去，把握好机会，把他给拿下吧！"陶玥色色的表情展露无遗，"反正游乐场夜场最好玩，你们就一直约会到晚上，然后以回来不方便为由，住一间宾馆好了！"

许念畅想一番，回归现实："就算是住在外面，江逾肯定也会要两间房的。"

陶玥转身回到自己位置上，一边在抽屉里翻找着东西，一边说道："老夫老妻了要什么两间房！你就说一个人住害怕，想和他住一间就行了。追男人嘛，厚脸皮加动脑子，以你的色相，很容易就到手了。就算明天之后你俩一别两宽，你也不亏。"

许念起初觉得陶玥简直在异想天开，但那些话像有魔力一样，将她心里的激情勾了起来。

她天生就不是主动的人，如果别人不喜欢她，她就只会悄悄地喜欢，不打扰也不表露心意。若是大胆一点，去主动争取呢？

就算结局终将一别两宽，她也应该大胆为自己争取一下，就算失败，绚烂落幕总比落寞散场更好。

陶玥从抽屉里找到了要找的东西后，递给许念："拿着这个！"

许念垂眸一看，陶玥手里是个正方形的小塑料包包，她的脸立刻红到耳根，将陶玥手里的东西扔掉："拿走拿走！我不需要这个！"

"干吗不要，以备不时之需啊。咱们虽然主动，但也是要对自己负责的。难不成你想直接上，然后有个小孩，用小孩来拴住江逾。"陶玥又给捡了回来。

最终，陶玥还是将"套套"强塞给了她。

许念看着那个东西就觉得脸热，急忙将它塞进了包里，打算明天一早趁没人的时候拿去楼下的垃圾桶里丢掉。

许念有心事，所以没怎么睡好。第二天清早，她起得稍晚，收拾好后顶着两个黑眼圈，赶紧去找江逾。一路急匆匆地赶到门口，最后还是晚了十分钟。

江逾最讨厌不守时的人，许念忐忑地上了车后，立刻开口道歉："不好意思，我来晚了。"

江逾今天是从家里开车来的，他安静地坐在驾驶座位上，见许念穿了裙子，细心地将空调温度调高了一些："才十分钟，不算迟到。"

许念松了口气。

江逾注意到她的表情变化，一边发动车子，一边问道："有这么紧张吗？"

"没有啦，我记得你最讨厌迟到的人。"许念道。

江逾有些摸不着头脑。

许念便提起了高中时的一件事。他们班组织小组调研，江逾作为组长，召集大家开会，有一名男生迟到了半个小时，一向脾气温和的江逾居然当场斥责了他。

听完她的讲述，江逾笑了一下："看来我给你留下的印象不太好，这件事我也记得，那天你好像不太舒服。"

许念对他还记得这种细节表示惊讶。那天是周末，许念感冒了，因为想见到江逾，所以强撑着去开会，她以为江逾没发现。

"你的意思是，因为我？"许念惊讶地问出来。

"嗯。"

听到肯定的答案，许念震惊的同时恍然大悟。当时江逾还给大家都买了冰汽水，唯独她的是一罐热牛奶，还说是因为北冰洋卖完了。

许念悄悄欣喜，这就是让她喜欢得不得了的江逾。不仅仅学习优秀，生活上也事无巨细，有教养，还会照顾别人的情感。可换作另一个人生病，江逾应该也会这样做。

游乐场离学校有两个小时的车程，一路上两人无话，因为昨天晚上没有睡好，许念开始昏昏欲睡，也不知过了多久，她被一个温和的声音叫醒。

"许念，到了。"

许念睁眼，捋了捋乱掉的头发。江逾让她等一下，然后去了售票口买票。

今天游乐场里人很多,每个项目都要排队,半天的时间,他们没玩几个项目。许念喜欢玩海盗船,看着弯弯曲曲的队伍,光是排队就要一个小时了,她动摇了:"要不然算了吧,估计排到我们都下午了。"

江逾看了下时间,提议道:"不如我们先去吃点东西垫下肚子,饿吗?"

许念确实觉得肚子里空空的:"那边就有一条小吃街,要不我们去那边吧。"

江逾道:"好,那吃完再回来排队。"

许念问:"吃完了我们还要继续玩吗?"

江逾一副理所当然的表情:"好不容易来一次,不把想玩的都玩一遍吗?"

许念没想到江逾对游乐园这么执着,他这种平日里看起来冷冰冰的人,游乐场可可爱爱的项目和他的气质一点都不符合。

以今天游乐场的客流量,把想玩的都玩一遍,应该得玩到很晚。江逾说:"要不我再去买两张夜场票,听说今天晚上有烟花。"

许念听到烟花,心动万分。难道真被陶玥说中了,今晚她要和江逾在外面住了?

江逾不知道她脑补了一场大戏,只看着她蒙蒙的表情,有些好笑。他拽了一下她的胳膊:"要不要吃章鱼小丸子?"

许念眼睛一亮,她很喜欢吃章鱼小丸子,而且喜欢放很多的番茄酱。

江逾好像听到了她的心声一般,对服务员道:"两小份,多放一点番茄酱。"他说完才想起来问许念,"我个人的习惯是多放一点番茄酱,顺口就说了,你要吗?"

许念点头,窃喜江逾居然和她的习惯一样。见旁边有一家奶茶店,她自告奋勇道:"那我去买奶茶吧,珍珠奶茶可以吗?"

江逾道:"可以。"

"那要加糖吗?"

江逾:"三分。"

许念觉得很巧,她也习惯三分糖。她不太喜欢吃甜的东西,如果奶茶不放糖的话又觉得太寡淡,所以她一般要三分糖。

江逾又买了一些其他吃食,都蛮合许念口味。两人坐在露天的小桌子上,每吃一种小吃,江逾都会问她怎么样。

许念笑眯眯地说这些小吃都很好吃,她确认了,江逾和她的口味很像。

"许念,"正吃着,江逾忽然叫她,很认真地问出一个问题,"你有没有发现,其实我们还挺适合结婚的?"

许念差点被一颗珍珠噎住,连咳好几声,抬头时,江逾递过来一张纸巾:"没事吧?"

"没事,你刚刚说什么?"许念努力平缓下来。

江逾移开眼神:"我开玩笑的,你不用在意,我只是觉得,两个人在一起,口味是否一致也蛮重要的。"

许念不喜欢江逾和她开这种玩笑,因为她很容易当真。

她把头转向另一边,注意到一个造型奇怪的房子,歪歪扭扭的,有种摇摇欲坠的感觉,四周布满了恐怖的藤蔓,像是森林中废弃的古屋。

"那个是不是鬼屋啊?"她伸手指了指。

江逾顺着她的目光看过去:"应该是。要去吗?"

许念典型的又"菜"又想玩,江逾看出了她的想法:"没关系,我跟你一起进去。"

"好。"许念一口答应。

短短两日,她这个非常胆小的人,体验了恐怖电影和鬼屋。可进去之后,她才发现这个游乐园里的鬼屋挺叫人失望的。他们走过一道长长的没有光的狭窄走廊,两边音响放着奇怪的音乐来烘托气氛,并不吓人。因为光线太暗,他们到了某些地方需要上下楼梯,许念看不太清楚,所以走得小心翼翼。走到一个转角,许念听到旁边的江逾说:"这下不害怕了吧。"

许念有些疑惑,这里和刚才那边的陈设相比没什么变化,什么叫这下不害怕了?她刚才也没觉得害怕。

他们走得很慢,夹在大队伍的中央,全程低着头,就算有一些真人NPC(游戏人物),许念夹在中间不仅没觉得害怕,竟然开始回味方才江逾的声音。她还从没有听到过江逾这么温柔的声音,低沉温和,像是静静的溪流一般。

走了没多久,前面见到了光,出来时顿感眼前明亮,眼睛适应之后,许念见到江逾走在了她前面几步的距离,正拉着旁边一名女生的手——一个陌生女生,年纪和他们差不多大。

许念在他身后目睹着尴尬的发生。

"抱歉,我以为……"江逾神情局促地缩回手。

女生并不介意,笑逐颜开道:"没事啦,刚才谢谢你哦,担心我害怕,还一直牵着我的手。帅哥,你是一个人来的吗?"女生笑着问,然后和她的同伴对视一眼。

"不是的。"江逾急忙回头寻找许念。

许念站在他身后大概三步的距离,小小的一只安安静静地杵在那儿。女生顺着他的目光看到许念,恍然大悟:"原来是和女朋友一起来的啊?我懂了,你刚刚是不是牵错人了?那帅哥,你还不赶紧去和女朋友道歉。"

许念往前稍稍走了一步,笑眯眯地摆摆手:"没事啦,我不是他的女朋友。"

女生见她态度很温和,松了一口气:"那就好那就好,幸亏我没有闯什么祸。那就再见啦,小哥哥,还有美女小姐姐。"

许念道:"再见。"

女生走了几步后又特意折了回来:"你们要不要去坐摩天轮啊,晚上的时候夜景会很好看哦,非常建议去。"

许念兴奋道:"真的吗?那我们一会儿就去。"

女生转向江逾低声嘱咐道:"小哥哥加油哦,你们俩很般配呢,摩天轮里最适合接吻了。"

许念没听清她说什么,只觉得江逾白净的脸都冻红了。她好奇地问:"江逾,她刚才和你说了什么?"

江逾很诚实地回答:"她说,摩天轮上适合情侣接吻。"

许念内心:我为什么要问这个问题?

"我们就去看看夜景好了。"她干笑两声。

"那走吧,去排队。"江逾敛了目光,转身走的时候,又轻声嘀咕了句,"我们接吻的话,也是合法的。"

晚上游乐场的人渐渐少了。夜色里,五光十色的彩灯铺在建筑物的房顶,别有一番风味。晚风也凉快了很多,吹到脸上凉飕飕的,不远处有表演,能隐约听到载歌载舞的欢快歌声。

许念和江逾坐上摩天轮,工作人员帮他们关好门,笑着提醒:"请坐好哦,祝二位玩得愉快。"

许念与江逾面对面而坐,摩天轮一点一点地往上升,周围的景色逐渐开阔。远处的大楼闪着光,像是缀在黑夜幕布里的星星。在这种狭小的空间里，被夜色和星光包裹着，暧昧与浪漫油然而生。

"好美啊。"许念很想一整个晚上都坐在这里，最重要的是，她面前的人是江逾，和他在一起的每分每秒，于她来说都格外宝贵。

她的视线悄悄扫过江逾，此时此刻，一向淡定的江逾半握着拳，身体微微前倾，眼神飘忽不定，眉头也皱着，他这表情，难道是紧张？

许念被浪漫的气氛感染到，心"怦怦"地跳，不由自主地想起鬼屋那名女生的话。

难道江逾真想亲她？

她缓缓闭上眼，过了一会儿，听到江逾的声音："许念，你也害怕的话，就和我坐到一边来。"

许念睁眼，害怕？也？

她顿悟：原来江逾紧张，是因为怕高！

许念顿时羞愧难当，只恨自己是个"恋爱脑"！

"我没害怕！我是在感受。"许念完全是恼羞成怒，胡乱编了一个理由后，蔫蔫地看着窗外。

和江逾出来约会，就是一个不断从惊喜期待到失落的过程。其实江逾也没什么错，是她期待了错误的事情，所以才失望。

单恋好痛苦，许念暗暗告诫自己，再也不能胡思乱想了。她将方才的尴尬抛之脑后，贴心地问："你害怕吗？"

江逾承认道："不好意思，我有点恐高。"

许念起身，和江逾坐到了同一边，指着远处的霓虹灯，帮他转移注意力："别害怕，你看看远处，就会忘记自己在高处了。我们学校，应该在那个方向吧。我家在和学校相反的方向，那个是吗？"

江逾随着她指的方向看过去："那个应该是市美术馆吧。"

"是吗？"许念也不确定。她是个路痴，不太会辨方向。

"那你能找到我家在哪儿吗？"她目光环视了一圈，"是不是那个方向啊？"

"应该是。"江逾道。

许念见指对了，挺开心的。但江逾不是很感兴趣，话也很少，气氛重新安静下来。

摩天轮过了最高的位置之后，缓缓往下降，像是旅程进入了尾声，景色虽然没怎么变化，却让人没了上升时的期待感，而是转变为即将告别的伤感。

一阵安静过后，江逾忽然开口："许念，和我回家吧。"

许念看向他。

江逾深深的目光也正望着她，两人对视了几秒后，他补充一句："去看看爷爷。"

江逾这个人，能不能一句话说完，别大喘气行吗？

"这两年我比你见到江爷爷的次数多多了，你在国外的时候，周老师经常邀请我去你家吃饭。"

她口里的周老师是江逾的妈妈周淑云，在江北大学任教。

"谢谢你帮我陪他们。"江逾目光转向远处的某个地方，整个人看起来有些落寞。

这样的他，身上平添了几分少有的颓废，许念猜他大概是想家了，自己一个人在国外那么久，应该很孤独吧。

片刻后，她粲然一笑，学着江逾的口吻，风轻云淡地说："没关系啊，我们是夫妻，我这是在履行妻子的义务。"

·第三章·
小夫妻

从摩天轮下来,路边的小喇叭正在播放《爱你》这首歌。绿油油的草坪,挂满了彩灯的小树,童话世界般的梦幻城堡,配上舒缓深情的音乐,温柔拂面的晚风,气氛的烘托下,许念觉得完了,明明是告别的约会,她却更喜欢江逾了。

"我们从那里穿过去吧。"许念指着一条穿过草丛的小路,那边有个大大的兔子灯,可爱又特别。

江逾点头同意。

兔子灯发着鹅黄色的柔光,眯缝着眼睛,模样看起来憨态可掬。许念拿手机拍了个照片,后退的时候,脚下忽然踩到了一个软乎乎的东西,同时从地面传来一阵狗叫声。

许念低头,见是一只脏兮兮的小狗,正在朝着她龇牙狂吠。她被吓到了,急忙往后退了几步,重心不稳便摔在了地上。她右脚吃痛,大概是扭到了。

江逾急忙蹲下来帮她查看:"这里疼不疼?"

许念倒吸了一口气:"疼。"

"这里呢?"

"还好。"

江逾非常认真地检查,许念见他挺紧张的,便安抚道:"没事的,休息一下就好了。"

"别乱动。"江逾扶着她坐到旁边的椅子上,转身离开。过了片刻,他拿着两个雪糕走了过来,放在许念的右脚脚踝上。

一阵冰凉侵入皮肤,许念"嘶"了一声,很快神经开始麻木,痛感减弱了大半。刚刚那只朝她乱叫的小狗,此时正在啃着被她踩了的干面包。

许念反应过来,说道:"我应该是踩到了它的食物,它才对我凶的。不过,游乐场里怎么会有小狗?"

江逾站起身来道:"它身上脏兮兮的,可能是被人丢掉的。"

许念想起她包里还有一根火腿肠,便拿出来:"来吃火腿肠吧。"

小狗犹豫了一下,许念将火腿肠掰开。小狗闻到了香气,立刻摇着尾巴跑了过来,白白的小小的一只,两颗豆豆眼紧盯着许念手里的火腿肠。许念瞬间觉得它可爱死了。

小狗估计饿了好几天,吃得很香。许念顿时不忍心将它丢在这里:"江逾,能借用你的车吗?我想将这只小狗带回家去。"

"你要收养它?"

许念点点头。

江逾道:"你现在这个样子,连走路都困难吧。"

许念起身,单脚站立:"离停车场也不远了,我单脚跳过去。"

她正要往前跳一步试试,就被江逾拦住。

江逾走到她的前面,稍稍俯下身子:"上来吧,我背你。"

许念看着江逾的背,浑身一僵,忽然就不会跳了。

"不用了。"她抿了下嘴。

"上来吧。"江逾坚持,"过度运动很容易导致你的脚踝肿胀加重。"

"那小狗呢?"

"你刚刚给了它吃的,只要我们不赶它,它应该会自己跟着的。"

许念回头看去,那只小狗果然一直跟在他们后面,软乎乎的,走路还不太稳,但一直在努力跟上他们的脚步。

路边小喇叭的歌曲正好放到那句"我喜欢爱你外套味道还有你的怀里",她低下头,偷偷闻了闻江逾外套上的味道,有一股清香味。

那是一种很奇怪的味道,像是薄荷味,又有种奶香,甚至还带了些甜甜的草莓味道,不是洗衣液,也不是香水的香气,特别也很好闻,让人欲罢不能地上瘾。

一路上,她都沉浸到这种香气里,直到江逾提醒的声音传过来:"下来吧。"

"哦哦。"许念从江逾背上下来,坐在副驾驶座位上。

江逾从后备箱找出来小药箱,帮许念简单包扎了一下。与此同时,空中传来"砰砰"的声音,许念抬头一看,游乐场那边居然有烟花。

"江逾,你看那边,有烟花。"她兴奋地喊出声。

江逾没回头,仔细地给她处理好伤口后才转头看去,然后淡淡说了句:

"挺美的。"

许念干笑，好敷衍的语气。

"这应该是游乐场闭园前的烟花吧，好幸运啊，幸亏我们多待了一会儿，要不然可就错过这么好看的烟花了。江逾，你觉得我们把这只小狗叫 Lucky（幸运）好不好？"

"Lucky，"江逾低低重复了一遍，"挺好听的。"

他悄悄看了一眼认真看烟花的许念，烟花在她眼眸中绽放。那个瞬间，她眼里的光亮比烟花还要绚烂。

他愣了一会儿，微微笑了，轻声开口："这么喜欢烟花？连脚痛都忘记了。"

许念眯了眯眼，称赞道："是你技术好，我一点都不痛。"说完后，总觉得这句话有点不太对劲儿，幸好江逾没听出来。

许念小声地问："江逾，你对每个病人都这么温柔吗？"声音淹没在烟花声里。

"你说什么？"江逾抬头。

许念调皮地笑了笑："没什么，以后我去找你看病。"

江逾发动了车子："还是不要在医院见面的好。"

借着宿舍门禁的借口，许念成功在校外留宿，幻想成真，她忽然忐忑起来。

半个小时后，车子停在了一个叫荣和小区的地方。江逾领着许念上了楼。许念脚步缓慢，暗暗观察着："江逾，这是哪儿啊？"

江逾盯着一户的密码锁嘀咕道："我记得密码应该是 511207。"

"进来吧，这是我家。"他打开门。

"你家？"许念疑惑地走进去，"不是在月亮湾别墅区吗？"

江逾解释："那是我爸妈的房子，这里是去年他们专门为我买的。"

他打开灯，房间里亮了起来。

房间的布置很温馨，又亮又暖的色调，整体简约偏欧式，阳台上还养了很多花，整个屋子都显得生机盎然。

"这里有人住吗？"许念疑惑。

"暂时没有，我妈雇了保洁，隔三岔五会过来打理。"

许念询问道："我能不能参观一下啊？"

江逾笑:"当然可以。不过你的脚可以吗?等好些了再参观也行,不急这一会儿。"

"没事的,一只脚也可以。"许念怕以后没机会了,一跳一跳的她四处看着,Lucky在后面一跳一跳地跟着她。

房子很大,总共有三室一厅,南边卧室的旁边,还有一间书房,里面立着一个很大的书柜,整整占了一面墙的空间,上面放了琳琅满目的书,简直是她梦想中的办公地方。许念心动不已,想象着以后自己家里也要布置一个这样大的书房。

"好多书啊。"许念凑近去看,除了有很多医学相关的书,还有其他专业的书,她看到了和她专业相关的《犯罪心理学》《自卑与超越》《变态心理学》《神经解剖学》……而且好多是外文原版书籍。

"江逾,你对心理学也感兴趣吗?"

江逾道:"有时候会了解一下。"

许念拍着胸脯道:"你想了解什么问题,可以问我啊。"

她暗暗误会,不会是因为她学的心理专业,江逾特意为她准备的吧?

这个念头冒出来两秒钟后,许念将自己敲醒,因为她看到书架上的书不只是涉及这两个专业,其他的也不少,经济方面、建筑方面都有涉及。

除了专业书,还有好多文学图书,从悬疑推理到心灵鸡汤再到青春文学,江逾这是把书店里的畅销书都买了一遍吗?

等等,怎么还有《两性关系》《育儿百科》……

江逾考虑得还真是蛮长远的……

她将目光移回到一本侦探小说上,指着说道:"我能不能看看这个啊?"

江逾道:"可以,不过那是英文版的。"

许念得到了同意,开心地将书拿出来。

她早就想看这本《X号侦探系列集》了,只是国内都是删减版,江逾这个是原版。她爱不释手地捧着书,转头问江逾:"江逾,今天晚上我睡哪间呀?"

江逾:"你挑。"

许念看了看方向相对的两间卧室,中间隔了书房和一个小小的储物间。两个房间的大小差不多,但北边房间里的床单是粉色的,南边的是灰色的。许念有点想看江逾睡粉色床单的表情,便坏坏地指了南边:"那我睡这间。"

江逾走过来,将她拉到北边的房间:"听话,这间是你的。"

许念骨头一"苏",半点禁不住他磁性的嗓音:"好。"

江逾将 Lucky 也抱了进来,摸了摸它的头:"晚上 Lucky 陪你吧。你要是不放心的话,可以锁上门。"

许念笑笑:"有这么好的地方住已经很好啦,没有不放心。"

江逾建议道:"还是锁上的好。"

他给 Lucky 找了一条毯子,将它抱上去,然后走到许念旁边:"走吧,去洗漱,然后早点休息。"

许念声音有点哆嗦:"一起吗?"

江逾扶着她往浴室走:"嗯,担心你滑倒。"

这房子一点都不像是久无人住,浴室里的洗漱用具居然一应俱全,还都是成对的。

许念看着洗漱台上一红一蓝两套牙杯牙刷,还有一粉一黄两条毛巾,她脑子里冒出一个不太实际的想法,她和江逾领结婚证也是在去年,该不会……

江逾看她发呆,问道:"想什么呢?"

许念开着玩笑:"好像情侣杯啊,这里面的东西怎么都是一对的呢?"

"当然了,因为这里是我俩的婚房。"江逾说得风轻云淡,许念却听得心惊肉跳。

没想到江家这么认真的,一个契约性质的结婚居然还要准备婚房。

"是我爷爷安排的,他一向信守承诺,做事也讲究周全。"江逾解释。

"哦。"许念颇感不好意思地拿起牙刷刷牙。

江逾在她一旁也拿起自己的牙刷和牙杯。

许念扭头看他:"刷牙也要一起吗?"

江逾觉得没什么不妥:"节省时间。"

镜子里的两个人同步漱口、刷牙、再漱口,真的有种新婚小夫妻的感觉。

洗漱完,江逾在卫生间没动,许念略显拘谨,竟然莫名其妙地跟着也不知道该干什么了,将牙杯放回原位后,干巴巴地在原地站着。

江逾低笑了一声,声音清透,像是有种穿透力:"我要洗澡了。"

许念还没回应,他又笑着逗她:"洗澡就不一起了吧。"

许念："谁要一起！"

江逾自动忽视了她的愤怒，平静地道："你脚扭到了，今天最好不要洗澡，容易滑倒。"

许念点头，乖乖听话。

见她还呆呆站着不动，江逾嘴角泛起不着痕迹的笑，然后开始脱衣服："我要洗澡了，你还要站在这儿吗？"

许念一下子清醒了，"唰"地转过身："我这就出去！"

她灰溜溜地转身出去。

江逾俯身将要跟着许念一同出去的Lucky抓住："你留在这里，一会儿你也要洗澡。"

许念从浴室出来，一路径直来到了客厅，一屁股坐在沙发上缓着心神。

浴室安的是玻璃门，从外面还能看到里头泛黄的灯光，配上"哗啦啦"的流水声，像在敲击着人心的柔软处，暖烘烘的，还有些痒痒的。

此时此刻，她居然开始羡慕一只小狗。

许念努力将注意力拉回，拿了本书看，但十几分钟过去，她一个字都没看进去。

没过多久，浴室的门被打开，江逾走出来。许念看过去，便见到他一头湿发，上身穿了一件男士背心，露出的手臂线条优美，很有力量感。

他边擦着头发，边走过来问："怎么还没睡？在等我吗？"

许念点点头，后又摇头。她也不知道为啥还不去睡觉，总觉得要和江逾说一声才能安心回房间，所以就坐在这里等。

她站起来说道："这就睡了。"

江逾"嗯"了一声，从茶几上拿起水壶倒了杯水喝。他仰着头，上下滚动的喉结像施了魔法，将许念的目光吸住，他的锁骨深深的很漂亮，胸脯的肌肉不仅紧致还很白净。

许念不自觉地咽了咽口水，心里如小鹿乱撞。她强行移开目光，努力克制，在心里念叨："不能看也不能想了。"

江逾对她局促的模样不明所以："怎么了？喝水吗？"

许念摇摇头："没事，我去睡觉了，晚安。"

她仓皇地回了房间，关上房门，才觉得心里的小鼓渐渐平息下来。

当晚许念睡得很好，第二天闹钟连着响了三次都徒劳，最后还是陶玥的一通电话将她叫醒了。

"怎么样啊?昨天晚上你一夜未归,真的被我说中了吧!"

许念还没完全醒过来,嗓子哑哑的:"别提了,昨天游乐园人多得要命,我还扭了脚,太疼了。"

许念伸了个懒腰,起床后,往外头走去,江逾的卧室门开着,没有人,她找了一圈,也没有找到,便去厨房找点水喝,电话那头的陶玥还在啰唆。

"他居然连婚房都准备好了!江逾不会是想和你踏踏实实过日子吧!我跟你说啊,现在找一个又帅又有房子的男人不容易,要不你想想办法别离婚了,凑合凑合过得了。反正爱情本来就是靠不住的,说不定你俩日子过久了,就会日久生情的。"

许念摇摇头,她初中时就认识江逾了,也没见江逾对她生过情:"我只是暂住一晚而已,今天就去离婚了。"

陶玥:"好可惜。许念,我还是觉得,江逾不会是想包养你吧。我看他那张脸,怎么都不像是会踏踏实实过日子的男人!"

许念对陶玥的脑洞也是服了,一会儿劝她主动出击,一会儿又让她谨慎,她打断道:"挂了,等我回了学校还得拜托你帮我打饭。"

她挂了电话,去厨房倒了杯水喝,转身见到江逾在,顿时吓了一跳,江逾回来怎么一点声音都没有!

"江逾,你去哪儿了?"

"去买早餐。"江逾将手中的袋子放在桌上,来厨房找盘子。许念忙帮着拿盘子和筷子。

江逾买了豆浆和红豆饼,给Lucky也分了一点,有美食同享,喂它吃完,他转头对许念道:"今天我带Lucky去做个检查吧,再去给它买点生活必需品。"

许念感激道:"好,那拜托你啦。"

江逾在餐桌前坐下来:"快来吃吧,一会儿该凉了。"

许念闻言,坐到江逾对面。

"你刚刚在电话里说,今天去离婚?"江逾说完,又淡淡解释,"无意间听到的,不好意思。"

许念看他:"不去吗?等你上班了会很忙的。"

江逾:"哦,我昨天找了一下,我的身份证不见了。"

许念吃惊道:"是丢在游乐场了吗?那给场馆那边的人打个电话

问下？"

"打过电话了,他们说失物招领处暂时没有,如果有,会联系我。"

"那去补办一个？"

"嗯,不过也需要点时间。"

许念宽慰他说："没事,那等你身份证补办好了,我们再去民政局。"

江逾垂下眼吃饭,过了一会儿道："这么着急离婚,是因为上次那个姓余的师兄吗？"

许念有种江逾在吃醋的错觉。

"不是。"她咬了一口红豆饼,有些惊喜,"这个红豆饼的味道有点熟悉。"

江逾道："是我们高中学校附近那个老奶奶家的。"

许念高中时候每天早上都吃这个红豆饼,读了大学后便很少有机会吃到了。她道："你跑到高中那边去买的吗？不是很远吗？"

"也不算很远,我早上习惯了出去锻炼,跑步的话,二十分钟就到了。"

许念暗暗佩服,早起锻炼,她是做不到的。她只管开心地吃着红豆饼,没过一会儿就吃掉了三个,准备再去夹,盘子里只剩下一个了。

许念默默收回筷子。

江逾抬了抬眼皮,把最后一个夹到她碗里："病人要多补充点营养。"

他找的理由也够牵强的,许念边把饼夹给他,边干笑了两声："你才吃一个,还是给你吧。"

江逾把红豆饼又夹回去,低声道："我吃别的。这两天你的脚也不方便,就别回去了,在这里住几天吧。"

许念脑子短路了一会儿,在这里住着,那就是和江逾同居了——

万一她把持不住怎么办？

不是,万一江逾把持不住怎么办？

其实她真的挺想住在江逾家里啊,和江逾朝夕相处,孤男寡女同住一个屋檐下,错过了这次机会,估计这辈子都不会有这种好事了吧。

她的想法越来越趋于离谱,但若答应了,会不会太不矜持了？

许念脑子里的两个想法打得不可开交。

最终,她的理性暂时战胜了感性,摇了摇头："不用了,我这两天可以不出宿舍,舍友会帮我打饭的。"

江逾挑了挑眉："还叫别人帮忙做什么？"

许念暗暗地想，还是找陶玥更让她安心点："陶玥也不是别人啦，前段时间她失恋，我可是帮她带了半个月的饭呢。"

江逾沉思了一下："我记得你舍友是宋艾蓝，高中经常和你走在一起。"

许念点点头："对啊，你居然还记得，我和宋艾蓝高中三年同班，现在我们宿舍三个人，另一个就是艾蓝了。她前天回家去参加亲戚家哥哥的婚礼了，这两天不在。"

江逾若有所思地点点头。吃了几口饭后，他抬起眸子，指着阳台的那些花儿，说道："我不太会打理花草，你在的话，还能帮我照看一下。"

还没等她说话，江逾又问："你要把Lucky也带到宿舍养？"

许念看他不情愿的样子，想到一个严肃的问题，江逾也非常喜欢Lucky，不会要和她争吧，这么快就要上演离婚前分财产的大戏了吗？

"可是我电脑还在宿舍，要写论文。"她想起一个理由来。

"你可以让你的舍友帮你收拾一下，我一会儿去学校给你拿过来。对了，能不能借用一下校园卡？我想去图书馆借两本书，我的校园卡停用了。"

"好的，在我的包里呢，你去拿吧。"

许念说完，蓦地想起来，她早上出来得急，包里还有个东西忘记扔掉了！就是前天陶玥给她的"套套"！

"江逾！等一下！"许念火速从椅子上起身，如风一般飞奔到门口，但是她来晚了一步，江逾已经将她的包打开，盯着里面的东西发呆。

许念崩溃了，此地无银三百两道："那个是吃鸭脖的手套。"

"哦……"江逾低低地拉着长音。

许念自己都觉得自己有点欲盖弥彰，她整个人一蔫，实话实说道："其实是昨天陶玥强行塞给我的啦，我本来想丢掉的，但是忘记了。"

她在江逾心里清纯的形象全毁了。

江逾问："给我们用的？"

许念脸又红又热，她很震惊江逾是如何用平淡的语气问出这么让人羞涩的问题的。

"是，啊不！她是开玩笑的！我没这个意思！"

"还好不是让你用到别处。"江逾松了口气的样子。

许念已经炸了，脸红得像被烤红的铁一样："什么别处？虽然结婚是暂时的,但我可不会做出轨的事!"

她脑袋开始短路,胡说八道地掩饰一通,说完整个人如霜打的茄子,有些哀怨。她都单身了二十多年了,还能有别的男人吗?

她直接过去将包夺回来,愤恨地把"套套"丢到了垃圾桶里,还将垃圾桶的袋子提出来,抽绳一抽,绕了几圈将垃圾袋口封得严严实实,递给江逾:"临走前记得将垃圾带下去。"

江逾轻笑一声后接过:"好。"

江逾走后,许念给陶玥打了电话,给她说了一遍要交给江逾的东西,然后窝在沙发上边看电视边和Lucky玩。等她看了两集连续剧,江逾把她的手提电脑还有一些笔记本带了回来,他今天要去市医院办理实习入职,很快就走了,留许念一个人看家。

许念将她的东西摆到了小书桌上,发现陶玥连同她不需要的几个本子都给她装了过来,里面还有她的高中同学录。

许念直接翻到江逾的那一页。

姓名:江逾
生日:5.11
爱好:篮球
最喜欢的水果:梨
最喜欢的食物:无
近期愿望:无
想对你说的话:天天开心

这是她看到的最不走心的同学录了,内容干巴巴的,纸上的几个字形单影只,显得很孤单。

当初自己在同学录上都写了什么?

她一下子想起来了,当时她在近期愿望那一栏里,写的就是:去游乐场。

江逾莫非是看了她的同学录才知道的吗?

这都多少年过去了,他还记着呢。

许念忽然想给宋艾蓝打个电话,宋艾蓝很早就知道她暗恋江逾的小秘密，要是听到她和江逾同居了一天，估计整个人比陶玥还要兴奋。

电话拨通，宋艾蓝的声音带着起床气："干吗，这么早就给我打电话？我刚起来，中午就要去我表哥那里了。"

"你还在家就好，你还能不能找到高中的同学录啊？"

"能啊，我都保存得好好的，不过你找同学录干什么啊？"宋艾蓝道。

许念兴奋道："你现在找一下，我想看看我当时都写了什么。"

宋艾蓝觉得莫名其妙，懒洋洋地下床找了同学录，发了一张照片到许念的微信上："找到了，发给你了，有什么问题吗？"

许念想得没错，江逾肯定是翻看了她写的同学录，才想带她去游乐园的。

电话那头忽然传来了宋艾蓝的声音："许念，我又找到了江逾的，你猜我发现了什么！"她激动得像发现了天大的秘密一样，"你知道江逾的近期愿望写的是什么吗？"

许念皱眉："嗯？他不是写的'无'吗？"

"当然不是啊！"宋艾蓝突然提高了音量，"他居然和你一样，写的是'去游乐园'，你们两人的愿望居然一模一样啊！"

许念惊讶："但是，我的同学录里，江逾写的愿望只有一个字——'无'。"

凭什么不公平对待！给她写的就这么敷衍。

宋艾蓝听她生气了，安慰地说："你换个角度想，你俩的愿望一模一样，不是很巧吗？说明你们很投缘啊。等他回国，要不你们约着一起去一次游乐园好了。你说你都喜欢他这么多年了，好歹也要勇敢一次吧。"

许念托着下巴，无精打采道："他回国了，游乐场我们也去了。艾蓝，你不在宿舍这两天，已经与世隔绝了。"

宋艾蓝惊得下巴都还没合上，就又听到许念说——

"而且，我们两个在同居。"

许念放下电话的时候，还是闷闷不乐。都是高中同学，江逾居然给她写"无"。那他写给校花的，肯定更不一样了。这事儿她越想越气，不知从哪里来的勇气，直接给江逾打了电话过去。

电话接通，她声音自动温柔下来："江逾，你什么时候回来呀？"

江逾道："今天应该挺早的，四点多就回了，等我回去后，就带

Lucky 去宠物医院做检查。"

"嗯。"许念声音冷淡。

"有什么事吗?"江逾察觉到不对劲。

许念道:"我看到了高中时的同学录,你是不是看到我写的愿望后,才知道我想去游乐园的?"

江逾承认:"嗯。"

"那你当时写的愿望是什么?"许念问。

江逾想了一会儿,然后说:"不太记得了。你不是正在看同学录吗?上面写了什么?"

"是能看到,你写的是'无'。不过艾蓝和我说,你给她写的是'去游乐园'。"许念有些委屈。

"是这样吗?"江逾忽然轻笑一声,"我想起来了,我收到的前几份同学录,应该都写的'无',因为确实没什么愿望,但后来宋艾蓝一直吐槽我太无趣不认真,强行让我写一个,我就照着一个同学的写了一样的,应该碰巧看到了你的吧。"

"啊?"许念开玩笑地感叹一句,"这么不真诚啊。"

江逾的声音通过电话传来,依然很有磁性:"你还介意吗?"

许念头顶的乌云烟消云散:"我没介意,就是聊到了,问一下。我给你打电话是想问你喜欢吃什么啊,我看冰箱里有点吃的,晚上我做晚餐等你回来吃啊。"

"不用了,我回去做就行,你脚不方便。"

"没事啦,我想找点事情做,总是不动身体都麻了。"

她的脚只是稍稍扭了一下,走路还是没问题的。

江逾道:"我记得冰箱里有西红柿,还有几根黄瓜吧,晚上吃西红柿鸡蛋面怎么样?"

"好啊!那就西红柿鸡蛋面。"许念喜欢吃这一口,不过她不太会做饭,打算在网上查一下教程后再尝试。

江逾嘱咐道:"你将西红柿和黄瓜洗干净吧,其他的等我回去做,千万不要碰刀具。"

"没事的啦。"许念觉得他都快将她当成小孩子了,哪有那么严重。

江逾的态度很坚决:"厨房里不安全,你脚不方便,要是真出了事,谁去救你?"

许念笑："好吧。"这是江逾的家，江逾说了算。她听话地将西红柿和黄瓜洗干净，然后回屋子找了本书看，静静等着江逾回来。

Lucky 趴在她脚边睡觉，过了一会儿，忽然它的耳朵竖起来，一蹦一跳地跑到门口坐着，果然是江逾回来了。

这个时间比许念预想的早了半个小时，想来是他第一天上班没什么事，许念出来迎接，随口问道："今天还顺利吗？"

江逾点点头："挺顺利的。"

Lucky 直接扑到江逾脚下，他蹲下身子抱起它，下巴贴了下它的头："乖，一会儿爸爸就带你去宠物医院。"

许念品了品他这句话。

爸爸？江逾先占了这个身份的话，那她还能不能当 Lucky 的妈妈了？

她将这个想法压下，笑着道："西红柿和黄瓜我都洗好啦。"

"嗯。"江逾应了一声，随即去了厨房。

许念竟然有些嫉妒 Lucky，痛恨自己没它可爱，江逾对 Lucky 那么热情，给她的只有一个嗯字。

但嫉妒归嫉妒，许念还是一瘸一拐地去了厨房，惊讶地看着江逾忙活。

"江逾，你会做饭？"

"嗯，在国外的时候，常常自己做。"

许念往前凑了一步："我能不能学一下？"

江逾看了她一眼，发出疑问："不会做？"

许念摇摇头："不、不会。"难道被嫌弃了？

江逾道："祖传手艺，不给钱不收徒。"

许念调皮地问："那不给钱，能吃吗？"

"可以，不过也不是谁都能吃的。"江逾脸上闪过一丝很浅的笑意，像藏了些坏主意。

"不是谁都能吃的？"许念暗暗地想，她应该就能吃吧，所以……"是你的老婆才能吃吗？"

江逾低垂着眼："是。"

许念欣赏着江逾做饭的模样，觉得他宽阔的肩膀很适合依靠，她感叹道："那你以后的老婆可真幸福。"

江逾手里切菜的刀忽然一停，顿了几秒后，转头对许念说道："许念，我给 Lucky 买了狗粮回来，放在玄关，你去拿给它吃一点吧。"

"哦。"有点像故意支开许念，但许念还是依言去喂Lucky了。

她偷瞄了一眼江逾，然后傲娇地转过头。做饭的手艺还捂着藏着，说不给学还真不给学。

江逾这人，还挺小气的。

事实证明，江逾的手艺不错，面条劲道，西红柿鸡蛋汤是偏甜的，很合许念的口味，她吃了整整一大碗。

吃完饭，江逾缓声说："我先带Lucky去宠物店，碗等我回来再洗，你不要动。"从他认真的语气能听出，他很不放心。

许念想说她可以洗碗，但她猜想，江逾肯定还是会拒绝，便点了点头。

之后几天的饭菜，都是江逾在做，他中午不会回来，想着许念在家，早上还会将中午的饭菜做出来，她加热一下就能吃了。许念觉得有些惭愧，本来是她说要照顾Lucky的，结果成了江逾照顾他俩。一人一狗，都成了江逾的累赘。

许念不想当寄生虫，没事的时候就会将家里好好收拾一下，还买了一些家居用品以及各种装饰。这样在江逾家里一待就是一周，如今她的脚好得差不多了，也不能总在别人家里赖着，便寻思这两天跟江逾说一下搬回宿舍去住。她正在整理东西，门铃忽然响了。

江逾回来，应该不会按门铃的。许念走去门口，从显示屏上看到的人居然是余盛。他怎么会找到这里来？

许念惊讶地开门："师兄，你怎么来了？"

余盛手里提了个袋子，里面是茉莉蛋糕店的点心。

许念问："怎么还带了东西？"

余盛把袋子递给许念："是你最爱吃的，路上来的时候就给你买过来了。蛋挞还是热的，最好现在就吃。"

许念摆摆手，婉拒道："师兄你不要给我买东西了。"

余盛见许念不接，自己走进屋子，将点心放在了桌子上："你是病人，我来看望病号，不得买东西吗？这几天在学校都没见到你，我还以为你在躲我呢，都没敢联系你。今天碰到你舍友，才知道你脚扭到了。"

"陶玥吗？是她告诉你我住在这儿的？"

学校里只有陶玥和宋艾蓝知道她的详细地址了。上次聊天时，陶玥那个家伙非要说，安全起见，她最好把江逾的地址发一下，万一出什么事或者江逾对她图谋不轨,她们好第一时间报警救人。

"发什么呆呢?不招待我一下吗?"余盛打断了她的思绪。

许念回过神来:"师兄稍等,我去给你倒水。"

"我逗你呢。"余盛笑道,"你是病人啊,怎么能让病人招待呢,我自己来吧,是不是那边啊。"

余盛朝厨房走,许念也跟过来,轻车熟路地找到杯子:"还是我来吧。师兄,我的脚已经好了,明天就会回学校的。"

余盛接过水:"谢谢了。看来我来晚了,没帮上什么忙。不过你明天就能回学校的话,我还是蛮开心的,到时候一起吃饭啊。"

"好的。"许念说完,门口传来了解锁的声音,许念心脏跳漏了半拍,转头时,江逾已经推开门走了进来,正好和出来的余盛碰了个照面。

一时屋里两个男人大眼瞪小眼。

几秒钟的沉默后,两人异口同声:"怎么是你?"

江逾将 Lucky 放下:"这是我家。"

"你家?"余盛不可思议地重复一声,转头问许念,"念念,这里不是你家?"

许念如实回答:"不是,是江逾家里,我只是暂住。"

余盛听过脸都绿了,声音发抖:"你怎么住他家?"

许念道:"我脚扭了,不方便回去,就暂时住在这儿。"

余盛非常生气:"那也不能住在这儿啊。孤男寡女同住一个屋檐下,你觉得合适吗?你可以回宿舍住,告诉我,我会想办法帮忙的!"

余盛一向温和,现在忽然朝她发脾气,许念有些不适应。虽然余盛是她尊重的师兄,但现在她心里不太服气:"师兄,这是我自己的事,我不想麻烦你,你也没有义务帮我。"

"许念——"余盛音量提高了几分。

许念身子一颤,觉得他凶得吓人。但她还没说话,江逾已经挡了过来。他长得很高,许念抬头只能看到他冷漠的后脑勺。

"有什么不合适的?我们是夫妻,当然要住在一起。"江逾面色严厉。

"什么?"余盛一脸震惊,他愤怒地把江逾推开,直直盯着许念,"许念,到底怎么回事?"

许念没想到江逾把他们这层关系给说了出来,她觉得既然江逾不喜欢她,那他们之间这种不会有结果的关系还是一直让它隐在暗处比较好,除了她几个关系亲密的好友以及以后的伴侣,她并不打算将这个关系公开在其他人面前,她做不到完全不在乎别人的看法。

"许念。"余盛咬着后槽牙唤她一声,催促她给出一个交代。

许念心一横,算了,直面吧。

"是,我们现在是夫妻的关系。"

余盛听过,整个人如霜打的茄子:"你玩我呢?有意思吗?"

江逾见余盛来势汹汹,为以防万一,拽住他的胳膊:"你要干吗?"

许念保持着冷静,上前一步:"师兄,我没有和你暧昧过,也明确地拒绝了你。这件事情我没有和你说,是因为我和江逾当初是出于特殊原因才领了结婚证,其他人也不知道。到目前为止,我们两个人也并没有其他的关系。我不觉得我做错了,师兄若是要发火,最好先冷静思考一下,是要为哪件事发火。"

余盛像被人一棒子敲醒一般,脑子清醒了,却很疼,心里像是被火烧完了后的一块荒地。

"对不起,许念,我莽撞了,我先走了。"

如许念所说,他确实需要找个地方冷静一下,但更多的,其实是觉得面子挂不住,想要逃了。

余盛摔门而去。

房间里只剩下许念和江逾两个人,气氛有些沉闷。经历这么一番,江逾面色倒没什么变化,他一贯情绪寡淡,语气平常地只说了句:"没想到你小嘴"叭叭"的挺能说。"

许念没说话。

江逾以为她被吓到了,试着转移话题:"晚上吃什么?"

"哦,不要做我的那份了。"许念道。

江逾低头看去,这才发现许念眼圈红红的。他瞬间心里一软,觉得被戳到了某个痛处一般:"怎么了?"

许念抬头:"你刚才……为什么要那么说?"

江逾反应了一下,才意识到她说的是结婚的事:"我只是陈述事实。"

"是事实就一定要说出来吗?"许念的声音还是细细的。她这个人从头到脚都透着"柔和"二字,一贯凶不起来,但江逾心里明白,当她眉头微微皱着,语气略低,表情很严肃时,就是真的生气了。

他开始有些慌,说话都顿了两秒:"那以后,我不说了。"

"嗯，多谢。"许念声调缓和了几分，"这几天多谢照顾，明天我就回学校去住了，我先回房间收拾一下东西。"

江逾整个人僵住，想说点什么却又张不开口，就在原地愣了半晌。

许念关上房门的那一刻，其实就开始为她刚才的冲动后悔了。江逾只是坦坦荡荡地将事实说出来，并没有错，而且还是为了维护她。

吃人嘴软，拿人手短。许念啊许念，你长本事了啊！在这里霸占着江逾的房子，吃着江逾做的饭，享受着江逾的照顾，有什么资格因为这点小事冷落他？江逾不赶人就已经算脾气很好了。

她长长地叹了一口气，独自冷静了一会儿后，悄悄移步到门边，将耳朵贴过去听外面的动静。有"乒乒乓乓"的响声传来，应该是江逾在厨房做饭。

过了一会儿，又没了动静，许念悄悄打开了一条门缝去看，刚一开门，就见到江逾站到了她的门前。

许念背后一凉，与他四目相对之时，觉得尴尬到了极点，她佯装漫不经心地打开门："有事吗？"

江逾端着一碗面站在她面前："晚饭好了。"

许念走出来，摇摇头："我真的不饿，不想吃，我要去卫生间。"她迈开腿往洗手间走去。

江逾端着碗回到厨房。许念从卫生间出来的时候，见到江逾正独自坐在餐桌前吃饭，一脸若无其事的样子，吃得非常认真，听到她出来的声音也没抬头。

许念被无视后，气鼓鼓地回屋，过了一会儿，外面传来嘈杂声音，有好几个人在说话，江逾居然在看电视。

许念没开门，脑海里已经想象出江逾悠闲地坐在沙发上，津津有味看着电视节目的样子。她打消了出门讲和的念头，将耳机一戴，开始听着音乐写论文，写累了便往床上一躺，打开手机追剧。就这样一直到了晚上，许念忍不住了，因为她的肚子饿了。

现在是晚上十一点钟，江逾的生活作息十分规律，按照往常，他已经熄灯睡觉了。许念轻轻地打开门，先探出一个头张望了一下，外面果然熄灯了。她心里一喜，偷偷摸摸地跑去厨房找吃的。

厨房里很黑，她又不敢开灯，便用手机开了手电筒照着。在厨房里转了一圈后，最后只在冰箱里找到了仅剩的一个西红柿，她碰了一下，凉凉的,看着就没胃口。

许念记得明明有火腿肠的,她将橱柜一个一个地翻找过来。功夫不负有心人,她有意外收获,一包泡面。她打算速战速决,悄悄开火煮了泡面后就端到自己屋子里悄悄吃。

橱柜的位置有点高,她踮起脚拿泡面有点费劲,还没碰到,一只大手抢先将泡面拿了去。许念下意识回头去看,一道清冷的声音从头顶压下来:"拿这个吗?"

"嗯。"许念面上虽没什么变化,但其实心脏几乎都要从嗓子眼里跳出来。她转过身,面前就是江逾的脸,隐在暗处中看不清,但能清晰地感觉到他温热的呼吸。

这一刻,许念庆幸灯是关着的,不然她通红的脸肯定在江逾面前暴露无遗。沉默了一会儿后,许念克服尴尬地小声开口问:"你怎么没睡觉啊?"

"肚子饿。"江逾的语气很平常,他又拿了一袋泡面,"我也吃这个,一起煮好了。"

许念莫名其妙有种受宠若惊的感觉,他们白天应该算是吵架了吧,江逾还要给她煮面?

"我之前有些冲动,你不介意了吗?"

"不介意。"江逾说完,停下来思索了一下,又补充了一句,"就算介意,这和给你煮面有什么冲突吗?"

怎么没冲突?许念不太懂江逾的脑回路,她退到一边站着,为了缓解尴尬,她一直在喝水。

江逾开始烧水,煮面,动作十分自然。许念怀疑他根本就没睡着!他不是一向规律饮食吗?大晚上干吗不睡觉出来吃泡面!还偏偏选在现在!

"你晚上不是吃饭了吗?"她问。

江逾道:"嗯,吃得少,又饿了。"

"哦。"许念点点头,上前帮忙将方便面的袋子扔进垃圾桶,又找了两副碗筷。

她忽然想到,江逾怎么可能吃得少?他当时还给她煮了一碗的。

"我的那份你没吃掉吗?"

"吃了,又饿了。"江逾转身看了她一眼,似乎在说:不行吗?

·041·

"那你消化得不错。"许念称赞完,想敲自己的脑袋。

哪有这样夸人的!

食物的香气传来,许念受到了美食的召唤,兴致勃勃地端了面到餐桌去。

江逾已经在餐桌前坐好。许念抉择了一下,最后还是决定不和他面对面,而是坐在斜对角的位置。

她垂着眼吃面,两人都没说话。吃到一半,头顶的灯忽然闪了一下,然后"啪"的一声,灭了。

四周陷入漆黑。

"江逾,你家灯坏了。"许念在黑暗中开口。

江逾道:"我看见了。"

他见怪不怪,吃了口面,才懒懒地站起身,去试了一下其他灯的开关,灯都没亮,确定没有跳闸后,他说:"不是坏了,是停电了。"

身处漆黑之中,许念倒觉得这种看不见彼此的状态让她轻松了些,反正抹黑吃饭,也吃不到鼻孔里。

许念的眼睛逐渐适应了黑暗,优哉游哉地继续吃,打算吃完快点回房去睡。

江逾从卧室摸出了手机,在橱柜里翻找。过了一会儿,微弱的光在他面前亮起,许念见江逾捧着一根香薰蜡烛走了过来,将其放在餐桌中央。

香薰是一个小兔子的造型,发出淡淡的黄色的光亮,还伴有一股很好闻的山茶花香气。江逾的一半脸颊被照亮,另一半隐在暗处,越发显得他鼻梁高挺,棱角分明。

四周很暗,山茶花的香气不断蔓延,混着泡面独有的诱人气味一起钻入鼻腔中,一种微妙的情感在空气里酝酿开来。

两人呈对角线坐着吃面,表面上两人风平浪静,实则各怀心思。

事后许念总结:这大概是江逾不经意间制造的浪漫,让他们两人吃了一顿尴尬又奇怪的烛光晚餐。

一直到第二天,许念起床后想起昨天晚上的事,总觉得是一场梦。她摸了摸还是鼓鼓的肚子,又看到水池中没洗的碗筷,才有了些真实感。

江逾的房间里空无一人,开着门和窗户,干干净净,有风吹进来,将白色的窗帘吹得翩翩起舞。

许念将水池的碗筷洗干净，吃了个简单的早餐，又去到阳台上给那里的花还有多肉浇了水。她在每个花盆上都贴了便利贴，上面写了植物对阳光还有水分的要求，这样江逾就不用再去花心思学习怎么养花了。

她的个人物品昨天就收拾好了，临走前，她又检查了一遍房间，然后背了背包，带着Lucky离开了这里。

学校宿舍不能养狗，许念只能把Lucky送回家。她妈妈一直想养只小狗，她打算给妈妈一个惊喜。

到家时，家里没人，安置好Lucky后，许念到厨房开始忙活。在江逾家里住了那么多天，总归是应该表示一下感谢。而且昨天晚上，她觉得很抱歉，所以她打算亲自做些甜品给江逾送过去。江逾下午三点以后一般不吃甜品，她要在中午之前就将蛋糕送到。

许念尝了一口奶油，甜度刚刚好，她用好看的盒子将蛋糕装了起来，然后去了市医院。

路上，许念有些心不在焉，一直在想这些天和江逾在一块儿发生的事情。相处期间，江逾的一些言语总是让她冒出"他是不是喜欢我"的想法，她觉得她没有空穴来风，思来想去，便打算与其在这里猜来猜去，到最后徒留遗憾，不如直接和江逾表明她的心意。

反正，就算她不表白，也会和江逾分道扬镳，这样看来，最糟糕的情况就是在江逾面前颜面丢尽，然后与他老死不相往来。

对她来说，喜欢得太过的人，做不成恋人，也没法做朋友。

到了医院，许念在前台打听了江逾的科室，然后去了相应的楼层，在护士站又问了一下江逾的办公室。值班的小护士看着她，眼睛亮了一下，问道："小姐姐，你是不是叫许念啊？"

许念听到对方喊她的名字，便看了一眼这名小护士，一时想不起来对方是谁，只见到对方的工作牌上写的名字是魏晓曦，许念确定她并不认识这名女生："我是，我们认识吗？"

叫魏晓曦的护士抿着嘴笑了一下，许念不知道她是什么意思，更加奇怪了。

这会儿没什么病人，魏晓曦便与许念多聊了几句："虽然不认识，但是我见过你。"

"见过？在哪里？"许念实在是不知道。

魏晓曦凑近了几分,附在许念耳边还用手挡了挡,神秘兮兮地说:"就在你和小江医生的结婚证上面啊。"

许念一愣,魏晓曦笑着补充:"你本人真的比照片漂亮多了。"

"结、结婚证?"信息量有些大,许念不明所以,低声问,"你怎么会看到我和他的结婚证啊?"

"小江医生亲自给我看的啊。"魏晓曦直言不讳,"小江虽然刚来,但因为长得太帅,好多女生都想要他的联系方式,我又跟小江在一个科室工作,就有人拜托我帮忙,结果我去了,小江医生直接把结婚证晾了出来,让我和她们说,他结婚了。

魏晓曦一边说,一边感叹:"唉,虽然说小江医生'英年早婚',但他说出'我结婚了'那几个字的时候,样子真的好帅啊,帅气且专一的男人,最能让人心动了。"

许念很喜欢魏晓曦的这份直爽,笑了笑道:"他还是这么受欢迎啊。"

她是在真心实意地感慨,但到了魏晓曦那里,却听出来了几分醋意:"许小姐,你别介意啊,我们医院虽然单身女生很多,但三观都还是很正的,有了家室的男人绝对不碰,我也会帮你盯着的,放心,我有男朋友哦。"

"谢谢啊,不过不用了。"许念捏了捏拳头,想起江逾昨天还说不随便将他俩的关系说出去呢,没想到他早就告诉科室的人了。这是在拿她挡桃花?

许念问:"你们这里的人都知道他结婚了吗?"

魏晓曦点了点头后又摇了摇头:"我也不清楚,那个结婚证上的照片是我上次给他送资料的时候偶然看到的,我就好奇,所以悄悄打开看了一眼,嘿嘿。"

"哦……谢谢啦,那就不打扰了。"许念心里有些窃喜,对即将的表白又多了几分勇气。

江逾是不想结婚,还是不想找一个同行结婚,还是……根本就不想和她离婚?

她一路瞎想着找到了江逾的办公室。

门开着,许念探头进去,并没见到江逾的身影,只见到一名年轻的学生模样的男生,穿着白大褂,应该也是实习医生。

对方听到动静,抬头看见许念,问道:"请问有什么事?"

许念站直:"你好,我想找一下江逾,他不在吗?"

"他还在手术室,大概还需要半个小时才回来吧。你找他有什么事儿吗?"

许念想到了这个情况,所以来得早,她可以在这里等一会儿:"我是他同学,来找他有些事情,请问我能进去吗?有个东西我想先放在他的位置上。"

说完这些话,许念还有些不好意思,但实习医生一副见怪不怪的样子,扬手给她指了一个位置,说道:"哦,江逾的位置在那边。"

许念看过去,靠墙的位置有张桌子很干净,桌面的东西也很少,只有一台电脑、一个水杯、一摞文件。她道了声谢,然后走到江逾的位置上,将蛋糕放在桌子的一角,还特意挪了挪桌上的书,好挡一挡那个蛋糕盒子。

放好后,她打算去外面等着江逾回来,转身的时候,不小心碰到了桌上的一摞文件。

"不好意思。"因为弄出了点动静,许念忙朝着在对面看她的实习医生道了个歉,俯身去捡地上散落的文件。

目光不经意扫过之时,她注意到一份用透明文件夹夹着的文件。

文件的第一页,白纸黑字清晰地写了几个大字——离婚协议书。

是她前几天给江逾的,但是江逾一直放在书桌上没签字,她心脏跟着一震,听到脑子里"轰"的一声,整个人愣在原处。

男方:江逾。

漂亮的行草手写字。

江逾什么时候签好的名字……

·第四章·
病人与医生

许念盯着那份离婚协议书在原地愣了好一会儿。

暗恋一个人，总是卑微且小心翼翼，一次失落便会毁掉所有的希望，再不敢有任何出格的行动。

"这位女士，需要帮忙吗？"旁边的男医生见她迟迟没有起身，走过来问。

"没事。"许念慌忙捡起地上的文件，将所有东西都归至原位，然后落荒而逃。

出门后，她使劲儿敲了一下脑袋，好将自己敲醒。

想什么呢！

江逾早就准备好要和她离婚了，她还在这里跟个小丑似的，猜测他有没有可能喜欢她并且接受她的表白。

真是个傻子。

走在楼道里，许念忽然就觉得浑身没了力气，有种自己身处梦境的幻觉，虚虚实实，摇摇晃晃的。过了好一会儿，她才听到自己的手机铃声一直在响。

宋艾蓝给她打了电话过来。

"念念，你干什么呢？怎么这么久才接电话？"

许念无精打采地解释："刚刚没听到。"

宋艾蓝听她的声音不太对劲，关心地问："你怎么了念念，难道你已经知道了？"

许念皱了下眉："知道什么？"

宋艾蓝："就是江逾啊。"

听到江逾这个名字，现在许念已经下意识抵触了，听宋艾蓝的语气，肯定又是什么不好的消息。她有气无力地问了句："他怎么了吗？"

"我在我表哥的婚礼上，听到了一个大消息，之前宴会上乱哄哄的，我忘记告诉你了，这会儿才想起来。江逾的爸爸一直想让江逾和丰明集团的千金陆双凝结婚，但江逾应该是不太愿意。为此他们父子俩闹得很不开心，江逾也一直不愿意回家，念念，你知道这件事吗？"

许念："嗯，现在知道了。"

她表现得太过平淡，宋艾蓝觉得不正常："念念你想什么呢？怎么不说话呀？你说江逾不想和你离婚，一定是喜欢你吗？你先别生气啊，我只是想到了另一种可能，作为好姐妹我必须提醒你一下，不要太'恋爱脑'了，就怕江逾故意拖延不和你离婚，是想借此推辞他和陆双凝的婚事，你可别被他利用了啊！不过，我也只是说有这一种可能。"

"嗯，别担心，江逾答应和我离婚的。"许念想起来那份离婚协议书，于是回了这么一句。

她还是相信江逾不会利用她，但同时宋艾蓝的话也狠狠戳到了她心里。

她挂了电话，楼道里一阵脚步声传来，两名医生一边谈话一边向她这边走了过来。许念挂了电话，慌忙躲到楼梯间。

"今天下班要不要一起去吃火锅？"

"不了，我得去找一趟张主任。"是江逾的声音。

"那我约别人去了，这一天的手术可真是累死我了。"

江逾看了他一眼，毫不留情道："你要能少说几句话也不至于一天天这么累。"

两人已经进了办公室，并没有看见藏在楼梯间的许念。许念忽然想起她送的蛋糕还在江逾桌上，里面她贴了一张便利贴，上面写了些感谢的话，还画了两颗红心。

许念有种想死的念头，悄悄去看，已经为时已晚。

和江逾一起回来的医生先发现了这个蛋糕，他凑过去，将蛋糕盒子拿到手上，喊道："江逾，又有女生给你送爱心了啊？正好，我要饿死了。"

见江逾没反对，他拿起勺子舀了一口蛋糕，根本就没注意到贴在盒子中的便利贴，或者是注意到了，也没在意。

蛋糕盒子被丢到一边，许念反倒松了口气，庆幸没被江逾发现。

"江逾，为什么你刚来就有人给你送东西，怎么就没人给我送？而且你都是已婚男士了，人与人的差别怎么就这么大？"

屋子里面欢声笑语。

江逾依旧是漫不经心的语气："没有啊。"

许念想起了魏晓曦和她说的话，江逾肯定不止一次收到其他女生送来的礼物了吧，她现在已经见怪不怪，毕竟高中的时候这种情况就时有发生。按照江逾的性子，女生送来的东西，他要么还回去，要么就是分给了身边的人。

这次许念为了让他收下蛋糕，还特意很真诚地写了便利贴，表达自己由衷的感谢，结果江逾连看都没看一眼。一直都是她在自作多情。

许念失落地转身，想快点离开这个地方。

医院里人来人往，长长的走廊有点光线不足，蔓延的消毒水味道给人一种压抑的感觉。许念不想见人，便从人少的楼梯间一路走下去。走到二层内科的时候，忽然听到楼道里有人在说话，是她很熟悉的声音。

"医生，不会有什么大问题吧？"

"先不要乱想，等检查结果出来了，我们才能进行进一步诊断。"一名医生回答完后匆匆离开。

许念惊讶地走过去，居然在医院里碰到爸爸许继文和妈妈徐岚。

"爸？妈？"

"念念？你怎么在医院呢？"徐岚也很惊讶，随即转为担心。

许念走到她面前时，她将许念全身上下打量了一遍，问道："念念，你哪里不舒服吗？"

许念一时不知道该怎么回答，便随意找了个理由："没有，我来这里找同学。爸、妈，你们来医院了怎么也不和我说一声，幸亏我碰到你们了，要不然我都不知道呢。"

她话里有怨气，明明今天她回家之前，就给他们打过电话了，他们只说是在上班，没想到竟然来了医院。

徐岚道："就是体检一下。"

"单位不是有定期体检吗？你们突然来体检，是不是哪里不舒服？"

"你就别逞强了。"许念的爸爸许继文拉了一下徐岚，他一贯少言少语，但见徐岚想瞒着许念，便开口，"念念，你妈这几天胃不太舒服，所以就来医院查查。"

许念心里忽然一酸，平时妈妈有些胃痛都是自己吃点胃药的，这次来医院做检查，肯定不会是什么小病。

徐岚摆摆手："就是老毛病犯了，你爸非要让我来医院查一下，肯定没什么事儿。"

许念问:"那什么时候出结果?"

徐岚:"说是明天。"

许念点点头:"行,正好今天我跟你们一起回家,明天再一块儿过来。"

徐岚道:"不用,也不是什么大事,你要是忙就回学校吧,等结果出来我打电话告诉你。"

"不行。"许念强硬道,这时出来一名医生,将一张缴费单递过来,"家属去缴一下费用吧,然后去抽血就行。"

许念抢着接过:"我去办,你们在这里等着就行了。"

市医院很大,许念是路痴,看着复杂的指示牌有些迷茫。小时候她生病了,都是爸妈带着她来医院,她什么都不用管,爸妈就会把事情办好,现在轮到她,才发现自己对各种流程根本不熟悉,不管是缴费还是检查,连地点她都要找半天。

来回找了几圈,许念缴好了费用,然后带徐岚去了抽血采样点。抽血的地方有很多人在排队等,许念找了个空位,让爸妈一起坐下来等。

徐岚见她心情低落,故作轻松地转移话题:"念念,之前妈跟你说的那个男生,就是你张阿姨的儿子小何,要不要见一见?"

许念有些无奈:"妈,你身体重要,提这件事干吗?"

徐岚也没太勉强她,只感叹道:"爸妈都老了,这不是想着你能早点找到照顾你的那个人吗?"

许念倔强道:"我自己也能照顾好自己的。"

"不一样。"

"哪儿不一样了?"

徐岚叹了口气:"等你老了,自然就能体会到的。"

许念侧头看妈妈的时候,察觉到妈妈的眼神里竟带着担心和乞求,和妈妈眼角的皱纹一块儿化成戳人的针刺,让她忽然开始后悔之前在和妈妈打电话时候的不耐烦。

她都二十五岁了,还耍什么小孩子脾气?就算是让爸爸妈妈安心,她也应该答应下来的。

许念改了主意,点头道:"好吧,我答应去见见他,但能不能过些时日再见面,我……"

她话说到一半又咽了下去。

"怎么了？"徐岚见她迟疑，便问道。

许继文了然道："你还不知道她在顾虑什么吗？肯定是因为江家那小子！"

提起这个，徐岚更多的还是惋惜。她长叹了一声："唉，江逾一表人才，你们走不到一块儿，也是可惜了，害得我还得操心。"

"长得帅能当饭吃？那还不是眼瞎！看不上我闺女，离婚就行了，咱也不逼迫他，而且当初他也是自愿结婚的，说好了半年期限，一直在国外躲着对念念不闻不问，搞得跟我们欠他似的！对了，那小子不是回国了吗？既然都回来了，怎么还不来和我们念念办离婚？"

徐岚安慰道："你别这样说啦，毕竟当初是因为爸的事，委屈了那孩子……"

许继文打断她，愤愤地说："怎么算是委屈呢？就算是，也不能因为这样，就让咱闺女孤独一辈子！大不了我们补偿他。"

许念打断他们："我们的事情会自己解决的，江逾不是那种人，我们联系过，这两天一有空就会去办离婚的。"她心里暗暗庆幸，幸亏他们不知道江逾现在就在这个医院，不然估计得亲自找上门了。

"那等你们处理完了，立刻马上给我消息，我还得跟你张阿姨约时间呢，人家小何也不是随时都有空相亲的。"

"知道了，知道了。"许念漫不经心地答应，转头时见到一个熟悉的身影，她眉间皱了皱，大概这就是孽缘，刚才还担心爸爸会上门去找江逾呢，没想到江逾自己过来了。

"叔叔，阿姨。"江逾已经站到了他们面前，面色中带了些许惊讶。

徐岚认出他来，不可思议地问："是江逾啊？你在这儿工作？"

江逾："嗯，我正在实习，不过是在外科，来送一些资料。阿姨，你身体不舒服吗？"

徐岚神色柔和下来："没事，就是经常性的胃疼，来检查一下，刚医生让我来这儿做抽血检查，等着呢。小江，你什么时候回来的啊？"

"上周，那个……"江逾看了一眼许继文，想起刚才他无意中听到的话，郑重其事道，"叔叔，阿姨，我会和许念尽快离婚的，请你们放心，我不会耽误许念。"

徐岚笑了一声："没事，不着急，我们——"

还没说完，许继文肃声问道："什么时候有空？"

"这周末或者下周末都行,看许念什么时候方便。"

"我也都行。"许念挤出一个笑来,心里却觉得凉凉的。

这时有广播提示:"请387号徐岚女士到一号窗口。"

徐岚站起来:"到我们了,我过去了。"

许继文跟着起身:"我送你妈过去,你们就在这儿等一下吧。"

"我也去。"许念想要跟过去,却被江逾拉住。

许念转头看江逾,听到他低声对她说:"许念,我有点事想和你说。"

许念第一次看到他穿着白大褂的样子,在淡淡的消毒水味道中,江逾垂着眸,像是救世主一样,很干净很美好。

她问:"什么事?"

江逾沉吟片刻,开口:"那个余盛,你师兄……"他说话忽然变得支支吾吾。

许念猜测他是在担心昨天的事情会影响到她和余盛的关系:"没事的,余师兄平时人还是挺不错的,昨天可能是一时激动吧。毕竟谁听到我们结婚的消息,都会比较惊讶吧。"

江逾迟疑片刻,点头:"嗯,是我太冲动了,忘记了考虑你的感受,以后我不会将这件事随便讲出来。"

"没事没事。"许念故作不在意地笑了一下,反正很快就要离婚了。

江逾轻轻点了下头:"我还想问一个问题。"

许念:"什么?"

江逾温声问:"你喜欢余盛吗?"

许念一愣,原来江逾是想问这个问题吗?她在思考的时候,江逾一直在看着她,等着答案。许念微微皱起眉头,猜测,他是在紧张吗?

过了片刻,她缓声道:"余盛是我的师兄,对我也很照顾,我觉得他人还不错,但少了一点感觉吧,本来是想等我们离婚了,我会试着进一步了解他一下,但昨天他的反应,已经让我进一步认识了他。"

她说完,抱着最后的希望去观察江逾的表情。心理学上讲,一个人在紧张的时候,会下意识地眨眼睛,目光飘忽不定,或者有一些摸鼻子或扯领带的小动作。

此时,江逾目光微微低垂着,没看她,目光略显飘忽,但其他小动作倒是一概没有。他站得很直,而且在听了她这一段话后,表情上并没有什么变化,好像在听一段和他无关的新闻。

许念有些失望，她收回目光，似乎在安慰自己："不过没关系，我妈说她给我物色了一个相亲对象。"

江逾道："嗯，刚刚听到了。你还没毕业，这么着急去相亲吗？"

"是啊，干吗着急结婚，"许念压低了声音嘀咕了一句，"我就是让我妈安心，认识一下也好，说不定就是有缘的人呢。我一个好朋友和她现在的老公就是相亲认识的呢。"

江逾没接话，他的面色不太好，嘴唇发干，看起来有些疲惫。许念注意到他额头上出了些细汗，就算是做手术累着了，也不至于在开了空调的情况下还出汗吧。刚想要问，一阵手机铃声从他衣兜里传来，他接起来。

"好，我马上送过去。"

许念道："你要去送资料吧，快去吧，我妈那边估计还要等一会儿，检查完后我们就直接回家了。你注意休息，不用管我们了。"

江逾点点头："那帮我和叔叔阿姨道个别，对了，有需要我帮忙的地方随时找我。"

许念答应。

检查结束后，许念和爸妈回到家，等着明天去医院取检查报告。

刚进家门，徐岚就吓了一跳："哪里来的小狗？"

现在这种情况，许念对自己抱了只小狗回家有些抱歉，又不能再送回江逾家，便说："这两天我先照顾它。"

徐岚摸了摸小狗的头："还挺可爱。"

许念信誓旦旦道："今天我做饭，你们休息吧。"

徐岚用质疑的眼光看了她一眼："你做过饭吗？"

许念自信满满："我现学现卖啊。"

她往厨房走，许继文也跟了进来，许念将他推出去："今天你们都休息，等着吃就好了。"

厨房清静下来，许念撸起袖子，打算大干一场。洗菜、切菜的过程可以解压。每一株植物生长得都很认真，所以要用心地对待每根蔬菜，这还是她看江逾做饭的时候听他说的。

她特意选了养胃的食材，做好之后，兴致勃勃地喊爸妈过来吃饭。

"味道怎么样？"许念上菜之前就尝了，还不错。

许继文尝了一口："差强人意吧，这汤做得确实不错。"

许念笑嘻嘻道："谢谢爸爸夸奖。"

徐岚道："比你爸做的还是差了些，应该再放点盐就好了。"

"哦。"许念敷衍地点着头，"口味清淡一点对身体好。"

她觉得爸爸做的饭一直有些咸，但妈妈就很喜欢。

"听说你张阿姨的儿子很会做饭。"徐岚再次提到这个话题，而且一说起来，就笑眯眯的。许念觉得，妈妈确实不像是什么病人。

"妈，我又不是在找男保姆。"许念垂着眼道。

徐岚恨其不争："我的意思是，会做饭的男生一般都比较顾家。你总说不着急，等你年纪再大点，想找的时候，好男人可都被占去了。"

许念不想和妈妈拌嘴，从去年开始她一回家妈妈就三句不离这个话题，她早就形成了左耳朵进右耳朵出的习惯。

徐岚唠叨太多次了，许继文都听不下去："怕什么？咱闺女看上了谁就是谁，他要不愿意，我直接将他抓过来。"

许念"扑哧"一声笑了出来："爸，你以为你是警察就能想抓谁抓谁啊，你这是犯罪。"

许继文否认："我这不是犯罪，谁能娶到我这么好的女儿那是他的福气！以后谁要是对你不好，我也直接把他铐起来。"

许念笑得合不拢嘴："爸，你这是不是叫滥用私刑啊？"

徐岚嫌弃道："别听你爸瞎说，你要能抓快抓啊。"

许继文一副认真的模样，问许念："闺女，那个江逾，你喜不喜欢？"

"啊……"许念猝不及防，"没有，我们当初不就是为了爷爷能安心才领的证吗，哪有什么感情？"

江逾都那么正式地说要和她离婚了，就算她喜欢也没用了。她觉得该主动已经主动过了，如果江逾依然不喜欢她的话，她也会努力让自己慢慢地淡忘他。

"其实小江那孩子还挺优秀的，你俩要是能成还省事了，可惜了。不过你张阿姨的儿子也优秀得很，不比江逾差。"徐岚絮絮叨叨说着。

许念已经心不在焉，一直在为即将和江逾离婚的事情而介怀。

如果江逾一回国，他们就去办理离婚的话，她也许就不会这么难过，偏偏是在她想要勇敢一次向他表白的时候，又被残忍的现实打回原样。

许念蔫蔫地吃完了整顿饭，然后回屋收拾东西。早上回来的时候，她把行李箱放了过来，都没来得及整理，现在一整理衣服，她发现有一件内衣不见了。

"难道丢在江逾家的卫生间了?"许念心里一紧,将行李箱来回找了个遍,怎么都找不到。

昨天洗完澡,她确实是直接穿了睡衣出来的。

完了!

她越回忆越觉得事态严重。今天早上江逾已经洗漱过了吧,要是看见她的内衣随便丢在那里,就太尴尬了!重要的是,她都搬出来了,内衣一直丢在江逾家里也不合适,让江逾帮忙送过来就更不可能。

许念苦涩地挠了挠头,她看了一眼时间,还不到江逾的下班时间,如果她现在火速赶去他家拿,应该可以神不知鬼不觉地拿回来。她立刻行动,打了个出租车直接到江逾家楼下。

为了以防万一,走到门口的时候,她先敲了一下门,里面没人应答。

许念庆幸地松了口气,密码没变,她顺利地潜进了江逾家里。房间里没开灯,有些暗,许念悄悄去到卫生间,居然没找到。她以为自己记错了,正打算溜出去,却在阳台的晾衣架上看到了她的内衣。

许念瞳孔"地震",因为她确定昨天洗完澡后,并没有洗这件内衣,现在它却被洗干净晾晒在阳台。除了她,只能是江逾洗的!

她匆匆忙忙地跑去阳台取衣服,摘下来后,听到有低低的脚步声传过来。是从厨房发出来的,脚步声逐渐清晰,两秒钟后,许念见到江逾从厨房慢慢地走了出来。

"江逾!你怎么在家?"许念吓坏了,整个一做贼被抓的现场,她恨不得找一个地缝钻进去。

"我下班了,不回家去哪儿?"江逾淡然解释,从表情上来看,他并没太惊讶许念为什么还会来他家里。

许念用笑极力缓解尴尬:"我的意思是,你怎么没声音啊,而且刚刚我有敲门,你没有听到吗?"

江逾摇了摇头:"你敲门了?不好意思,我没听到。"

许念见他不像是在撒谎,姑且相信。她总觉得今天江逾不在状态,一个人在家不知道干吗呢,灯也不开。

她现在只想拿着内衣快走,将内衣揉成一个卷想要掩饰,反倒欲盖弥彰。

江逾的目光在她手上顿了一下,随即移开,他轻咳了一下:"那个……"

许念重重地叹了口气,还是没躲过,干脆大大方方地笑了一下:"谢谢你帮我洗。"

江逾解释道:"我不是故意的,那个有点小,所以我洗衣服的时候没看到,一起都给塞进洗衣机了。"

许念本来就处于敏感的状态,他不解释还好,这样一解释,许念反而怒了,怎么可以人身攻击!

在羞耻心的驱使下,她自然而然就把江逾的话想歪了,皱着眉头,理直气壮道:"怎么小了!"

"我不是那个意思,"江逾语言系统开始混乱,理了半天,才开口,"我的意思是,它的体积和我的衣服比起来比较小,导致它完全盖在了我衣服下面,所以我放衣服的时候不小心将它卷进来了,混在了一起,我也是洗完晾衣服的时候才发现的。"

江逾慌到脸色发白,许念脸上露出一个柔和的笑意:"知道了,我没怪你的意思,是我丢三落四的,我要回去啦。"

江逾皱眉:"你要回去?"

"对啊,我只是来拿衣服的。"许念一边往外走着一边道,"你不用送我了。"

走到门口,她正要关门离开,房间里传来一道玻璃碎裂的声音。

"江逾,怎么了?"许念折回去,见到江逾把喝水的杯子打碎了,他正在弯腰捡玻璃杯的碎片。她意识到不对劲儿,没开口问,伸手直接去碰了江逾的额头,果然如她所料,烫得厉害。

"江逾,你发烧了。"

"我来弄吧,你先去那边坐一会儿。"

她帮忙收拾玻璃的碎片,起身去拿扫把时,江逾忽然拉住她的胳膊,恳求的目光看向她:"许念,你能不能留下来陪我一会儿?"

许念想起来,在医院的时候江逾的脸色就不是很好,还出了些汗。

"白天我们见面的时候,你就开始发烧了吧,都生病了,怎么还在工作?"

"我刚入职没多久就请假的话不太好。"江逾一边说着,一边收拾玻璃碎碴。

"那也不能硬撑啊。"许念埋怨。

"没事。"

他想要接过许念手中的扫把和撮箕,但许念没让,她把扫把别在身后,说道:"我弄就好了,你先回屋里躺一会儿。"

江逾站在原地没动:"那你答应留下来了?"

他语气里带了些乞求,许念心里顿时一软,人在生病时总会很容易孤独,把江逾一个人丢在空荡的房间里,她不忍心。

"我帮你打扫完。你吃饭了吗?我炖点汤给你喝吧,做完这些我再走。"

"多谢。"江逾听过,这才安心回了卧室。

许念将地上的碎片打扫干净后,没找到药箱,便走过去问:"江逾,你有没有吃药啊?"

江逾摇摇头:"只是发烧,我一般不吃药。"

他穿着日常的家居服,很听话地坐在那里。床头柜上放了一支体温计,许念留意到,上面显示的是 39.2℃。她皱眉,惊声道:"都 39.2℃ 了,我去给你倒水。"

许念去到厨房,菜板上有切了一半的萝卜,她提高了些音量问道:"江逾,你在做汤吗?"

房间里传来江逾的声音:"嗯,我在做排骨汤。"

许念:"那我来做吧。"

她没做过,只能上网百度了一下排骨汤的做法:"山药养胃,莲子清火,再切些葱白……先把排骨焯水洗净,放入锅里,再放葱白、姜片……"她嘴里小声念叨着。做法其实很简单,但许念拿不准要放多少盐,病人应该喝得清淡些,少放一点就是了。

她正忙活着,江逾从房间里缓缓走出来:"按照这个来做吧,麻烦了。"他递来一张纸。许念接过来,上面写了做法和各种配料的用量,比网上教程中的"适量""少许"实用多了。

许念像是找到了趁手的兵器,这些天她动了好几次灶,一回生二回熟,再按照江逾给的保姆级教程,非常顺利地就做好了排骨汤。做完汤,她将那张写着配料的字条折了几下,悄悄放进了衣兜里。

江逾的字很好看,是那种工整且很有力度的小楷。高中的时候许念悄悄搞到过一张他的作业纸,然后私底下去临摹他的字迹,不过那张作业纸后来被她妈妈当作废品丢掉了,为此许念伤心了一整天。

她将炖好的排骨汤端到桌上,喊了几声,屋子里没有回应。江逾靠在床头睡着了，许念走近几步，轻轻喊了一声江逾的名字，江逾没醒，他的呼吸略显急促，大概是睡沉了。

江逾睡着的时候没了平时的锋芒，整张脸的线条都显得柔和了起来，圆圆的鼻头还有尖尖的唇峰很可爱。许念第一次看到江逾的睡颜，不由自主地掏出了手机，悄悄拍了一张照片。

高中那会儿她也偷拍过江逾，基本上都是背影，或者离得很远，只有一个模糊的身影。这么近距离的睡颜，她还是第一次拍到。

许念暗戳戳地欢喜了好一会儿，像是得到了了不得的宝贝一样，把手机紧紧握在手心里，一直到她的目光被枕边的一本书吸引过去——Flipped（《怦然心动》）。她几年前看过电影，具体的剧情已经忘了大半，只记得非常好看，便很想再细细品味一下原著。

书被放在江逾的里侧，许念懒得绕过去拿，便直接弯了腰伸手去够。不料指尖刚碰到书，她便看到江逾半睁开了眼睛，静静看着她。他眼中虽没惊起什么波澜，但许念实属被吓了一跳，因为她正好横跨江逾的胸口处，低头就是他近在咫尺的脸颊。

这个姿势极易引起误会，许念本是无心无愧，但目光触到江逾漆黑的眸子时，免不了一阵心慌。她急忙直起身子，表面上装作若无其事的模样，伸手指了指没成功拿到手的那本书："我是想去拿那本书来看看的，懒得绕路了。"

江逾目光移到那本书上面看了一会儿。他刚睡醒，还没反应过来发生了什么，几秒钟的沉默后，他开口道："你喜欢的话就拿去看。"

话题成功转移到了这本书上，许念略微松了口气："可以吗？你不是正在看吗？"

江逾："没事，我看完了。"

许念惊喜，一时忘了让江逾喝汤，拿着书翻看了几页才想起来："你肚子饿吗？要不要先起来喝点汤再休息，我刚刚把汤炖好了。"

"好。"他声音比平时低了几分，带了些嘶哑，却显得更有磁性。

他缓步走到餐桌前坐下。许念很贴心地给他盛了汤，期待地问："味道怎么样？"

江逾抿了一小口："嗯，还可以。"

许念受到肯定，心里涌出一丝喜悦，咧嘴笑了笑："多谢夸奖。"

江逾淡声道："其实我现在尝不出什么味道来。"

许念:"哦……"

天色已经完全黑了下来,许念看了一眼时间,将近九点。

"我得回家了。"许念看向四周检查了一下,窗户她都关上了,应该不会很冷,"江逾,你还有什么需要帮忙的吗,如果没有的话,我就走了。对了,我找到药箱了,如果你实在太难受,就吃些药,还有……"

江逾打断她:"既然这么担心,那不如留下来。"

"啊?"许念顿住。

江逾站起身走去厨房。

许念扭头问:"江逾,你要拿什么?我帮你。"

江逾拿了一副碗筷走出来,放到桌上,盛了点汤,放到她面前:"自己做了半天的汤,不喝一些?"

"可是——"许念想说时间有点晚,她爸妈对她的要求是晚上十点钟前必须回家。

江逾先道:"太晚了,路上不安全,别回去了。"

许念见他在担心她一个人回去,便摇头安慰道:"没事的。"

江逾坚持:"万一出了什么事情,我心里过意不去。"

许念见他认真的样子,笑了一下:"哪会出什么事呀?而且现在还不是特别晚呢,外面人很多的,放心吧,我打正规出租车。"

江逾没管许念说的话,已经给她盛好了一碗汤,然后目不转睛地看着许念,问:"那万一我出了什么事情呢?"

许念觉得这个问题有些离谱,看来江逾是真的想让她留下来。她终是于心不忍,反正都住过好几天了,也不差这一天半天的。

她重新坐了下来,喝了一小口汤后,问道:"那我要做什么?"

江逾看了她一眼,缓声道:"不用,你早点休息便是,只要你在这里,我就比较心安。"

他喝了几口汤,又补充:"对了,谢谢你的蛋糕。"

许念惊讶地抬头:"你吃了?"

她记得江逾明明连看都没看那个蛋糕一眼,直接给了别人。

"吃了,很好吃。"江逾说完,看到许念惊讶的神色,不禁问道,"有什么问题吗?"

许念急忙摇头:"没有,只是我当时在门口不小心看到了,还以为你没吃直接给了你的同事呢。"

江逾略微皱了皱眉:"你当时在门口?我怎么没有看见?"

许念脸一红:"我只是偶然经过。"

江逾认真解释:"我不知道那个蛋糕是你送的,所以让贺医生拿走了。后来我看到了你写的便利贴,便把蛋糕要回来了。"

他那时候刚从手术室出来,脑子晕晕的,贺正将蛋糕拿走的时候,他也没去想桌上为什么会有蛋糕,直到贺正打趣着道:"老江啊,你说你都是已婚人士了,怎么还有小姑娘来给你送蛋糕啊?你不会不检点地在外面招蜂引蝶了吧?哎?该不会是你的小媳妇送过来的吧?"

江逾这才反应过来,有人给他送了蛋糕。他急忙去看,目光瞥到地上的便利贴,他将便利贴捡起来看过后,径直走到贺正面前,将贺正刚刚挖了一勺后剩下的蛋糕全都拿了回来,留贺正在原地疑惑了半晌。

听了他的描述,许念惊讶里带着兴奋,忍不住笑了起来:"你要回来了啊?"

她想象着那个贺正医生被要回蛋糕后的样子,觉得既好笑又有点可怜。

"肯定是有好多人都给你送过东西,但你又不会吃,所以就都分给同事了吧,不然他们怎么这么习以为常,跟高中的时候简直一模一样。"

许念摇着头感叹,江逾却发烧烧得脸色通红,声音也低低的:"没有,你送的东西,我没给别人。"

许念觉得他的样子很可爱,眯了眯眼,朝他笑着安慰道:"没事啦,我送那个蛋糕,就是想感谢你,这些天在你家里住了这么多天,还蹭了这么多顿饭,我实在是不好意思。"

江逾低低呢喃:"这不就是你的家吗?"

许念觉得江逾开始说胡话了。

决定留下来后,许念给家里打了个电话,她撒了个小谎,说她回学校有点事,不回家了。

江逾喝完汤后早早去休息了。许念在江逾床边的沙发上看书,快到十二点的时候,她看得困了,便起身去看江逾,他已经睡沉了,额前出了些汗。

许念想起自己小时候发烧,吃什么都没胃口,只想吃点山楂罐头来败败火,睡觉也觉得难受,翻来覆去的,很不安稳,但江逾却很老实,躺在床上后就睡了。有好几次,许念都有点怀疑他是不是晕过去了。

许念摸了摸他的额头,还是烫的,肯定不舒服,他在忍着,不想麻烦别人罢了。

她找来一条湿毛巾帮他擦汗降温,又给他往上盖了盖被子,才回房睡觉去了。

江逾的身体好,一晚上就退了烧,次日清早,许念搭着江逾的车到了医院。

江逾去科室后,许念去买了早饭,回来就看到了她家的车。她走上前去迎接:"爸、妈,吃早饭了吗?我买了一些。"

徐岚从车上下来,看起来精神挺好的:"怕还会有什么检查,所以还没吃。"

许念笑道:"那正好给你留着。"

"你先吃吧,一会儿再买。"徐岚将包子推回到许念手里,"你大清早从学校赶过来多费事,要是学校有事,就不用跟来了。"

许念挽着徐岚的手臂往医院里走,有些心虚:"妈,学校没事。"

徐岚的主治医生是一名年纪比较大的大夫,姓郑,戴了一副厚厚的眼镜,头发略微发白,看起来经验十分丰富。

他眉头微微皱起,盯着检查报告看了半天。许念屏气凝神地等着,比徐岚还紧张。过了一会儿,郑大夫缓缓开口:"从检查结果中看,并不是很乐观,如果不进行手术的话,癌变的可能会很大。"

短短一句话,许念听得心惊胆战。许继文脸色也有些发白,倒是徐岚本人没什么太大的反应,强扯出一个笑来,半信半疑道:"郑大夫,是不是结果有问题呀,我这胃疼是老毛病了,都是吃些药就好,不至于这么严重吧。"

郑大夫的表情十分严肃:"凭我多年来的经验,这是癌变的前兆。如果你在其他的地方检查,一般来讲,大夫确实只会给你开些胃药来吃,但一旦发生严重病变,代价就会很大的,所以建议你办理住院,及时治疗。"

徐岚还在犹豫,脸上的表情很是不情愿。许念就猜到她会这样,便直接替她决定了,坚决地说道:"好,我这就去办理住院。"

徐岚喊住她:"我没说要住院啊。"

好在有许继文拦着,许念成功出来,到大厅去办了住院手续。

办完手续回来,护士带徐岚去了病床。许念刚到门口,就听见徐岚的怨声:"我就是胃疼来做个检查,老毛病而已,怎么就弄得这么兴师动众的了?"

好在她身边有许继文陪着:"岚岚,咱们的念念长大了,你得听她的了。你想想现在要是一意孤行,将来万一出了什么事,我和念念得多愧疚?"

徐岚不再反驳了。

许念走进去,看到徐岚虽没再吵着要回去,但还是一副不情愿的神情,干脆直接来强硬的:"这才对,反正我已经办完手续了,你住也得住,不住也得住。"

她一边整理床单,一边道:"一会儿我回家去拿点东西吧,不过我没经验,你们能不能和我说一下,都需要些什么。"

徐岚不说话,她生气的时候就不爱说话。

许念改用激将法:"妈,你是不是害怕动手术啊?"

徐岚白了她一眼,扭头道:"我可没害怕。"

许念安慰道:"郑医生都说了,你这病发现得早,并没有大面积病变,所以只需要切除一小点,就是个小手术。放心吧,三天后就做手术,下周你就能恢复正常了。"

徐岚强调道:"都说了我不害怕。"

许念顺势接话:"那就做手术。"

徐岚妥协道:"我做就是了。"

许念这才放心下来,徐岚给她列了一些回家要拿的生活用品,许念马上动身回家去取,许继文留下来照看着徐岚。

许念回到家,脚刚踏进门,手机铃声忽然响了起来,她接起来,电话那头传来陶玥焦急的声音:"念念,你能不能回来一趟啊,学校里面出了点事情。"

许念听她的语气便有一种不祥的预感:"发生什么事了吗?"

"对不起啊念念,"陶玥低低道了声歉,然后支吾道,"我用了一下你的卷发棒,结果放在你的桌子上忘记藏起来了,被来查寝的宿管阿姨发现了。"

许念皱了下眉头:"宿管阿姨应该不会为难我们吧。"

"不是,"陶玥迟疑了一会儿,愧疚道,"不只是宿管阿姨,辅导员也在。"

许念心道惨了,他们的辅导员余老师可不是好惹的,平时非常严格。

"那她说了什么啊?"

陶玥蔫蔫道:"余老师说让你回来和她保证以后不再用这个卷发棒,还得交一份检讨,一周内得交上去。"

许念犯愁,屋漏偏逢连夜雨:"玥玥,你能不能帮我和老师说一下,我有事回不去,但是检讨我会按时交的。"

陶玥有些为难,但还是答应了下来:"好吧,这事儿也是我引起的,我尽量帮你求个情,对不起啊。不过,你那边出什么事了?你不是在江逾家里吗?"

许念道:"没有,我脚好了之后就从江逾家里搬出来了,现在在家里住,因为家里出了点事,所以回不了学校。"

陶玥关切道:"家里怎么了?需不需要我们帮忙呀?"

"不用的,我妈妈这两天身体不舒服,我陪她去医院看病,不过大夫说了,不是很严重,所以你们不用来的。"

陶玥道:"嗯嗯,那就行,你要是有什么事,随时叫我们,我们去帮忙。"

许念道:"好。"

挂了电话,许念又看到微信通知,月底论文的中期汇报,下周之前要先发给导师一版进度汇报。

所有的事情都堆积在了这几天发生,许念心烦意乱,迅速收拾了东西,赶回医院去。

病房里,许继文正在给徐岚削苹果,苹果削了一半,就连着接了三个电话。警局的工作很忙,许念现在回来了,便说服他先回单位,她留下来照顾妈妈就好。

许继文坐下来,打定了主意要好好陪家人:"没事,我今天就不去了。"

许念道:"那单位那边的工作没关系吗?你放心吧爸,我能照顾好妈妈。"

徐岚也道:"是啊,我这还没做手术呢,就算念念不在,我也好得很,干脆啊,你俩都走吧。"

许念拧眉看了徐岚一眼,埋怨道:"妈,我得在这里陪你,不然你一个人多孤独。爸,你就先回去吧。"

"没事——"许继文话还没说完,又来了电话,他听那边汇报完情况之后,神色严肃起来,改了主意说道,"行,我马上回去。"

徐岚哀叹着道:"唉,不是说没事吗?"

许继文眉头皱成一个"川"字,解释道:"出了个新案子,最近有好几个女性在半夜失踪,我得去看看。"

徐岚换了个姿势躺,催促他:"快回去吧,我这儿暂时不需要你。"

许继文动身离开,临走前不忘嘱咐许念:"念念,你最近也要注意安全,千万不能一个人走夜路。"

"知道了,爸。"许念点点头,这句话爸爸从小就叮嘱过她无数次了,她熟记在心,警惕意识很高。她拿过许继文削了一半的苹果,继续削。徐岚看着她,心里一阵欣慰。

这两天,徐岚经常胃痛,频率高且严重了,许念在医院悉心照顾,认真记下医生说的各种注意事项,晚上回家就抓时间准备论文中期答辩的文档和PPT。

徐岚的手术很成功,只是刚刚手术完,行动还不太方便,许念也是这时才知道,照顾妈妈比她想象的还要累得多,尤其是在妈妈做完手术之后。

徐岚总是因为她被照顾感到愧疚,但其实感到愧疚的是许念。她之前从来没有好好照顾过妈妈,妈妈一病,她才后知后觉地意识到妈妈在一点点变老,身体早已不如从前。

还有两天徐岚就可以出院了,胃口也好了起来,许念跟医生确认过她可以吃些正常的饭菜后,打算出去买点可口的饭菜。回来的路上,见到陶玥的消息,她猛然想起来,忘记交检讨给余老师了!

下午徐岚还要做一个术后检查,她要在医院看着,抽不开身,电脑也没在身边,许念便打算给余老师打个电话解释一下。

电话响了好几声,余老师才接起来:"许念,你们宿舍其他人的检讨都交给我了,就差你一个人的,上次你来都不来,这次检讨也不交,你到底想干什么?"

许念听着句句尖锐的责怪声,一股莫大的疲惫感蔓延开来。她解释道:"余老师,我妈妈这两天生病了,我在照顾她,能不能再宽限我一天?"

余晴觉得她是在找借口,丝毫不留情面:"你们一个个的不要都用这种理由来搪塞我,今天我下班前,你把检讨送过来!"

说完，还没等许念再说话，电话已经被人狠狠挂断。

许念知道余老师为什么这么不讲情面。之前在评奖学金的时候，存在一些不公平的加分项目，许念带头指出了这点，与其他同学联名请求余老师修改。许念觉得这是在合理合法地维护他们的权益，余晴虽然也同意了，但从那之后，余晴对他们几个人的态度明显比之前冷淡了不少。

之前积压的委屈和现在的难过在这一时刻全都迸发出来，如浪潮般席卷而来。

好巧不巧，天开始下起雨来，头顶阴沉沉的乌云压下来，像是一块大石头一般压在心头。许念觉得浑身沉重，很想快点找个地方缓口气。

她站到便利店门口躲雨，心里乱成一团，情绪总是在某一个时刻突然迸发，有时候并不需要一个固定的时间，甚至不需要一个合理的理由。

在所有事情都压到身上的那一刻，往日很擅长时间规划的许念也软弱了下来，没来由地感觉自己被无助包裹，眼泪不争气地流了下来。周围没什么人，许念微微转过身，对着墙擦眼泪，过了一会儿，忽然觉得身后有人在靠近她。

"许念。"一道熟悉的声音直接击中她的心底，是她平日里最想听到的声音，却也是现在却最不想听到的。

许念在慌乱之中努力擦干眼泪，转过身后，江逾的脸映入眼帘。她低低喊了声："江逾啊。"

虽然她在努力振作起来，但声音还是免不了有些嘶哑。

她想着说些什么，但还没想出什么话题来，就见到江逾展开了雨伞，轻轻侧过头来，深邃的目光看向她："走吧，一起回医院。"

许念没说话，只默默点了点头。喜欢一个人的时候，总是想把自己最好最闪亮的一面展现给对方，所以会很怕在他面前露出狼狈的样子。

此时和江逾一起肩并肩站在雨里，同在一把伞下，两人间是很微妙的距离，许念觉得自己很丢人，又觉得幸运，很珍惜这一刻。

江逾并没有问她刚刚为什么在哭，也有可能是刚才没有看见。

豆大的雨点打在伞顶上，发出清脆的"滴答"声响。她和江逾躲在这把小小的伞下，就像落难的公主，被王子救下。此时此刻，他们身处童话世界，与兵荒马乱的世界隔开，地上冒的泡泡都有些浪漫的气息。

许念默默感受着，觉得江逾身边的雨好像多了点不同的味道，像草莓味儿的汽水。有湿润的风吹过脸颊，她的心里像是藏了一个风铃一般，被周身的风风雨雨打得"哗啦"作响，片刻不得消停。

"阿姨的手术已经做完了吧。"梦幻的世界里忽然传来一阵声音，仿佛从宇宙另一头飘来的，将她拉回现实。

许念反应了一会儿，才意识到是江逾在和她说话。

她急忙点头："嗯。"

江逾低低地回应了一声后，两个人便沉默无言，一时没有什么话题可言。

不知为何，开启了一个话题后再陷入沉默，气氛开始变得尴尬起来，"噼啪"的雨声反而显得更加安静，从便利店到医院的路本来很近，但许念觉得他们两人走了好久。她想起自己刚刚偷哭的事，不知道有没有被江逾看到，心里打着小鼓。

一路终于熬到了医院门口，江逾道："刚刚买了些水果，我和你一起去看看阿姨吧。"

提到这个，许念突然拍了下脑袋："哎呀，我忘了，我得去再买点东西。我妈说想吃八宝粥来着，结果一下雨我就给忘了。"许念看了下不见减小的雨势，转头问江逾，"江逾，能不能先借我一下雨伞？"

江逾把手里的袋子递给许念："水果你先给阿姨带过去，我去帮你买。"

许念还没反应过来，江逾已经转身重新冲进了雨里。

他的身影慢慢缩成一个点，消失在转角，许念只好拎着水果和买来的饭，先回了病房。

徐岚看起来面色不太好，许念本来是想下午回学校交检讨书，现在她又有些担心了："妈，你脸色怎么看着没昨天好了？是不是不舒服啊？"

"没啊！外面是不是下雨了？可能是雨天有点闷吧。"徐岚说得随意。

许念把饭和水果放在桌上，从里面拿出来一个橘子一边给徐岚剥开，一边说道："妈，这是江逾给你买的橘子，你要不要吃一个？一会儿他说要来看你。"

"江逾？"徐岚神色一变，眼中多出一抹复杂的情绪，"念念，你俩刚刚碰见了？我感觉最近你俩关系好像熟悉了不少。"

"没有吧。"许念回想了一下，"我们哪有时间熟悉啊。"

徐岚觉得有道理："也是，你俩要直接离婚，其实还是挺可惜的。之前江逾那孩子在国外不回来，我就干着急，总想帮你看着点周围有没有

·065·

合适的。但他回来了,你俩也有相处机会了,我倒是挺喜欢他,这可能就是眼缘吧,你得清楚,离婚对于一个女孩的影响还是挺大的。"

许念道:"妈,如果对方介意我离过婚,那他就不是我要找的那个人。"

"说得轻巧。"徐岚叹道,"你和江逾要是能生出感情来,最好不过了。你俩也没相处过,谁知道合不合适呢?"

许念反驳道:"不管合不合适,我俩的顺序反了,总觉得结了婚后再相处怪怪的,而且江逾没那个心思,我也不想,我们不能因为这层关系成为彼此的负担,那样肯定不会有好结果的。"

许念说这些话的时候,其实也在努力说给自己听,好说服自己。

徐岚叹了口气,她心里也挺矛盾的,思考片刻,意味深长道:"嗯,知道了,我就是感叹一下。既然你俩都不愿意,就尽早去办离婚的好,当初江家愿意帮忙咱们已经很感激了,你爷爷也安心走了,现在咱也不能拖着对方。"

许念点头,不想再继续这个话题:"妈,我下午可能得先回趟学校,晚上就回来。"

徐岚问:"学校有事吗?"

"去准备一下论文答辩的事情。"许念没说交检讨书的事,一是觉得丢脸,二是怕徐岚担心。她也不算撒谎,她确实有个小问题要问问导师。

徐岚摆了摆手:"没事,快回去吧,太晚的话就不要回来了,路上不安全,我自己一个人也行。"

这时,病房的门被人慢慢打开,江逾来了。他的头发有几丝被打湿贴在前额,身上也有些湿,短袖T恤贴在腰腹的位置,隐隐能看到肌肉的线条。

许念不由自主地就咽了下口水。她后知后觉地发现自己这个行为,忙挪开视线,转过头去,捂住自己发烫的脸颊。

江逾走到徐岚的床边,将东西放下,缓声说道:"徐阿姨,刚刚许念说您想喝八宝粥,我就去买了些,所以来晚了。"

许念见到他手里提着一箱八宝粥,忍不住惊讶道:"江逾,你怎么买了这么多呀,买一罐就行了的。"

江逾道:"本来我来看望徐阿姨也不太知道带什么,就当是一点心意。"

"那些水果就已经足够了,我把钱转给你吧。"许念觉得江逾买些水果就已经很好了,要是知道江逾买这么多,她刚才就不让江逾去买了!

江逾拒绝:"不用了。"

许念正要说话,徐岚先开口:"那就谢谢小江了哈,这是你特意折回去买的?"

江逾点点头。

徐岚看着他被雨淋湿气喘吁吁的样子,有些犯疑惑。江逾嘴上说离婚,却这么努力帮她家念念买东西。如果没有其他意思,这孩子还真的挺有礼貌的。她笑了笑,不忘嫌弃一下许念:"我这两天只能喝粥,你是不知道我家念念的手艺,熬的粥一点味儿都没有,只能说是熟的,能吃,其他的啥都谈不上。"

江逾只点头,在心里默默赞同。

许念为自己辩解着说:"妈,那可是我辛辛苦苦熬出来的,而且很健康,你现在就应该吃清淡的。"

江逾被她们母女俩的拌嘴逗乐,垂下眼眸的时候不动声色地笑了一下,然后微微侧头看向徐岚问道:"阿姨,那我现在给你开一罐?"

徐岚一边欣慰地点着头,一边问:"小江,你会做饭吗?"

江逾回答道:"会做一点。"

许念觉得江逾实属谦虚了,在她眼里,江逾的手艺都可以考国家级认证厨师了。她帮着江逾正名,脱口而出道:"哪是只会一点啊?江逾做的饭很好吃的。"

话毕,正对上徐岚诧异的目光,许念后知后觉自己说漏嘴了!

"你吃过?"徐岚问,她总觉得这两人不对劲。

"没有啊,我……"许念急忙否认,大脑飞速想着理由来解释,自然就没见到江逾脸上一闪而过的笑意,"我猜的而已,我见到过江逾发的朋友圈,里面有他做的饭,看着就很美味。"

许念偷偷看了一眼江逾,她在他面前公然撒了谎,他肯定觉得她是一个说谎精了。

江逾没什么其他的反应,他将打开的八宝粥递给徐岚,接着许念的话继续道:"我在国外读书的时候,因为吃不惯国外的菜,所以经常自己做饭。"

徐岚打算试探一下,拉着江逾的手道:"小江过来陪我,我觉得有意思多了,你工作忙不忙啊,如果不忙的话,能不能多来陪陪阿姨?"

"好，我不太忙。"江逾点头答应。

许念在旁边提醒："妈，你后天就可以出院了。"

徐岚这才想起来要出院的事，她愣了一瞬，又笑着道："也是，出院了后，小江也可以常来家里玩啊。你厨艺那么好，到时候和你许叔叔PK一下。"

"妈，江逾去咱们家是客人，哪有让客人做饭的？"许念对徐岚忍无可忍，看得出来她很喜欢江逾，但也不能表现得这么明显啊。

"嗨，小江是自己人。是吧，小江？"

江逾哪好意思说不是，只得频频点头。

许念却丝毫不给面子，提醒道："妈你别乱说，我和江逾马上就要离婚了。"

徐岚意识到自己有些过火，便转口道："小江你放心，我们也不是不离婚的意思。当初你能帮忙，其实我们已经挺感激了，邀请你来，就是因为阿姨单纯喜欢你，你别多想哈。"

她声音有些大，病房里与她隔了一个床位的赵婶都听到了她的话。上一秒她还在打瞌睡，下一秒已经好奇地坐了起来。

女人的八卦之心和年龄无关，赵婶探出半个身子来，眯缝着眼问道："小许，你刚刚说，你都结婚了？"

原本她还想着出院后看看身边有没有合适的男生给介绍一下呢，没想到今天听到了一个"大瓜"。

许念霎时脸红了一个度，点头也不是摇头也不是。

赵婶看她的样子便懂了，感叹道："看着还是个小孩呢，真不像已婚的人。"

许念听着"已婚"两个字，一时也不太能接受。因为她从来都没把自己当成已婚人士，而且她长得有些显小，之前她素颜和宋艾蓝出去逛商场，每次都会被问上初几呢，她笑嘻嘻地回答大学都毕业了，对方便一脸震惊。身边的宋艾蓝也酸得很，因为她是御姐脸，和许念在一起，有点像是两个年龄层的人。

跑神间，赵婶还在继续八卦，她将目光转移到了江逾身上，兴致勃勃地问："这个小伙子就是你的老公？"

江逾还没回答，许念大脑狂转，慌乱中大脑自己给出了一个未经处理的答案："是个意外。"

不过,说完她就后悔了。

赵婶一听,果然"啧啧"了两声,用异样的眼神打量了许念一眼,目光在她的小腹处顿了下:"意外啊……唉,现在的年轻人,总是容易冲动,结婚后呢,又挑剔得很,两人都互不让步,哪里稍微不对付了,就容易吵着离婚。过来人的经验啊,两个人还是多多相处一下,哪有完全合适的两个人啊,慢慢磨合呗,我看着你们两个人还挺般配的。"

徐岚接过话来:"孩子大了,他们自己的事我也管不住。"她说着叹了口气。

许念管不着赵婶,只能走到徐岚旁边,推了推她手里的八宝粥,想用吃的堵上她的嘴巴:"妈,你快点吃吧。"

徐岚这才闭了嘴。赵婶见状,也识趣地躺下休息。

许念回身的时候,朝江逾做了一个很抱歉的表情。江逾非常大度地回给她一个微笑,笑容里却带了几分苦涩。

许念还没坐下,就听见徐岚的一阵咳嗽声。她以为徐岚呛到了,急忙去看。但徐岚还没吃下一口东西,她的手捂着肚子,脸色变得惨白。江逾急忙将她手里的八宝粥拿下来放到一边,然后扶着她躺下,关切地问道:"徐阿姨,您哪里不舒服,要不要叫医生来?"

徐岚摇摇头,咬着牙道:"不用,我休息一会儿就行。"

江逾还是有些担心,坚持道:"我看您的脸色不太好,还是喊医生来检查一下吧。"

他立刻出去喊医生,许念目光一瞥,见到床单上沾到了一小块类似奶油的东西。她若有所思,猜了个大概,十分严肃地问道:"妈,你是不是偷吃其他东西了?"

徐岚本想摇头,但见到许念严厉到吓人的神情,想着一会儿大夫来了,她想瞒也瞒不住,便妥协讲了实话:"你赵婶今天出院,买了蛋糕庆祝,还给了我一块,我没忍住,就吃了一口,但就吃了一小口。"

许念听过后非常生气,但见到徐岚可怜兮兮而且还很不舒服的样子,生气全都变成了心疼,哪里忍心再朝她发火,只能细声地边劝边安慰:"妈,你下次别这样了,等你的病完全好了,回家后想吃什么我都不拦着你。"

徐岚点点头,她胃很难受,没再说话。江逾喊来了郑大夫帮她做检查,许念将她吃了什么都一五一十地告诉了郑大夫,好在没什么大碍,但仍要输液观察一下。

这一番折腾了好久,许念想起江逾一直在这里没回去,有些抱歉。

江逾安慰道:"我下午还算清闲,没事的,如果有事,贺正会喊我。"

许念仍不好意思:"那你也先回去吧,擅自离岗可不好。"

江逾点点头。

许念将他送出病房,他忽然转身,似乎有什么话想说。

"怎么了?"

江逾支吾了一声,然后道:"没什么,如果你累了的话,可以喊我来帮忙。"

"好。"许念朝他摆了摆手。

江逾转身离开,神情里有些失落。

其实刚刚他并不是想说这件事,但他转身时,见到许念无时无刻不在关注着徐阿姨那边的动向,便觉得现在问并不是很合时宜,所以把问题咽了下去。

他转身上楼,走到转角的时候,忍不住悄悄回头看去,走廊里已经没有了许念的身影。

虽然还是人来人往的,但显得有些空空荡荡。

他刚刚想问的,其实是——

许念,你真的很想和我离婚吗?

·第五章·
再见

一周前，江逾回过一次家。他刚回国不久，一家人一块儿吃饭本该其乐融融，但晚上吃饭时，气氛莫名凝重。

当年高考填志愿时，江逾的父亲江澜远并不支持江逾学医，他就只有江逾这一个儿子，若是江逾学了医，日后怎么当他的接班人？奈何江逾固执地一心只填报医学院，江澜远都阻拦不得，只能由着儿子读了几年医学，但心里一直期望儿子日后能够接手公司。

最近他们澜舟集团遇到了难关，资金周转困难，他年纪大了，越发力不从心，所以很希望江逾能够在此事上帮上忙，便提起了和陆家联姻的事，第一步，自然要先与许家解除亲家关系。

"你和许念的离婚手续什么时候办？"江澜远语气平和地问，但面色十分严肃。

江逾垂着眼皮，低声应道："哦，我不想离婚。"

"不想离婚？"江澜远震惊地看了他一眼。

江澜远一向认为小孩要从小严格管理，在江逾面前也都是一副严肃的模样。江逾平时很听话，各方面都很优秀，他心里暗暗骄傲，但表面上却从不表露出来。大概也是因为这样，江逾不太喜欢和他交流，直到高考后，江逾执意报了医学，江澜远才发现，这孩子长大了，而且主意很大。

到了婚事上，江逾从没有提到过对这个婚姻的态度，江澜远自然而然地认为，他对许念没什么感情，没想到他现在居然说不想离婚。就和当年高考完一样，他只是淡淡说了句："我学医。"

不多说，语气也很平淡，但心里早就认定了。

江澜远的计划再次被打乱，忍着心里的火气，问："你怎么又不想离婚了？"

他脸色明显一沉，江逾抬眼看了看。周淑云见江澜远表情凶巴巴的，便拍了下江澜远的肩膀，放缓了语气笑道："儿子啊，你什么时候改了主意啊？"

江逾夹了一块蘑菇："我没改过啊，我本来就挺喜欢许念的。"

江澜远正色道："婚姻是两个家庭的事，不是你说喜欢就完了的。"

"我不去。"江逾放下碗筷，抬头看着江澜远。

江澜远还没说话，江逾已经隐隐猜到了，他哂笑一声："知道了，您是想让我和陆双凝联姻，然后和丰明集团合作，好帮公司度过困难期吧。"

江澜远脸色一沉，厉声道："当初我让你去学医了，但你也不能完全放着家里的公司不管，这也是你肩上的责任！"

"爸，开公司是您的理想，不是我的。"

"你要学医，我也允许了，现在没让你和陆家女儿马上结婚，只是先相处看看。这样能给公司一段资金周转的时间，只要陆丰明答应先小批量生产一批试验品投放市场，以后的合作就好说了。"

江逾听着他的话越发觉得不妥，坚决道："爸，我这么做才是不负责任吧，对许家、陆家都不公平。"

"你——"江澜远见他一副铁了心的模样，饭也吃不下了，筷子重重地往桌上一拍，一时急火攻心，竟然觉得眼前模糊，整个人眩晕不止。

"老江！怎么了？"周淑云见他不对劲，急忙去扶他。

"爸——"江逾大脑空白了一瞬，立刻起身去查看。江澜远身子不稳，摇摇晃晃地就要从椅子上栽下去。

周淑云扶着江澜远，边喊道："刘阿姨，快去拿降压药！"

"好，我这就去。"刘阿姨匆忙去屋里拿药。

听到降压药，江逾急忙把江澜远扶到沙发上，让他侧躺下，头偏向一侧，然后将刘阿姨拿来的降压药给他含服在舌下。

好在江澜远很快缓了过来，面色也渐渐恢复。周淑云狠狠松了口气，她把江逾拉到了一边，低声安慰道："小逾啊，你别怪你爸，我们俩年纪都大了，有些事确实心有余而力不足，他在公司里也没个帮手，确实压力会大一点。等他醒了，你和你爸好好商量一下，态度好一点。"

"妈，爸之前身体一直很好，为什么会这样？"江逾心里生出几分愧疚。

周淑云安慰道："没事，就是工作忙，偶尔会有点高血压。"

江逾认真嘱咐："你们身体有哪里不舒服，一定要及时和我说。"

周淑云点点头："别担心了，没事的。"

江逾沉吟片刻，低声问："妈，以澜舟集团现在的规模，不至于离开了一个丰明集团，就无法运转了吧。"

周淑云叹了口气："你爸的话确实有些夸张，但他也是为了求最保险的方式，我是不赞同的。你回来之前，因为这件事我也和他争执过，但他越说越固执，大概是没有找到合适的接班人，心里比较慌，所以想让你和陆小姐相处试试。"

"我知道了。"江逾侧头看了看，心里又涌出几分愧疚。

周淑云拍了拍他的肩膀："你也别太自责了，按照自己的想法去做吧，不要被别人的想法限制住，妈妈都会支持你的。当然，你爸可能还要固执一段时间，你和他好好商量一下，态度好一点。"

江逾点点头。

周淑云回到江澜远身边，见他醒了，长舒了口气，说道："老江，你也不要太激动，这件事我们慢慢商量，又不是只有这一个解决办法。"

江澜远还是没改变主意："这是最稳妥的办法。"

他闭了闭眼，缓了下心神，然后往江逾站着的方向看去，开口道："江逾，结婚是两家的事，你不想离婚，可问过许家的想法？你喜欢许念，许念喜欢你吗？前几天你许叔叔刚给我发来了消息，说既然你回来了，就赶紧去办理离婚手续。你们两个人的婚姻本就是一个契约关系，一方不想续约，就应该解除合约。就算你喜欢许念，也不该禁锢着她，让她失去自由选择的机会。"

江逾若有所思："许叔叔发来消息说……离婚了吗？是许念要求的吗？"

江澜远确定道："当然，他说许念对你没意思。"

江逾心里一沉，沉默良久，像是在犹豫。过了须臾，他点点头："好。"

江澜远以为他答应了，露出些许欣慰。

随即，江逾又说："既然许念不愿意，我可以同意离婚，但我不会和陆双凝相处，我要重新追求许念，就从我们是普通关系开始。"

市医院。

整个下午，许念都一直陪在徐岚身边，等空闲下来，天已经黑了。许念看向窗外的时候如遭雷劈，这才想起来，她今天下午本来是要回学校交检讨的！

她把这事儿忘得一干二净,现在赶回学校写,老师都下班了。许念心乱如麻,断定这次余老师肯定不会给她好脸色看了,外面的雨刚停,但许念觉得她的世界上空有大片大片的黑云压上来,一场暴风雨正在酝酿。

今天晚上许继文会过来陪床,许念打算现在立刻赶回学校,找余老师低头赔个不是,拿出所有的诚意来最后再争取一下。暴风雨来得比她想象中的还快,在回学校的路上,许念的手机就响了起来,来电人写着"余老师"三个大字。

许念拿着手机的手在抖,先平复了一下心绪,想了几句措辞,然后才颤颤悠悠地接起来:"余老师。"

电话里传来余晴命令的声音:"许念,你明天上午来我办公室一趟。"

许念心里重重一沉,半解释半央求:"余老师您别生气,我这两天确实在医院里照顾我妈妈,所以才耽误了交检讨。"

余晴惊讶地"啊"了一声,这下相信了许念之前说妈妈生病了的话:"你真在医院?那你明天能不能来?"

许念保证道:"我正在回学校的路上了,明天可以去找您,检讨我会交给您的。"

她心里稍稍放松了一些,既然余晴让她明天上午再过去,就说明对方同意可以明天交检讨了,正好今晚写。

"检讨?你的检讨不是交了吗?"余晴问。

交了?许念不可置信,她连学校都没回,怎么可能已经交了呢?是余老师记错了,还是有人帮她交过了?

她想开口问一下到底是怎么回事,但话到嗓子眼,又给咽了回去,还是没敢问。若是问,肯定就露馅了,现在余晴的好态度是建立在她以为她的检讨已经交了的基础上,要是知道她没交检讨,余晴估计会大发雷霆,万一给她处分,有可能影响她毕业的。

许念想到这儿,及时收了话,转而问道:"我这两天有点晕,余老师,您找我是什么事?"

余晴也没多想,只道:"下周学院要拍一个宣传片,需要一个女主角,你来当吧。"

"好好休息啊。"余晴终于说了一句有人情味的话。

许念很开心地应了一声,然后挂了电话,心里的大石头终于落下,但疑云还没有解开。

那份检讨到底是怎么回事?

一路上,许念都在想是谁帮她交了检讨。她猜想可能是陶玥帮她代写了一份,于是打电话过去询问,但陶玥表示并不知道此事。许念也确实觉得不太可能,她和陶玥的字迹差得很多,陶玥就算帮她代写,也很容易被发现的。

她疑惑重重,陶玥笑着宽慰她:"哎呀,管他呢,反正现在检讨交了就好了,不然那个姓余的肯定会不依不饶,说不定还会全院通报批评呢,其实我也好想知道是谁交的,许念!"

陶玥忽然提高了音量,然后色兮兮地道:"该不会是江逾帮你的吧,你俩最近走得很近哦。"

"怎么可能?"许念觉得她这个玩笑幼稚到了极点,"江逾连这件事都不知道,而且他在医院实习呢,也没回学校。"

"那就是其他喜欢你或者暗恋你的男生啦,比如你的余盛师兄?"

许念无奈地叹了一声,否认道:"更不可能。"自从她和余盛发生了些不愉快,余盛就没再找过她,估计生气呢,怎么可能悄悄来帮她,况且余盛的字和她的也不一样。总之,不可能有人会和她写一模一样的字迹,"我觉得可能是余老师自己记错了。"

这是唯一的可能性了。

许念结束猜测,挂了电话后,有种大难不死的感觉。一路回到宿舍,房间里空无一人,陶玥和宋艾蓝出去吃晚饭了。许念独自坐着思来想去,还是打算补一份检讨,明天带过去,就算用不上,也是有备无患。

写完后,许念从外套里掏出手机,顺手带出了一张字条,是江逾写给她的排骨汤教程。虽然觉得不可能,但许念还是将字条展开,认认真真地将上面的字迹和自己写的字对比了一下。

预料之中,是两种不一样的字体。

想什么呢?怎么可能是江逾?

陶玥乱开玩笑,她怎么真的天真起来了?许念敲了自己一下,好让自己清醒。

整天就知道乱想!

门"吱呀"一声开了。

"念念——你可回来了!"宋艾蓝清亮的声音传过来,未见其人先闻其声。

宋艾蓝冲过来抱住许念。

许念搂着她的腰,在她的小肚子上摸了一下,打趣道:"你是不是吃席吃得胖了?"

宋艾蓝一听,蔫蔫地叹了口气:"都被你发现了,我胖了两斤!好了,不讨论这个话题了!"

她目光一瞥,注意到桌子上的检讨,问道:"念念,你还在写检讨吗?"

陶玥听到这个事,走过来抱歉地说:"对不起啊念念,你之前问我检讨的事,不是有人帮你交过了吗?你知道是谁了吗?"

"不知道。"许念耸了耸肩,"就是因为不知道怎么回事,我打算再写一份备份,明天要去见余老师,我带着比较安心。"

陶玥惊讶中透着几分担心:"明天你要去找余晴?"

"是啊,放心,不是因为检讨的事,余老师说要找我拍一个学院的宣传片。"

"真的啊?太好了!"陶玥道。

许念紧张道:"但我没有拍摄的经验。"

宋艾蓝趁着许念不注意,在她的脸上捏了一下,然后感受着手感说道:"我们念念可是咱学院的门面,就咱这姿色,你不去拍宣传片谁去拍啊?我觉得你比那些艺术学院的姑娘都好看!"

"哪有啦。"许念被她说得怪不好意思。

陶玥想了一下,建议道:"要不然这周末我们去拍照吧,你来当我的模特,这样可以锻炼一下你的镜头感。"

"我哪有什么镜头感?"许念第一反应是推辞。

宋艾蓝却很兴奋,在一旁举手道:"太好了!我也想加入!"

"一起一起!"她俩愉快地决定了,同时默认许念也加入。

宋艾蓝拍着许念的肩膀劝道:"念念,你这么漂亮的脸蛋就应该多拍点照片,没镜头感怕什么,我们有陶大摄影师指点呢。而且你这都害怕的话,怎么拍宣传片啊?"

许念一想,觉得有道理,提前演练一下,等她拍宣传片的时候应该会更自然一点,便点头答应。

陶玥有些小得意:"我可是专业的,给其他人拍照还要收费呢。这次有你这么好的模特,肯定得免费哦。"

她说完,和宋艾蓝一样手欠,忍不住捏了一下许念的脸。白白嫩嫩,还滑滑的,很Q弹,满满都是胶原蛋白,她一个女生都想捏:"手感真好,真搞不懂江逾和你在一起的时候,是怎么忍住的。"

宋艾蓝拍了拍陶玥道:"玥玥,你是不知道,江逾从高中开始就不是正常人了。"

陶玥略有嫌弃:"他不会喜欢男生吧。"

许念还没回答,宋艾蓝先摇了摇头:"他喜欢的女生可多了。"

这话把许念都惊到了:"很多?不是只有校花吗?"就因为宋艾蓝短短几个字,许念的心忽然开始"怦怦"跳,她很迫切地想知道答案,却又害怕,像是即将要面对一个不知道有多恐怖的怪物。

宋艾蓝郑重其事地劝许念:"念念,虽然江逾很帅气,但我觉得你们还是算了吧。你不能让自己在一棵树上吊死,其实我高中的时候就发现了,江逾看着冷淡,实则是个'中央空调',对谁都很贴心,除了给校花送过信,我还见到他经常给文科班的文艺委员周晓送吃的呢。"

许念眉心微微皱着,不可置信道:"什么吃的?"

"我记不清了,可能是饮料啊、小蛋糕之类的,我见过不止一次。"

"那你怎么没和我说过?"

"我这不是不忍心让你失望嘛,我也不敢乱说什么。之前你俩还阴错阳差地领证了,我就更不敢打击你了。但现在我看你为了他,都这么多年了也不找个男朋友,他却一点都不上心,我就打算说出来了!而且不是说,你俩要离婚了嘛。"

许念托着下巴,全然失了神采:"也是,他确实很贴心。"奈何不是她的特权。

宋艾蓝感叹:"贴心是好,但可不能对谁都贴心,只对你一个人贴心那叫喜欢呢!你没去参加我表哥的婚礼真是太可惜了,你是没看到那个盛大场面,那个殿堂,那些花儿,那个告白,浪漫死了,我都羡慕死我嫂子了!江逾呢?好歹你也和他领了个证,名义上的夫妻也是夫妻,他甩手就出国了,把你晾在这边,搞得这么尴尬!"

宋艾蓝越说越气愤,反而要许念安慰她了:"也没有那么尴尬啦。"

许念摸着她的后背,好让她消气,然后做出一副很潇洒不在乎的样子:"不说了,反正我们快离婚了,到时候微信一删,他走他的阳关道,我过我的独木桥,我们的关系自然就淡了,我会找个新男朋友的。"

"有志气！"宋艾蓝走过来拍着许念的肩膀，"其实你现在找男朋友我觉得也没什么，本来还觉得余盛挺好的，现在我已经帮你把他pass了，谁知道他这么小肚鸡肠！我觉得你可以把结过婚的事坦诚相告，对方若是宽容大度，肯定不会介意这种事，还会欣赏你的善良乐于助人呢！"

陶玥皱了下眉头，看上去不太赞同。她走过来，建议道："念念，其实按你说的，反正以后你和江逾也不会再有过多的联系，你倒不如厚着脸皮去和他坦白一下，最坏也就是被拒绝，然后互不打扰，结局不都是一样吗，这样，还不留遗憾，万一他答应了呢。"

"干吗要和渣男表白呀？"宋艾蓝不同意，"女生还是不要先表白啦，如果一个男生喜欢你，他性格再闷，都会主动来和你表明心意的，不说要么就是真没感觉，要么就是'养鱼'。我就怕江逾是在'养鱼'，到时候他答应许念不离婚，然后继续像现在这样不冷不淡，拖着我们念念，我们念念的大好青春都被耽误了！"

陶玥道："不会吧，他这样拖着，自己的青春也被耽误了啊！"

宋艾蓝拧了下眉："那可不一定，我们念念老实巴交的，但江逾会因为这个契约婚姻恪守夫道吗？"

她们俩一八卦起来叽叽喳喳的没完，许念挺糟心的，一面是喜欢却又没法去靠近的江逾，一面是日后还要一起共事的师兄余盛。

其实她更难过的是，江逾对她不感冒，但她却更喜欢江逾了。她有时候会怀念在江逾家的日子，想着经常能见到他慵懒地坐在沙发上读着书，想着早上一起来就能吃到他做的饭，还有他从浴室里出来头发湿湿的模样。

这些日子，就像是一场梦一般，现在只留下醒来以后的失落。正因为她对江逾更喜欢了，所以在知道江逾还是会和她离婚的时候，在听到宋艾蓝说他对很多女生都很暖心的时候，她心里的失落和难过才会更多。这些失落和难过，都是为她一开始不理智的冲动买单。

从一开始她就不应该有所期待，不应该和江逾有过多接触。

原本她想像陶玥说的那样，和江逾坦白心思，但现在她不想再冲动一次了。她不是一个主动的人，无法在江逾说要离婚之后，再次鼓起这么大的勇气。就像宋艾蓝所说的，如果一个男生喜欢你，那他肯定会主动挽留的。不主动，就已经是答案了。

许念暗暗决定，从今天开始，她要把这些情感全都埋在心里，再喜欢也要忍着。只要以后见面少了，她自然而然就会忘记这些。

当天晚上,许念悄悄在日记本上记下"保持清醒,不要有期待",以便随时提醒自己。

第二日,许念早早起了床,按照约定的时间,去找余晴。她起得比较早,吃了早饭后,刚刚七点四十分,老师们都还没上班。

楼道尽头放了几个桌椅,许念便随便找了个位置坐下来等。

她的位置靠近电梯,再往前走拐个弯就是楼梯间。临近老师的上班时间,总会有不认识的老师过来,其中也有一些在学院工作的学生,碰见年纪大的,许念会点头打个招呼,年轻且不认识的,许念也不知道是老师还是学生,便低下头装作看资料。

等人过去了,她站起身,决定离开这个尴尬的位置,换个地方等。刚站起来,迎面便过来一个熟悉的面孔——外语学院的周老师。

许念本科的时候上过周老师的大学英语。不过,她不仅仅是许念的英语老师,还是江逾的妈妈。

大二的时候,许念上的周淑云的英语课,那时候她和周淑云还不熟。后来她家和江家谈婚事的时候,她才知道对方是江逾的妈妈。

本以为那么多学生,周淑云不会记得她,没想到周淑云却对她印象很深刻,还夸她英语口语标准。她和江逾结婚后,周淑云对她也一直很热情,和对江逾简直是两个极端。

江逾在国外的时候,周淑云经常邀请许念去家里吃饭。许念一开始不好意思,周淑云怕她不自在,便邀请他们全家都过去。在周淑云的主动联络下,两家人也渐渐熟络起来。

"周老师,您来这么早呀?"许念热情地打着招呼。

周淑云一见是许念,眯着眼笑起来,亲切道:"念念,你怎么来这里了?在等人吗?"

许念回答:"学院要拍一个宣传片,余老师喊我过来聊聊具体事项。"

"哇!"周淑云赞叹道,"那我们念念肯定是女主角啦。"

许念挠了挠头:"其实我没有经验,还挺紧张的。"

周淑云拍了拍许念的肩膀:"别紧张,我们念念这种大美人,最适合上镜了,到时候你一定要把成片发给我看看哦。"

"好。"许念点点头。

"对了,之前我听说你妈妈生病了,严不严重?我这两天忙得也没空去看望，心里还挺过意不去的。"

许念道："不用麻烦您去看了，周老师，我妈妈的病已经好得差不多了，很快就能出院了。"

"没事了就好，等改天有空了我去你家看望。你去医院的话，先帮我问个好吧。"说完，她又将话题一转，"念念，你这两天有没有见到江逾啊？"

"嗯嗯，见到了的。"许念说道。因为周淑云的态度过于热情，她实在不好意思说离婚的事情，想了想，反正江逾会说的，她就先不提了。

周淑云还是很了解自己儿子的，见许念只回答了这么一句话，就能猜到，肯定是因为没什么可说的，江逾那小子一向都很冷漠，根本就不会处理自己的感情问题。

周淑云捋了一下耳边的发丝，唉，每次都要她出马帮忙。

"我刚想起来一件事，"她扶了一下额头，"念念，你能不能来我办公室一下呀，我有个事情要你帮忙。"

许念立刻点头："可以啊，周老师。"

她跟着周淑云去了办公室。

周淑云从她的办公桌下面，拿出了一个大袋子交给许念："江逾和他爸爸发生了点不愉快，好几天都没回家了。之前我给江逾买了件衣服忘给他了，都联系他好几次了，他都说没空过来拿，你能不能帮我把衣服带给他啊？"

"好。"许念盘算着，可以去在办离婚的时候顺便带给江逾。

周淑云误以为她更容易联系到江逾，又从包里拿出来一个保温盒交给许念："对了，我今天还带了糖醋排骨过来，我记得你和江逾都最爱吃这一口，正好你一并给他带过去吧。这样，你俩一起吃。"

许念有些犹豫，糖醋排骨的话，必须得今天就带过去吧，那她今天就要联系江逾吗？

"周老师，这个是您的午餐吧，那您吃什么？"

周淑云无所谓地摆了摆手："我去吃食堂就行啦。念念，你就帮忙送一下吧。"

许念理解，当妈妈的都比较挂念自己的儿子，但她还是如实交代："其实，我和江逾的联系也不是很多。"

周淑云脸色一变："联系不多？你们吵架了？"

"不是,是他……"许念抿了抿嘴,"是他有点忙。"

周淑云笑了一声:"吃个饭的工夫总会有的,如果实在不行,这糖醋排骨就归你一个人啦。"

许念不好意思再拒绝,只得答应下来,完事后硬着头皮联系一下江逾。从周淑云的办公室出来的时候,已经八点一刻了,余晴的办公室开了门,里面还有讨论声。

许念在门口敲了敲门,抱歉地说:"余老师,不好意思,我来晚了一会儿。"

余晴见她来了,朝着她招了招手:"许念,赶紧过来,这是拍摄的台本,你先拿去看看。"

许念接过本子,其实目光一直留意着余晴的办公桌。好巧不巧,她看到了一摞检讨书。最上面的一份一般是最晚交的,上面写着许念的名字,许念不禁微微缩了下瞳孔,努力看去,那上面的字迹,真的和她的有九分相似。

难道是什么平行世界?或者是她梦游的时候写了又交了?

简直就是不可能的事。

许念有种见鬼了的感觉。

"看什么呢?"余晴见她走神,打断道。

"哦,没有,余老师您说。"许念注意力集中道。

余晴继续说:"我刚刚和余盛说了一下大致的流程,我就不再说第二遍了,你们两个人私下去交流吧。"

许念这才注意到,刚刚和余晴对话的人是余盛师兄。难道他是男主角,他们两人要一起拍宣传片?

从余晴的办公室里出来时,余盛一直沉默,并没有和许念说话。许念拿到了台本,其实上面的流程已经写得清清楚楚了,她不去问也知道大致的流程。空气里蔓延着尴尬,但余盛是她的师兄,从前也帮了她不少忙,他们两个人一直这么不说话也不像回事。许念不是一个太傲娇的人,若是稍稍低个头就能化解关系的坚冰,她不介意做先开口打破屏障的那个人。

"余盛师兄,我们拍摄的大致流程和台本上写的一样吗?有什么额外需要注意的细节吗?"她尽量以自然的语气开口问道。

余盛稍显得有些别扭,他微微皱了下眉头,没有想到许念会如平常般和他交流。想起上次的不欢而散,他其实有些抱歉,却好面子,一直没好意思来同许念说明白,现在倒显得他自己有些小家子气了。

"哦……和台本上差不多,就是在服装上有些要求,女生的话最好穿白衬衫和短裙。"

"好的。"许念点点头。

两人已经走到了电梯里,旁边并没有其他人。电梯门关上之后,许念大胆问道:"你还在为上次的事情生气吗?"

听她主动提起,余盛便问了心里一直想问的事:"你和江逾结婚,是因为什么特殊原因?"

"是因为我爷爷的遗愿。"许念如实回答,"其实我和江逾有娃娃亲,是我们爷爷那辈定下的。我爷爷离世之前,一直挂念着我的婚事,当时江爷爷去看望爷爷,就说让江逾照顾我,我们就这样暂时结了婚。"

她的语气很平淡,余盛却十分吃惊:"娃娃亲?这都二十一世纪了,娃娃亲还能作数吗?许念,你……你喜欢江逾吗?难道你打算就这样将自己的终身大事定下来了?"

见他认真的表情,还一口气问了这么多问题,许念笑了一下,说道:"娃娃亲当然不作数了,过两天我就要和江逾离婚了。"

"那我……"余盛脱口而出,说到一半又觉得不合时宜,声音戛然而止。

许念知道余盛要说什么,她微微侧了侧身,面朝向余盛站着的方向。不大的空间里,两人各站一边,保持着两步的距离,许念认真地说:"余盛师兄,你对我的照顾,我能体会出来,我也很感激,但我觉得,我不该给你太大的期望,否则期望越多,失望就越多,我们以后还是保持这种简单的朋友关系吧。"

余盛面色有些踌躇,没说话。

许念很理解这种不被喜欢的人接受的感觉,很难受,但她同样没有办法勉强自己。

没有感觉,就要尽早说出来,免得浪费对方的时间。

电梯已经到了,余盛按着电梯门的开关按钮,习惯了让许念先出。

许念走出电梯后,转头看了看他,并露出一个柔和的笑意:"师兄,再见哦。"

余盛怔怔的目光看过去,某一刻,似乎通透了几分。他脸上浮起一抹笑,朝着许念晃了晃手:"再见。"

出来后,许念给许继文打了个电话,问了问徐岚的情况。许继文说一切都好,让她这两天休息,他来照顾便是。许念放心下来,安心待在学校,去图书馆找了个位置坐下来,熟悉着台本。

内容不多,她没什么台词,看一遍大概就记住了流程。她合了本子,开始心不在焉地翻着微信联系人,然后目光定在江逾那一处。

正想着怎么组织语言和江逾说把周老师交代的东西带给他的事情,对话框最上面的字忽然变成了"对方正在输入"。

江逾这是在给她发消息吗?

许念整颗心都提起来,期待着江逾要给她发什么消息。

很快,聊天界面出现一条新消息:【阿姨好点了吗?】

许念立刻打字:【好多了,郑医生说没什么大碍。】

消息发过去之后,江逾一直没有回复,也没有显示"对方正在输入"几个字。

许念猜测他可能是去忙了,她在聊天窗口编辑着:【中午要不要一起吃饭?我今天见到周老师了……】

但她还没发过去,手机上就已经出现了一条消息:【中午要不要一起吃饭?】

居然和她要发的内容一模一样。

许念这才反应过来,江逾在主动邀请她吃午饭。

她本来想一口答应,然后正好将东西带给江逾,但输入到一半,忽然觉得好奇,便将打好的文字"可以"改成了:【为什么啊?】

江逾回复:【贺正给了我一张附近餐厅的优惠券,只能两个人用。】

许念:【哦哦。】

许念先回过去了两个字,看来又是她多想了。她看了看手里的保温盒,餐厅优惠券她今天是用不了了,但既然江逾首先提出了要和她一起吃饭,那她正好顺着他的话约他出来。

许念:【我今天回了趟学校,然后遇到了周老师,她让我带点东西给你,还有一份糖醋排骨,我怎么带给你好呢?】

发送过去后,没有提示音了,这次直接响起了电话铃声,是江逾打了电话过来,在安静的图书馆里显得格外刺耳。

周围几道嫌弃的目光投来,许念很抱歉地拿起手机,小跑着到了楼道接电话,刚接起来,就传来了江逾的声音:"许念,你在学校?"

· 083 ·

许念："嗯嗯，我有点事情，就回来了。"

"那我们中午在梅园餐厅吃吧，我也回学校去。"

听到江逾居然要为了这事跑回学校来，许念第一反应有点震惊："不用了，你工作忙，还是别来回跑了，我去医院那边也行，反正这边的事情也弄完了。"

江逾坚持说："我开车过去方便，而且程主任正好让我下午回一趟学校，给我导师送一份资料。"

许念没再推辞，等着江逾来学校。她回到图书馆又看了会儿书，等快到午饭点的时候，便起身离开，往梅园餐厅走去。

梅园餐厅有两层，二楼的座位比较宽敞，人也不多，许念特意提前来占座位，然后给江逾拍了张具体位置的照片。桌子是白色的，看起来很干净，座位上有软软的皮垫子，靠墙，边上有一排盆栽。

她待在这个美好的小角落等江逾过来。

大概过了十分钟，江逾给她发微信，说到了。许念伸着脖子朝门口看去，目光很快锁定到一个修长的身影上，他同样也在找人。

"江逾！"许念朝着他晃了晃手。

江逾见到她后，缓步走过来，坐到她的对面。

"等很久了吗？"他问。

许念笑着摇摇头："没有，给你发微信的时候我刚到，早点来，能占个好位置。"

她将桌子上的保温盒往江逾那边推了推："这是周老师做的糖醋排骨，她说是你最喜欢吃的。你是不是好久没回家了？周老师挺担心你的，你有空的话，就回家看看吧。"

"嗯。"江逾的声音很淡。

许念从旁边的座位上将一个白色纸袋拿起来："还有这个，这是周老师买给你的新衣服，你要不要看一下？"

江逾接过袋子，没打开："不用了，我也给你带了件东西。"

许念好奇："什么呀？"她抬起眼皮去看，见到江逾拿出了一本书递给她，是她在江逾家里读到一半的书 $Flipped$。

江逾道："我把你看到一半的书带过来了。"

许念本来都忘了的，这会儿想起来，她不仅仅舍不得江逾，还舍不得江逾家里的书柜。见此，她欣欣然地接过来，问道："我可以拿回宿舍看吗？"

江逾："当然可以。"

"多谢啦。"许念小心翼翼地将书放到包里，然后起身，"那我去打饭了，要不要一起？"

"嗯。"江逾跟着起身，"许念，我需要用你的校园卡。"

江逾的校园卡还没办好，只能用她的。他这样大大方方让人请客，许念不仅不反感，反倒有种荣幸之感，江逾这是真不和她见外了。她将校园卡递给江逾，大手一挥："你先用吧，随便刷。"

江逾没有接，他跟着许念到了同一个窗口，说道："你先买，我和你在同一个窗口打饭。"

许念道："这里这么多窗口，好吃的很多的，你这么久不在学校，不要转转吗？"

江逾接着她的话问道："有什么推荐的吗？"

许念开始认认真真地推荐："1号窗口的烤肉拌饭，2号窗口的阳春面或者大盘鸡拌面，3号窗口的土豆粉，还有4号窗口的饺子和双拼饭，都很好吃的！"

江逾忽然笑了一下，用打趣的语气说道："你是不是都想吃？"

许念本来还想继续的，但声音忽然就卡在了嗓子眼里，化成了尴尬的微笑。

江逾个子高，说话的时候微微前倾了下身子，靠近她低声道："你要不要每一样都请我吃一下？"

许念不由自主地往后退了退，然后侧头，指着墙上贴着的标语，读了一遍："那里有提醒，节约粮食，从我做起。"

江逾低笑了一声："逗你呢。要是能每天都来就好了。"他直起身子，往四处望了一下，然后指着离得最近的4号窗口，说道，"就从这里开始吃吧。"

许念立刻挪到了4号窗口，点了一份双拼饭，她自己点了一份饺子。

打完饭回到座位上，她顺口问江逾："你的校园卡，应该还可以补办吧。"

江逾给她递了双筷子："可以，但我用的时候也不多，就一直拖着没去。"

"哦。"许念点点头，过了片刻又补充，"那以后你想吃的话，可以来学校找我。"

这句话其实多半是客气,因为她知道,江逾那么忙,也不太可能会来学校找她吃饭。没想到江逾很认真地答应:"好,那就说定了。"

许念开始闷头吃饭,江逾将打开的糖醋排骨往她跟前推了推:"我记得你也爱吃。"

许念不客气地夹了一块:"之前吃过周老师做的饭,很好吃。"

江逾又往她的碗里夹了两块:"喜欢的话就多吃几块,今天没去成的那家餐厅,招牌也有糖醋排骨这道菜,过两天一起去吗?"

许念很快就消灭了一块排骨,然后抬起头,对江逾说:"食堂餐换一顿大餐,那我赚了呀。不过我们就要离婚了,总在一起吃饭不太好吧,你的同事们呢?"

江逾眉头微微蹙起:"刚刚不是还说随时请我在食堂吃吗?"

许念不好意思地笑了笑:"那是场面话,你应该也不会经常来吧。"

江逾面色不着痕迹地冷了冷,用不咸不淡的语气说道:"应该是吧。"

他声音压得低低的,莫名给人一种距离感。许念低头吃着饭,过了一会儿,佯作漫不经心地开口:"明天有空吗?去趟民政局?"轻飘飘的声音。

这句话很短,但许念说得很艰难。

寂静了片刻,江逾点点头:"可以,上午十点钟?"

"好。"

说定了之后,许念本以为这一天真的到来的时候,她会很伤心,但现在的她,却异常平静。

挺好的,她已经可以做到坦然接受了。

以后她可以做得更好,然后慢慢地忘记她喜欢江逾这件事。她莞尔一笑,问:"那丰明集团的千金陆小姐呢?我们离婚后,你要和她结婚吗?"

江逾一愣,隐隐皱起了眉头:"我妈连这个都和你说了?"

"不是周老师说的,是我听来的啦。"许念朗声笑了一下,佯作不在意地开着玩笑,"像你这样的人,走到哪里都是人群中的焦点,绯闻很多的哦。"

许念发现了一件神奇的事情,江逾身上有一种很干净温暖的气质,让人能够无条件相信他。许念相信江逾做什么事,都自有他的考量,她也不该只听到几句他的传言就质疑、贬低他。要是真的猜不透，那不如开诚布公地直言问出来。

"有人说，你之前拖着不和我离婚，是因为想要逃避和陆小姐的见面，是吗？"她问完，又先给江逾打了个预防针，"你放心，就算是我也不会介意的。"

江逾顿了一会儿，说道："不是，和你离婚以后，我也不会和陆小姐结婚的。"

许念点点头，江逾说不是，那肯定就不是，他没理由掩饰。看来之前，他就是单纯地因为身份证丢了、工作忙才延迟离婚的。

许念又鬼使神差地问："江逾，如果我说我不想离婚，你会答应吗？"她也不知道怎么就问出了这个问题，说完后，自己先心慌地补充了一句，"只是一个假设。"

江逾思忖片刻："会。"

许念有些惊喜："为什么？"

这次江逾很快给出答案，声音是一贯的清冷："因为你很好。"

许念在心里叹了口气，唉，好人卡。

她轻轻咬了一下筷子，杵着下巴，半操心地说："江逾，我一直都觉得，两个人在一起，更多的要因为互相喜欢，答应一个人的表白或者求婚，也是因为喜欢。"

江逾问："那你刚刚，是在向我表白吗？"

"当然不是！"许念惊慌。

"但我是。"江逾说。

他的话过于简单，以至于许念没太听懂，脑子里回想着他说的"是"，是指什么。

食堂里的人逐渐多起来。嘈杂声中，忽然有一道熟悉的声音传来："师姐！你也在这里？"

许念循声看去，见到了林颂。她扯着嘴角笑了一下，心里暗道，怎么每次和江逾吃饭都能看到他？

他们吃饭的桌子是四人桌，这个时候，食堂里还是有许多空位的，但林颂直接将打好的饭放在了他们的桌上，打算在旁边坐下来。他弯腰的时候，目光落在了江逾身上，眼睛一亮，惊喜地喊："哎？江学长！真是缘分啊！我能不能和你们在一桌吃啊？"他问的时候人已经自顾自地坐下来了,然后朝着某个方向晃了下手,"余师兄,这边!"

饭桌上的气氛一度十分尴尬。

许念万万没想到,有一天会同时和三个男人在一张桌子上吃饭,而且三个男人分别是江逾、林颂和余盛。

她甚至害怕江逾和余盛会打起来,观察了一会儿后,两人的面色都还算平和,目测他们都已经不把上次的事情放在心上了。许念稍稍放心下来。

桌上四个人,其中三个人都各怀心思,只有林颂被蒙在鼓里。但他一边吃着,一边悄悄观察,左看看,右瞧瞧,大概也能悟出个些许来。

许念师姐说她和江逾是普通的高中同学关系,但仔细回想,她上次的反应颇有几分欲盖弥彰的意思。而且这次两个人又在一起吃饭了,还共吃一个菜,普通同学真的会这么亲密吗?林颂瞬间想捶死自己,明知道余盛师兄在追求许念,他居然还拉着余盛师兄坐到了他们边上。

他这个人就是事后诸葛亮,行动之前想得比较少。果然,刚吃了没几口,他就闻到了火药的味道。

"念念,要不要尝尝这个红烧带鱼?"余盛先发制人,给许念夹了一块带鱼过去,放到她的盘子里。

从前他们师门里的几个人经常一起吃饭,但饭菜都是自己吃自己的,许念只会在和自己比较熟悉的女生一起吃饭时,才会互相吃菜,有福同享。现在余盛的这一举动,意图有些明显。

她本来想摇头,但余盛筷子里的鱼块已经放到了她的盘子里。她若是再夹回去,显得更不好了,于是低着头说了一句:"谢谢师兄。"

她没有立刻伸筷子去动那个鱼块,因为有些拘谨,她连着吃了好几个饺子,也没动那块带鱼。余盛又说:"念念,我能不能尝一下你的饺子啊?"

许念点头:"好。"

她刚说完,便有一双筷子伸过来,夹走了她盘子里,她正要夹的那个饺子。

"我也想尝尝。"

这双筷子的主人不是余盛,而是江逾。

他毫不客气地从许念盘子里夹走饺子之后,又将余盛给许念的那块带鱼擅自夹了去,然后风轻云淡地解释:"我记得你不爱吃鱼,给我吧。"作为回报,他给许念夹了好几块糖醋排骨,"怎么不吃?你不是最爱吃糖醋排骨了吗?"

这一顿操作迅速自然如行云流水,许念拧着眉头,她确实爱吃糖醋排骨,但什么时候说不爱吃鱼了?

两个人说话的时候,一旁的余盛整张脸都绿了。既然许念不爱吃鱼,宫保鸡丁总可以,他记得之前和许念一起吃饭,许念打过好几次这个菜:"念念,那你尝一下宫保鸡丁。"

许念饭量不大,已经差不多九分饱了,此时被他们你一筷子他一筷子地投喂,盘子里堆成了一个小山。

"多吃点。"余盛边夹还边嘱咐道。

余盛和江逾两个人也不知道在争夺什么,表面上一团和气,实则硝烟四起,两个人剑拔弩张,吃个饭都不消停。

许念的耐心逐渐耗尽,在江逾再次给她夹了一块糖醋排骨的时候,她伸手一挡,摇头拒绝:"我不吃了,吃多了会长胖的。"

江逾一滞,手在半空停了片刻,然后默默缩了回去。

余盛见状,暗自得意起来,神气地给许念夹了块鸡肉:"念念,吃这个不胖。"

没想到许念同样回绝:"师兄,我现在也不想吃鸡肉。"

这一下,两个人都老实了,开始闷头吃饭。

桌上气氛有些凝重,过了片刻,林颂感觉自己终于能说上话了。他默默举手,试探性地说道:"那个,两位前辈,我不挑食,什么都吃的,如果你们吃不完的话,可以分给我。"

去民政局的这天,许念出门时穿了自己最喜欢的红裙子。

她喜欢整点仪式感,所以要盛装打扮,与过去告别,与江逾告别,也与自己是江逾妻子这个身份告别。

江逾在校门口等她,他穿着宽松休闲的卫衣,气质里带了几分清冷与疏离,慵懒地站在阳光下,眼眸垂下的时候,长长的睫毛投下一片阴影。

许念贪恋的目光锁定在他身上,就舍不得移开了,一路上都在悄悄看他,眼神里尽是眷恋,以后很难与江逾有这般单独相处的时间了。

"坐公交车吗?"江逾问道。

"好。"许念点头,两人一起在公交站等了一会儿,公交车很快就来了。

民政局门口,许念瞧见有好几对情侣,有的是相拥而行正要进去,有的是已经办理完结婚登记,手里捧着红色小本本兴高采烈地走出来,所有人都很甜蜜。

许念想起她和江逾来民政局登记结婚的时候,那时这边也有好多情侣,要么是女生挽着男生的胳膊,要么是两人拉着手,唯独她和江逾,像是两个陌生人一般,连走路都要保持一定的距离。

想想还挺可笑的,将近一年的时间,他们两人的关系居然毫无进展。

"想什么呢?"江逾的声音从头顶传来。

许念道:"想起了我们拍结婚照的时候,那位摄像大哥一直让我们离得近一点。"

"你还记得。"

许念继续回想:"当时帮我们办理的工作人员盯着我们看了半天,都不相信我们是来登记结婚的。"

"进去吧。"江逾打断她的回忆。

办理手续的工作人员已经换了,但好像有一股魔障似的,她同样观察了两人很久,几经确认:"你们确定要离婚吗?"

许念点点头:"确定。"

江逾同样道:"确定……"

工作人员顿了一下,觉得这两个人男才女貌,挺般配的,而且两人挺和谐的,并没有什么仇怨,但这两个人的情绪都挺冷静,她也不能过多干扰当事人的想法,只继续说:"登记完之后,你们还有三十天的冷静期考虑一下,若是还要离婚,请在三十天过后的三十天到六十天内,过来办理正式的离婚手续。"

许念:"明白了,多谢。"

江逾:"多谢。"

就这么迅速地结束了。

从民政局出来,江逾执意要将许念送回学校,许念没有推辞。两个人一起坐上公交车。人不是很多,两人挑了最后面的位置挨着坐下来。

许念靠着窗,目光看向外面迅速移动的风景。

过了一会儿,她的目光被前座一个可爱的小女孩吸引了。小女孩眼睛大大的,脸也圆圆的,像个小包子一样,从座位上转过头来看她,对着她灿烂地笑。

许念暂时忘记了心事，回给了她一个温柔的笑容。小女孩见状，便时不时转过头来看她，甜甜地叫她姐姐。许念从包里翻出来一袋糖果，送给了小女孩。

"和平里站到了，请下车的乘客带好随身物品……"车上的广播响起来。

小女孩的妈妈拉着小女孩起身下车，走之前和许念说了再见。

许念也朝她晃了晃手，说道："再见啦。"

她目送着母女两人离去，明明是陌生人，她心里却没来由地产生一种留恋的不舍。

有种想伸手抓住什么的冲动，但她还是失去了，没能抓住她想要的。

车门关上，车子重新启动的那刻，望着空空的前座，许念忽然涌出一种怅然若失的感觉。

车子继续行驶，窗外的景色匆匆划过。大概生活就像一场旅行。她的旅途里，会有好多人陪她一起走过不同的站点，能同乘一辆车，看了同一段风景，也算是一种奇妙的缘分。但并不是所有人都会陪她走到终点，总会有人下车，然后再也不会见到。

许念再次陷入沉重的心事里。

她和江逾现在不算正式离婚，因为还有离婚冷静期，要等一个月。对她来说，是一种煎熬，同时也是一种考验。她在心里暗自祈祷着，希望一个月后，她可以更加坦然地接受与江逾的分别。

窗户开着一个小缝，风吹进来，吹得发丝在脸上胡乱地飞舞，惹得她痒痒的。但她不敢扭头过来，因为要掩饰不知何时湿润了的眼眶。

过了一会儿，江逾的声音传入耳畔。

"许念。"他低低地喊她的名字。

许念微微侧头："怎么了？"

江逾的声音清冷低沉："离婚办理完之后，我们还能做朋友吗？"

许念沉默了几秒："好。"表面平静，一颗心却止不住地往下沉。她才不要了，再也不要和江逾联系了。第一眼就心动的人，注定没法做朋友。

他们目前所在的位置离学校还有好几站，许念往后靠了靠，闭目养神。本来没有困意，但一路上摇摇晃晃的，她闭上眼睛后，脑子昏昏沉沉的，中途睡了几站，醒来的时候，正好听到广播，播放着"下一站，江北大学站"。

要下车了,她鬼使神差地不想起身,一直在原位坐着。

等车停下来之后,她才意识到,江逾也没动身。她转头去看,原来他也闭着眼睛睡着了。

许念忽然非常不舍,她重新闭上了眼睛,听到车门关闭,车子重新启动,缓缓开往江北大学的下一个站点。

只是她不知道,在她闭上眼睛之后,江逾悄悄睁开了眼,柔和的目光洒下,他没喊许念,也没动身下车。

两个人似乎有默契一般,都享受着最后的相处时刻。

公交车上的人越来越少,到了最后一个站的时候,只剩下许念和江逾。许念缓缓睁开眼睛:"江逾,我们坐过站了。"

她用胳膊肘碰了碰江逾,并没有夸张地装出惊讶的模样。

这一刻,她不太想假装。

"知道。"江逾的声音十分平静,这让许念忍不住怀疑,他是不是也早就知道,但是没出声。

"我们下车吧。"

公交车停了下来,再不下去,车上的乘务员就要来催促了。

"嗯。"

江逾坐在外面,先起身让了位置,等许念出来后,他跟在她身后,抬步下了车。

许念在公交车场张望了一下,寻找指示牌,看到了 27 路公交车的站牌:"往回走的车在那里。"

正要过去,江逾拽住了她的胳膊:"许念,要不我们走回去吧。"

"那得走多久?"许念记得刚刚他们坐公交车从学校到终点站,一共有四个站,走回去应该要很久。

江逾道:"公交车的线路绕了一个圈,我知道一条小路,从那里走回学校很近的,而且这个时间,公交车要十分多钟才来一趟。"

"好。"许念爽快答应。

今天天气不错,阳光刚刚好,温度不是很热,时不时会有微风拂过来。这附近并不是城市最繁华的地段,有很多老式的居民楼,阳台都是老旧的防盗窗,里面晾晒着衣服,还有挂着的腊肉,生活气很浓。道路两边有生长了很多年的树,树荫下很凉快,金灿灿的阳光透过树叶打在江逾的脸上,映出斑驳细碎的影子。江逾眉眼低垂,透出几分闲散慵懒的感觉。

他们走过天桥,桥下是来来往往的车辆,忙忙碌碌的,平稳有序地行驶着。许念收回目光,和江逾肩并肩一同穿越人海车流。两个人都没说话,周遭是车水马龙的声音,许念却觉得很安静。

走着走着,就看到了江北大学的校门。时间过得真快。

真如江逾说的,走小路的话会很近。

许念想着,要是这条小路会更远一点,也挺好的。她停下脚步,转过身对江逾道:"到学校了,我先回去了。"

"嗯,去吧。"离别之际,江逾的声音比平时温和。

许念又问一句:"你要回家吗?"

江逾:"嗯。"

许念想不起来还要再问些什么,只点点头,然后道别:"那我走了,再见。"

江逾目送着她:"再见。"

许念转身离开,大步往学校走去。她走得很快,好像并没有什么留恋。但踏进校园的那一刻,许念终是忍不住回了头去看。

江逾还在原处站着,望向她的这一边。

许念鼻子一酸,明明一路都很冷静,但在这时候,忽地无法克制地泛起一阵酸楚,甚至心里涌出一种想要掠夺的念想。她脑海里冲出一个表白的念头,想要的话,干脆就直说好了,不管不顾地将自己的爱慕全都告诉江逾。

她停脚,转身,想要追过去,这时才发现,江逾已经不在原来的地方了,他过了马路,背影渐渐远去。

许念心里的冲动被强行压制下去。

她又放弃了,没别的,只是因为胆小,没有追过去的勇气。

她埋怨自己的胆小懦弱,后悔自己为什么不敢将那句话说出来。

江逾的背影渐渐变得模糊,许念也朝着宿舍楼走去。抬脚的那一刻,她忽然意识到,在感情方面,她从来都不是一个潇洒的人,现在能做的也只是不断地在心里告诫自己,要保持冷静,未来的生活还会十分精彩。

至于江逾,她要将他还给人海了。

就送你到这里了——江逾,前路请多加小心。

·第六章·
Lucky 爸爸

陶玥和宋艾蓝都不在宿舍,正好给了许念发泄的空间,她心里空落落的,回到自己的位置上,见到江逾带给她的那本英文书,明明不想哭的,但此时眼泪抑制不住地从眼眶里涌出来。

她抹了下眼泪,将英文书摆放在书架上,目光注意到她以前的日记本。她将日记本抽出来,打开看着,这里面大部分都是关于江逾的记录。

【今天在食堂打饭,碰到江逾了,他就排在我前面,我悄悄盯着他看了许久。虽然只能看到一个后脑勺,圆鼓鼓的,怎么会有人连后脑勺都这么好看,那里面装的满满都是智慧。他打的是藤椒鱼还有鸭黄豆角,他吃得好多,哈哈哈。唉,好可惜,到我打饭的时候,藤椒鱼和鸭黄豆角居然都已经没有了,今日"get"江逾同款失败。】

【今天是运动会,特意申请了当摄影师,可以光明正大地拍江逾的照片了!江逾参加的是跳高项目,他跳得真的好高啊,原来优秀的人不仅仅学习成绩好,身体素质也很棒。我决定了!要向他学习,加强体育锻炼,Fighting(加油)!PS:运动会结束的时候,我拉着艾蓝去了照相馆,悄悄将江逾的照片打印了出来,真是非常开心的一天。】

【这次一模考试,又考砸了,物理居然错了两道大题。第一名还是江逾,他物理居然考了满分,这真的是人类的大脑吗?要是他能帮我辅导物理就好了,不过,他会不会觉得我很笨啊?不行,我要努力!下次一定要考进年级前三名!】

【二模考试结束了,我居然考了年级第二名!江逾仍旧是第一,这个成绩单我要一直留着,因为我和江逾的名字挨在一起!】

【高考结束了,和班里的同学一起去周边郊游,上次来这里还是小学的时候,那时候我还救了一只小猫咪(其实也不算是我救的啦)。路上,我无意间听到了男生们的谈话,好像在说,江逾有一个娃娃亲。天啊,不会是沈可盈吧。】

文字除了稚嫩的流水账，就是颇为矫情的摘抄，但不容置疑，全都是真情实感。在本子的封皮里，夹了很多江逾的照片，还有那张边缘已经泛黄的成绩单。

许念看了眼脚边的垃圾桶，狠了狠心，想要将本子丢进去，她的手在半空中悬了一会儿。

没舍得扔。

虽然是一场无疾而终的暗恋，但她并不否定悄悄喜欢江逾的自己。那时候她的感情是纯粹的、珍贵的，以后可能再也不会再这般心动，这般单纯地喜欢上一个人了。

许念将日记本合起来，塞到了收纳箱最底下的位置。

就当是一场梦好了。

就算都是假的，醒来之后，那种微妙而美好的感觉就足够让人满足了。

"叮咚！"手机发出一道消息提示音，许念顺手打开微信查看，一则通知将她拉回现实。

【各位同学好，明日上午九点钟在逸夫楼409教室举行毕业论文中期答辩，每人十五分钟汇报时间加五分钟评委老师提问时间。请大家携带PPT和三份纸质版中期报告，准时到场。】

看到消息，许念心里"咯噔"一声，居然忘了明天是论文中期答辩的日子，她的论文还有一些问题需要修改。这下她也不想什么明恋暗恋了，赶紧掏出电脑，打开了论文的word和上次做好的PPT。

之前加班加点做完了PPT后给导师发过去了一版，导师反馈给的意见里并没有太大的问题，都是一些细节上的毛病，所以修改起来并不费劲。中午，许念下楼吃了午餐，又去附近的打印店将纸质版报告打印了出来，然后回到了宿舍。

她早上起得太早了，吃饭前又消耗了很多脑细胞，很快就开始犯困。她将床帘一拉，爬上床，睡了个美美的午觉。

生活又恢复了和以前一样，没受到什么影响。这是她习惯且喜欢的生活状态，一个人吃饭，一个人去实验室，才是常态，偶尔觉得孤独了，就和舍友约出去放肆吃一顿，约不到的话，自己去吃也没关系。

也没什么不好的。

其实，她以前的生活里，没有江逾的亲身参与，一切都是她自己大脑里的幻想罢了。睡了一觉后，她觉得心境开阔了不少。她下床去洗了个脸，回来后，又对着PPT开始练稿子。直到所有的地方都达到流畅，她才放心地关掉论文。

时间过得很快，临近傍晚，宋艾蓝在宿舍群里抱怨明天的论文答辩，她又累又饿，便约大家一起吃晚饭。三个人很快约定六点钟食堂见，还有四十分钟，许念闲着没事，便开始看江逾带给她的那本英文书。

她曾去英国交换过一段时间，所以读英文读得很顺畅，很快就看到了最后一章。只不过，她在那章的首页处停顿了好久。那一页的空白处，有一个手写的生词标注，是sycamore"西克莫（《圣经》故事中的桑树），悬铃木"。

读过这本书的人，除了她，只有江逾。那这个标注，就是江逾标的。

许念盯着那一行小字发呆，因为这个字迹，和她的字迹很像。她自然而然地联想起那份不知何人替她交的检讨书。

难道真的是江逾帮她写的？可江逾那天下午应该也在医院啊，他怎么知道她要交检讨书的？

许念在脑子里设想一个个可能性，又随即将其一一否定掉。最终她决定直接打电话问。

电话接起来的时候，江逾那边还没出声，许念便直奔主题："江逾，我想问你一个问题。"她不打算问些有的没的，所以并没有多余的客套。

这般急切的语气让江逾有些始料未及，顿了片刻后："什么问题？"

"之前我们学院的辅导员老师让我交一份检讨书……"许念说着，才开始感觉难为情来，万一不是江逾，那岂不是暴露了她的糗事嘛。她顿了下，碍于话都说到一半无法收回了，便硬着头皮说了下去。

随江逾怎么想她吧，反正也无所谓了。

"我一直没来得及写那份检讨，但是后来发现有人替我交了。那个帮我的人，是不是你呀？"

问完，江逾清冷的声音传来。

"是我。"他很直接地就承认了。

许念虽然想过这种情况，但得到确认后，她还是有些震惊，同时涌出了好多问题。

"可是我记得那天，你是在医院呀？"那天中午他和她一起买了东西后，去看了她的妈妈。她不可能记错。

江逾不紧不慢地回答："我是在医院，不过是碰巧了，有一个同学正好来看病，他回去的时候，我让他帮忙带回去了。"

许念抿了下嘴唇："可你是怎么知道我被惩罚这件事？"

"听周老师说的。"

周老师就是江逾的妈妈，和许念聊天的时候，江逾有时候也会用周老师来称呼。

"那你是早早准备了检讨吗？"

"嗯。就算那名同学不过来，我也会想办法送过去。"

许念心里一阵动容，欲言又止了半天，终于说道："江逾，谢谢你啊。"

"没事，看你那天下午焦头烂额的，我就帮你写了。"江逾的语气很随便，像是并没有将这件事放在心上，但许念却莫名觉得温暖，堪比春日暖阳。

高中的时候，她就是因为这样喜欢上江逾的。他的随手帮忙，她心里总会感激万分。

"还有啊……"许念忽地又想起一个问题，喃喃道，"江逾，为什么你的字迹和我的一样呀？"

一声轻笑传来，江逾这次没有直接回答，开着玩笑反问："许念，你不是说只问一个问题吗？"

许念认真回答："但是这个问题又引出了一连串的问题。"

电话那边又传来一声低笑，掺着叹息声。

"好了，不逗你了。"江逾这才解释，"我要了你的作业，然后学的。"

"你学我的字迹？"许念满脸的不可思议，"怎么可能？那字迹和我的几乎一模一样。"

不找专业的鉴定，一般人很难看出来。

江逾慢悠悠道："问你同学要了一份你之前的作业，临摹了大概一个小时，就基本能够模仿了。你的笔锋、你的写字习惯，其实在每个字里都有体现，而且，高中一起画黑板报的时候，我就对你的字很熟悉了，所以还挺容易模仿的。虽然不是一模一样，但检讨这种东西，也没人认真看，交了就算了事了。"

"是这样的吗？"许念半信半疑。她知道江逾是学霸，悟性很强，很多事情几乎是无师自通，就算是不熟悉的事，他学起来也非常快，但模仿一个人的笔迹,真的这么容易吗?

虽然她觉得很不可思议,但江逾并没有其他的解释,她也没再继续问下去。

或许江逾真的和常人不一样吧。

重要的是,他居然悄悄帮她,许念在心里暗喜。

"许念,明天阿姨出院,你会来医院的吧?"江逾话锋一转,像是问句,却又笃定。

"去的,不过要下午了,上午我要参加论文答辩。"

"好,那我等你。"

"等我做什么?"

"阿姨应该下午出院吧,你答辩完过来,我们一起去吃饭。"

许念沉默了一会儿,问道:"江逾,你还在想着那张优惠券啊?"

"不过,我应该不能和你一起去了,答辩结束得比较晚,我和舍友一起在学校吃过再过去。晚上应该会在家和爸妈吃,你那张优惠券,就和同事一起去享用吧。"

第一次拒绝江逾,她觉得自己出息了!

"对了,你借给我的书我快读完了,明天去医院的时候就可以还给你了。我不说啦,和艾蓝、陶玥她们约了晚饭,我要出发了。"

江逾急忙道:"许念!"

他语气有些急,许念正要挂断,便又将手机放在了耳旁:"怎么了?"

江逾道:"我托我朋友新买了几本书,'X侦探'系列的,你要不要看?可以先借给你看。"

许念很痴迷这一系列的小说,江逾以为她一定会禁不住吸引力,过来向他借书。

但许念似乎并没有表现出很大的热情,只淡淡婉拒道:"不用了,总是借书的话,会没完没了的。"

挂断了电话,江逾有些发愣。他觉得离婚之后,许念的态度变化了不少,好像在刻意与他保持着距离。难道在生他的气?

他又有些疑惑,明明分开前就说好了他们两人还可以像朋友一样相处的。正思忖着,手机连着冒出几条微信消息的提醒,是妈妈发过来的。

【臭小子既然吃了我的糖醋排骨,是不是该回家一趟了?】

【上次还不是你老妈我帮你找到的念念的手写作业?还不回来跪谢

一下？】

【对了，友情提示，你爹还在为你和陆小姐的婚事操心，你要是不回来处理一下，任由事情发展下去，那我也帮不了忙喽。】

许念从宿舍出发，到餐厅时陶玥和宋艾蓝都还没有到，便先找了个位置坐下等她们。

三分钟后，陶玥和宋艾蓝两个人准时到场。她们知道许念今天上午和江逾办离婚的事，这会儿一见面，叽叽喳喳问个不停。

"怎么样，离婚还顺利吗？"宋艾蓝蹭着小步子往许念身上贴了贴。

食堂里来来往往的同学不少，许念见宋艾蓝兴好奇心旺盛的模样，伸手比了个低声的动作，提醒她小点声，然后耸了耸肩，说道："能有什么不顺利的？"

"那……"宋艾蓝压低了声音，凑近，"真离啦？"

许念重重地点了点头。

宋艾蓝捏了下许念的下巴，露出心疼的目光："唉，我们的小可怜，不如我们去吃顿好的，用填满胃的方式，来填补一下你空虚受伤的心灵。"

陶玥积极地举手表决："我同意出去大吃一顿，最近我和赵岑也冷战好几天了，我也需要发泄一下，答辩完去怎么样？"

许念一边转着头，一边拨开宋艾蓝的手，摆出一个大大的笑容来："不好意思，你多虑了，我不空虚，也没有受伤好吗？快走吧，今天都来食堂了，就先在这儿吃吧，我想去吃麻辣香锅了。"

她抬脚先行一步。陶玥和宋艾蓝在后面，悄悄对视了一眼，确认了许念一切正常并非假装无事后，才吐了一口气，跟上前去。

几人打完了饭，围坐在一张桌子旁，讨论着明天中期答辩还有答辩完的计划。

一提到中期答辩，几人表情齐刷刷的，一脸的幽怨。

陶玥咬着筷子哀叹："赶紧到明天吧，我紧张死了。等明天这个时候，我们就能暂时解放了！我们要不要明天下午就去拍照啊！"

许念托着下巴同样发愁，虽然她已经准备充分了，但还是很担心，不知道老师会提什么问题："要不后天吧，明天下午我妈妈要出院，我去陪她。"

"那后天吧，后天我们去拍照，拍完照我们晚上去吃大排档吧！"

· 099 ·

宋艾蓝提议道。

"好啊好啊，我好久都没吃了。"陶玥兴奋地附和。

许念也点点头，她的日程忽然就变得满当起来。事情多会让她觉得充实一些，这些事占了容量，也能顺便将心里不愉快的情绪冲淡。

几人吃过饭后，便回了宿舍。

晚上，许念又温习了几遍答辩的讲稿，直到每个字都熟稔于心，才早早上床睡觉，养精蓄锐为明天做准备。

市医院。

江逾查完房回到办公室，已经到了下班的时间。累了一天了，他本打算开车直接回家，忽然想到下午妈妈发过来的信息，又想到许念让他有空多回家的劝慰，车开出停车场的时候，他最终选择改变方向。

一路到达月亮湾别墅区，江逾停了车后，正要往屋子里走，家里请的阿姨刘云正好买东西回来，见到江逾后，先是愣了一会儿。

江逾先打了个招呼："刘姨。"

刘云这才反应过来，想起上次父子俩的不欢而散，还以为江逾一段时间都不会再来了呢，她欣喜道："小逾回来了啊！快点进来。"

她迫不及待地报喜："江先生，江夫人，小逾回来了！"

"儿子回来啦！"周淑云听到后急急忙忙赶到了门口迎接，见到江逾，整个人心花怒放，忙喊着老公出来。

"江澜远，你儿子回来了！"

过了一会儿后，江澜远才慢悠悠地下楼，见到江逾后，也只是斜睨了一眼，淡淡说了句："回来了？"

江逾同样淡淡地点了下头："嗯。"

"一会儿吃饭。"江澜远留下一句话，然后去了客厅看电视。

江逾坐过去，默默坐在另一端的沙发上。两人都没说话。凝重的气氛持续了一会儿，江澜远终于忍不住冷哼一声，斥责道："臭小子！去了国外那么久，好不容易回国了，说你几句就闹脾气走人。怎么，翅膀硬了就不回家了？"

江逾漫不经心地答道："之前一直有事，而且医院的工作很忙，没空回来。"

江澜远冷着脸："哼！我看你根本就是不想回来！"

· 100 ·

周淑云端了水果过来，见父子俩又在僵持着，便尝试活跃气氛："哎呀，儿子刚到家，你能不能态度好一点，总板着个脸怪吓人的。"

江澜远沉声道："觉得吓人就不要看。"

周淑云见他还顶嘴，狠狠拍了他一下，埋怨道："你这么个大块头杵在这儿，还让我不要看？"

江澜远没再还嘴，但还是赌气一般别过头去，背对着周淑云和江逾。

厨房里的饭香飘过来，江逾坐在沙发上挺无聊的，便起身去了厨房。今天的菜似乎格外丰盛，江逾进去的时候，餐桌上已经摆了好几道菜，他数了数，一共有八道。刘姨依旧没停，还在煲汤炒菜。

"刘姨，今天怎么这么多菜？吃得完吗？"

刘姨将一道刚出锅的红烧鱼端过来，笑着道："是江先生吩咐的，一会儿陆总带着他的女儿陆小姐过来一起吃晚饭，所以得多炒几个菜。"

江逾接过，帮忙摆放好盘子，听到刘姨的话后，手上一愣，脸色瞬间暗了一个度。他迅速从厨房走到客厅，径直到江澜远面前，质问道："爸，怎么回事？为什么陆家的人今晚要来？"

江澜远坐在原处，不紧不慢道："哪有什么为什么？陆总是我的商业合作伙伴，我请他吃饭，不是很正常吗？"

江逾深深拧了下眉："那为什么陆双凝也要来？"

"不是和你说过了吗？"江澜远一副理所应当的语气，"陆总的女儿是个很优秀的姑娘，她毕业后，就要去丰明集团工作了，也算是准商业合作伙伴。而且他们是一家人，一起来吃饭，也很正常。"

"这不是重点吧。"江逾无奈地戳破他，"您还是想让我和陆双凝结婚，好稳固您和陆家的合作吗？"

江澜远见儿子这个态度，脾气也上来了。他拍了下大腿，站起来怒目瞪着江逾："是又怎么样？你爸我生意那么忙，你就不能出点力？当初你死活要学医，我也答应了，婚事上，你不能妥协一下？况且，我又没让你立刻就和陆小姐结婚，只不过是让你们两人先相处一下看看。这你都不答应，是不是早就不把你爸我放在眼里了？"

见火势又要起来，周淑云不想搞得像上次一样僵，急忙站起来，走到他们两人中间，劝道："江逾，你别和你爸这么说话。老江，你现在就让江逾去和陆家女儿相亲，你向许家那边怎么交代？我劝过你好几次了，你都不听。这件事，你确实心急了！而且，咱儿子的人生大事，他自己有权决定。"

"他自己决定？他就不考虑考虑家人吗？他能长这么大，全靠他自己吗？现在翅膀硬了，就把咱们都搁在一边不管了？"江澜远骂了几句后，语气微微缓了些，"许家那边确实要交代，但这两个孩子当初为什么结婚大家都心知肚明，甭用这个来绑架我！反正早晚要离婚，差这么几天吗？而且他们许家也早早就给闺女介绍相亲对象了呢！"

"怎么就早晚要离婚了？不差这么几天的话，就等事情都解决完再说啊，咱儿子现在在法律上还是有妇之夫呢。"

周淑云也开始和他对峙起来，手叉着腰，当仁不让道："我就喜欢许念那姑娘，咱儿子也回国了，要是多和许念相处一下，说不定两人还挺好呢！这样婚也不用离了！"

听着他们两人的争吵，江逾有些头疼，正要开口解释，江澜远先一步开口："他离婚了。"

"什么？"周淑云整个人怔住。

江逾也一愣，须臾后，惊讶地开口："您知道了？难道您找人跟着我？"

江澜远没说话，算是默认。

江逾不耐烦地叹了口气，承认道："我们是离婚了，但我的事，您不用太操心。"

"不操心？不操心你能长这么大？"江澜远呛他一句。

周淑云还停留在上一句话的震惊中，过了好久才缓过神来。她用恨铁不成钢的眼神看过去，走到江逾身边，狠狠在他胳膊上拧了一下："你怎么回事！这么大的事都不和我说！怎么就和念念离婚了？"

江逾疼得"嘶"了一声，解释道："妈，我自有考量。"

他抬眼看向江澜远，认真且笃定地说道："爸，当初您阻拦我学医，但我最终还是学了，还顺利进了市医院实习。您应该也知道了，我认定的事，谁也改变不了。"

"你——"江澜远被气得说不出话来。

这时，门铃响了起来，应该是陆丰明到了。

江澜远瞪着江逾，警告道："不管你什么想法，今天晚上，先给我安分点！"

江逾道："爸，我觉得，应该直接和陆叔叔还有陆小姐说清楚。"

"绝对不行！"江澜远命令道，"就算你不接受结婚，也和陆小姐先相处看看,再做定夺。"说完,还给了一个警告的眼神。

周淑云拍了拍江逾的肩膀劝道:"算了,你就先别在你爸爸生气的时候'顶风作案'了。"

江逾无奈地点头。

客人来了,刚刚一家人吵得再凶,也要做出一团和气的样子。很快,陆丰明和他的女儿陆双凝进了门,刘姨帮他们找了家居拖鞋换上。

江澜远和周淑云都走到玄关处迎接,江逾在后面也跟了去。

"丰明啊,你终于来了,等你半天了!"

陆丰明朗声笑着道:"嫂子真是越来越年轻。哎呀,这屋子里这么香,看来今天我和我女儿有口福了!哎?莫非这是——"

他目光注意到后面的江逾。

江澜远一把将江逾拉到前面,介绍道:"这就是犬子江逾。"

陆丰明夸赞道:"果真是一表人才啊。来之前你爸爸说你工作忙不回来,我家阿凝还挺失望呢!"

"爸爸!"陆双凝娇嗔地埋怨了一声。

江逾礼貌地打了个招呼:"陆叔叔好,陆小姐你好,我也是刚刚才到家。"

陆双凝听到江逾提到她,抬眸看去,眼睛一亮的同时,双颊泛红,微微点了点头:"你好,伯父伯母。"

周淑云微微笑了笑,看着陆双凝赞道:"双凝也是越来越标致了呢。"

陆双凝粲然一笑:"谢谢伯母夸奖。"

"大家快进来吧,饭都做好了。"刘姨提醒道。

"真是,光顾着说话了,赶紧进来,开饭开饭!"周淑云催促着,领着大家到了餐桌。

饭菜还冒着热气,落座时,陆双凝主动坐在了江逾对面。她从一进门,目光就黏在了江逾身上。江逾目光不经意扫过她时,她立刻回以一个甜美的微笑。吃饭的时候,她也表现得很积极热情,时不时夸赞饭菜可口,偶尔会主动和江逾搭话。

"这个红烧鱼真好吃呀!江逾,你喜不喜欢吃鱼呀?"

好像她不是客人,而是主人。不过她年纪不大,又很会说话,所以在其他人眼里就是个活泼开朗的性子,并没有喧宾夺主的感觉。

"阿凝,在别人家吃饭,矜持一点。"陆丰明提醒她一句。

"哈哈哈哈！"江澜远朗声笑道，"矜持什么？双凝这个性格很招人喜欢啊！"

陆双凝眨了眨眼，调皮道："是啊，在伯父伯母家吃饭，就好像到了自己家一样。"

陆丰明无奈地摇了摇头，笑着叹气："我女儿啊就这个活泼的性子，都是被我惯的，你们别介意啊。"

"不介意，不介意，越是这样，我越放心，之前还生怕有招待不周的地方呢！"江澜远说完，咳了一声，将话题转到要事上来，"我看这两个孩子相处得还不错，心也放下了不少。丰明啊，江逾之前的事，你也都清楚了吧。既然我们两家诚心谈婚事，那就要开诚布公，坦诚相待，我也不瞒你，现在呢，我家江逾也离婚了，那两个孩子本来就没什么感情——"

正说着，江逾将他打断："爸，还没离，有离婚冷静期。"

江澜远皱了下眉头，在饭桌上当着外人，也没再发火，只说了一声："现在这离婚真麻烦！"

幸而陆丰明开明，他笑了几声，称赞道："江逾这孩子还挺坦诚。没事，我了解了，咱们也不急，还是要让孩子们先单独相处一下才是。至于婚事，就等江逾那边都解决完了再说吧。"

他说完，看了看江澜远和周淑云。

江澜远赞同地点头，周淑云却哑了一下，没接话，只勉强挤出一个微笑来。

听他们讨论这件事，陆双凝也没再插话了，只低着头，害羞似的默默吃饭，偶尔抬眼去看看江逾。他目光里似乎略有深意，陆双凝想去试着读懂，但江逾已经放下碗筷，抬头道："我吃好了，你们慢慢吃。"

"你去干吗？"江澜远强忍着没发火。

江逾站起身来，微停了一下，然后给了个很充分的理由："我有个工作上的邮件要处理一下，先失陪了。"

江澜远心里的火山即将爆发，好在周淑云赶忙解围道："这孩子就知道忙工作！咱们吃咱们的，别管他！"

江逾回到自己的房间，打开电脑点开浏览器。刚刚说有工作邮件是他胡诌的理由，他随便看了看网页推荐的新闻，回到搜索窗口，输入"如何挽回前女友"几个字，然后想了想，又删掉，改成"被女朋友冷落后怎么办"。网页给出的答案大多是给女朋友买口红、鲜花，主动认错并带她出去看电影旅游散心等建议，虽然建议很具体，但江逾觉得，并不适用于他和许念。

若是男朋友的身份，软磨硬泡、撒娇卖萌自然说得过去，但他现在不是。他觉得还是因为这个措辞不太妥当，便停下来，思考了一会儿，最终将搜索词改成了"如何追求女生"。

上次余盛的出现，不仅仅给江逾敲了一个警钟，同时也给了他一个警告。许念是一个非常优秀漂亮的女生，自然会吸引很多优秀的异性，她有自主选择喜欢的人的权利。

江逾一开始一直在纠结，他舍不得，也害怕真的离婚后，没有了限制，许念就会离他而去，所以他一拖再拖，想办法靠近她，不动声色地拉近两人的距离。但他不能以这种合约结婚的方式绑架着许念。尤其是当许念坚持说要和他离婚的时候，见到许念在余盛质问下的窘迫之后，还有许叔叔的不满和担忧。所以，他选择暂时放手，这个从很久之前就让他心动了的女孩，直到离婚，他终是没能将喜欢说出口。

好在，她说过，离婚后还是可以做朋友，他们还可以从朋友开始做起，他重新追求她。那时候，他便可以与其他人公平竞争，让许念在毫无顾忌、毫无牵制的情况下，自由地选择喜欢的人。

他希望她的婚姻，不是因为任何人的安排，不是为了完成任何人的愿望，而仅仅是因为，她喜欢。

今天下午通电话，许念拒绝了他一起吃饭的请求，江逾心里很慌。

她大概是开始避着他了。

他越来越没有把握，许念到底会不会喜欢他，还是她喜欢她的师兄余盛。

"砰砰砰！"

一阵敲门声传来，江逾抬头的时候，陆双凝居然已经走了进来。

敲门敲得毫无意义。

"江逾哥哥，我进来啦！"

陆双凝手里拿了一杯果汁走过来，放到江逾的桌旁，清亮的目光往江逾的电脑屏幕上瞥了瞥。

江逾敏感地关掉了网页，但为时已晚。陆双凝一下子就注意到了上面的信息，根本就不是什么工作信息，她精准地捕捉到了"追求女生"几个字。

这种东西说出来比较尴尬,所以她假装没看见,心里却甜甜的。江逾已经开始计划着追求她了吗?

陆双凝露出一个甜美的笑容,朝着江逾眨了眨眼,娇滴滴地说道:"江逾哥哥,伯母担心你工作太累,让我来送果汁给你。"

江逾心里跟明镜似的,周淑云从来就没让他喝过果汁,应该是陆双凝自作主张送过来的。她眼里的欲望太明显了,藏都藏不住。

江逾点了下头:"放那儿吧。"

见他没拿起来喝,陆双凝居然直接拿了杯子送到他嘴边。

江逾下意识往后一躲,眉头皱着说道:"我不想喝。"

陆双凝嘟了嘟嘴,疑惑地问:"为什么不喝呀?这可是鲜榨的果汁,很健康的。"

江逾道:"那你喝吧。"

陆双凝两眼一眯,笑嘻嘻道:"你让给我了呀,谢谢啦。"

江逾抬眼看去的时候,陆双凝已经兴高采烈地喝起了果汁。她一边拿着杯子,一边在江逾的房间里徘徊,毫不客气地拿起相片看着。

"江逾,这是你小时候吗?好可爱呀。"

江逾没说话。

陆双凝自娱自乐地感叹:"伯父伯母也好年轻啊。"

转了几圈后,她的目光又盯上了江逾的书架,从中随手抽出来一本,娇声问道:"这本能借我看几天吗?"

陆双凝嘴角微微勾着,若是向江逾借了东西,过几日肯定还要还回来,这一来二去,就是两次见面的机会。况且,和江逾读同样的书,在日后的交谈中,也能有更多的话题可以聊。

她在心里美滋滋地盘算着,江逾轻轻看了她一眼,然后转过头,淡声回绝:"不好意思,我这里的书都不外借。"

陆双凝根本没想到江逾会不答应,这让她的计划全都泡汤了。她走到江逾身边,苦着个小脸,委屈道:"为什么不能借呀?"

江逾道:"那里面有好多我外公的书,不能随便借出的。"

陆双凝觉得很扫兴,开始使出撒手锏。她双臂缠上了江逾的胳膊,娇滴滴地央求道:"那哪本书能借,就借给我一本嘛,我会还给你的。"

江逾将手臂抽出,身子向后靠了靠:"哪本书能借你就借哪本?你是真的想看书吗?"

·106·

被他这么无情地拆穿,陆双凝非常不爽,不禁在心里暗骂:直男!刚刚不是在电脑上搜如何追我的吗?怎么现在这么不讲情面,连一本书都不肯借?难道书比我宝贝?

她嘟囔着道:"我不借就是了,江逾……"一边说着,一边将身子凑过去。

她贴得太近,让江逾很不舒服,便直接问道:"你要一直待在这里吗?"

陆双凝点点头,并没有打算离开江逾的房间:"他们大人在下面聊天,太无聊了,我根本融入不进去,还是你这里好。"

江逾拿她没办法,只得尽可能与她保持距离。陆双凝当他是害羞,便找着话题,扬声问道:"听说你在市医院工作,那你上班的时候,我能不能去医院找你呀?"

江逾眉头一皱,问道:"你有病?"

"啊?"陆双凝滞了一下,还没来得及回答,江逾又补充一句,声音淡淡的,毫无波澜。

"我只是个实习医生,还没有接待病人的资格。如果你需要看病的话,我可以给你推荐合适的专家。"

许念的论文答辩进行得很顺利。

紧张过后便是自由的放纵。陶玥和宋艾蓝直接买了电影票去看电影,许念简单收拾了一下,动身去往医院。

今天是徐岚女士出院的日子,大病初愈,是件非常值得庆祝的事情。许念经过路边花店的时候,买了一束粉色的康乃馨,兴高采烈地到了医院。

在医院住了将近两周的时间后,徐岚早就完全厌倦了这个地方,日日盼着出院日子的到来。

她一见许念来了,眼睛亮了一下,张口便催促道:"念念!你可来了,你和你爸是不是都忘了我今天出院?一个个的都不来!快点去给我办出院手续。"

这几日的住院,徐岚改变了不少,一开始还担心会麻烦到许念和许继文,但在病床被强行照顾了几天后,徐岚开窍了,她被照顾是理所应当的,所以许念一来,她就一边在床上咬着苹果,一边指挥着许念去办出院手续。

许念将东西放下后,叹着气笑了笑:"别着急啊妈,我上午刚刚答辩完，反正你今天就出院了，也不在乎这么一会儿。"

徐岚拧着眉头："我还就在乎这么一会儿，你快去吧，赶紧的！"

"好啦，这就去了。对了，"许念补充一句，"我刚刚给我爸打了电话，他说临时有点事，要晚点下班，所以我就让他直接回家了。"

徐岚不高兴了。许念急忙安慰道："你别不高兴啦，我爸说了，他早早回家，就能提前做一桌子好菜等着咱娘俩了。"

听她这样说，徐岚这才笑逐颜开，还嘴硬道："我没不高兴。"

许念放心地去办理了出院手续，都办好了之后，她没急着回病房，而是去了江逾的办公室还书。到四层走廊的时候，她见到一个打扮得非常漂亮的女生在楼道里徘徊。

女生烫着大波浪的鬈发，踩着厚厚的马丁靴，因为在人群中十分耀眼，所以许念的目光也忍不住在她身上多留了几分。那个女生大概也注意到了她的目光，居然朝着她的方向走了过来："不好意思，我第一次来医院，有点迷路，能不能帮我一下呀？"女生带着乞求的目光看向许念。

许念想起自己第一次找缴费地点的时候，也是晕头转向的。她点点头，柔声道："你要去什么科？"

"什么科？"女生摇摇头，"我不知道，我是来找人的，我男朋友在这里工作，他叫江逾，你认识吗？"

听到江逾的名字，许念整个人僵住。女生在她眼前晃了晃手："你怎么了？你认不认识呀？"

许念回过神来，认真打量着眼前的女生。她长得很甜美，长长的鬈发垂下来，如泼墨一般，身材也很棒，穿着露脐的套装，背着腋下包，浑身上下都是名牌，难道她是陆家的女儿陆双凝？

之前宋艾蓝给她看过陆双凝的照片，那是宋艾蓝在参加宴会的时候无意间拍到的，只有一个不太清晰的侧影，但照片中的人和眼前的女生很像。许念端详了一会儿，可以确定，这个女生就是陆双凝。

许念边想着，边随口应道："哦哦，我认识，我也是来找他的，他就在那边的办公室，我们一起过去吧。"

"好啊好啊。"陆双凝开心地点了点头，边走边和许念聊天，"姐妹，你来找江逾做什么呀？你是他的病人吗？"

许念摇摇头："不是，我来还书给他。"

陆双凝瞥到许念手里的书，脸色一变，一把拉住许念的胳膊，态度一百八十度大转变，质问道："你是谁呀？他为什么借书给你呀？"

陆双凝想起昨天她找江逾借书时，他一脸冷漠无情拒绝的模样，还以为江逾的书对谁都不外借呢。此刻她听到这个女生居然来还书，顿时心理不平衡起来。

许念虽然不知道她的态度为什么忽然转变，但见她从方才的友好变得一脸敌意，也能猜出个一二来："我叫许念，你是陆小姐吧？"

陆双凝一愣："你怎么知道？"

许念道："你长得好看，在圈子里挺出名的。"

在富二代的圈子里，陆双凝确实挺出名，因为长相甜美，有不少男生喜欢。这都是许念听宋艾蓝说的。她也只知道这些，毕竟她并不想听到陆双凝的太多信息。

此时的陆双凝拧着眉头，打量着许念，疑惑道："那我怎么对你没印象？"

许念笑了一下："我和你们没有交集，只是从朋友口中听说的。"

她说话的声音很温柔，却给人一种感觉，柔中像是蕴藏着一股坚不可摧的力量。

陆双凝莫名其妙就没那么恼火了，听到许念说她有名，还为此沾沾自喜了一下。须臾过后，她突然觉得不对劲，目光看向许念，眼神逐渐变成惊愕，半张着嘴，说道："等等！你刚刚说你叫许念？"

许念轻睨一眼，淡淡道："看来，你也认识我。"

陆双凝目光不太友好地打量她一番："你是江逾的前妻？"

她虽然穿了厚底鞋，但还是没有穿了平底鞋的许念高，和她面对面站着莫名有一种压迫感。

许念没回答，自顾自地往前走。她听着前妻这个称呼，觉得怪别扭的。

陆双凝跟过来，口中说个不停："我是认识你，作为江逾的女朋友，他从前的事我怎么能不知道呢。不过我不是那种小肚鸡肠的女人，并不介意你们的婚姻，反正也没有感情对吧。"

她叽叽喳喳地说了一通，像是在宣示主权。

许念默默听着，一脸从容，看起来并没有把她的话放在心上。

见她不怎么回复，陆双凝锲而不舍地说："你应该也不喜欢江逾的吧？就算你喜欢，江逾也不会看中你的，你们不是一个世界的人，而且我们俩已经订婚了。"

许念一副无所谓的模样,终于开口说了一句:"那恭喜你们,你别担心,我没纠缠江逾,这次来只是还书的。"

陆双凝这才想起了书的事情,她眉头一皱,刨根问底道:"为什么你能借到江逾的书啊?"

"不可以吗?一本书而已,我喜欢看,所以江逾就主动借给我了。"

她淡淡的一句话,让陆双凝备受打击。居然是江逾主动借给她的!

陆双凝心里像吃了柠檬一样酸。

两人已经走到了江逾的办公室门口,许念还没敲门,陆双凝就一把夺过了她手里的书,挡在她面前,昂着头说道:"你别进去了,书我替你带给江逾就好。"

许念觉得也没什么不可以,便点头然后离开了。

陆双凝怀里紧紧抱着那本书,以一个胜者的姿态在门口望了一会儿,还悄悄瞥了一眼许念。对方没什么反应,好像没有被气到,也没有过多的羡慕。

这让陆双凝有点失落,同时不由自主地担心,如果许念真的喜欢江逾的话,还真是她的一个劲敌。

许念回到病房,鼻子还是酸酸的,在门口缓了一会儿,等心情基本平复后,才推门进去。徐岚见她回来,很高兴地说:"手续都办好了吧。"

许念点头,见到桌子上多了几袋东西和一束鲜花:"有人来过?"

徐岚笑着点头:"刚才江逾来了,你俩刚巧岔开,他本来想再等一会儿,但中途来了个电话,应该是有事要忙,就回去了。"

许念扯了下嘴角:"等我干什么?他是来看你的又不是看我的。"

徐岚察觉到她情绪的不对,便从床头柜的袋子里拿了个橘子递给许念:"这橘子还挺甜的,要不尝一个?"

许念看了一眼,这应该是江逾送过来的橘子,她头一撇:"我才不吃。"

徐岚侧过头看向她,关心道:"怎么了?不开心?"

许念目光躲闪:"没有啊,你出院我特别开心,就是不想吃而已。妈,我手续都办完了,现在出发吧,我打个车。"

徐岚了解自己的女儿,虽然嘴上说着没事,但出去一趟情绪明显变了,眼神都不对了。她沉思片刻,大概能猜出来是怎么回事:"其实这些东西妈也不想要的，但江逾执意要留，你要是看着碍眼，就还回去。"

"没事的。"许念主要不想见到江逾。

徐岚点点头，没再多说。

走出医院，许念叫的车刚好到了。上车后，出租车一点点驶离医院的大门，许念透过窗户望过去，目光静静地看着外面的景色匆匆掠过。

她在心里祈祷——希望以后再也不要来医院了。

十分钟前。

江逾从手术室里出来，拿上提前买好的水果和花，直接去了住院部。今天是徐阿姨出院的日子，许念一定会来。但他到了以后，却发现病房里只有徐阿姨一个人。江逾走进去问了一下，才知道他来得不巧，许念下楼去办理出院手续了。

本来想等等的，但林主任临时叫他，他就先离开了。

从林主任那里回来后，江逾发现一个女生在他的办公室门口徘徊，手里还拿了本书。他下意识以为是许念，忙快步走过去，等离得近了才看清是陆双凝。

见到江逾来了，陆双凝露出一个大大的笑脸，朝着他招了招手："江逾哥哥！"

她声音很大，一点也不在意这里是医院。周围有来往的护士还有办公室里工作的医生都闻声将目光投来。

江逾沉着脸，对陆双凝说道："你跟我过来一下。"

陆双凝乖巧地点头，跟着江逾到了一个没有人的角落。她心中一喜，以为江逾要和她说什么悄悄话，双颊瞬间染上了一抹红晕："江逾哥哥，什么事情呀？我来看你，你是不是很惊喜呀？"

江逾面色复杂地看着她问："你怎么来了？"

陆双凝眨眨眼："我来找你呀。"

江逾脸上浮起几分不耐烦："陆小姐，我在工作，如果你不是来看病的，那请你不要来打扰我。"

陆双凝态度蛮横地强词夺理："那你又不是每时每刻都要工作，说几句话都不行吗？而且你现在不就在和我说话嘛，也不是没时间啊？再退一步，我也可以等你工作忙完的。"

"陆小姐，你就这么闲吗？"江逾注意到陆双凝手中的那本书，那不是他借给许念的那本吗？

江逾不悦地问："这本书怎么在你这里？"

陆双凝挑了挑眉，如实说道："我碰到你前妻了，她来还书，我就帮她还了啊。"

"许念人呢？"

"走了呗。"陆双凝翻看着手里的书，漫不经心地回了一句，"江逾哥哥，你为什么不借给我书，却借给许念啊？我也想借这本书看，可以吗？"

"不行。"江逾斩钉截铁。

陆双凝嗓子一噎，嘟起小嘴："为什么啊？许念都能借，为什么我不能？"

江逾目光深深地看过来，其中酝酿着说不清的情绪："她不一样。"

江逾郑重道："陆小姐，其实我已经有喜欢的人了。"

陆双凝如遭雷劈，意思是江逾喜欢的不是她？那上次他在电脑上查如何追求女生，也不是要追求她？

她咬着嘴唇道："有喜欢的人了？难道是许念？"

江逾点点头。

陆双凝不解，慌忙问道："可你们不是离婚了吗？"

"是。"江逾沉默了一会儿，"我没必要同你解释离婚的原因，你只需要知道，我会重新追求她，所以你也不用在我身上浪费时间了。"

话说完，陆双凝的表情已经从疑惑到委屈再转为气愤，脸上的五官拧在一起，怒火积压到极点后一并爆发出来："你早就有喜欢的人了，还让你爸爸来和我家谈婚事？不要脸！"

她将手里的书狠狠往江逾脸上一甩，然后愤愤离去。

许念和徐岚乘车到了家，最先出来迎接的是 Lucky。它一蹦一蹦地出来，兴奋地不停摇尾巴。许念将它抱起来抚摸了一会儿，惊讶地发现就这么些日子，Lucky 已经长大了不少。

许继文买回来了好多菜和鱼肉，正在厨房准备。许念过去帮忙，徐岚则在沙发上抱着 Lucky 看电视。

到了晚上，一桌子的饭菜都已经准备好，一家人开开心心地围在餐桌上吃饭。

许念手机响起微信消息提示音,是江逾发过来的:【书我拿到了。】

她想起陆双凝,如果江逾什么都没做的话,陆双凝会称自己是他女朋友吗?而且是在还不知道她是江逾"前妻"的时候,这说明陆双凝并不是为了向她挑衅而故意这么说的。

她又想起宋艾蓝的话,一时不知道该信谁。

许念心里有些烦闷,回了一个"OK"的表情,便将手机改成了静音,屏幕扣在桌面上不再去看。

"怎么了?"徐岚问道,从刚才起许念就不对劲儿。

许念若无其事地笑了一下,宣布道:"爸、妈,我和江逾离婚了。"

徐岚顿了一下,并没有太大的反应,只是缓声问道:"什么时候的事儿啊?"

许念:"就昨天。"

徐岚长长地叹了口气:"当初你答应结婚就没和我说,现在离婚也自作主张就去了,你啊,我该说你什么好!"

许念挑了挑眉,佯装随意地说:"妈,就算和你说了,你还能拦着吗?"

徐岚不说话了。

许继文给许念夹了一大块肉,安慰道:"离了就离了吧,世上好男人多的是。"

徐岚语气也认真起来:"这世上什么东西旧的不去新的不来,好好吃饭,晚上陪妈出去散散步。"

"好。"许念笑道。

徐岚又补充一句:"明天我就联系一下你张阿姨,看看她儿子最近有没有空。你俩约个时间见见,人总不能在一棵树上吊死。"

又来了,真是不给她喘气的机会。

她漫不经心地问:"张阿姨的儿子,是叫何明远吗?"

徐岚见她还记得,愉悦地说:"对!你俩小时候还一起玩过呢。"

许念这下全想起来了,是一起玩过,但就玩过一次。当时他们两人抢同一个玩具小熊,何明远力气大,直接将小熊玩偶的头给拔掉了,她当时"哇哇"大哭,后来,便再也没同何明远一起玩过。

这顿晚饭许念吃了不少,肚子鼓鼓的,撑得胃里难受,确实需要和徐岚一起出去散步消化消化,并打算把 Lucky 也带出去遛遛。

去抱Lucky的时候，许念注意到狗盆里满满的狗粮，Lucky一点都没有吃，她疑惑地跑去问许继文："爸，你给Lucky的狗粮，它怎么都没吃啊？你从哪里买的狗粮啊？"

许继文走过来看了一下，见到盆里的狗粮，朝着Lucky骂了一声："这小狗嘴太刁了，它就吃你拿回来的那种狗粮，换了新的居然一口都不吃！"

说完，他还为了自证清白一样，将他新买的狗粮拿了过来给许念看："你看看，这是我从超市买的最贵的，可不是便宜狗粮。"

许念问："之前的那些吃完了吗？"

许继文道："吃完了，所以我才去买了新的。"

许念看了一下，狗粮没有问题，也没有奇怪的味道。她抓了一把放到Lucky嘴边，Lucky只嗅了下就躲开了。

她有些发愁了，因为之前的狗粮是江逾买的，她没注意是什么牌子，江逾还自己用了好几种肉和蔬菜打碎后搅拌烘烤后做成了自制狗粮，掺在狗粮里面均衡一下营养。

"我明天带它去宠物店再看看吧，换换别的牌子的狗粮，应该会有对它胃口的。"许念说道。

实在不行，她就厚着脸皮去问问江逾自制狗粮的配方。

她给Lucky穿上了牵引绳，拿了小铲子和塑料袋，准备带它出门。

Lucky一见到牵引绳就眼睛发光，两只小前爪在地上来回倒腾，兴奋得停不下来。许念能感觉到，若是这小家伙再长大一点，她都要拉不住它了。

收拾好，许念和妈妈一起出门去了小区附近的公园。傍晚的时候，公园里有好多人来散步遛狗，嬉闹的小孩、肩并肩散步的情侣、健身的大爷大妈，还有带着狗出来放风遛弯的"铲屎官"。周围欢声笑语的，很是热闹。

徐岚大病初愈，走了两圈后，明显体力下降，便找了个长椅坐下。

"唉，这体力还真是不行了，从前我能绕着这里走个三四圈都不带喘的。"

许念见她情绪有点失落，坐到她边上安慰："妈，你这不是刚出院吗，身体虚一点正常的，别逞强，慢慢休养几天就好了。"

徐岚低头看了一眼活蹦乱跳闲不住的Lucky，羡慕道："这小家伙倒是精力旺盛，你带它再去绕两圈吧，不然精力释放不出去，家里的沙发就要遭殃了。"

许念点点头:"那妈你别离开啊,我们绕两圈就回来找你。"

徐岚道:"去吧,去吧。"

许念牵着 Lucky 继续在公园散步。

没走几步,Lucky 就突然兴奋,昂起脖子,弓着背要往前闯,全身都在使劲儿。许念被它拉着往前小跑了几步,抬头一看,原来是有一只小柴犬在前面,穿着粉色的小公主裙优雅地站在草坪里。Lucky 大概是和它看对眼了,凑上去就开始嗅小柴犬。

许念有点难为情地向小柴犬的主人道歉。对方是一个年轻男士,穿着简单的运动衣,戴了黑色的棒球帽,看起来很清爽也很有活力。

"不好意思啊,我没拉住它。"许念诚恳地道歉。

好在小柴犬的主人并没有介意,只是笑了一下,说道:"没事,你这小狗好活泼啊,让它俩玩一会儿吧。"

狗狗的世界很纯粹,Lucky 和小柴犬一会儿就打成了一片,完全不想分开。

许念问:"这只小柴犬叫什么名字呀?"

"叫妞妞。"

"真可爱,它叫 Lucky。"许念介绍道。

小柴犬的主人笑着道:"看来它能给你带来很多幸运。"

许念用老母亲一样的眼神看它俩玩,觉得有趣得很。耳边忽然传来小柴犬主人惊讶的声音:"你是不是许念?"

许念惊讶地抬头:"是,你认识我?"

"真是你啊!"小柴犬的主人摘下了帽子,"我啊,何明远。"

听到何明远这个名字,许念认真看了看对面的男人,和印象里稚嫩的那张脸确实有三分相似。

她脸上浮起震惊,感叹这个世界原来这么小,没想到她和妈妈今天刚刚在饭桌上讨论了何明远的事情,这会儿就遇到了。震惊的同时,她心里还有些尴尬,也不知道何明远的妈妈张阿姨有没有和他提过相亲的事。

但愿还没有。

"好巧啊,这么多年不见,你居然还能认出我来。"许念不太熟练地说着客套话。

何明远的目光在许念身上停了须臾,感叹道:"你没怎么变,和小时候一样漂亮。"

许念回应:"真没想到你现在长这么高了。"

何明远道:"那我们应该是很有缘分了,你自己来的吗?"

许念侧了侧身,看向不远处坐着的徐岚:"我和我妈妈一起出来散步。"

何明远望过去的目光一顿:"那我去和阿姨打个招呼。"

许念点头,跟他一起过去。

徐岚远远看到许念和一个男生一起走过来,好奇地伸了伸脖子。等他们走近,她站起身,目光在男生身上扫了一眼,然后看向许念,疑惑道:"念念,这是……"

"妈,他是何明远。"许念介绍。

徐岚听到何明远的名字,惊讶地看过去:"明远?你说这也太巧了,变样儿了,长这么高,还这么帅,阿姨都认不出来了。"

何明远道:"阿姨,那我以后常去家里看您。"

徐岚笑得眼睛眯成一条缝,顺口说道:"好啊,随时欢迎。前几天我还听你妈妈提到你呢,她说你博士毕业了,还找了个特别好的工作,是在哪里来着?"

何明远回答道:"在一家投资公司。"

徐岚夸赞道:"投资公司好啊,高薪行业。"

何明远不好意思地挠了挠头:"阿姨您过奖了。"

"念念啊,我觉得有点累了,就先回去了啊。"徐岚站起来,很识趣地给孩子们腾出聊天的空间,问候了两句后就打算及时撤离了。

"那我也回去吧。"许念想要跟过去。

徐岚拽住她的胳膊,强行让她留在原地:"你带着Lucky再溜达一会儿,你爸嘱咐说要遛半个小时以上,不然它回家后还得闹腾。你看这多好,它还有伴儿,多玩一会儿再带它回家哈。"

"行吧。"许念没再反驳,只能让徐岚先回去。她和何明远虽然小时候认识,但也只在一起玩过一次,又这么多年没见了,站在一起有些尴尬。

"你……"

许念正想着说些什么来缓解一下,何明远从裤兜里掏出手机,率先开口说:"要不我们加个微信?"

许念同意:"好啊。"她拿出手机轻点,打开微信页面的时候,才看到有好几条未读消息，都是江逾发过来的。虽然很好奇江逾发了什么，但何明远还在等着她扫二维码，现在她不方便回复，所以消息也没读。

不能立刻回复的消息，许念一般先不去点，避免点开之后，没有了提醒的小红点，过一会儿就会忘记。

许念与何明远互加了微信，加好之后，是一阵尴尬的沉默，许念便将头转过去，看Lucky和妞妞在一起玩，耳边传来何明远的声音："念念，你毕业了吗？"

许念道："还没有，还有半年。"

"学的什么？"

"临床心理。"

何明远笑着打趣："那你会不会时刻都在观察周围的人，然后揣摩他们的心理呀？"

许念也玩笑着回复："你怕我看透你心里的想法吗？"

何明远道："有点，因为我还真有点不好意思说的小心思。"

许念没接话，目光瞥到草丛里的Lucky。它后腿屈起来，一副要坐下的姿势。许念以为它要拉臭臭了，便拿出袋子和小铲子过去，却看到Lucky吐出来一摊黄白色的液体。

许念心里一惊，想起今天Lucky没有吃狗粮的事情，极有可能是偷偷吃了别的东西，导致呕吐。

Lucky吐完后明显比刚才蔫了不少，许念心疼得要死，担心它吃到了骨头或者尖锐的东西，会划破肠道。

何明远见状，走过来查看了一下，然后说道："别担心，小狗的肠胃本就脆弱，它的呕吐物里面没有带血，如果只是吃了让肠道不适应的东西，那吐出来就好了。如果你实在担心的话，可以带它去宠物医院检查一下。我知道这附近有家靠谱的宠物医院，我和那里的老板还认识，要不我带你过去吧。"

"不用麻烦了，你带妞妞先回家吧，我自己过去就行。"许念往公园外面走。

何明远跟上来，走出公园后，他指了指路边停着的一辆车，说："我的车就停在那边，带你过去吧。"

许念本来想着不用，但还没说话，何明远又说："这两天妞妞该去驱虫了，所以我也要去宠物医院，干脆就今天一起过去吧。"

听他这样说,许念没再拒绝。何明远帮许念打开车门,她正要坐上车,对面一辆黑色的奔驰响了下喇叭。

车门打开,江逾下了车,朝他们快步走过来。

许念不由自主地顿住。

江逾面色沉沉地走过来,停到许念面前,看了一眼她旁边的男人,回过头,沉着声音问:"许念,你要去哪儿?"

他们在的位置是她家小区楼下,江逾家离这里不近,许念困惑:"江逾,你怎么来这里了?"

江逾目光中明显比平时多了点冷锐的锋芒:"来找你。"

几个小时前,江逾摸着被书脊刮痛的下巴,转身回办公室,找了个创可贴贴上。贺正坐在他旁边的工位上,正斜着眼睛看他,感叹陆双凝看着瘦瘦的一女生,劲儿还不小。

长太帅也不是啥好事儿,太招惹是非了。

下班时间到了,办公室里的人陆续离开,贺正终于忍不住,连人带椅子地凑了过来,看着江逾略显颓废的模样,低声问道:"老江,你还真离婚了啊?"他和江逾在国外学习的时候是室友,江逾的一些事,他都知道,包括和许念的合约婚姻,也知道江逾其实很喜欢许念,就是屁屁的,不敢说。

江逾点点头:"离了。"

贺正嘴角抽了抽:"你不是挺喜欢人家的吗?而且喜欢了那么多年,说离就离了?不会真是被你爸逼的吧?"

江逾眼里头一回出现困惑的神色:"我是一名医生,但是当我爸晕厥的那一刻,我莫名心慌一下,甚至有一瞬间,大脑一片空白。我一直都觉得,他们还很年轻,身体也很健康,直到他——"

他抿了下唇:"贺正,你说,我是不是真的挺自私的?只考虑自己,完全没有考虑他们。"

贺正听过,一时也不知道该如何安慰他。他没经历过,也没法完全设身处地去想,所以只能给出自己的看法。

"人和人都不一样,就算是最亲的人,也会出现许多分歧和摩擦。江逾,你也不要太自责了,每个人都有自己的追求,父母也不能一直限制自己的孩子将来的生活吧。"

"可是……"江逾欲言又止。

沉默片刻，贺正见他没再说了，开口问："所以你因为这事妥协了吗？你要和那个陆家的女儿结婚吗？"

"不会，若是一直以联姻的方式解决问题，那我岂不是要一直结婚离婚再结婚。和丰明合作的事，我会想其他办法。"

贺正道："那你还不算无可救药。"

至于离婚——江逾启齿，很艰难地说道："许念大概不太喜欢我。"他思忖了一会儿，说出自己的想法，"这些天我和她在一起，每次出去遇到认识的人，她都会急着和我撇清关系，而且我能感觉到，她还挺想和我早点离婚的。我要是一直不答应，总是禁锢着她，会限制她的选择。"

贺正皱了下眉："那你有没有想过，她撇清关系，是以为你不喜欢她，在为你着想呢？而且女生嘛，都很害羞的。"

江逾愣了愣，问："会吗？"

贺正确定道："当然了！我觉得她答应和你去游乐场什么的，就已经说明她对你有意思了，一个女生是不会愿意和不喜欢的人耗费这么多时间的。"

江逾道："当初我们两人结婚，是为了完成许爷爷生前的心愿，许念一直觉得这个婚姻，她欠了我一个很大的人情，所以对我不太一样。"

贺正"啧"了一声，看向江逾，声音也提高了一些："你管许念喜不喜欢你呢，你就是要利用自己的有利条件将她拴在自己身边啊。你觉得她想离婚，那你就和她直接说，你喜欢她啊！看看你和她坦白了之后，她什么反应，还会不会拉着你去离婚？"

江逾眸光暗了一下，开口："可是，这不公平。"

"怎么就不公平了？如果那时候她说她不喜欢你，还是想和你离婚，咱们也不是胡搅蛮缠的人。但你现在什么都没说，就和人家姑娘离了，不就是自己先把人家给推远了吗？"

江逾安静了会儿，想到许叔叔给爸爸发的消息，过了好一会儿，才道："她已经说过不喜欢我了，所以我打算先接受离婚。况且这个婚姻，就只是一个很仓促的合约，而非水到渠成的感情结晶，没有情侣期间的甜蜜，也没有真诚的求婚，是不完整的。或许，我可以从头开始，给她一个更完整的相爱到恋爱再到结婚的体验。"

贺正一副无奈的样子，他重新回到了自己的座位上，边整理资料边说：

"顺序又不是固定的,先婚后爱就不好吗?再说你是自虐狂吗?明明都得到了,还要重新再来,你就不怕再也追不回许念了?真是个榆木脑子!谈恋爱还搞什么公平竞争啊!该耍心机就耍心机,死皮赖脸赖在她身边!但现在你俩离婚了,距离都远了,优势都没了,追求她不就更难了吗?"

说着,他情绪激动起来,拍了拍大腿,恨铁不成钢道:"你这一离婚,人家许念就算是一开始还有点喜欢你,现在估计也恨死你了!"

江逾停下手里的动作,转头,认真道:"那怎么办?"

听到他这样问的时候,贺正实属有些惊讶。从前无论是在学习上还是现在的工作中,问怎么办的都是他贺正,江逾永远都是淡定解答的那一方。但到了感情一事上,江逾就是个不开窍的差等生,还得靠他来点拨。

贺正暗暗得意了一下,然后给出中肯的建议:"现在你只有一个办法,非常主动,向许念解释你所有做法的动机。对了,还要表明你和陆双凝什么都没有。然后,和她表白。不过啊,你老爹那边,还挺难搞的。这我可没法帮你,只能靠你自己喽。送你一句话,坚持就是胜利,加油。"

贺正握拳,做了一个加油的姿势。

江逾若有所思。

过了一会儿,贺正准备下班。

"等一下。"江逾忽然叫住他,"你给我发一条消息。"

贺正一愣:"什么?发什么消息?"

"微信。"江逾补充了一句,"我手机可能坏了。"他给许念发了消息,但已经有三个小时了,他都没有收到回复。江逾怀疑他的微信出了问题,便打算让贺正试一下。

贺正虽然觉得江逾莫名其妙,但还是照做了。他给江逾发了表情包里的第一张图,是一个亲亲爱你的表情。

发完,江逾的手机立刻"叮咚"一声来了消息提醒。

贺正问:"手机哪里坏了?"

江逾道:"那你能收到我的消息吗?"

他发了一个句号给贺正。同样,贺正的手机响了一声。

贺正拿着手机晃了晃,说道:"收到了啊。"

江逾点点头:"没事了,明天见。"

贺正嘴角抽了抽,懒懒地回了句:"走了。"

他走后,江逾盯着手机屏幕看了一会儿,然后将手机音量调到了最大,起身迅速收拾东西下班。他回家拿了前几天就做好的狗粮，开车去了许念家楼下。没想到刚停了车，江逾就见到许念和一个陌生男子走在一起，还要上他的车。

江逾心里瞬间酸溜溜的，有一种说不出的味道。

他看了一眼手机，许念仍旧没回复他，心里瞬间一阵恼火，原来她一直没回消息，是和其他的男人一起遛狗。

他想起了贺正的话——"你就不怕再也追不回许念了？"

难道要一语成谶？

想到这里，江逾冲动地直接拉住许念的胳膊，将她拉离那辆车。

许念手腕吃痛，奋力挣脱开来。见她揉搓着发红的手腕，江逾这才意识到自己刚刚的粗鲁，他力气本来就大，不知轻重，弄疼了许念。

"对不起。"他愧疚地放开手，"你怎么没回我消息？"

许念道："我在散步，手机静了音，一直没来得及看。"她说完，立刻就打开手机看了一下。江逾给她发了四条消息，最后一条是一个发呆的表情，所以许念也不知道前面他都发了什么。

【明天周六，你有空吗？】

【我问了我的同事，他们周末都有约了，所以，要不要还是一起去那家粤菜馆？】

【那家餐厅口碑很好，而且优惠券不用的话很可惜的。】

【/发呆/】

许念打开消息栏，将手机屏幕展示给他，以证明她确实还没有读消息。

"那你来找我，也是想问我明天有没有空？"

江逾犹豫了一会儿，点点头："算是，也不全是。"

许念回答道："不好意思了，我明天要和舍友一起去拍照，拍完照还会一起出去吃饭，所以没有时间。"

再次被拒绝，江逾心里一凉，沉吟片刻后，只点了点头，又不甘心地问："拍什么照？"

许念说道："陶玥平时会兼职一下摄影师，这次让我当模特，免费给我拍写真。"

"在学校吗？"江逾问。

许念："在学校。"

"打扰一下。"这时，何明远走了过来，他站到许念边上，提醒道，

"如果还不去医院的话，可能回来的时间会比较晚了。"

许念道："哦，好的。"

"去医院？"江逾急道。

许念解释："是宠物医院，Lucky刚刚吐了，我想带它去检查一下。哦对了，这位是……"

许念一时想不出该如何介绍何明远和她的关系，也不知道怎么称呼何明远。

"念念，你可以和小时候一样，叫我'明远哥哥'吧。"何明远似乎看出了许念的窘迫，说完后友好地朝江逾伸出手去，主动自我介绍，"你好，我叫何明远，是许念小时候的朋友。"

江逾伸手道："江逾。"他脸色阴沉，目光低垂着。

何明远看了眼许念，眼神中似乎带了些疑问。

许念看出他是在问她和江逾的关系，便说："他是我的高中同学。"她说完，又觉得这个答案不太真诚。

"我们……"许念犹豫了一下，想着措辞，"我们的关系比较复杂，可能说来话长。"

何明远却亲和地笑了笑，然后说："我知道。"

听何明远说知道，许念惊讶的同时，也意识到，何明远应该是提前打听过她的，那他肯定也知道，他们的家长想让他们相亲的事情了。

何明远看向江逾："既然离婚了的话，还是保持互不打扰的关系比较好吧。"

江逾没说话，只用一种关你什么事的眼神轻瞥了何明远一眼："多谢建议，还没离婚。"

何明远本来还一副胸有成竹的模样，现在倒显得有些尴尬。Lucky也精神了起来，围着江逾转圈圈，何明远咳了一声，转移话题道："这小家伙和你还挺亲的。"

江逾道："嗯，我是Lucky的爸爸。"

许念内心：你还不如不说话。

许念听着江逾的这句话有点宣示主权的意味。她担心江逾想把Lucky要走，补充着解释了一句："Lucky是我和江逾一起捡到的。"

江逾说道："对了，我看家里还有你没带走的狗粮，放在我那里没用，便拿了过来。之前它吃的狗粮都是我配的，我怕它吃别的吃不惯。"

许念犹豫了一下，还是接受了："谢谢了，它还真吃不惯，新买的狗粮不吃，偏偏偷吃别的不好的东西。"

江逾道："上车，我之前带 Lucky 去医院做过检查，那里有它的健康档案，再去的话也比较方便。"

许念看了一眼何明远，他没说话，但表情却若有所思。她很想两家宠物店都不去，自己找一家医院带 Lucky 去看病，可还没等她做出决定，Lucky 已经替她选了。它抱着江逾的小腿不放，来回转着圈，在江逾的脚上蹭来蹭去。

许念过去抱它，它就"汪汪"叫着挣扎。

许念想着它刚刚吐了身体不舒服，不忍心强行将它抱过来。江逾便抢先一步把 Lucky 抱起来，Lucky 很依赖地把下巴放在他的肩膀上。许念只得向何明远道了个歉，然后跟着江逾一同去了宠物医院。她怕 Lucky 在车上捣乱，便抱着它坐在了后座。

半路上 Lucky 又吐了一次，直接吐在了车里的坐垫上。许念手忙脚乱地拿湿巾擦干净，很是抱歉，同时心里又感到一丝庆幸，她要是刚才坐了何明远的车，那现在被弄脏的就是何明远的车座了。这个情况好像更糟糕。

是江逾的话，歉意就没那么浓厚，可能因为江逾是 Lucky 的爸爸吧。

许念看了眼江逾的后脑勺，暗暗想着。

车上一片安静。许念像是在赌气，并不想和江逾多说话，就坐在后面，任凭尴尬蔓延下去。

又过了一会儿，江逾先开口："怎么不理我？"

许念淡淡道："感觉没什么可说的。"

江逾找了个话题："阿姨身体怎么样？"

许念："挺好的。"她注意到江逾的下巴处贴了一个创可贴，肉色的不太明显。

"江逾，你下巴怎么了？"她问。

江逾道："不小心撞到了。"

"哦，那你小心点。"

"许念。"江逾忽然喊了一下她的名字，听不出其中的情绪。

许念应了一声。

江逾道："下次借的书，自己来还。"

· 123 ·

第七章
AI 江逾

    宠物医院的兽医给 Lucky 做了检查后，说呕吐是因为胃里有碎骨头，但许念没给过 Lucky 骨头吃，也特意嘱咐过爸妈绝对不能给它吃小骨头。她想了一下，只有一种可能，Lucky 不喜欢吃新的狗粮，又肚子饿，就翻了垃圾桶。

    万幸骨头没有戳破肠胃，医生给它开了一些药，并嘱咐二十四小时内不要乱喂东西。

    带着 Lucky 出来后，许念松了口气，想着以后要处处小心才是，不能让 Lucky 再翻垃圾桶了。

    她转身问江逾："江逾，你之前给 Lucky 吃的狗粮是怎么做的呀？如果 Lucky 只吃这种的话，也不能一直让你来做。"

    "没事的，"江逾本来想说，他可以一直给 Lucky 做的，但思忖了一下后，还是点头道，"回去我把配方发给你。"

    许念开心起来，有了配方，她就不担心 Lucky 的吃食了。

    路上，许念给徐岚打了个电话，说了带 Lucky 看病的事，以防她太晚回家爸妈着急。

    挂了电话后，手机连着来了好几条微信消息。同时，她听到车里还有一个其他的声音来源，和她这边消息提醒的频率一样，是江逾的手机也在响。

    许念打开一看，原来是他们高中同学群。她往上翻看新消息，原来是校花沈可盈发的消息：【大家最近怎么样呀，要不要有空聚一波？】

    消息一经发出，底下立刻有人回应。

    【真的吗，可盈大美女要回来了？】

    【那还不得聚一波？】

    【必须整一波，走起！】

    【@班长】

【哇，可盈回来了，欢迎。】

【欢迎欢迎。】

【咱们同学好久没聚了吧。】

【是啊，是啊。】

……………

后面就是一些闲聊。

江逾听自己的手机一直在响，许念也在看消息，便猜到他俩可能是收到同一个群的消息："是不是有什么事？"

许念"嗯"了一声："是我们高中班级的沈可盈回来了。可盈说，她想挑个时间和大家聚一下。"

"嗯。"江逾反应很淡。

"你会去吗？"许念知道江逾喜欢过校花沈可盈，所以试探性地问。

江逾看起来不太期待："看时间吧。"

许念壮着胆子问起来："你不想去见沈可盈吗？"

江逾脸上有些疑惑："为什么要去见她？因为她是当年的校花？"

许念点了点头。

江逾笑道："不管她是不是校花，我们都只是普通同学的关系。"

"可是，你不是一直喜欢她吗？你们还一起在美国读书。"许念脱口而出，问完才方觉不妥。万一是江逾求而不得，那不是戳了他的痛处吗？

江逾听过许念的话，眉头深深皱起，脸上是十分困惑的表情："我没有喜欢过沈可盈，而且，我们虽然都在美国，但是在不同学校，平时不怎么联系的。"

"可是……"许念纠结着要不要说。

江逾看她欲言又止的样子，神色认真道："你是不是误会什么了？我真的从没喜欢过沈可盈。"

许念如实交代："我曾经见到过你悄悄给沈可盈送了一封信。"

江逾微微惊讶，思考了一会儿后，否认："你是不是看错人了？"

许念道："不会的，当时我和宋艾蓝都在。"而且，江逾的背影，她看过几百几千次了，每次江逾一出现，她的目光就会被自动吸引去，他是她用余光就能看清楚的人。所以，她看错任何人，都不会看错江逾。

因为，他是她整个高中时期追逐的方向。

听她这么确定的语气，江逾仔细回想了一下，然后恍然大悟一般：

"我想起来，是有这么一次。"

许念撇了撇嘴，心想着：是吧是吧，还想否认，我都看见了。

江逾说道："不过那不是我写的，是周俊也写的，他不好意思自己去送，所以求着我帮他送。结果沈可盈当时不在座位上，我就放在那里了。"

许念听过后十分震惊，江逾从后视镜里将她的表情尽收眼底："你若是不信，可以问周俊也，他应该在班级群里吧。"

"不用啦。"许念不是不信，而是震惊加感叹，有种错付了的感觉，这件让她伤心了半个学期，耿耿于怀了整个高中三年，甚至现在还深信不疑，有时候想起也会默默羡慕沈可盈的事，居然是因为周俊也的胆小，引起的一个误会。

看来爱情里的胆小鬼真的很多。

"那文科班的周晓呢？你喜欢的是她？"许念开始大大方方地对着江逾八卦。

反正都问到这儿了，许念干脆将心里的问题都问了，也找找话题聊一下，省的两人都沉默地坐在车里尴尬。

江逾这次已有了准备，没先回答，反倒是问："你又看到什么了？"

许念道："我看到你给她送小蛋糕。"

江逾微叹了口气："是她放到我桌子上的，我还回去而已。"

许念再次惊讶，扯了扯嘴角，想着果然所有事也不是眼见为实。

江逾开口，语气里带了点哀怨："看来我给你留下的印象不是很好。"

许念在心里摇了摇头，因为她太关注太在意江逾了。

"还有什么疑问吗？"江逾一副有什么误会一同说清的架势。

许念摇摇头，她好像有点知道了江逾的心意……

一阵电话铃声打破了车内的宁静，江逾按了下耳机接通电话。对面的声音似乎很着急，江逾"嗯"了一声，回复道："我马上赶过去。"

他挂了电话，许念问："是不是有什么着急的事？"

"一辆大巴发生车祸，伤员太多，医院一时缺人手。"

许念一听有车祸，急忙道："那你快去医院吧，把我和Lucky放路边就好，我们自己回去。"

江逾道："不远了，我开快点，先送你过去。"

许念神情坚定："医生的职责不是生命第一吗？你快去吧，我打车。"

江逾没再坚持,把车停在了路边:"我给你打车。"

他刚要去拿手机,许念已经将手伸出去,摇了摇手里的手机给他看,笑着道:"我已经打好车啦,你看,已经有司机师傅接单了。"

江逾只好将刚伸出去的手缩了回来,点点头:"那你小心,到家后给我发信息。"

"好。"许念带着Lucky下了车,关上车门后,朝江逾晃了晃手,示意他赶紧去。

江逾发动了车子,速度逐渐加快,迅速驶离路边。他从后视镜看了看许念,她小小的一只走在路边,神情缓和,步子坚定。她一直能一个人将事情处理得很好,尽量不给别人添麻烦。

可越是这样,越让人心疼,让人想去呵护。

片刻后,江逾收回目光,在心底暗骂了自己一句:胆小鬼,该说的话一句都没说!

很多人都被鼓励过,面对喜欢的人要勇敢表达,因为大多数人面对喜欢的人,都会胆怯犹豫,会瞻前顾后左思右想,所以才需要鼓励。而他,只是个普通的大多数。

许念回到家后,给江逾发了条消息报平安。江逾在忙着治病救人,没有回复。许念也没等,她换上了舒服的家居服,洗漱后,陪爸妈在客厅看了会儿电视。快十点钟的时候,她就回了房间休息。躺在床上,她将今天在车上和江逾的对话在脑海中整理了一遍,也将之前发生的事做了重新梳理。

最后,她还是想在宿舍群里咨询一下。

许念:【姐妹们,今天江逾来我家小区楼下找我了,说是把Lucky的狗粮带过来。】

许念:【对了,他之前还在微信上约我一起去吃饭,好用掉手里的优惠券。】

宋艾蓝和陶玥几乎是秒回。

陶玥:【江逾这反应不对劲啊!以我多年的经验,他绝对喜欢你!】

宋艾蓝:【渣男!你俩不都离婚了,他还纠缠?当你是玩具呢?想推开就推开,没意思了又想要回来?】

许念:【我今天还得知,他高中不喜欢校花沈可盈,也不喜欢文科

班的周晓，我们看到的那些都是误会啦。】

宋艾蓝：【所以呢？】

宋艾蓝：【你想追他了？】

陶玥：【我觉得也不是不行。】

许念：【其实我觉得，江逾可能还是有点喜欢我的。】

宋艾蓝：【清醒点，他和你离婚了。】

许念又有种被点醒的感觉：【唉，我是局中人看不清局势啊！有的时候吧，我感觉江逾还是有点喜欢我的，但有的时候又觉得他不喜欢。】

许念：【我今天在医院还碰到陆双凝了，她挺可爱的，家世也好，丰明集团和澜舟集团合作的话，应该也会锦上添花吧，总觉得这样的女生更能配得上江逾。】

陶玥：【什么配不配得上的！上就行了！】

许念：【可是陆双凝当着我面自我介绍时，说的是江逾女朋友。】

陶玥：【……当我什么都没说过。】

宋艾蓝：【看吧看吧，江逾身边那么多靓女，念念你可千万别当他养的"鱼"啊。】

许念：【听你们这么说，我现在又觉得，他的行为极有可能是那种情况，就像那句经典语录，失去后才懂得珍惜。】

陶玥：【有道理，男人嘛，都是失去后才开始后悔。不过你可以观察一下，他是因为失去后的空虚感，还是真的喜欢。】

宋艾蓝：【我觉得可以，以后有新情况及时汇报，我帮你分析，免得你被骗。】

陶玥最后提醒：【念念，明天早上九点，别忘了拍照的事，逸夫楼前见！】

许念：【记着呢。】

许念关了手机，从衣柜里翻找出了许久没穿过的JK短裙和一件学院风的毛衣，挂在衣架上准备明天穿。

疲惫涌上来，她上床，睡了个还算安稳的觉。

第二日早上起来，她梳洗打扮好，化了美美的妆，然后准备打车去学校。打开手机的时候，刚好有消息过来，是何明远发过来的：【今天刚好要去江大附近办点事，你是不是也要回学校，捎你一程？】

· 128 ·

何明远发完上一条后，又发过来一条解释：【不好意思，昨天无意中听到你们的谈话，所以知道你今天回学校。】

许念已经出门到了公交站，不想让何明远送，她给何明远回：【我已经在路上了。】

何明远发了一个震惊的表情：【这么早就出发了啊？】

许念：【嗯嗯。】

何明远：【唉，看来今天我载不到美女了。】

这时许念要坐的公交车来了，她坐上车。

过了大概四十分钟，许念下车，穿过马路，从学校南门进去，很快就走到了逸夫楼。

因为路上堵了一会儿，许念到得稍晚了，陶玥和宋艾蓝已经到了，正在楼下的阴凉处等她。

"哇，哪里来的甜妹！你这是要把咱们全学校的男生都迷死吗？"宋艾蓝一见到她，两眼放光地快步走过来。

许念平时穿着打扮偏保守，夏天也经常穿长裙或者长裤，有时候会穿条短裤，还是到膝盖的西装式短裤。不过她也不是观念保守，其实是怕晒黑，她耐热又懒得全身都涂防晒霜，所以觉得直接穿长裤方便些。

秋天的风挺凉的，她下面只穿了件薄薄的打底，有些冻腿。但为了拍照，陶玥强烈要求许念穿短裙，作为模特，许念没有选择权。她一双又长又直的腿露出来，一路吸引了不少目光。

作为许念的舍友，陶玥和宋艾蓝都知道，许念的身材巨好，一双大白腿又细又长，一字肩天鹅颈，大胸细腰。她的长相算是清纯类型的，但化了妆后又多了几分美艳与性感，十分撩人，去当电影明星都绰绰有余。

陶玥也跟着走过来，补充道："只有男生被迷倒吗？我一个女生也被她迷晕了！"

"别盲目夸我了，赶紧开始拍啦，我们要去哪儿？"许念被她俩说得怪不好意思的，催促着开始干正事。

"先拍外景吧，现在光线好，中午的时候就去室内，教室或者图书馆。"陶玥说完，看了一眼手机，脸上的表情瞬间凝重。

"怎么了？"许念注意到她的异常。

陶玥摇摇头："没事，吵架了而已，那臭男人到现在都还没来哄我。"

宋艾蓝走过来："别管男人了，今天是姐妹局。"

陶玥把手机往兜里一塞："对！不管了！拍完照我们就去逛街，然后吃大排档，男人都靠边站吧！"

许念跟着点头。

陶玥拍照很有技巧，会选背景，找角度，调滤镜，一片干巴巴的竹林都能被她拍出文艺大片的感觉来。宋艾蓝则负责补妆、打光、搬道具等助理做的工作，偶尔也会入入镜，当一个合格的工具人。她一富家大小姐能来给她们当助理，许念感激不已，说今晚的大排档她请了。

刚开始拍的时候，许念的动作和表情还有些僵硬，但在陶玥的指导下，渐入佳境，表情也越来越自信且自然。"咔嚓"一声，照片拍出来，不用修都是一张大片。

最后一站她们去了图书馆，打算先在门口拍，再去室内。图书馆门前有一片小型的山楂林，几人想在这里拍一张三个人的合影，陶玥便打算从路边抓一个同学过来帮忙。

她环顾一圈，忽然眼前一亮："那边有个帅哥朝着咱们的方向走过来，我去问问。"

许念目光跟着陶玥，神色一惊，忙叫住她："等下，陶玥！"

她认出了走过来的人，但是已经晚了。陶玥已经到了帅哥面前，她抬头看清对方的模样后，脸色"唰"地一红。

她远看时，感觉这是一名帅哥，但走近了看，那张俊俏的面庞堪称她这辈子见过的最好看的。陶玥咽了口唾沫，强忍着激动的心情说道："这位同学，能不能麻烦你帮我们拍个合照呀？"她等着回答，莫名觉得这张脸好像在哪儿见过。

"江逾？"宋艾蓝喊了一声。

陶玥恍然大悟，眼前的男人居然是江逾！是活的江逾！她只在论坛里见过照片的人，此刻居然活生生地站在她面前。怪不得，他们学校除了江逾，哪还有长得这么帅的学生？

陶玥忍不住犯花痴，但又想到他和许念的事，随即往后退了半步。

宋艾蓝拉着许念走过来，一副气势汹汹的模样："你怎么来这里了？"

江逾淡淡道："我来还上次从图书馆借的书。不过，你认识我？"

他这么一问，弄得宋艾蓝有些尴尬，虽然她和高中时的打扮变化有点大，但也不至于认不出来吧！

一股怒火升起，在她还没有发火的时候，听到江逾开口："宋艾蓝？"

宋艾蓝仿佛被人浇了一盆冷水，硬是将脾气压下，感觉并不是很好，她仰着下巴哼了一声，朝对方举了举拳头："还好你想起来了。"

她趾高气扬地发号施令："江逾，你能帮我们拍张照片吗？"

江逾点头："可以。"

许念本来不想请他帮忙，但都已经同他打招呼了，就姑且这样吧。

陶玥见江逾点了头，将相机递过去，指着黑黑的小按钮说："按这儿就行了，只拍上半身，背景最好把这棵树拍进去，不要只是树干。"说完后，她跑过去找许念和宋艾蓝。

江逾将镜头对准，清冷的声音低低喊道："一，二，三——好了。"

宋艾蓝："多拍几张呀。"

江逾连着按了好几下按键，然后走过去，将相机还给陶玥："好了。"

"多谢多谢。"陶玥道。

许念也说道："多谢。"

江逾转头打量了她一会儿，然后问："不冷吗？"

许念硬着头皮摇了摇头："不冷。"其实她要冷死了。

江逾移开目光："下次多穿点。"

"我要拍照上镜，所以要穿得轻薄一点。"许念说。

陶玥走过来拉了拉许念的手："哎呀，是挺冷的，你手都是凉的，我们去图书馆里面拍吧？"

许念开心起来，重重点头。

江逾站在一边问："还需要我帮忙吗？"

许念摇头婉拒："陶玥给我拍就行了。"

陶玥虽然很想和帅哥多待一会儿，但她知道许念和江逾的尴尬关系，还是坚决地拒绝了。

许念拿了东西，几人正要往图书馆走去，忽然听见有人在喊她。

"念念——"何明远在不远处朝着她招了招手，然后快步走过来。

宋艾蓝在许念耳边悄声问："还不错啊？谁啊？这帅哥是来找你的？"

许念没回答只给了她一个少说话的眼神，往前走了一步："明远哥，你怎么来我们学校了？"

何明远也不掩饰，直接说道："想来找你啊。"

许念嘴角扯了下，勉强露出一个微笑。

何明远目光瞥到江逾,惊讶道:"江逾也在?好巧啊?"

江逾半垂着眼,说道:"不算巧,我也是这里的学生。"

"哦,原来是这样,那看来只有我不是这里的学生了。不过你们学校还挺大的,我在校园里随便走了走,居然就能碰到你们。"何明远见许念身旁的两个女生都在看他,便自我介绍起来,"你们好,我是许念的发小,叫何明远,比你们大,你们可以叫我远哥。"

许念腹诽:只玩过一次,怎么就成发小了?

陶玥和宋艾蓝从刚才呆呆愣愣的表情,整齐地换成了一个大大的笑脸,说了声:"你好。"

何明远摸了下鼻子,问:"你们拍完照了吗?"

许念摇摇头:"还没有。"

何明远:"没事,那你们拍你们的,我就跟着,正好我也想参观一下你们学校呢!下一个景点在哪儿?"

许念抿了下嘴唇:"我们外景已经都拍完了,之后还有其他的事,可能没法带你参观了。"

"没事,"何明远眼里有些失望,"那我就去你们的图书馆逛逛好了。"

许念有点为难,但再拒绝又有点说不过去,还没开口,江逾率先开口:"图书馆需要刷卡进出。"

何明远仍不放弃:"你们不是有卡吗?我跟着进去就行。"

大概是看出来许念的不情愿,宋艾蓝便站出来直言道:"这位帅哥不好意思,你跟着我们确实不太方便,因为我们一会儿是要去女厕所拍照,拍完还有其他的事。"

"厕所?拍照吗?"何明远不可思议。

"对,我们要去女厕所。"陶玥确认地点点头,一会儿即将进行一场有味道的拍摄。

何明远又看了一眼许念,许念严肃地点了点头。何明远终于放弃:"这样啊,是我来得不巧了,那我就不跟着进去了,下次有机会,再来找你。"

他朝许念眨了下眼,然后从兜里掏出来一个小熊挂件递给她:"送你的。"

何明远将挂件递到许念面前。

许念始料未及:"不用不用,我不太习惯挂这个。"

"挂上就慢慢习惯啦。"何明远不顾她的推辞,直接走到她身旁,将小熊挂件挂在了她的帆布包上,"我觉得这个小熊和你长得很像,就顺手买来了。"

许念嘴角抽了抽,低声嘟囔:"哪里和我像了?"

何明远脱口而出:"都很可爱啊。"他摆了摆手,道别离开。

往图书馆走时,许念目光瞥到江逾也在侧后方跟着她们。她想起来他还没有校园卡,刷卡经过闸机的时候,心里不由得期待江逾喊她帮忙。但江逾一直没有喊她,她悄悄回头去看,见到江逾手里拿着校园卡,轻轻在闸机上一触,然后缓步走进来。

见许念在看他,江逾低声说了句:"校园卡补办好了。"

许念没说话,收回目光。

她们乘上了电梯,江逾也不知道是不是刻意与她们避开,绕到另一侧去爬楼梯了。

"怎么感觉你俩这气氛不太对?"陶玥在电梯里问道。

许念道:"一直都不太对。"

陶玥说要去厕所拍照并不是开玩笑,图书馆的厕所很干净也很大,顶层几乎没有人,光滑的瓷砖还有镜子都可以拍出高级感。

许念在洗漱台前摆了几个姿势,忽然觉得肚子不对劲,像是例假要来了。她急忙跑去厕所查看了一下,还好只是错觉,不然今天下午的逛街和晚上的大排档都要泡汤了。

"没事吧,念念?"出来后,宋艾蓝担心地问她。

许念笑笑:"没事,虚惊一场。"按照她正常来例假的周期,应该还有几天才来。

陶玥松了口气:"吓我一跳,那我们再去图书区拍几张就结束吧。"

三个人下了楼,去了三层的图书阅览室。周末的时候图书馆人比平时要少一些,但还是会有很多同学趁周末时间来这里学习,为了不打扰到其他人,她们在外面就商量好了怎么拍,进去后打算速战速决。

三层的阅览室有自习区、中文图书阅览室和外文图书阅览室,外文图书要走到最里侧,再从一个小门进去,一般很少会有人来。她们的目的不是来看书,只是拿几本书摆拍,所以选这里最合适不过了。

一进来,几人直奔外文图书阅览室,随便选了一个书架:"就这里吧。"

陶玥放下书包，拍拍许念的肩膀："你过去拿一本书假装认真看就行了，其他的事情交给我。还有我喊你的时候，你就抬头，然后朝我笑一下。"

许念点点头，走过去依言照做。陶玥挪动着脚步，找着好看的角度，然后对准镜头"咔嚓"几下完事，效率十分高，她抬起头，朝着许念比了个"OK"的姿势。

"好啦，我们换个方向，再来几张以这边为背景的。"她伸手一指，"这边吧，能拍到后面背景墙的壁画。"

许念走过去，重复着刚才的动作，从书架上拿起一本厚厚的英文书。透过图书的缝隙，她忽然对上一双眼睛。那双眼的目光淡淡的，瞳色很浅，所以给人一种距离感，但眼尾微微下垂，又似乎饱含深情。

就是这样一种矛盾的眼神，居高临下地看着她。许念一时恍神，正呆呆的不知要不要说话，那边忽然有一本厚厚的书插进来，将她的视线截断。

江逾没看见她一般，迈着步子转身离开。

"发什么呆呢？叫你好几声了。"陶玥走过来拍拍她，并还伸了伸脖子，顺着许念刚才看的地方搜寻。

"什么也没有啊？"她疑惑。

许念回过神来，确定对面的江逾已经走了，说道："哦，有虫子。"

陶玥最怕虫了，听完条件反射般地往后退了退："哪儿呢！"

许念道："没事啦，小飞虫而已，早就飞了。"

陶玥拍着胸口，这才放心下来。

"走了啦，我刚才看到有人发朋友圈，说大悦城衣服都在打折，我已经按捺不住去消费的心情了。"宋艾蓝提着三个人的包包走过来。

"那我把相机放在外面的存包箱里，咱现在就出发。"陶玥说。

"好啊好啊，我打车啦。"宋艾蓝迫不及待，在手机上一顿操作。

离开图书馆前，许念悄悄回头环顾，并没有发现江逾的身影。刚刚她看到江逾，还有他那双深情的桃花眼，宛若一场梦一般，又像是触到了另一个世界的机关。

"快点啦，有师傅接单了，还有三分钟到达南门。"宋艾蓝拉了下许念的胳膊，把她拽回到现实世界。

到了商场时已经过了午饭时间，许念她们几个人先在地下一层的小吃街买了点吃的。晚上要去吃大餐，中午就简单凑合一下，留着肚子晚上吃。

吃完小吃后，她们去到楼上，果然有很多店铺的衣服都在打折。宋艾蓝大喜，立刻开启了疯狂扫货模式。

陶玥全程关注着手机消息，明显心思不在购物上。

许念平时不太爱买衣服，她只有在看中了特别喜欢的衣服时才会买。不过今天，她打算买一条长裤，晚上要去吃露天的大排档，肯定会更冷。她挑了一条基本款的裤子买下来，就直接将身上的短裙换下来了。

"又买长裤啊？你这么一双好看的大长腿总藏在裤子里干吗？"宋艾蓝看着那条裤子，目光很是嫌弃。

许念让服务员把她的短裙包起来，转头对宋艾蓝说："太冷了，你想冻死我！"

"这就叫'美丽冻人'啊！你看看今天那个叫何明远的小帅哥被你迷得，眼睛盯着你都移不开了。我能看出来，江逾在边上站着脸都绿了。"

许念固执道："我才不要管他们怎么样，我只想暖和一点。"

宋艾蓝长长地叹了口气，做出一副幽怨的样子："你们两个人，一个就只买一条丑裤子，一个注意力全在手机上，等着男友发消息，搞得我在自娱自乐啊！"

她话说完就引起了公愤。

许念："这裤子哪儿丑了？"

陶玥："我才没有等'大猪蹄子'的消息！"

"好啊，那陪我买衣服啊。"宋艾蓝双手抱肘，不满地要求道。

她说完，不知是谁的手机响了一下。

陶玥听到这个声音，下意识去看自己手机，结果落了个空。许念不好意思地朝她笑笑："是我的啦。"

宋艾蓝凑过来："谁啊，不会是之前叫何明远的帅哥吧？刚才只顾着拍照，我都忘了问你他到底是谁了。"

"他不是我发小，就是小时候玩过一次罢了，而且那次他还把我的玩具小熊扯坏了，所以后来我再也没和他玩过。"

"啊？你这么记仇啊？"宋艾蓝打趣道，伸手摸了摸许念包上的小熊挂件，"所以他给你买这个小熊，是弥补小时候那只吗？奇怪，感觉还有点浪漫。"

· 135 ·

许念无奈地瞪她一眼:"哪里浪漫了,他说我长得像熊哎。"

"那后来呢?"陶玥好奇地问。

许念道:"后来就没再联系过了,直到昨天我在小区楼下遛狗,又碰到了他,觉得挺巧的,就加了个微信。"

"这就是缘分啊,你要不要考虑一下?"宋艾蓝挑了挑眉,笑嘻嘻地对许念说。

许念斩钉截铁道:"不好意思,没感觉,不考虑。"

宋艾蓝夸张地感叹:"这么无情。小何好可怜。"

许念被她俩八卦一番,手机消息都忘记看了。她打开来看,是高中班级群的消息。

班长:【@所有人 明天大家都有没有时间呀,一起出来嗨呀,暂定去城郊的别墅玩一天,如果能来参加的就扣1。】

消息发出来,很快有人陆续"扣1",有人还在下面开始推荐好玩且性价比高的别墅。

宋艾蓝凑过来看:"什么啊?班级群?我怎么没收到消息?"

她疑惑地打开手机查看:"哎呀,我把群消息都屏蔽了。"

"艾蓝,你要去吗?"许念问她。

"高中同学都有两年没聚了吧,怎么突然班长又想起来这茬了?"宋艾蓝挠挠头。

许念道:"昨天就开始活跃了,因为沈可盈回国了。"

"难怪呢!怪不得积极的都是男生!"宋艾蓝奇怪的胜负欲突然就被激起来了,"去!而且这次老娘要打扮得漂漂亮亮的!念念,一起去吧,正好今天买条好看的裙子!"

宋艾蓝想去,那她们正好可以一起,跟大家聚一聚,就是不知道江逾会不会去,估计他对这种事情不感兴趣吧,毕竟他周一还要上班。

"我们去挑裙子吧!"宋艾蓝左手拉了下许念,右手挽住陶玥,"玥玥,一起来挑吧,到时候穿着去你男朋友跟前晃,然后不理他,让他后悔死!看他以后还冷不冷落你!"

陶玥眉头舒展开来:"宋艾蓝,我发现你好损,但是我好喜欢!"

宋艾蓝笑了几声:"以后尽管来找我咨询,各种损招,对症下药。"

陶玥"扑哧"笑了出来,然后道:"真羡慕你们,我的高中同学啊,毕业两年后几乎就没有联系了。"

许念安慰道:"正常啦,我们每次聚会人也不齐,去了也是固定几个人在一起聊天。"

许念看上了一条长袖的连衣裙,领口是方形的,露出好看的锁骨线条,腰部也收紧,很显腰线,就是裙子短了些,但宋艾蓝和陶玥都觉得这条很适合她,她便买了下来。陶玥则挑了一件一字领的短上衣和阔腿牛仔裤。

她们逛累了,急需找一个地方坐下来补充能量,就去了最近的一家大排档。

露天的大排档凉快且热闹,头顶星空,脚踩大地,朋友扎堆,这种情况下,人是放松的,情感也可以完全释放,不用努力地掩饰。

天色渐渐暗淡下来,她们点了很多烤串,点完的时候,陶玥忽然又把服务员叫住:"服务员——再加一扎啤酒。"

许念和宋艾蓝愣愣看了她一眼。

陶玥虽然平日里看起来大大咧咧的,也能够像个大姐姐一般给人建议,但其实自己有心事的时候不会轻易说出来。

许念和宋艾蓝都能猜到她的心事,她和男友在找工作的事情上一直意见不合,到现在问题都还没彻底解决,两人经常为此吵架。

许念和宋艾蓝对视了一眼,然后朝着服务员也招了招手,说道:"这桌来三扎啤酒。"

陶玥很惊讶地看了她们一眼,轻声开口:"你们要陪我喝吗?"

"当然。"许念和陶玥坐得近,说话时拍了拍陶玥的肩膀。

服务员很快将三扎啤酒端了上来,宋艾蓝举杯,兴致勃勃地喊道:"好姐妹当然要一起喝!今天我们不醉不归!"

几人举杯畅饮。

香喷喷的烤串陆续端上来,孜然和辣椒粉的味道混着油脂的香气钻入鼻息,让人欲罢不能。

从初中开始,许念就很喜欢这种露天的小摊,大概更能勾起青春时期的情怀吧。她们宿舍三个人每逢学期的开始和结束都会出来吃一顿,但喝酒倒是第一次,所以也不太知道彼此的酒量如何。

许念清楚自己的酒量贼差,喝醉之后的言行举止与平时判若两人。之前第一次师门聚餐,她就在导师的面前当场喝醉,然后指挥着导师给她夹菜,场面一度十分尴尬。

所以她喝之前,早早交代清楚,对宋艾蓝和陶玥承认道:"其实我是一杯倒，一会儿肯定会喝醉的，你俩可得将我送回宿舍，不能抛下我。"

陶玥坐过来，手臂搭在许念的肩膀上，保证道："放心，你这种一杯倒都肯陪我喝酒了，那我肯定对你负责到底。"

许念道："那可说定啦！明天早上我醒来的时候，必须要在宿舍。"

宋艾蓝看着她们两人啰啰唆唆的样子，拍着胸脯道："放心吧，今天敞开了喝，有我呢，我可是千杯不倒。"

酒过三巡，三个人都开始说胡话。

陶玥扶着额头埋怨："头好晕啊，宋艾蓝都怪你，点什么二锅头！你不知道喝酒最忌讳掺着喝啊。"

宋艾蓝情况也不妙，哑着声音道："你也没告诉我啊！我头也好晕。"

"都怪赵岑那个渣男！"在酒精的作用下，陶玥压抑很久的情绪完全释放出来，开始不停控诉她男友的恶行。

许念脑子也晕乎乎的，也不知从何时起，周围一切都变得轻飘飘的，让她有种飘飘欲仙的感觉。她搂着宋艾蓝大声痛骂："江逾那个不知好歹的男人，连我这种完美女人都看不上，真是瞎了眼了！艾蓝，我要吃羊肉串，给我拿一串羊肉串，我要把自己吃成一只羊，然后去江逾的家里，把他家的花草全都给吃了！"

宋艾蓝迅速给她将盘子全都端了过来："有志气！我支持你！"

许念用力眨了眨眼，肉和草她还是分得清的，宋艾蓝递给她的盘子里，分明是两串绿油油的辣椒！她气道："宋艾蓝，我要吃羊肉不是吃草，我要变成羊后再吃草！"

宋艾蓝看了一眼，然后摆摆手道："不重要啦，都一样！重要的是，江逾那个'大猪蹄子'，真不知道他是怎么想的。不过，我今天看了一下他的反应，总觉得你俩之间没那么简单。"

她将许念往身边一拉，贴近许念的耳朵，认真道："你和江逾啊，都是一个性子，有事情憋在心里不说，也没人主动问，要换作是我，肯定急死了。"

"还用问吗，他都这样了，我去问就是自取其辱。"许念虽这样说，却并不否认宋艾蓝的话。她在爱情里就是个胆小鬼，好不容易朝对方走出一步，若是对方没有张开双臂来迎接，她会很快退回去。

"我决定了！"陶玥忽然拍了下桌子，一副郑重其事的模样。

刚刚陶玥一直趴在桌上大睡，此时突然抬起头插进来这么一句，许念和宋艾蓝忍不住一个哆嗦，随即听陶玥义愤填膺地说："我现在就给赵岑那浑蛋发消息！我们完了！他别想再见到我！"

许念伸胳膊去拉她，迷迷糊糊的，半天才摸到人："淡定，淡定。"

陶玥没理她，自顾自地打开手机开始一顿操作。几条消息发送后，她气愤地将赵岑删除掉，然后将手机扣在桌上，举起杯子痛饮一番。

许念虽说是陪她喝，其实自己也有伤心事，大概爱而不得就是最让人难受的人间疾苦之一吧。

她"咕噜咕噜"喝下几大口啤酒，略微的苦涩在口中弥漫开来，整个人越发轻飘飘。朦胧中，似乎听到一阵铃声，许念摇了摇半睡不醒的陶玥："玥玥，你电话在响。"

陶玥接起来，双眼一眯，给许念展示道："是我男朋友哎！"

许念双眼瞪得圆圆的，没想到这个方法这么有效，陶玥的男朋友这么快就着急了。

陶玥把电话接起来，"嗯嗯啊啊"了几声，然后挂断，脸上露出胜利者般的微笑，断断续续地宣布道："我男朋友——要来——来接我了！"

许念和宋艾蓝鼓掌，宋艾蓝举起酒杯祝贺道："恭喜你玥玥，以胜利告终和赵岑的冷战！"

"也祝贺你，念念！"她和许念碰了一杯。

许念疑惑："我有什么可祝贺的？"

"祝贺你婚姻保卫战——"宋艾蓝中间打了个酒嗝，然后使劲儿拍了下许念的肩膀，吐出两个字，"失败！"

两人碰杯大笑。

陶玥背着包站了起来，准备离开："姐妹们，我先撤了，赵岑说他在马路边等我。"

许念和宋艾蓝笑着朝她摆摆手："去吧，加油！"

陶玥走之前不忘嘱咐道："宋艾蓝，你应该没事吧，我把念念交给你了，你得负责把她送回宿舍！"

宋艾蓝拍着胸脯："放心！"

桌上还有好多肉和菜都没吃，许念今天胃口好，感觉胃里还能塞下很多，两人又喝了一会儿。

忽地，宋艾蓝将许念拉到旁边，灵机一动道："我知道了！你之前不是觉得，他失去你后开始内心空虚，所以总来纠缠你吗，不如我们就来验证一下？"

许念蒙蒙地抬眼："怎么验证？"

"让他彻底失去你！然后看他会不会更加想你！"

"彻底失去我？"许念重复着宋艾蓝的话，想着要如何彻底。

片刻后，她将头往桌子上一埋，宣布道："好，我死了。"

宋艾蓝十分无语，一把将许念拽起来，发号施令道："不是这样！你手机呢？交出来！"

许念乖乖交出。宋艾蓝打开微信，说出自己的想法："念念，硬气点，把江逾删掉！"

许念思索了一会儿，然后朝着她竖起一个大拇指："好主意！"

宋艾蓝在许念的手机上找到江逾的聊天窗口，然后一顿轻点，一阵视频电话铃声响起后，手机里传来一道清冷的声音。

"喂？许念。"

宋艾蓝被突然传来的声音吓了一跳，身子往后闪了闪，然后才反应过来："怎么删除好友还有人工智能，你这是 AI 功能吗？"

许念呆呆点头："是……是吧。"她说完，对着手机大声命令，"删！除！好！友！"

"什么？"对面疑惑。

许念拉长了声音，再次重复："删——除——好——友——"

手机那头一阵沉默。

宋艾蓝忍不住吐槽："你这 AI 功能不行啊！"她凑近了手机，换了一道命令，"退出——退出 AI 模式——"

江逾一头雾水地听着两人醉醺醺的声音，背景音也乱七八糟，很像是在街边的小摊上。

"许念，你喝酒了？你们在哪儿呢？"

"AI 还挺能识别啊，喝酒了都能听出来。"宋艾蓝震惊，重新相信了 AI 功能，于是对着手机的音孔说，"删除江逾好友。"

"你们在哪儿？"他问。

陶玥道："我们在大排档啊！"

江逾追问："哪里的大排档？"

"就大排档啊，念念，你这手机里的 AI 管得有点多啊。"陶玥极其嫌弃。

江逾听着她们胡言乱语了一会儿，每句话都是答非所问，他想了个办法,沉声说道:"使用该功能前需要人脸识别。"

这招果然很灵,陶玥果然把手机拿起对准许念的脸,催促道:"快点,得人脸识别。"

许念看着手机屏幕,嘴角一弯,摆出标准的假笑表情。

江逾道:"请离屏幕远一点。"

许念往后挪了挪身子,身后一栋大楼的标志正好露出来,落在江逾的视线里。

江逾大概了解了她们所在的位置,这时对面传来许念埋怨的声音:"宋艾蓝你在搞什么啊,这不是 AI,这是在给江逾打电话!"

江逾心里一紧,本来以为许念会慌张补救,不料许念一副理直气壮的模样:"我才不要给江逾打电话!"

然后,电话被人挂断。

江逾关掉手机,出门。

第八章
同学会

　　见宋艾蓝使用 AI 功能失败，许念便把手机拿了过来自己操作。她点了微信联系人，然后选择删除。

　　"这不删了吗？"

　　宋艾蓝凑过来看了一眼："真的耶。"

　　两人不约而同地笑了起来。

　　过了片刻，许念止住笑，忽然鼻子一酸，又开始抱着宋艾蓝哭。

　　"艾蓝，怎么办啊？我把江逾删了，他肯定不会再找我了，那我也找不到他了，我要怎么办啊？"

　　宋艾蓝看她可怜，忍不住抱了抱她："念念，他如果喜欢你，肯定会想办法联系你的；如果他不喜欢你，你就得想好是要放弃，还是打算不要脸追他试试？"

　　"不知道。"许念低着头，微微嘟着嘴，"但我要脸的。"

　　宋艾蓝看她委屈的样子，扬起的手落下，重重拍了下桌子："算了！什么大不了的事！我现在就去把他绑过来！咱就跟他说，打死不离婚！他要是诉讼，我就给你请最好的律师！"

　　她声音挺大，说完忽然觉得肚子不对劲儿，忙弯腰道："念念，我得去一趟洗手间，你在这儿待着等我一下哈。"

　　许念乖乖点头，开始清理盘子里剩下的几个肉串，不一会儿，忽然有人拍她的肩膀："妹妹，怎么落单了？要不来跟哥哥喝两杯？"

　　许念抬头，见到一名不认识的男人，顶着一头黄发，戴着奇怪形状的耳钉，正目光猥琐地盯着她。

　　她被盯得浑身难受，皱着眉头问："你是谁啊？"

　　黄发男人笑嘻嘻地勾起一边的嘴角，直接伸手去拽许念的胳膊："我当你男朋友怎么样？"

　　他力气很大，许念一下就被他拽了起来，她伸手胡乱抓着，根本就挣脱不掉，脚底一个不稳，几步就被拉到了旁边的位置上。桌旁还有另外三个男人，都在笑嘻嘻地看热闹。

许念大声呵斥："我朋友一会儿就回来了！"

黄发男人丝毫没被吓到，还越发放肆地将桌上一杯酒端到许念嘴边："没事，可以边等你朋友，边陪哥哥喝两杯。"

许念别过头去躲，慌神间，忽然感觉手臂上的力道消失了，紧接着的是男人的一声哀号："哎呀！谁啊？"

许念抬头望去，随即撞进一双清澈的眼眸里。

"怎么喝了这么多酒？"江逾把许念拉了过来。

黄发男人"哒"了一声，没好气地问道："你是谁啊？"

江逾将那人的手狠狠甩开，厉声道："这是我老婆。"

许念甩掉江逾："谁是你老婆！"

黄发男人见状，饶有趣味地讽刺一笑，吊着嗓子质问："看来你冒充人家的老公啊！你俩认识吗？虽然你看起来人模狗样的，但不排除打着伸张正义的旗号泡妞呢！"

江逾瞥了他一眼："再找事，别怪我不客气。"

"找事？那你怎么证明你和她有关系？要不然，你亲一下她啊！"话一说完，桌上的其他男人发出一阵哄笑，都等着看笑话。

"让开。"江逾厉声道，"不然我报警了。"

黄发男人"呸"了一声："有种你就报警，我看你们根本就不认识！"

江逾面色冷得吓人，他握了握拳，正要掏手机，忽然觉得左边脸颊一热，两片樱桃般红润柔软的唇贴上来。

他惊讶地低头，许念的大眼睛正忽闪忽闪地望着他，然后咧嘴笑了一下："江逾，你来啦。"

江逾乱了阵脚，黄发男人同样愣住，他没想到会真亲。

江逾冷声道："滚开。"

黄发男人很识趣地后退半步，摆了摆手："算了，让给你，让给你。"

江逾没再跟他计较，转头看向许念，语气带了些命令："许念，跟我回去。"

"等、等一下。"许念跟着江逾走了几步后才清醒了几分，看了眼江逾，奇怪道，"江逾，你怎么来了？"

这会儿才认出来？

"来接你，走吧，回家了。"

"不行！"许念摇头，"还有艾蓝，艾蓝还没回来。"

提到宋艾蓝，江逾这才想起刚刚那通视频电话是两人一起打的，而他赶过来的时候，位置上却只有许念一个人。

"宋艾蓝去哪儿了？"

许念回答："去洗手间了。"

"哎？回来了！艾蓝……"许念伸手一指，幅度很大地朝宋艾蓝走过来的方向晃了晃手。

宋艾蓝整个人看起来蒙蒙的，朝着许念这边看来，总觉得自己眼花了，看见的是两人。她走近，眯了眯眼："怎么还有重影？"

许念指着江逾，"嘿嘿"笑着解释道："江逾来了啦。"

"江逾？不可能吧。"宋艾蓝不可置信，低声嘀咕着，"陶玥的方法这么管用？"

她走近，几乎要与江逾贴上，细细观察了一番，江逾下意识往后退了一步。

"还真是江逾。"宋艾蓝看清了人。

"那我就不打扰你们了。"宋艾蓝一屁股瘫坐在椅子上。

江逾无奈地叹了口气，打算先将许念送到车上，然后再来接宋艾蓝。

"车在那边，送你回家。"他对许念道。

许念抬头望了望，模模糊糊什么也没看到，脚下也轻飘飘的，走路都不稳。

江逾停下脚步，看了一眼半睡不醒的许念，然后直接将她打横抱起："去车里等我。"

许念也没挣扎，双手很自然地钩住了江逾的脖子，一时，温热的气息在江逾喉结处萦绕。

喝醉后的许念一改往日的羞涩，大胆地观察着他，然后"咯咯"笑了一声："江逾，你的耳朵好红啊。"

说完，她伸着脖子，在江逾耳边开始吹气。

江逾努力躲开，低声道："别闹了。"

走了几步，许念忽然喊了一声："等等！"她指着座位上的包装袋，"我的短裙——"

江逾又回去拿了短裙。

许念笑嘻嘻地问:"江逾,我穿短裙好不好看?"

"好看。"江逾道,"但以后别穿了。"

许念嘟着嘴气道:"为什么?好看为什么不穿?我就要穿!"

"好,那你也不要在天冷的时候穿。"

许念这才满意,盈盈笑了一下,小声道:"那我回家后穿给你看!"

江逾愣了一瞬,目光看向前方,掩饰掉嘴角不受控制的笑意。

许念窝在他怀里,又道:"那今晚就回你家吧,江逾。"

商量的语气,又像是已经做完了决定。

江逾垂眸看了她一眼:"这可是你说的。"

到停车的位置,江逾把许念放在副驾驶座位,边系安全带边嘱咐:"在这儿等我,我去找宋艾蓝。"

许念点点头,有点不想一个人待着,催促道:"那你快点回来。"

宋艾蓝喝醉酒,人虽然晕,但也没乱跑,江逾回去的时候,她还保持着原来的姿势趴在桌子上。

江逾走过去将宋艾蓝叫醒,宋艾蓝依然坚持不当电灯泡,江逾只好顺着她说:"你打的车到了,走吧。"

宋艾蓝起身,乖乖跟着他走。江逾帮她打开后座的门,她坐了上去。

江逾终于松一口气。

上车后,许念在旁边已经睡着了,她微微侧着头,嘴也半张着,红彤彤的脸颊,模样憨态可掬。江逾将她的头摆正,然后发动了车子。

宋艾蓝在后座也安安静静的没闹腾,但江逾觉得,如果把她送到学校,她大概自己走不到宿舍,便问了她家地址。

"宋艾蓝,你家地址在哪儿?"江逾问。

"师傅,麻烦去蓝樱街道龙海湾别墅区 23 号。"宋艾蓝真将他当司机师傅了。

江逾驱车前往,先将宋艾蓝安全送到了家,然后载着许念往回走。

夜晚,城市五光十色,纵横交错的街道上依然车水马龙。

许念在副驾驶座上睡得很安稳,能听到她均匀的呼吸声。江逾收回目光,一时心烦意乱,他加快了车速,一直开到小区楼下。

车停稳后,江逾先下车,走到许念这边开了车门,在她耳边轻声唤道:"念念,醒醒,我们到了。"

许念半睁开眼,也不知道听没听到他说话。江逾把她抱起来的时候,她就伸手抱住江逾的脖子:"到家了?"

她声音里带着刚睡醒时的缱绻软糯。

江逾低声道:"到家了。"

他抱着许念上楼。许念身高有一米六八,但因为偏瘦,抱起来一点也不重,此刻小小一只缩在江逾怀里,缠在他脖子上的手臂也滑滑的,泼墨般的长发垂下来,有几丝扫过江逾的胳膊,痒痒的。

回家后,江逾把许念抱到沙发上,正要起身,许念钩住他脖子的手还没放开,江逾被一股力道又带了下去,与许念正好四目相对,两人近在咫尺。江逾用手撑住沙发,盯了许念一会儿。许念也大胆地看他,她双眸里带了些雾气,似乎有星光闪动,看着无辜且真诚。

半晌,江逾开口:"许念,我后悔了。"

"什么啊?"许念软绵绵地呢喃。

虽然知道许念此时的状态,听到了和没听到一样,但江逾依然郑重其事地强调:"我说,我后悔答应你离婚了,现在打算悬崖勒马,不离婚了。我也不想给你什么自由选择的权利,你只有一个权利,就是留在我身边,当江太太。"

许念听江逾在耳边叨咕,竟然朝着江逾吹了口气,有酒味,还有特殊的香气,她的眼神很清澈,江逾顿时愣住,不知她是何意,再垂眼时,许念翻了个身,侧躺着低低"嗯"了一声。

"你不说话,我就当你默认了。"

江逾起身去准备温水,没走几步,听到许念的嘟囔:"好热,我想洗澡。"

江逾把水给她递过去:"先喝点水就没那么热了。"

许念坐起来,"咕咚咕咚"将整杯水喝光。喝完后还是觉得浑身燥热难耐,她将水杯往茶几一放,几下就把外套和毛衣马甲脱掉,然后又伸手要去解衬衫的扣子。

她今天拍照里面穿了长袖衬衫,领口别了一个蝴蝶结,解开的时候很不好弄。江逾莫名耳根一红,许念这个状态,他觉得自己控制不了多长时间,所以,他不能与她待在一起太久。

他将许念解扣子的手按住,一字一顿地告诫:"先等一下,我去给你拿衣服。"

江逾匆忙去了卧室，拿了一件自己的长袖 T 恤，出来的时候，许念正解扣子解到了一半，胸口半敞，大概不耐烦了，想要直接从头顶脱下来。

江逾不经意间瞥到她露出来的香肩，白白净净的，像是没有任何瑕疵的白玉一般，他不由自主地吞了吞唾沫。好不容易理智占了上风，他迅速移开眼，将手里的 T 恤往她头上一扣："浴室往左转，自己去洗。"

他从柜子上顺了瓶水，然后转身回房。

关了门，江逾才感到面颊热得厉害。他喝了大半瓶水，努力调整呼吸，半天才将情绪平复下来。

门外有窸窣的脚步声，过了一会儿，传来一阵水声，应该是许念去洗澡了。江逾回想着刚才发生的事，努力让自己镇定，大脑却越来越乱，思来想去，趁着客厅没人，去书架上找了本佛经之类的书来看。过了好久，他的心绪才渐渐平复下来。

他手机响了一下，打开来看，是贺正发的消息，一个某乎问题的链接，怎样判断一个女生是否喜欢自己？

江逾还没来得及看，目光注意到高中同学班级群的小红点，他这才想起来，下午他看到班长统计聚会的人数了，不过那时他在开会，便把群消息设置成了免打扰，也没留意后面大家都说了什么。

现在他想起来，便将消息往上翻了翻，这次有不少人都回复了"1"。他往下滑动着，见到了许念的名字。江逾目光顿了一瞬，然后在聊天框输入了一个"1"，点击发送。

等许念的期间，江逾在懒人沙发上半躺着看了会儿贺正给他发来的链接，点赞最高的那条回答内容是：

【每个人的表现都会不一样，与其花时间判断她到底喜不喜欢你，不如行动起来大胆追求。就算被拒绝，你还是一条好汉。】

江逾盯着答案看了一会儿，然后给贺正回复：【多谢。】

他看了眼时间，许念洗澡也有十几分钟了，应该洗完了，没听见水声，但也没听到许念出来的声音，他有些担心，便起身去查看。

刚开门，他就见到许念悄无声息地站在卧室门外。

"许念？你怎么在这儿？"江逾始料未及，说话都顿了几下。

许念目光呆呆的："我洗完了，怕你已经睡着了，就没敲门。"

"敲门？你要来这里……""睡"字还没说出口，江逾垂眸，注意到许念并没有穿他给她的衣服,而是穿了新买的短裙,湿发披在肩上,还有水珠不断滴下来,又纯又欲,让人心神荡漾。

"这条裙子,好看吗?"许念咧嘴笑着问道,人畜无害的目光投过来。

江逾刚刚平复的心绪再次被打乱。出神间,许念往前走了一步,在他面前转了一圈,裙摆微微荡起,沐浴露的味道并没有将她身上特有的体香掩盖住。

房间里的灯光是偏黄的暖色调,照着许念未施粉黛的脸颊,线条柔和,双眸清明,睫毛长而密,双唇饱满而红润,像是一个精致的洋娃娃,乖巧又呆萌。

"好看,再转一圈我看看。"他道。

许念又听话地转了一圈。

"可以了,先坐下吧。"

许念往后退了退,然后乖乖坐在床上。

江逾失笑:"许念,你喝醉后怎么这么乖?我说什么你都听?"

许念眉头呈现出一个八字,大脑一直处于短路状态,没能领会江逾的意思。

江逾淡淡的目光看了她一会儿,又问:"许念,我们不离婚了好不好?"

他走近,许念往后仰了一下,双手按在床上支撑着,然后点了点头,细声回答:"好。"

江逾顿时愣住,她回答的是好?答应了?

一时,他心里如海面起了风暴,剧烈翻涌着。他努力克制着情绪,逼近几分,俯下身子直直看着她:"许念,不管你说的是醉话还是谎话,我都当真了。如果我做了什么过分的事,也是你先撩我的,况且,我们现在还是合法夫妻。"

许念看似在听着,眼神却开始放空,江逾说的话,她听了一半忘了一半。她打了个哈欠,呢喃道:"江逾,我困了。"

江逾看了许念一会儿,然后将她抱起来往外走,许念不明所以地嚷了一声:"干吗?"

江逾道:"去吹头发。"

"可是我好困。"许念的眼皮开始打架。

江逾走到浴室,让许念先站会儿,然后搬来一把椅子让她坐下:"困了就靠在我的胳膊上,但头发要吹干,不能湿着头发睡觉。"

说完,他拿起吹风机开始帮她吹头发。

许念的头发很密很长,吹到半干的状态就已经特别柔顺。等头发吹干,江逾发现她已经睡着了。他在心底笑了一声:"吹风机这么吵都能睡着,看来是真的困了。"

江逾不忍心将她叫醒,就直接轻手轻脚地又将她抱回到床上。她还穿着新买的裙子,包身的,睡觉肯定不舒服,但江逾没法帮她换,便将他那件长袖T恤放在一边,然后在上面留了个字条:【如果睡觉不舒服,就换上这件。】

江逾将字条放在显眼的位置,好让许念半夜醒了可以看到。他侧头看了一眼许念,然后轻轻在许念的额头上亲了一下。

不做过分的事情,他只能克制到这里了。

床被许念霸占,江逾只好去她的房间睡。

他洗了个澡,临睡前,在许念的卧室门外站了一会儿,里面很安稳,确认没什么异常,才放心地回房睡觉。

刚转身,他便听到房间里传来"咚"的一阵声响。

江逾转回身,打开房门走进去,果然和他想的一样,许念睡觉不老实,整个人滚到了地上,被子也卷成了麻花状。他将许念抱回床上,盖被子的时候,忽然发现床单上多了一个红点。

江逾保持着俯身的动作呆了片刻,意识到怎么回事后,他找了件外套穿上,出门去了便利店。

晚上十一点多,只有二十四小时便利店还开着门。江逾走进去,在卫生巾售卖区域拿了一包粉色包装的,然后走到收银台。

收银台的小姐姐看了他一眼,这一晚上的疲惫瞬间消失。店里也没有其他客人,她忍不住多说了几句话:"是买给女朋友用吗?如果是晚上用的话,这个日用的是不够的,不介意的话,我可以帮您选一下。"

江逾对这方面确实不太了解,就点点头:"那就麻烦了。"

收银的女生从收银台出来,带江逾到了摆放卫生巾的地方,从货架上拿了一袋长长的递过去:"这款比较长,不容易侧漏,纯棉材质的也比较舒服。"

江逾接过,看到这个包装上面写了大大的数字"420",应该是长度。

收银的女生道:"先生也可以看一下这款,纯棉的会更加亲肤舒适,而且都是夜用款。"

江逾点点头,还是选了手里的:"我女朋友比较习惯用这个牌子的。"又问了句,"一般经期需要用多少?"

"正常量的话,两包日用、一包夜用就够了。"

"好,谢谢。"江逾道。

收银的女生起身:"不客气,那我帮您结账。"

江逾买完卫生巾回到家里,许念还在睡着,墨色的长发铺满了整个枕头,看起来睡得很香。江逾不忍心喊她,静静地望了一会儿,轻声在她耳边唤道:"许念,醒一醒。"

许念岿然不动,江逾也没大声喊,耐心地唤了她几次,床上的人终于缓缓睁开眼睛。

"嗯?"许念揉揉眼,还不知道发生了什么。

江逾将她拉起来,塞给她一个塑料袋,说道:"你来例假了。"

许念惊讶里带了些还没睡醒的呆滞:"我白天看了,没来啊,而且还有五天才到时间。"

她掰着手指头开始数数。

江逾把她伸出来的手指头握了下去,将准备的长袖T恤再次递给她,嘱咐道:"顺便将身上的衣服换下来,穿这件睡。"

见许念一脸问号,他用下巴指了指床上的血渍:"那是什么?"

许念看了一眼后迅速收回目光,像个做错了事的小孩:"对不起。"

她从善如流地起身,去浴室,换好衣服后,动作缓慢地走出来。

江逾已经换上了新的床单,许念走过去,很有礼貌地说:"谢谢。"

江逾关门前轻声道:"不客气,晚安。"

许念第二天醒过来时觉得脑袋里像是被塞了一块石头,沉甸甸的,头晕不止。

阳光透过窗帘照射进来,屋子里很亮,她意识到该起床了,但就是醒不过来。她翻来覆去,半睡半醒,一直到了日上三竿才渐渐清醒。

周围的陈设映入眼帘,许念以为自己还在做梦。这是江逾的家,她在江逾的卧室。一切都真实得可怕,许念掐了一下自己,确定这不是梦。

但她怎么回忆，都想不起来她是怎么到江逾家里的，只有一些零零散散的片段。她隐约记得自己被一个猥琐的男人缠上了，就是那时，江逾过来了。

后来他就载着她到了这里吗？陶玥和宋艾蓝呢？回宿舍了？

为什么江逾没把她送回宿舍？

她现在穿着江逾的衣服，躺在江逾的床上，而且她还感觉到自己来了姨妈。

她的大脑精准地漏掉了所有关键信息，做贼心虚般地下了床，打开门，四周静悄悄的，见没有人在，便折回卧室找到手机，在宿舍群里呼叫陶玥和宋艾蓝。

【救命！你们都在哪儿啊？】

"为什么我在江逾家"这一行字她还没打完，耳边就传来一阵清浅的声音。

"醒了？过来，喝点醒酒汤。"

许念拿着手机的手一抖，全身血液瞬间凝固，转身的时候，一道瘦高的身影不知何时杵在了门旁。

江逾身穿白色衬衫，淡淡地望着她。

"江逾？你在啊？"她僵直地转身，因为完全想不起昨天到底发生了什么，她不知道该如何面对江逾，只是心里隐隐有一种不祥的预感。

江逾抬步走过来："刚刚在厨房给你做醒酒汤。快喝吧，喝完头就没那么痛了。"

许念垂眸，热腾腾的汤在碗里摇晃，她的心也跟着晃了两下。

"那个……昨天晚上……"她结结巴巴的，不知该如何开口。

刚刚煮好的汤有些烫手，江逾对着汤碗轻轻吹了吹，递到许念面前，然后用不痛不痒的声音说道："许念，昨天晚上发生的事，你得负责。"

许念的心跳漏了一拍，看了一眼她昨晚睡的床，床单干净，只是有些褶皱，应该没有发生激烈运动。而且她来了姨妈，不可能发生了那种事。

江逾刚刚说要她负责，肯定是在诓她。可是，她的衣服不翼而飞了，只有身上穿着的江逾的长衫，松松垮垮得足以当成一条半身裙。许念又开始心虚了，深深皱着眉头，露出赴死的表情："昨天晚上，发生了什么事？我要负责什么？"

江逾把醒酒汤往前递了递："你喝了我再告诉你。"

· 151 ·

许念着急知道,两三口便一饮而尽:"现在可以告诉我了吗?"

江逾故意戏弄她,顿了一会儿才开口:"昨天晚上你来了例假,把我的床单都弄脏了,所以你要负责洗干净。"

"就这个啊?"许念没有想到他说的负责,原来是指这件事,还好不是她想的出格之事。但这个答案丝毫没让她有放松的感觉,只觉得惭愧又抱歉。

她想象着昨晚江逾发现床单被弄脏的画面,一股尴尬的气息蔓延开来,心里开始抓狂,这次真的丢人丢到家了。

江逾笑了一下:"刚刚我是逗你的,不是你想的那样。"

"我没想!"她有些恼羞成怒,嘟着嘴道,"我的衣服在哪儿?"她的脸又热又红,像是被火烤了一般,羞都要羞死了。

江逾挑了挑眉,声调慵懒,见怪不怪一般:"床单都脏了,衣服能不脏吗?一起放在浴室了。"

"我去洗。"许念迈开脚步,却被江逾拦住。

"没时间了,把汤喝完后,我们就出发,衣服和床单,回来再洗吧。"

"没时间?你是有事吗?"许念抬头问。

江逾提醒道:"你看看现在几点了,再不出发,同学聚会就要迟到了。"

许念这才想起来有同学聚会的事情,她急忙去拿手机,宋艾蓝已经回了消息。

宋艾蓝:【天啊,我早上醒来才发现我回家了,昨天晚上我记得江逾来了!念念,你怎么样?你和江逾没发生什么吧?】

许念拧着眉头回:【唉,我什么都不记得了。】

许念:【你怎么去南山别墅?】

宋艾蓝:【我打算打车去了。念念你怎么去?我看江逾昨天在群里也回复要去耶,你俩一起吗?】

许念:【不要吧。】

"我也自己打车过去"一行字没打完,她想了下,又改成:【能不能等等我,我想打车去找你,然后和你一起过去。】

宋艾蓝:【可以啊。】

陶玥突然冒了个泡:【祝你们玩得开心,我今天也要和赵岑约会去啦。回来给我讲哦!】

回消息期间,江逾出去了一下,过了一会儿,手里拿了个盒子回来:

"衣服我给你买了件新的,刚才送过来的,你试试大小。"

许念接过来:"谢谢。"

江逾关门,不忘说道:"下次别喝酒了。"

许念手里抱着大大的盒子,在原地发了会儿呆,大脑已经完全混乱。

她别无选择,只能穿这件。打开盒子,里面是一条淡蓝色的长裙,S码的,刚好是她的号,穿上还蛮合身的。

裙子是法式风格,A字收腰,很显干净,光滑的裙摆垂感很强,一看就知道价格不菲。

她看了眼吊牌,果然。

穿好衣服,许念打开房门,江逾在沙发坐着等她。

许念道:"衣服很合适,多谢,我把钱转给你。"

她随手点开微信给江逾转账,却怎么都找不到江逾的联系方式,在搜索栏搜了一下,仍然没找到。

她呆住。她被删掉了?

不对,就算她被江逾删了,聊天窗口还是能找到的。

难道是她把江逾删了?

她眉头深深皱起思考着,江逾朝她看过来,一丝尴尬在空气里蔓延。

"你银行卡号是多少?我和微信绑定的银行卡没钱了,给你打到卡里。"许念找了个理由。

江逾走过来:"转账做什么?你的钱和我的钱,不都一样吗?"

他绕过许念走进卧室,说道:"等我一下,我换衣服,桌上有红豆饼,可以先垫垫肚子,但别吃太多,快中午了。"

说完,他打开衣柜门挑了件衣服出来,然后开始解衬衫扣子。

许念急忙移开眼,只能之后再想别的办法将钱还给他。她朝着餐桌走过去,坐下后,拿了一块红豆饼吃。

江逾换了一件淡蓝色衬衫,和许念身上穿的长裙颜色很像,有点像情侣装。

许念心事重重地看了江逾一会儿,江逾不禁开口问:"怎么了?"

许念问:"你也要去同学会吗?"

江逾低低"嗯"了一声。

许念站起来:"那我先走一步了,我和艾蓝约好了,一起打车过去。"

"许念,我有车。"江逾似乎在强调什么。

"可我们一起过去,还穿得很像情侣装,不太好吧。"

江逾被她的话逗笑了:"你是不是觉得我在和你穿情侣装?"

许念降了音量:"那你为什么不穿刚刚那件白色的?"

江逾给了个很充分的理由:"早上出门买饭的时候弄脏了。"怕许念不相信,又补了句,"要不,我不穿了,你再帮我选一件?"

许念为自己的自作多情感到惭愧,哪里还有心思给他挑衣服。

"你的衣服,你随意。"她转身要走。

江逾跟过来:"一起。

"宋艾蓝在她自己家里,你俩不顺道。

"你昨天说的话都不作数了吗?"

听到他这句话,许念停住,拧巴着个小脸:"我说什么了?我喝醉了,如果说了什么不该说的话,都不算数的。"

江逾故意卖关子:"反正我都记着呢,酒后之言也不能耍赖皮。"说完,他似笑非笑的双眸眯了眯,"昨晚你和我说,不离婚了。"

许念心乱如麻,难不成她真的酒后吐真言了,把不想离婚的事情说了出来?她在玄关处收拾着自己的包,好掩饰内心的慌张,正要开口,江逾转身去屋里拿了东西,等走过来,手里拿了一包卫生巾。

"这个要不要带上?"

许念面色一红:"你买的?"

江逾漫不经心地回答:"嗯,家里没有,只能去买。"

"走吧,再不出门来不及了。"江逾换好鞋,出门前不忘提醒,"记得回来洗床单。"

许念觉得这是她人生中最尴尬的一刻,上车的时候,她为了躲避江逾的目光,故意坐在了后座。

她给宋艾蓝发了条信息过去:【艾蓝,你自己先走吧,我来不及去找你了。】

宋艾蓝:【收到,那我打车啦,南山别墅见。】

宋艾蓝:【对了,你和江逾一起吗?】

许念:【嗯嗯。】

许念:【他也要去,就一起了。】

许念:【唉。】

宋艾蓝:【我想起了个大概,昨天是我拿你手机给江逾打的电话!】

许念：【可是我今天早上发现，我把江逾给删了。】

消息发过去，她心虚地看了一眼江逾，生怕他发现什么。

宋艾蓝：【我打完电话，你就把他删了，说要让他后悔！】

许念在心里哀号了声，后悔的是她自己……

宋艾蓝：【唉，都是我不好，等你来了再和你说吧，放宽心，没事的。】

"心情不好？"江逾从后视镜里看到许念一直皱着眉头发消息，问了一句。

"没有。"许念掩饰道，"我在看这次都有谁来参加。"

有人已经到了聚会的别墅，高中班级群从他们刚刚出门那会儿就很活跃。许念将聊天页面切到群里，随便看着。

"有你期待见到的人吗？"江逾问道。

许念高中时关系最好的朋友是宋艾蓝，两人考了同一所大学同一个专业，基本上天天都能见到。其他人的话，她的前桌杨璨，还有经常一起出黑板报的张宁波都挺久没见到了，这次他们都会来，她很期待见面。正心不在焉地看着，忽然有个名字让她目光一滞——赖景和。

他也要来？

城郊这一带景色很好，没有市中心那么繁华，靠着山，弯曲的小路旁绿树成荫，还有山泉流过。街道干净，房屋整齐排列，大多是平房，别墅有住户自己住的，也有专门用于聚会玩乐的。班长陆骁事先在群里发了定位，位置很好找。

"到了，下车吧，我去找个地方停车。"江逾停了车。

聚会的别墅前有个小院，很多人在院子里坐着聊天晒太阳。许念终于提起来了点精神，车一停稳，她便开了车门，迅速下车去了院子里。

江逾坐在车里叹了口气："这么着急，怎么都不等人的？"

空气里蔓延着烧烤的香气。院子里架了烧烤架，手握一把烤串正热火朝天地撒孜然的那位就是他们的班长。旁边有两名女生在帮忙穿着肉串，一个是她的前桌杨璨，另一个是林茉茉。

许念走过去朝他们打了个招呼，杨璨见到她非常开心地放下手里的东西，起身走了过来："念念，我想死你了！你自己来的？宋艾蓝呢？"

许念过去和她拥抱："她一会儿就到。"

杨璨问："你打车过来的吗？"

许念顿了下:"嗯……搭车来的。"

杨璨往门外张望,调侃一句:"感觉司机还挺帅。"

许念拉了她一下,从旁边拉了个小板凳:"我帮你们吧。"

"茉茉,最近怎么样?"许念问一旁的林茉茉。

林茉茉笑了笑:"挺好的。"

班长陆骁在后面插言:"我们许念真是越来越漂亮啦!"

许念笑着回他一句:"你烧烤的技术也不错呀。"

几人笑了两声。

"好了!快来尝尝怎么样?"陆骁将一把羊肉串放进盘子里,"刺啦"冒着油,香气四溢。他递给许念一串,"尝尝,熟了吧?"

许念吃了一口:"好吃,肉很嫩,咸淡也正好,你也尝尝。"

陆骁得了夸奖,内心甚是满足,给自己留了一串后,让许念分给大家吃。

许念端着盘子给大家送肉串,走到两名女生旁边,忽然有一阵兴奋的惊呼声传来。

孔珊珊道:"天啊,真是江逾哎!江逾这次居然也来了!"

另一名女生叫冯敏仪:"他在群里回复了的,你没看到吗?"

孔珊珊:"看到了,但没想到他真来了。他比高中时还帅了哎。"

冯敏仪:"听说他还名草无主,要不要上?我后悔结婚太早了!"

孔珊珊:"不是说他有娃娃亲,还结婚了吗?"

冯敏仪"扑哧"笑了出来:"什么啊?谣言吧!这年头哪里还有娃娃亲啊?有也是闹着玩的,哪有结婚的啊?"

孔珊珊长叹一声:"算了,就算是谣言,我也没戏,就远远欣赏一下好了,这种男生可不好招惹,太帅太耀眼了,放家里不安全。"

许念听着她俩的对话,嘴角努力扯出一个笑来,上前道:"班长给大家烤的羊肉串,尝尝?"

"谢谢啦。"两个女生一人拿了一串。

侧目之际,许念感觉到江逾在朝她的方向走过来,她下意识收回目光,不去看江逾的方向。她去给另一边的同学发烤串,再转身的时候,江逾正站在她面前。

和人群的焦点站在一起,很快就吸引了众多目光。许念颇为不自在,抬头看了一眼江逾:"有事吗?"

"你的钥匙落在车里了。"江逾道。

许念一看,确实是她的钥匙,上面有一个小狗的钥匙链。她在车上翻包找手机,便把钥匙拿出来放在了座位上,应该是忘记放回去了。

"多谢。"许念接过来。

正要走,那声音又将她叫住:"不给我一串吗?"

"那你自己拿吧。"许念将盘子往前端了端。

江逾似乎故意拖延时间,看了好一会儿,说:"你帮我选一串。"

许念细眉一蹙:"不是都一样吗?"

旁边有些人在看他们,许念听到几声窃窃私语,想尽快逃离,于是随便选了一串拿给江逾:"给。"

江逾很受用地道:"多谢。"

她将剩下的烤串迅速发完,落荒而逃回到座位上。

杨璨暗戳戳地问她:"念念,你刚刚和江逾说什么了?你俩聊了好一会儿,我怎么觉得你俩怪怪的?"

许念道:"没什么呀,就给了他一串羊肉。"

林茉茉撇了撇嘴:"我都看见了,那串钥匙不是江逾拿给你的?许念,你够厉害啊,居然和江逾聊到一起了,你俩在谈恋爱?"

"没有!"许念正色道,"就是偶然遇到了,我就搭了他的车过来。"

"那恭喜你啊,许念。"林茉茉没来由地说了句。

许念不解:"恭喜什么?"

林茉茉笑了笑,故弄玄虚道:"你就别装啦,别人不知道,我可知道哦。"

许念脸色变了变。林茉茉知道什么?

杨璨看出了许念的异样,便拉了她的手:"念念,我们进屋吧,去唱歌。"

别墅面积很大,里面有很多房间,麻将、台球、KTV 一应俱全,其中有一个小房间做成了 KTV 包厢。

杨璨拉着许念边往里走边道:"我早不想和林茉茉待在一块儿了,从高中起她就嫉妒你,还很'绿茶'地说风凉话。对了,宋艾蓝怎么还没到啊?"

许念也有些纳闷儿,快中午十二点了,有人陆续到了,许念每每抬头张望,就是不见宋艾蓝的人影。

"我打个电话问问她。"

电话很快接通,宋艾蓝惊恐的声音传来:"念念,我好像找错地方了,不是南山别墅区1035号吗?为什么我刚刚进去,碰见了一个凶巴巴的老大爷?吓死我了!"

"不是1035,是1053!"许念心累地叹了口气。

"啊?"宋艾蓝往四周望了望,"那我应该离你们不远了吧。"

"你能找到吗?要不要我出去接你一下?"许念对宋艾蓝这个路痴表现出些许担心。

"好啊。"宋艾蓝也担心她找不到地方,想让许念来接她,"哎——等一下!"

她忽然看见不远处有一个人,有点眼熟。

宋艾蓝瞳孔微缩,往前走了几步,看清后,旋即一愣。对面的人缓步朝她走过来,笑着打了声招呼:"艾蓝,好久不见。"

宋艾蓝愣了会儿,缓声道:"好久不见,赖景和。"

许念刚走出房门,就看见宋艾蓝发过来的消息,让她不用去接了。她抱着怀疑的心态退了回去,差点撞上一个巨物。抬头一看,江逾正垂着眼眸看她:"来回跑什么呢?"

许念觉得江逾在刻意跟着她,走哪儿都能遇到。她回答:"艾蓝走错路了,本想去接她过来,但刚才她又说不用了,应该是找到了。"

江逾低低地"嗯"了一声,并没有让路的意思。

许念本想直接回去找杨璨,但想起刚刚给他烤串时的情景,便多问了一句:"屋子里有一间KTV,你要去唱歌吗?"

江逾摇摇头:"你去吧。"

许念没说别的,转身回到KTV房间。前面有好几个同学点了歌,正唱到兴头上,许念和杨璨便找了个位置坐下。

过了一会儿,班长陆骁也过来了。

有男生喊道:"班长唱歌好听!来一首啊!"

第一句话出来后,便有很多人跟着附和:"班长来一首!"

陆骁不好意思地挠了挠头:"你们说得我都不好意思了。"

"那要不找个人陪你一起唱吧。"有人提议。

陆骁重重点头："好啊！"

他环顾了一圈，目光定在许念身上："许念，一起唱一首吗？"

"可以。"许念大方答应。

高中有次文艺会演，许念和陆骁就合作过一次，当时那个节目还得了学校第一名。所以，两人再一次合作，一下就激起了现场同学们的热情，大家都开始怀念起那个青涩懵懂的时期。许念和陆骁唱了和高中一样的歌曲。一首歌结束，场内响起掌声和欢呼声。

许念不好意思地低了低头，道了声："谢谢大家啦。"这时她注意到门口处有人进来，是江逾，和他一同进来的人，还有沈可盈。

许念皱了下眉头，然后转身回到座位上，开始闷闷不乐。她喊就不来，这会儿他倒是和沈可盈一起来了。

再回过神的时候，周围的人又开始起哄，这次的对象是江逾和沈可盈，大家都想让他俩合唱一曲。

许念转过头故意不去看他们两人，目光却又控制不住地想要去瞄。沈可盈脸上带着灿烂的笑容看向江逾，问："要一起吗？"

江逾摇了摇头："我就不唱了，唱歌要命，怕到时候我救不过来。"

底下一阵笑声。

沈可盈也被逗笑了，她没再勉强江逾，转身看向陆骁，说道："要不，班长你先别下去，再陪我唱一首呗。"

陆骁脸红了一下，然后爽快答应："好啊！"

话筒交给了他们两个，江逾则找了个角落坐下。许念见他拒绝了沈可盈，心里莫名觉得很爽。旁边的杨璨拍了拍她的肩膀，低声道："念念，你说我是不是年纪大了，目光也越来越毒了，我现在看着沈可盈长得也就那样，只是干巴巴的皮囊，差了点灵魂上的意思，哪里比得上你！"

"看你把我夸得，我哪有你说的那么好？"许念一直觉得自己挺普通的。

高中的时候她性格比较内向，不太爱和别人说话，平时也只在自己固定的小圈子里来往。她很羡慕沈可盈的性格，能大大方方地表达自己的想法，和男生、女生相处得都很好。

杨璨非常肯定地点着头："有啊！怎么没有！当年要不是因为她喜欢和男生打成一片，校花评选那么多友谊票，我们念念还在呢，哪里轮得上她当校花啊。"

· 159 ·

许念见她认真的表情,"扑哧"一声笑了出来:"评选校花还是高一的时候吧,感觉好久远了。"说完,顺着杨璨的话感叹一番,"唉,我记得当时你们天天给我投票,最后还是没选上,我辜负了你们的期望。"

杨璨安慰道:"也没什么好的,她评上校花后,我就记得她是校花,都快忘记她本名了。"

许念没说话,目光看向站在最中心的沈可盈,还是默默羡慕的。她有时希望自己也能像沈可盈一样,开朗活泼,敢于大胆表达内心的想法,每时每刻都散发着自信的光芒。

能让人记住一个特点,就算只是一个称号,也很荣幸吧。像她这种连称号都没有的普通人,连一个记忆点都没有了。

宋艾蓝终于在午饭时间赶了过来。她在南山别墅区从1035号找到1053号,花了整整半个小时。

本来许念还纳闷儿,在看到她身边的赖景和之后,就全明白了。

"不好意思,来晚了。"赖景和在门口朝大家笑了笑。

"赖景和!你居然回国了!"

"嗯嗯,刚回来没几天,正好赶上大家的聚会,我就来了。"赖景和走到江逾边上的一个空位,问道,"我坐这里可以吗?"

江逾道:"当然,你随意。"

许念朝宋艾蓝招了招手:"艾蓝,这里,帮你留位置了。"

宋艾蓝坐过来,许念一脸了然于胸的样子,低声问她:"挺有缘啊,这就碰上了。"

宋艾蓝"喊"了一声,撇撇嘴:"有缘个鬼,有缘的话他就不会弃我而去,跑去大西洋另一边的美国了。"

许念兴致勃勃地问:"那现在你要不要和他再续前缘?"

宋艾蓝低着头,嘴角上扬:"什么前缘?我们只是纯洁的革命友谊。"

许念拉着长音:"好,纯洁的革命友谊,那你们现在继续保持纯洁吧。"

宋艾蓝扯了扯嘴角,话语中有几分警告的意思:"好好吃饭,一会儿还要盘问你呢,在江逾家的事,别想瞒天过海。"

许念掐了她一下:"小点声。"一想起在江逾家的窘迫,她就想找个地缝钻进去再也不出来见人。她给宋艾蓝夹了一块红烧肉,好堵上宋艾蓝的嘴。

昨天晚上酒喝得太多，再加上来了姨妈，许念吃到一半，便觉得肚子不太舒服，开始有点痛经。她放了筷子，倒了杯热水慢慢喝。

大家边吃边聊着高中时候的事情，也会聊聊最近的近况。

许念静静听着，惊讶地了解到有三四名同学都结婚了，有几个还生了小孩。还有她的前桌杨璨，经历了婚变，家庭破裂，现在是不婚主义者，好在杨璨很是洒脱，觉得一个人的单身生活很爽，没什么可悲哀的。许念这才放心。大概是还在读书的原因，她总觉得这种事离她很远，仔细想想才反应过来，她自己也结婚了的！

整顿饭下来，气氛很是融洽，好像又找到了高中时的感觉。大家都变了，但好像又都没变。

酒足饭饱后，陆骁提议在座的大家一起玩个游戏，游戏名叫"我猜你没有"。

规则很简单：大家先伸出十根手指，首先由一个人说出自己做过的一件事情，如果有人也做过这件事，就举起一根手指，最后举起手指数量最少的人就要接受惩罚。

"不可以说谎哦！"说完规则，班长陆骁补充了一句。

大家纷纷赞同。

游戏开始，陆骁第一个说，他似乎早就有了答案，不怀好意地笑了笑，张口给出了一个惊天的回答："我吃过老鼠药！"

立刻引起一片质疑声。

"真的假的？"

"你自己说不能说谎的！要是吃了老鼠药，你还能活到现在？"

陆骁得意扬扬地解释道："嗨，是在我奶奶家的时候，我偷吃了角落里放了老鼠药的饼，不过我没咽下去，我奶奶发现后，还带我去洗胃了，老惨了。"

大家听完，都纷纷对他表示莫大的同情。

结果可想而知，除了班长，没有人举起手指。他这个开头太惊悚，第二个人想了半天，说道："我吃过烤蚂蚱。"

"这个我也吃过。"他身边的男生得意地举起手指。

"啊，太恶心了吧，不行，我不能接受。"另一个人嫌弃地望了望。

许念也没吃过，她到现在还握着拳头，脑子里想着自己一会儿要说什么事。她长这么大没做过什么出格的事，听过大家的发言才发现，原来大家都有这么疯狂的时刻,有和老师吵架的,初中就开始偷偷给异性写信的,还有拿了潜水高级证书的,还有一个人去西藏旅行的。

已经有一半的人都说过了,许念还没有举起一根手指头。

游戏轮到了坐在宋艾蓝旁边的女生,她平时不太显眼,此时大家都看着她,大概是让她觉得不太自在,神情有些局促,微微抿着嘴想了一会儿,然后开口道:"我结婚了。"

许念心里一颤,沉思了片刻,正要伸出一根手指,便有人发出一声惊呼:"江逾?你结婚了吗?"

所有人的目光都朝着江逾看去。

趁着所有目光都聚集在江逾那里时,许念悄悄举起了一根手指,还好没人发现。她深刻感受到了这个游戏的惊险与刺激。

"嗯,结婚了。"江逾淡淡答道。

陆骁不可置信道:"天啊!你居然隐婚了!保密工作做得太好了吧!怎么都不知会大家一声,我这份子钱都没随出去!"

江逾笑了一声,淡声道:"待会儿再说。"

他这样一说,大家瞬间好奇心爆棚。毕竟全学校最受欢迎的校草江神,现在居然也被拉下神坛结婚了!众人纷纷想象到底是什么样的女生能将江逾拿下!

陆骁好奇地左右观望,忽然提音量"哎"了一声:"看来大家都藏得挺深啊。"

许念心里一颤,以为她被发现了,紧接着听到陆骁喊了一个名字:"沈可盈?"

原来是沈可盈也同样地举起了一根手指,她也结婚了?

许念好奇地听着。

沈可盈摆了摆手:"别这么看着我啦,我是结婚了啦。"

陆骁弱弱地猜测:"不会是你和江逾结婚了吧。"

底下一阵欢呼声,毕竟高中时期这两人就是大家口中的金童玉女,经常一块儿被提及。

"当然不是。"沈可盈拿这些八卦起来比女生还厉害的男生实属没办法,叹气道,"好啦,告诉你们吧,我和他是在国外认识的,婚礼也是在国外办的,属于闪婚。当时就江逾和我同在美国,所以婚礼只邀请了他过去。但后来我打算回国发展,我们志向不同,所以现在已经分开了。"

众人恍然大悟，同时纷纷表示同情。

"那下一个就我来说吧。"沈可盈顺着说，"我结婚后，又离婚了。"

许念整个人都不好了，眉头拧在了一起。

转念一想，她和江逾还没有办理正式的离婚手续，不算离过婚，所以，这次她不打算举手。

而且她看到江逾也没举手。

许念安心了些。

轮到了宋艾蓝，她正了正身子，非常勇猛地说道："我曾经连续一个月，早上从城西骑车到城东给一个人送早餐，然后和他一起上学。"

说完，现场响起一片唏嘘声，宋艾蓝送早餐的对象大家都心知肚明。宋艾蓝看了一眼赖景和，他嘴角挂着浅浅的笑，看起来略有深意。

见赖景和低笑不语，江逾用胳膊肘触了他一下："不表示一下？"

顺序还没轮到他们这里，但刚刚宋艾蓝说到了这里，赖景和不得不发言，他大方地笑了一下，然后道："那要不，我先说一个？"

"好啊，赖哥先说呗。"

赖景和道："我曾经连续一个月要吃两顿早餐。"

他说完这句话，众人都反应了一会儿才知道他说的是什么意思。

许念惊讶地看了看宋艾蓝，小声问她："艾蓝，你知道他吃两顿早饭的事情吗？"

宋艾蓝也是现在才知道，原来她给赖景和送早餐之前，他已经在家吃过早餐了吗？尽管这样，他当时还是默默吃掉了她送的早餐吗……

她不可思议地摇摇头："一点都不知道。"

"太浪漫了好吗！"许念连连感叹。

有男生起哄："要不你俩现场亲一个呗！"

宋艾蓝瞪了那男生一眼："什么啊！别乱说啊，都是过去的事，年少不懂事罢了！"

说完，她轻轻瞥了一眼赖景和，然后说："人家在国外这么多年，指不定早就有了女朋友。"

赖景和道："还是单身，谢谢关心。"

宋艾蓝没再说话，还是有些气在心里的。

轮到坐在赖景和身边的江逾，大家都以为江逾会说，高中连续三年稳居年级第一，或者获得市物理竞赛一等奖、数学竞赛一等奖这一类的，毕竟没人能望其项背。

没想到江逾给出了刚刚众人一直疑惑的答案："我有娃娃亲，现在她是我老婆。"

江逾的语气很淡定，但周围的人立刻不淡定了。

"娃娃亲？所以那传言是真的？"

"太不可思议了！江哥，什么时候咱们小聚一波，你把嫂子一起带过来啊！"

许念低垂着眼，目光幽怨。她也是有娃娃亲的，这件事也要举手。

宋艾蓝看出她的纠结，凑到她耳边悄悄说："念念，你要是不想举手就算了，一个游戏而已。"

许念每次撒谎，都是自己先心慌起来，心一揪，她肚子更疼了，发誓下一轮不要参加这个游戏了。

宋艾蓝道："别担心，你把手往回缩一缩，没人注意到的，一会儿这一轮就结束了。"

杨璨坐在许念另一边，注意到她和宋艾蓝在窃窃私语，凑过来问："念念，怎么回事？你什么时候举的手呀？"

她声音比较小，没别人听到。

许念低声对她说："一言难尽。"

杨璨没再继续问。

每个人都说过后，第一轮游戏结束。

许念可怜巴巴的，只有两根手指，成为手指数最少的那个人，面临着接受惩罚的命运。众人想着如何惩罚，林茉茉忽然开口，问了一句："许念，你这两根手指都是做了什么呀？我都没注意到。"

她一句话，让大家的目光都汇集过来。

参加游戏的人本来比较多，许念又坐在稍微安静的区域，不太惹人注意，所以刚刚一轮游戏，没人太注意到她，这会儿她成了被惩罚的对象，林茉茉这么一提，大家才开始好奇起来。

许念笑着转移话题："大家想到怎么惩罚了吗？"

林茉茉见她不回答，轻轻皱了下眉头。其实她从游戏开始就时不时地悄悄留意许念，刚才有人说结婚了的时候，她就看见了许念举手，但当时大家都在八卦江逾和沈可盈，没留意到许念这边，她便也没机会开口。现在许念又故意不说，她总觉得有什么隐情。她心里涌出几分不爽，结婚了就结婚了呗,有什么可瞒着的?

陆骁说:"我这里有卡片可以抽,要不就从这里面选吧。"

许念点头同意。

陆骁抽了一张卡片,然后念道:"给你微信通讯录里的第八个联系人发条消息,就问'我可爱吗',然后配一张自拍。"

底下有人窃窃私语:"这惩罚绝了,幸亏不是我。"

许念点点头:"可以,但是我手机里没有自拍哎。"

林茉茉笑了一声:"那现在拍一张吧。"

许念愿赌服输,拿起手机,对准面部现拍了一张照片,然后提着一颗心去翻联系人。她很怕遇到不熟悉的人或者是老师、长辈,给他们发这种消息实在是太尴尬了。

正数着的时候,林茉茉从座位上起来,走到许念旁边,笑嘻嘻道:"我来监督哦。"

许念没看她,随她去。

林茉茉瞄了一眼局促的许念,嘴角上扬了几分。

许念从上到下开始数,还好,第八个联系人是她的师妹安雨薇,她发完消息解释一下就好了。

许念按照要求编辑好文字,点击发送,然后找到相册,正要发,在她旁边的林茉茉眼尖地看到什么,惊呼了一声:"念念,你相册里这张照片里的人,怎么看着有点眼熟啊?"说着,在许念还没反应过来的时候,伸手就拿过了她的手机。

"哎呀,我发现了什么,这不是江逾嘛。"林茉茉笑着喊道,像是发现了什么惊天大秘密一样。

许念这时才反应过来,林茉茉看到的是她之前偷拍江逾的那张照片。那是江逾生病睡着,她偷拍下来的。镜头离得很近,拍得也十分清楚,凡是认识江逾的人一看就能认出来。

许念急忙起身,语气也急了些:"林茉茉,把手机还给我。"

林茉茉开着玩笑:"许念,都这么多年了,你还喜欢江逾呢?"

话毕,现场一片诡异的安静。

许念脸色一变,顿时觉得周围气氛冷到冰点,在所有人的注视下,她顿时觉得无地自容。

当一个隐藏了很久的秘密被人刨出来并且公然讨论的时候,很容易让人心生羞耻感。

"林茉茉！你把手机还给许念！干吗窥探别人的隐私？"宋艾蓝起身，愤愤地走向林茉茉，瞪着她道。

"啊？不至于吧？我就是开个玩笑而已，本来也是无意中看到的。"林茉茉的语气有些委屈。

宋艾蓝又瞪了林茉茉一眼："那你就能随便讲别人的隐私吗？"她直接上手，把手机抢了回来还给许念。

林茉茉无辜道："这还算隐私吗？你们太见外了吧，都是同学有什么不能说的，而且那不都是年少时期懵懵懂懂的感情了？这么多年了，我以为早被淡忘了呢，而且江逾也结婚了啊。"

杨璨道："茉茉，你别乱说啊！许念哪里喜欢江逾了？"

林茉茉一脸无辜："我没乱说啊，当年我捡到过许念的练习本，上面全写了江逾的名字，我才以为……"她说到一半，佯装抱歉地问，"难道是我误会了，可那照片——"

她说到一半，许念将她打断："你没误会。"

几秒的寂静显得异常漫长。

"念念，所以你——"人群里不知道是谁问了一声，听着像是陆骁，但话只说了一半就收回去了。

许念如芒在背，脸色极差，她根本无心回答谁的问题，只想赶紧离开这个是非之地。情绪的压抑引发肚子一阵坠痛，她不敢去看江逾的眼睛，顺手拿了挂在椅背上的包："不好意思，我不太舒服，先失陪一下。"

"念念！"宋艾蓝喊她，正要追出去，看到对面的江逾已经站了起来。

"我出去一下。"江逾快步离开。

走在两边都是垂柳的蜿蜒小路上，许念觉得心情糟糕透了，守护了这么久的秘密，还是逃不了被公之于众，接受众人评论的结局。

江逾会怎么想她呢？会因此厌恶她吧，再往差的方面想，他可能会以为当初的契约婚姻是她的一场谋划。她总是想很多，然后越想越难受。

许念努力不让眼泪流下来，但风刮过来，温度随着水蒸气散发流失，她眼睛冰得睁不开。

风吹落一大片枯萎的叶子，尽是悲凉之景。这一瞬间，她心里的防线被冲垮。

许念肚子忽然开始阵痛,她走不动了,见前面有一座小桥,便直接坐在了小桥的台阶上。

"许念!"

有人喊她。

许念看见江逾跑过来的时候,心里惊慌了一刹那。她还不知道该怎么面对江逾,起身要走。

江逾很快就追过来,把她拉住。

许念下意识挣脱,江逾拽着她的手腕不放,气喘吁吁地说:"许念,先别走。"

许念别过头,不去看他。

江逾声音低低的,问她:"刚刚林茉茉说的是真的吗?"

都到这个份儿上了,许念掩饰也没用,她一咬牙,开口道:"那又怎么样,我确实喜欢过你,但我喜欢你是我的事情,你不用太放在心上。而且,这也不能代表我现在也喜欢。"

"现在不喜欢了?"江逾轻轻地问,目光柔软下来,"那干吗偷拍我?"

许念不答,她简直如坐针毡,过了一会儿,嘴硬道:"我喜欢拍,单纯是颜控罢了。"

她低下头,不敢去看江逾的表情,但低头的时候,她的下巴却被人抬起,还没反应过来的时候,江逾已经迅速凑过来,在她脸颊轻轻亲一下。

这软软的一个触碰过后,仿佛外界的所有都安静了下来。

她抬眸去看,陷入江逾深邃的双眸之中。他低低地开口:"现在呢?还是不喜欢我吗?"

一切都来得太快,许念愣在原处,大脑一片空白,不知道他这是何意。

半晌,她才可以发出声音:"江逾,你……"

江逾垂着眸,低声道:"不管你现在是否喜欢我,许念,我承认,我喜欢你,喜欢很久了。"

他声音清冷,一字字撞在许念的心弦上。

一时间,好像是在做梦。

"你说什么?"许念不敢相信自己刚刚听到的话。

江逾很认真地重复:"你没听错,我刚刚说,我喜欢你很久了。"

"真的吗?"许念还是觉得不真实。

"真的,我喜欢你。"江逾耐心地说着,深情的目光落下来,让人忍不住沦陷其中。

许念忽然就觉得很委屈，也很不解，开口问道："我不相信，你要是喜欢我的话，你为什么要和我离婚？"

江逾愣了一瞬，然后说道："对不起，我的错。我以为你没那么喜欢我。"

许念别扭道："谁说我现在就喜欢你了？"

她心里还有一股气，说不上是什么原因，就是觉得委屈难过。

"你都没有问过我。"她埋怨。

其实她自己也没有做到坦诚言明，她也从来没有亲口问过江逾，并没有权利去指责江逾。

两个胆小鬼罢了。

江逾很认真地道歉："对不起，我怕得到不好的答案，然后，连普通关系都维持不了了。"

许念刚刚被林茉茉针对都没哭，听到江逾的这句话，眼泪瞬间不受控制地流了下来。她点点头："我理解。"

江逾上前一步，把她抱在怀里："哭什么？"

许念没说是因为感同身受。刚刚江逾说的话，总让她觉得不真实，现在她躲在江逾的怀抱里，被他的气息包裹，这种真实的感觉，才渐渐让她觉得温暖安心。

她把头贴在他的胸膛上，半带幽怨地开口："陆双凝说她是你女朋友。"

江逾道："她乱讲的，和陆家的婚事，我会解决好的。"

许念又问："还有，为什么刚刚去KTV，我叫你，你就不去，沈可盈喊你，你就来了？"

许是觉得她的问题幼稚，江逾笑了一声："你知道的，我唱歌又不好听，去了也是干坐着。"

真相就是他发自内心不想让许念看到他不好的一面。

许念赌气一般："那沈可盈喊你，你怎么就答应了？"

"她没有喊我啊，我后来又去是因为——"江逾停顿了一瞬，低头看她，声音沉缓，"我听到你和其他男生在唱歌，心里不太舒服。"

这次换他有几分幽怨。

许念微惊讶："所以你是吃醋了吗？"

江逾没回答。

许念不由自主地抿了抿嘴角，嘟囔道："那你为什么认为我不喜欢你？我给你做蛋糕，还在你生病的时候照顾你。"

江逾想了会儿，说道："可能是喜欢一个人时，心里自然而然产生的自卑感，而且你身边也有好多男生追求，一会儿一个余师兄，一会儿一个发小何明远。"

许念纠正道："余盛师兄追求过我，但我已经和他讲清楚了。至于何明远，我们不是发小，小时候只玩过一次罢了，前几天刚刚偶然遇到，哪有什么追不追的。"

"好，知道了。"江逾拉长着尾音，声音柔软而低沉。

他说完，低低看了她一眼："我们这么多问题，看来需要好好沟通一下。"

许念嘟着嘴："哪有很多，我就这些问题，没别的了。"她心里百感交集，却不知该如何表达。

江逾垂眸，问："那现在，是不是可以换我来问了？"

许念抬头去看，见到他的喉结微微滚动，第一次从这个视角看江逾，他连下颌线都这么好看。

她点点头："问吧。"

江逾将她又抱紧了几分，似乎怕她挣脱，然后开口问："你现在还会继续喜欢我吗？"

许念低着头，悄悄抿嘴笑了一下，然后故意说："一点点吧。"

"一点点……"江逾琢磨着她的回答，"这一点点的喜欢，可以支撑你做我女朋友吗？"

许念佯作沉思了一会儿，然后道："我考虑一下。"

江逾温声道："好，那我等着。"

"江逾，我肚子疼。"许念小声说了一句。她的小腹一直隐隐作痛，刚才没好意思说出来，出来吹了会儿冷风，现在有些忍不住了。

江逾担心地皱起眉头："陆骁给大家买来的雪糕，你也吃了？"

"嗯。"许念乖乖承认。

江逾叹了口气："特殊时期还吃冰的，肚子能不疼吗？"

许念委屈地没说话，那个口味她太喜欢了，没忍住，就吃了一根。

江逾看着她惨白如纸的脸色，心疼地说："我陪你回去休息。"

许念摇摇头:"我不想回去,我们在外面坐一会儿吧。"

"那也别坐在这里。"江逾将原本抱着许念的双臂放下来,走到她前方,微微弯下腰,"上来,我背你找一个暖和点的地方。"

许念没动,摇头道:"不用的,我能走路。"

江逾低笑一声:"别客气,我背你的次数还少吗?"

许念有些不好意思,但还是趴了上去。江逾背着她过了桥,沿着小路继续走。许念软趴趴地将脸贴在他的背上,江逾感受到她的动作,心里不禁一软。

他也有很多想说的话,感受着许念香甜的气息,趁这个机会,他徐徐开口:"许念,一直以来,我都觉得我很幸运。得知和你有娃娃亲那日,和你领结婚证那日,都是我人生中无比开心的一天。

"我从来没把这个婚姻当成一个契约。我以为你原本是不喜欢我的,所以我努力用功,成为一个合格的医生,好让你看到我的闪光点。原谅我一直不太擅长表达心里的想法,所以,许念,对不起,再给我一个机会,我以后会好好照顾你。"

许念还沉浸在梦幻之中,觉得江逾一下子和她说了好多话,她双颊红彤彤的,被他的温柔冲昏了头脑,一时也不知道该怎么接话。

沉默了一会儿,她反其道而行,调皮地在他耳边笑道:"江逾,我还没答应要当你女朋友呢。"

江逾笑着点头,拉起长音:"对,不是女朋友。"

"你现在还是我老婆。"他补充一句。

许念一害羞,伸手捏了一下他的耳朵:"不是啦。"

江逾的耳根瞬间红了起来,他的耳朵好像很敏感,许念发现了这个秘密,在心底悄悄高兴。

"江逾,我们去哪儿?"她问。

城郊没有市中心那么繁华,不会走两步就能找到咖啡厅或是便利店。他们一路走过来,大多都是农户。

"找找看吧。"江逾道,很快,他就找到了一个地方,"前面有家小吃店,去那里坐会儿吧。"

"好。"许念抬头望见一间简陋的小屋子,门旁立了一个木牌子,上面写了"羊汤大饼"几个字。她有些想笑,没想到和江逾和好后的第一顿饭,居然是在这么朴实的地方。

进门前,许念拍了拍江逾的肩膀:"把我放下来吧。"

这个时间不是饭点,店里一个人都没有,只有一位四十来岁、皮肤黝黑的男人正抽着烟,坐在椅子上刷视频,声音放得贼大,应该就是老板了。

见有客人过来,他急忙掐了烟,关掉手机,说道:"随便坐哈,菜单在墙上,吃点什么?随便点。"

空气里还弥漫着烟味,许念摇了摇头,表示不介意。江逾坐下来,说道:"来碗汤就好。"

老板道:"只有羊汤,有羊肉汤、羊杂汤和羊脸肉汤,要哪种?"

江逾看向许念,征求她的意见。

许念道:"羊肉汤好了。"

"好嘞,稍等。"老板转身去了厨房。

许念和江逾找了个位置坐下。两人面对面而坐,周围很安静,让许念觉得有些不太自在。

静了一会儿,江逾先开口:"一会儿回去吗?如果不想回,我开车送你回学校。"

许念点点头说:"好。"

又是一阵沉默。

许念打算再找点话题缓解气氛,正要开口,她的手机响了一下,屏幕亮起来的时候,提醒显示联系人为何明远。

许念瞄了一眼江逾,他目光低垂着并没有看到。

江逾见许念回消息前还要看他,这才挑了挑眉,问:"怎么了?"

许念坦诚地回答:"哦,是何明远。"

她点开看了看,消息内容是:【昨天拍的照片怎么样?想看。】

许念回复:【照片都在我舍友那里,还没出图。】

何明远:【那我再等等。】

许念不知道该怎么回答,就没再发消息过去了。她将手机关掉,然后主动向江逾汇报:"他刚刚问我上次拍照怎么样。"

江逾点点头,表情有些寡淡。

老板上了一碗羊肉汤,江逾给许念拿了筷子和勺子:"羊肉汤有温补作用,可以缓解体寒、宫寒。"

许念接过,小口喝着。碗里的汤冒着热气,汤汁呈现微微的乳白色,棕黄色的羊肉搭配了黄色的党参和红色的枸杞泡在里面。

许念尝了尝，味道十分鲜美，并没有她想象中的那么膻，羊肉也很嫩。

"你要不要也喝一点？"她小声问江逾。

"不用了，你慢慢喝，我等你。"

许念只喝了一半，就撑得喝不下去了。不过这种热乎乎的汤汁喝下去真的很管用，她感觉胃里暖暖的，肚子也不疼了，这会儿很想出去走走，便对江逾说道："江逾，我觉得这边的景色很好看，来一次就这么匆忙回去，感觉好可惜。"

江逾担心她，说："等下次有空了，再带你过来。"

许念摇摇头："我肚子不疼了，想这次就去看看。"

她一向不喜欢将事情推到下次，因为谁也不知道下次来临将会在什么时候。

江逾目光看向门外，若有所思了一会儿，然后对许念说："等我一下。"

他起身去了厨房，和老板不知道在说些什么。

过了一会儿，江逾走出来，对许念道："走吧。"

"去哪里呀？"许念起身问，跟着江逾走出门。

江逾扬起手晃了晃，许念见到他手里多了一串钥匙，又见到他停在了门口的一辆电动车旁边。

"你问老板借了电动车？"

江逾把头盔递给她："上车，带你去兜风。"

·第九章·
照片

  深秋的天空深蓝,很高很远,电动车带起一阵冷风,从身边"嗖嗖"刮过。许念坐在后座上,大部分的风都被江逾挡掉了,她只管呼吸着新鲜的空气,享受着阔别已久的自由。
  "坐不稳就抱着我。"江逾提醒她。
  "挺稳的。"许念道,她的手原本抓着江逾腰侧的衣角。过了片刻,她轻轻放开,双手缓缓缠上他的腰。
  江逾低头看到一双白嫩的小手,嘴角不受控制地往上弯了弯。
  眼前变得开阔起来,一汪湖水在日光的照射下波光粼粼,许念指着那边兴奋道:"江逾,前面有湖!"
  他们的电动车停在附近,湖边是绿油油的草坪,相隔不远的地方有两个露营的帐篷,左边帐篷前有三名女生,铺了野餐垫子,上面摆了好多的零食,正聊得火热;另一个是一对小情侣,正相拥坐着看风景。
  许念和江逾临时起意过来玩,没有帐篷和野餐垫,便在树下找了个干净的地方,就地坐下。
  江逾把外套脱下来要给许念当垫子。许念看到衣服标牌,心颤了一下:"江逾,我可不敢坐这么贵的'垫子'。"
  江逾按着许念坐下:"放心坐吧,你比它贵。"
  许念问:"那我值多少钱?"
  江逾道:"看我这辈子能赚多少钱吧。"
  许念皱着眉头算了一下:"那也不是很多,五十万?一百万?"
  江逾忽然认真:"别算了,我说的贵可不是指钱。"
  许念脸颊浮起一片红晕:"那是什么?"
  "珍贵。"虽然只有短短两个字,许念却觉得他的声音清脆好听,如玉石之声,撞击着心里的小鼓。
  湖边的空气很潮湿,吹过来的风也多了几分冷意,所有不好的事情也都随之散去。冬日的天黑得比较早，六点多就能见到夕阳了。天空是大片的粉红色，湖水深蓝，波光粼粼的，湖边的树木苍翠繁茂，像是身处宫崎骏的童话世界。

坐了一会儿，江逾转过头问许念："冷不冷？"

许念摇摇头。

江逾道："幸好，你要是冷，我也没外套可脱了。"

许念"扑哧"笑了一声："那我要是冷呢？"

江逾看向帐篷那边："那外套给你披，我去给你借个垫子。"

看他很认真地在想办法，许念笑道："好啦，我不冷。"

她侧头，看到不远处的那对情侣正在接吻。从前每次上晚自习回来，宿舍楼下都会有一对对情侣恋恋不舍地相拥接吻，许念早就见怪不怪，但这个时候，她莫名其妙地脸颊一热，收回目光，看向另一边的几名女生。女生们同时也在看过来，许念轻轻碰了一下江逾："那边有人在看你。"

江逾看过去，附近在野餐的三名女生目光一直往他们这边看，时而窃窃私语。

"也可能是在看你吧。"江逾淡淡道。

许念摇着头："不太可能。"

正说着，三名女生中的其中一位站起了身，朝着他们这边走过来。

女生一直走到许念面前，笑着请求道："小姐姐，打扰了，可不可以麻烦你给我们拍张照片呀？"

许念点点头："可以的。"

女生开心地露出小虎牙，又小心翼翼地问："太谢谢啦，那……可以的话，你能不能和我们合张影呀，小姐姐你长得真的好好看。"

许念受宠若惊，没有想到真的被江逾说中了！

她很开心，随口答应："好啊。"

"太好啦。"女生见她答应，很兴奋地回去给小伙伴们报喜。

其中一名扎了马尾的女生将她的手机递给许念，然后和伙伴们摆好了姿势。许念找好角度，连着按了好几下快门，然后走过去问："这个角度可以吗？"

女生们点点头："可以可以，很好看！"

"小姐姐你和我们一起来拍吧，那个是你的男朋友吗？可以让他帮忙拍吗？"

许念点点头:"可以,我去喊他。"

许念望了一眼江逾,朝他招了招手。江逾径直走了过来,问了下要求后,他点头:"知道了。"

他举着手机,给许念还有其他三个女生拍了几张照片,把手机还给她们的时候,女生们围着看了一会儿。许念也凑过去看了一眼,感觉角度有点怪怪的,说不上哪里不好。她道:"要不重新拍?"

女生摇摇头:"不用啦,其实还可以的。"说完又玩笑了一句,"果然拍照要找女生来。"

许念也不介意地笑笑,她走到江逾身边,江逾问她:"她们是不是不太满意?"

许念如实转达:"她们说还可以。"让江逾自行体会其中的满意程度。

江逾很好学地说:"以后我会多练习的。"

临走前,扎马尾的女生又突然将许念叫住,她跑过来,递给了许念一盒蛋挞:"小姐姐,这个给你吃,还有你男朋友。"

"给我的吗?"许念惊喜道。

"是的,反正我们带了好多,吃不完,再带回去比较麻烦。"

"那谢谢啦,祝你们玩得开心。"

女生摆摆手,回去了。

许念的心情经历了大落之后,现在飙升到了极点。

天色不早了,许念和江逾离开湖边。宋艾蓝发来了微信,问她要不要回来,还说她选了一个三张床的房间,她和杨璨一起,如果许念回去的话,可以和她们住一间。

许念问江逾:"我们要回别墅吗?"

江逾道:"你想回的话,我们就回去。"

"那我们回去吧。"许念很想和宋艾蓝还有杨璨一起睡。

"好。"江逾载着她往回走。

行到半路,许念看见一家小卖部,她正好有些口渴,便拽了拽江逾的衣角,小声道:"江逾,能不能停下车?我有点口渴,想去买水。"

江逾停了车,跟许念一块儿进了小卖部。

里面是很老式的布局,虽然店面很小,但商品种类却很多,堆在货架上琳琅满目,显得屋子里满满当当。许念拿了两瓶水,回头看见江逾手里拿了两瓶酸奶。

这个牌子的酸奶她只在小时候喝过，后来就很少再见到商店里卖了，没想到这里有。

"喝吗？回忆一下童年。"江逾递给她一瓶。

他眼里带着笑，递过来的那一瞬间，许念莫名生出一股熟悉感。

她微微一怔，思绪被拉回到小学六年级。

那时正值阳春三月，是春游的好时节。班级组织大家去城郊的月清山上郊游。大家都在准备野餐，许念在角落里发现了一只小猫。小猫又脏又小，右后腿还受了伤，许念想抱它，又担心扯到它的伤口，正不知如何是好时，从她背后传来一道声音："你在做什么？"

许念被吓了一跳，回头见到一个男孩正好奇地看她，应该是其他班的，因为她并不认识。

"这儿有只小猫。"她低声道。

男孩很淡定地垂下眸，查看小猫的伤势。

许念莫名从他身上找到了安全感。

男孩将小猫抱了起来，细心检查了一下："可能需要去买一些东西。"

这附近有个小村庄，走进去就有一家小卖部。男孩买了碘酒、棉签、纱布之类的，用来处理小猫的伤口。

他的动作很轻，手法看起来很专业，许念忍不住感叹："真厉害啊！以后你要是当医生，肯定会是一名悬壶济世的好医生。"

男孩虽然没说话，但许念注意到，他神情里比刚才多了些骄傲和满足。

包扎完后，两人又回到了小卖部，男孩又买了两瓶酸奶，分给许念一瓶。小卖部的老板是个三十来岁的男人，他很喜欢小猫，便将小猫留了下来。

等快到返程时间的时候，两人一块儿回到大部队集合，准备返程。

许念回忆着这段往事。

男孩的眼睛渐渐和面前的人重合。

原来是江逾。

那天她忘了问男孩的名字，后来她一整个学期都没在学校找到那个男孩。现在想想，江逾小时候搬过一次家，所以应该是转学了，他初中没和她在一个学校，后来到了高中，许念考上了全市最好的学校，才开始和江逾同班。

回想着这件事，许念心里不禁甜滋滋的。原来那时候，她就认识江逾了。

真好。

从小卖部出来，许念坐回到电动车的后座，江逾载着她继续行驶。许念忽然心生一种荣幸感，这一切不是梦，她终于也有了关心她爱护她的男孩，心里一阵兴奋涌动，忍不住抬起胳膊抱住了他的腰。

"我都想起来了。"许念道。

"想起了什么？"江逾问。

许念笑而不答，坐上电动车，往回走的路上，她突然开口："江逾，你该不会是因为小的时候我夸你的那句话，所以才选择了当医生吧。"

江逾笑了笑："想得美。"

许念叹了口气："哦，不是啊。"

江逾道："不过，你有鼓励到我。"

"我小时候就很想当医生，但当时我爸一直往经商的方向培养我，让我长大后当他的继承人，我那时候小。对未来没有概念，他说什么我便按照他的要求做什么，你和我说过那句话后，我才意识到原来我自己的梦想，也是有人认可的。"

许念微微震惊，刚刚她说的原本只是句玩笑话，却没想到江逾选择学医，真的和她有点关系。她倍感荣幸，同时想到江逾和江伯父僵持的关系，又有些担心："江伯父不会恨我吧。"

江逾道："不用担心，路是我自己选择的，他恨的是我。"

许念沉默了片刻，然后宽慰道："江伯父是你的爸爸，怎么会恨你呢，顶多是担心你，你也多体谅他一些。"

江逾低低"嗯"了一声，没再说话。

回到南山别墅区，许念从车上下来，有人在院子里聊天。

见到许念和江逾回来，大家都一愣，班长陆骁最先走过来询问："念念，你回来啦，你没事了吧？"

许念笑了笑："我没事。"

"那你们……"他伸手指了指。

江逾走上前："不好意思，之前我和我老婆闹了些不愉快，刚哄好。"

许念脸色"唰"地一红，用力拽了下江逾的衣角。

陆骁惊讶道："老婆？"

他转头看了一眼许念，再去看江逾，不可思议地问："所以你俩结婚了？"

江逾笑了一下。

许念羞赧道："外面有点冷，我先进去啦。"

江逾还要去还电动车，他把自己的身份证还有三百块钱押在了羊汤馆老板那里，这会儿要去取回来。

他道："不好意思，让大家担心了，明天我给大家做早餐。"

说完，他也没管陆骁他们几个惊讶得合不拢嘴的男生，骑上车走了。

许念一进去，就在客厅遇上了林茉茉。

大家正围坐在沙发上聊天，林茉茉坐的位置，正好与她进来的方向面对面。

见到许念进来，林茉茉脸色一下冷了下来。从高中起，她就嫉妒许念人长得漂亮，成绩也优秀，所以刚才很想找机会让许念出糗，但没想到见许念离开，江逾很快就追了出去。

因为这件事，班上的其他人对她林茉茉冷淡了不少，林茉茉开始手足无措，见许念回来，故意把目光移开，假装没看见。

倒是沈可盈见到许念，从沙发上起身走过来，拉住许念的手，说道："许念你回来啦？大家都很担心你，没事了吧？"

许念点点头："没事了。"她笑了笑，然后大大方方解释，"之前没告诉大家，江逾是我老公。"

林茉茉不淡定了，她惊讶地脱口问道："你说江逾是、是你老公？"

许念从容道："不然呢？要不我怎么可能拍到那张照片？"

林茉茉没了之前的得意，低声嘟囔道："那我之前不过是顺嘴提了句高中的事，你有什么可生气的？"

她话一出，还没等许念说话，沈可盈便先上前愤愤地说："林茉茉，你给许念道歉。"

林茉茉不服气："凭什么啊？"

许念也没恼，只是淡定地质问："你以为我不知道你的心思吗？随意公布我年少时的秘密，就是想让我难堪吧。难道你在说这件事之前，已经知道我和江逾在一起了？"

林茉茉脸色一变，没再说话了，打算用沉默来逃避矛盾。

"林茉茉你道歉。"旁边还有女生道。

林茉茉翻了个白眼，拎起包："我还有事，先走了。"

许念也不想与林茉茉过多计较，不是诚心的道歉，她不想要，况且林茉茉道不道歉，对她来说也不重要。

沈可盈上前祝贺："太好了，念念，没想到你和江逾结婚了，我们班这成了一对。"

这时，宋艾蓝和杨璨从屋子里走了出来，见到许念，非常开心地跑过来："念念！你终于回来了！今天我们仨在一个房间睡，给你占了床位，快来看看我们的小房间！"

宋艾蓝拉着许念往屋子里走，上了楼右拐，来到最东侧的房间。

里面很宽敞，放了三张单人床，宋艾蓝和杨璨知道许念的喜好，非常贴心地把靠近窗户的床位留给了许念。

"怎么样？我选得好不好？"宋艾蓝邀功道，"这房间还有投影，晚上咱就一起看个电影，然后睡个美美的觉！"

许念笑："特别好。"

"开心就好，别被林茉茉那个小肚鸡肠只会嫉妒别人的女人气到。"

"我没生气啦，嫉妒别人，是因为她自己内心匮乏，我只觉得同情她。"

"那就好。"宋艾蓝言归正传，"好了，这些都不重要。现在开始开会，赶紧过来汇报。"

许念嘴角扯了扯："什么？"

宋艾蓝直接将许念按在床上挠痒痒："别跟我装傻了！不说今晚饶不了你！"

杨璨也走过来，加入宋艾蓝的阵列："别装傻了，你和江逾的事儿，老实交代！"

"好啦，我说。"许念抵不住她俩的软磨硬泡，只好如实交代。

宋艾蓝面颊抽了抽："原来真的是我误会江逾了，没想到这世间还有如此帅气且痴情的男人。"

杨璨道："那你俩就直接这样了吗？什么时候办婚礼啊？到时候可一定得邀请我。"

许念双手抱着后脑勺往床上一躺，叹气道："说起这个事，我也还没想好，应该要有的吧，总感觉我和江逾的相处顺序乱掉了，他也没向我求过婚，我俩就领了证成了夫妻。现在我是算他的女朋友，还是他的老婆呢？"

杨璨道："法律上，你还是他老婆，但就个人感情来说，他不求婚，就只是男女朋友关系！不求婚的话，才不要紧嫁给他呢！"

许念点了点头："可是我已经嫁给他了哎。"

宋艾蓝道："这还不好说！那就和江逾说，如果不求婚，不办婚礼，离婚照常走。你们现在就是男女朋友关系，合不合适也要相处一下才知道，以后要不要在一块儿长久过日子还说不定呢，得看他的表现！"

许念嘴角弯了弯，有点坏坏的，赞同道："有道理，我还没答应当他女朋友，要不我还是跟他离婚得了，然后从头开始按顺序来。"

宋艾蓝："啰不啰唆，我都想替民政局打你。"

躺了一会儿，许念头一歪，将目光转向宋艾蓝："艾蓝，你和赖景和呢？可有什么进展？"

"就这么一会儿，能有什么进展？"她也跟着躺下来，"他当初走得那么突然，现在回得也那么突然，我根本就没想好有什么计划，我也没想跟他和好。"

许念道："当初他是因为父母的工作才出国的，不是他自己想走。"

宋艾蓝撇了撇嘴："我管他呢？他就算不走，我们也只是关系比较好的朋友而已。"

许念知道宋艾蓝在赌气，但她一想起那会儿赖景和出国之后，宋艾蓝哭得稀里哗啦的模样，也不太想原谅赖景和。想了一会儿，她只简单提醒一句："你要是气，可以表现出来，但别太意气用事，毕竟能和自己喜欢的人走到一起不容易。"

话毕，许念眼前闪过一个黑影，宋艾蓝已经翻身扑到了她身上："许念你出息了啊，搞定江逾之后现在来当我的爱情导师了。"

"我这是经验。"许念笑着推开她。

两人闹着，杨璨笑而不语，在旁边弄好投影仪，找了一个电影，然后拍了宋艾蓝一下："别闹啦，看电影啦。"

许念和宋艾蓝两人乖乖起身看电影。

看完电影，许念困得不行，早早就上床睡觉了。

第二天清早，许念起床下楼，见到一群女生围在厨房门口。她好奇地走过去，问："你们看什么呢？"

其中一个女生收起星星眼，说道："江逾在给大家做早餐。许念，你真幸福啊。"

沈可盈坐在一旁的椅子上提醒:"人家老婆都来了,你们赶紧让让。"

女生们识趣地让开。

之前住在江逾的家里,许念见过江逾做饭的样子,但此刻沐浴在大家羡慕的目光里,她的虚荣心得到了极大的满足。她倚在门口呆呆地看了一会儿,以为江逾没发现她,转身要走时,清冷霸道的声音传来:"别走。"

许念抿嘴一笑:"江逾,你没认真做饭。"

江逾走过来叹了口气:"你在旁边,我可认真不了。"

"把这个喝了。"他递给许念一碗姜汤,冒着浓浓的姜味儿。

许念有点抵触。

"尝尝?不辣的。"

许念捏着鼻子喝了一口。

江逾问:"好喝吗?"

许念道:"有点辣。"

旁边有人发出羡慕的声音:"唉,我感觉我也有点着凉了,但是没有姜汤喝。"

江逾玩笑道:"着凉严重的话,欢迎来市医院挂号。"

女生笑了几声,然后离开了。

姜汤虽然不太好喝,但喝下去很暖和,许念几口全都喝下。

江逾看着空空的碗底,似乎很满足的样子。他凑近了些,声音带着几分幽怨和请求:"好喝的话,能不能把微信加回来?"

许念都忘了这件事了,此刻江逾提起,她又想起那个尴尬的晚上。她急忙掏出手机,重新把江逾加了回来。

只可惜聊天窗口是一片空白。

许念遗憾片刻,宽慰自己,或许可以当成是一个重新的开始。

"江逾,我那天喝醉了,所以……我也不知道我是怎么把你删掉了。"

江逾声音延长:"你想知道?"

许念一惊:"你知道?"

江逾故意不答。

"告诉我啦。"许念追着他问。

江逾道："你知道了会后悔的。"

许念背过身去："那算了。"

她表示不感兴趣后，江逾又凑了过来，下巴几乎要贴到她的右脸颊，低声道："告诉你，有什么奖励吗？"他的唇要凑过来。

"我、我还没刷牙。"许念将他往后一推，然后转身走出厨房。

刚刚江逾要亲她吧。干吗要躲掉？

许念有些后悔。

她深呼吸清醒了一下，然后去洗漱。

吃过早饭，大家陆续告别。许念和大家挥手，说了很多次再见。高中毕业这么多年，他们聚会的频率从多到少，来的人也一年比一年少。

许念讨厌告别，但有些人总归要在她的人生中走远、消失，然后被忘掉。就像高中那段时光一样，能记住的只是一些让人印象深刻的碎片，而其他平常的琐事，只会随着时间的流逝被忘掉，时间过得越久，忘掉的也越多。或许唯一能做的，就是好好说一声——再见。

许念本来打算和宋艾蓝一起回学校的，但现在情况有变，赖景和开车过来了，宋艾蓝看似非常不情愿地答应了赖景和要送她的请求。

江逾早上还要去医院上班，许念不太想麻烦他送一趟，本想自己打车回去，江逾皱了皱眉："还站着不动，难道让我抱你上车？"

许念从善如流："不用了，我自己上。"

开着车，江逾侧头看她："怎么看起来有点不情愿坐我的车？"

"没有啊，我在想宋艾蓝和赖景和，总是有一种艾蓝被拐跑了的感觉，不知道赖景和在国外都发生了什么，这次回来又是什么想法？"

江逾道："我问过他了，他这次回国，不会再离开了。"

"这样最好。"许念低低地应了一声，放心下来。

到了学校，江逾的车开不进去，便在校门口的路边停下。许念下车，说了句："谢谢。"

"谢什么？"江逾一本正经，"送自己的老婆，不是天经地义吗？"

许念抑制住上扬的嘴角："我还没答应你呢，还在考虑。"

江逾伸着头问她："今天晚上，要不要回家住？"说得很平常。

许念脸一红："不要！"

"我走了，拜拜。"她关了车门，朝江逾晃了晃手，然后转身进了校门。

宿舍里，陶玥正在做瑜伽，见许念一个人回来，问道："艾蓝呢？你们没一块儿？"

许念放下包，坐在位置上休息，叹道："她啊，遇到了初恋，两人应该在谈心吧。"

陶玥停了手里的动作，惊讶地转头："这么大的'瓜'？"

许念点点头，把外套脱下来挂上："不过进展如何我也不知道，回来后你自己盘问她吧。"

陶玥换作一副看透一切的表情："听说你和江逾和好了，你看我就说吧，要勇敢追爱，江逾肯定喜欢你。"

许念道："你这么快就知道了？一定是宋艾蓝打的小报告，她就会说我的事情，自己的事瞒得倒是挺好。"

陶玥"嘻嘻"笑了一声："同住一个屋檐下，我当然要随时掌握动态了。"

许念傲娇道："不过我可还没答应他不离婚呢。"

"哦？"陶玥一副不相信的表情。

许念一本正经道："对啊，总不能他说离婚就离婚，他说不离，我就跟着不离，总得让他表示一下，而且我觉得我们两人之间还差了点什么。"

陶玥觉得有点道理："你这么一说，确实差得多了，差了牵手，差了接吻，差了让人心动的表白，差了求婚，这么多都没有，就领了证，确实很草率，跟闪婚似的。"她拍了拍许念的肩膀，"你做得对，就让他重新追你，不能便宜了他。"

"不过，你早晚都会答应吧。"陶玥看透一切。

许念抿嘴笑了笑。

陶玥想起一件事，看向许念道："念念，那天的照片我拷到电脑里了，就在D盘里，你自己拷一下啊。"

"好啊。"许念找出U盘来，到陶玥的电脑上拷照片。

陶玥道："对了，我能不能挑几张发朋友圈啊，顺便打个广告。"

"可以的，你发吧。"许念在位置上看了会儿论文。陶玥练完瑜伽，去洗了个澡，然后坐在位置上一边敷面膜，一边选照片，忽然她喊了一声，"念念，你看到那些照片了吗？我发现了一张很特别的照片！"

照片有很多张，放在一个文件夹里足足有十个多G，许念拷过来后，还没打开看，她非常好奇陶玥口中的特别是指什么，便起身走过去看。

陶玥表情神神秘秘的,把手机递过去。许念看到照片里她正在"认(假)真(装)"看一本书,江逾站在过道另一侧的书架前。

当时拍照的时候,许念有察觉到江逾就在附近,她以为他在认真地看书,但在这张照片里,江逾微微侧头,明显是在偷看她。虽然距离远,但他目光里的深情与小心翼翼,都在照片中定格,一览无遗。

"开心了吧。"陶玥问。

许念按捺不住上扬的嘴角,回到座位上,从她刚刚拷贝过来的文件夹里将这张照片找了出来,发到了手机里,准备去打印店打印出来。

"你今天有什么安排吗?恋爱第一天,要去约会?"陶玥问道。

许念正在化妆,但据陶玥了解,许念不出门根本就不化妆,出门也只是淡妆,还从没见过她这么仔细地将眼影、腮红都化全的时候。这就叫"女为悦己者容"?

许念摇了摇头,说道:"不是啦,今天去拍宣传片,你之前不是说上镜的话,妆要浓一些吗?帮我看看,这个程度可以吗?"

陶玥建议道:"口红可以再浓一些。"

许念点点头,换了一个更浓的色号。

陶玥看着她愣了一会儿,化了浓妆的许念简直绝了,白皙的皮肤衬着鲜艳的红唇,娇媚撩人,像是专门来蛊惑人的妖精。

"和你一起拍宣传片,可辛苦余盛师兄了。"

"哎?你这妆都化了,可别浪费掉,要不要让江逾也看看?"

许念耸耸肩:"他上班忙,没约我。"

陶玥为江逾感到万分可惜。

吃过午饭,许念便赶往拍摄场地,余盛以及其他人也很快到齐。宣传片拍得还算顺利,下午五点钟不到就正式收工。

许念把放在一边的背包拿起来,掏出手机看了一下。十分钟前,江逾发来了消息:【晚上要不要一起吃饭、看电影?】

余盛给她递了一瓶水过来:"念念,要不要一起去吃晚饭?"

许念接过,道了声谢,然后摇头道:"师兄,我去不了了,今天晚上我要和江逾去吃饭、看电影。"

余盛愣了一瞬:"你们……"

下一秒,他低头笑了一声:"看来你们俩终于坦白了。"

许念听着余盛话里的意思,好像他早就预料到了似的。

余盛对上许念迷惑的眼神,笑道:"其实我早就看出你们俩了,你大概是喜欢他的,他也喜欢你。"

许念问:"你知道江逾喜欢我?"

"嗯。"余盛点点头,"他亲自和我说的。当时他知道我也喜欢你,便和我放狠话说他一定会追到你,那个欠揍的模样我到现在都还记得。不过后来我发现,他也只是在我面前嚣张了点,到了你面前,就是个胆小鬼。"

许念笑叹一句:"是啊,胆小鬼。"

余盛道:"行了,那我今天就不约你了,改天,我请大家一起出去吃饭。"

许念道:"谢谢你,余师兄。"

回宿舍后,许念换了件衣服,看了看时间,差不多快六点了。她和江逾就约了六点在东门见,她准时到达,江逾已经在路边等她了。

许念开开心心地走过去,站到江逾面前:"你怎么这么早就到了,等很久了?"

江逾摸了摸她的头:"想来等你,所以就早到了十分钟。"

他转身帮许念打开车门。

许念坐上车,系好安全带,江逾侧过头来看她。

他的目光过于炙热,许念一时有些不自在,提醒道:"开车啊,看我干吗?"

江逾嘴角勾了勾:"今天这么好看,专门为我化的妆吗?"

许念侧头看向窗外:"你想多了,我今天拍了宣传片。"

"和余盛?"江逾问,"还顺利吗?"

"挺顺利的,很多镜头都是一遍过,所以大概一个半小时就拍完了。"

许念说完后,江逾半晌没说话,只默默开车往前。

"不开心了?"

江逾道:"没有。"

许念神神秘秘道:"等下车时,我给你看个东西。"

"什么东西?"

"你先认真开车啦,我们要去哪儿吃呀?"

江北大学附近就有一条小吃街,那里有很多的小吃和餐馆,但江逾没往那个方向开。

江逾道:"去之前和你说过的粤菜馆。"

许念道:"你还挺执着的。"

江逾道:"那家我已经确认过了,比较干净,菜也很健康。"

许念点点头,心里暗戳戳地想,果然是医生,都出去吃了,还注重这个,她只要美味就好了。

但她不知道,江逾还有另一个私心,那家粤菜馆离他家比较近。

到了地方,江逾找到停车位停了车。许念解开安全带正要下车,被江逾一把拉住。

他整个人凑过来,低声问:"你忘了,有个东西要给我看的。"

许念想起来,然后拿出手机,眯眼笑了一下:"我发现,上次在图书馆的时候,你偷看我。"

"有照片为证。"她得意扬扬地把屏幕亮给江逾看。

江逾淡淡扫了一眼,随即收回目光,道:"那又如何?"

许念原本以为他会害羞、会否认,没想到他这么云淡风轻地说了一句"那又如何"。

好像是很理所应当的事。

"好吧。"许念要下车,不料手臂被人一拽,她的身体往座椅上一靠。

"干吗?江逾。"

江逾离许念很近,许念感觉到他温热的呼吸,男性荷尔蒙的气息扑面而来。

许念被江逾困在座椅里,心脏"扑通"乱跳,还没来得及说话,江逾微凉的嘴唇已经贴了上来,像是小鸟般轻啄。

许念害羞地低下头。

江逾炙热的目光凝视着她,低声道:"许念,我以后不想再偷偷看你了。"

他的呼吸喷洒在她的耳垂上,低吟:"我可以光明正大的吗?"

许念浑身僵直,双颊通红,手心出了好多汗,她细声道:"你现在还不够光明正大吗?"

江逾道:"不够。"

他的唇贴上来。刚才的轻啄只是一个小小的试探,现在仿若扑面而来的热浪,从她的额头、脸颊、鼻尖轻轻拂过,最终落在唇尖。

许念感觉有股力量想要撬开她的嘴唇,她心里一紧,慌张地将头偏向一侧:"江逾,你别乱来。"

许念用力推开江逾,趁他愣在原地的时候,开门溜下了车。

"许念……"江逾追出来。

"等我一下。"

"快点啦。"

"这个送给你。"江逾递给她一个小兔子的钥匙扣。

许念惊喜地接过来,小兔子软软的,大大的脑袋,眯着眼在笑,模样十分呆萌。许念看着有点眼熟,她看了一会儿后,恍然大悟:"这只小兔子,好像我们去游乐园在草坪里站着的那只啊,你在哪里买到的?"

"哪里都买不到。"江逾有些得意,"是我自己缝的。"

许念不可思议:"这么精致,真的是你自己做的吗?"

江逾往前走着:"我的缝合技术很好的。"

"原来外科医生还会缝这个。"许念赞叹。

江逾道:"也不是所有的外科医生都会缝这个。"

他放慢了脚步,垂眸看着许念包上的那只小熊挂件,问道:"那你要不要把包上这个换掉?"

"当然,我这就换,其实我也没想挂,只是一直忘记摘掉了。"

许念随即将何明远送她的那个小熊挂件摘下来放进了包里,然后把这只小兔子挂了上去。

江逾似乎得到了满足,嘴角微微上扬。

到了粤菜馆,服务员带他们到了提前订好的位置。江逾给许念看了菜单,许念点了一道最想吃的糖醋咕噜肉,剩下的就交给江逾来点了。上菜的速度很快,许念尝了尝,虽然看着比较清淡,但味道却很好。到最后结账,许念才发现他们吃了五百块钱,只点了四个菜而已。许念震惊,悄悄问江逾:"不是还有优惠券吗?"

江逾道:"用了,满200减5块。"

这……优惠得有点不太明显。

"那我请你看电影。"许念道。

虽然和这顿饭比起来,看电影的价钱不值一提,但许念还是强行要求,好让良心上过得去一点,没想到江逾并没有给她机会:"下次吧,电影票我已经买好了。"

电影院离得不远,就在这家商场的顶层,许念和江逾吃完饭后,坐扶梯直接就可以上去。

但不知怎的,他们走到电梯旁边时,忽然人多了起来,许念被往后挤了两步才踏上电梯,和江逾之间隔了三个人。

她望着江逾的后脑勺,静静等着电梯到达,电梯很慢,等了好久才到了四层,江逾在栏杆旁等她。

许念小跑过去:"走吧,电梯上人太多了。"

江逾点点头。

他们现在在四层,电影院在五层,还要上一个扶梯,但比刚才好了不少,没什么人。走到扶梯附近的时候,江逾放慢了脚步,走到了许念的身后。

许念以为江逾因为刚刚的事,所以让她先上,在心里悄悄开心着。

她走过去,江逾轻声喊了她一句:"许念。"

"要不要牵手?"他问。

许念一怔,脸热了几分,她指了指电梯:"人不多。"

江逾似乎没听到她说的话,依然朝她伸出了手:"手给我。"

许念白嫩的小手伸出去,放在他的掌心上,随即被紧紧握住,温暖的感觉从手掌一直传到心里。

许念在电梯上站不太稳,需要扶着扶手,但现在拉着江逾,她站得稳稳当当,右手也没去扶扶手。

这是她和江逾看的第二场电影。第一次纯属意外,稀里糊涂看了个恐怖片,许念想起那场经历来,又觉得有些好笑。

江逾买了一桶爆米花,拿给许念,然后两人走进电影院。

电影上映时间的尾期,观众不是很多,他们两人买了最中间位置的票,两边都没有人。

只在最后排两边的角落里,同样也坐了两对情侣。位置之偏,很难让人不怀疑他们来电影院的目的。

银幕还在播放广告,许念漫不经心地吃着爆米花,等电影开场。

"江逾,你要不要吃一颗?"她转头问。

"好啊。"但他好像失去双手一般,只张了张嘴。

许念看出他的意思,叹了口气,满足他一时的懒惰,亲手喂了一颗爆米花过去。

"好吃吗?"她问。

· 188 ·

电影院的灯正好在这一刻暗了下来。

许念头顶传来一道低沉的声音:"许念,你看起来,更好吃。"

一个柔软的吻落了下来。

许念很喜欢看这种偏文艺的爱情电影,尤其是两个人在共同经历了很多,互相治愈,互相成为彼此的支柱,然后自然而然地走到一起,她很羡慕这种爱情。

电影结束好久,许念还沉浸在其中无法走出来。

影院的灯重新亮起,观众陆续离场,她看了眼时间,才发现已经快十点钟了。

她看了一眼江逾,他眼睛半眯着,神情有些疲惫。

"困了吗?"她问。

江逾点点头:"有点。"

许念问:"是电影不好看吗?"

江逾道:"电影挺好看的。"

许念低头沉思起来,江逾这么累,肯定是因为白天上班忙,下了班又要来陪她。她不太想再麻烦江逾送她回学校,便慷慨地对江逾说道:"要不我自己回去吧,你明天还要上班呢,送我的话一来一回就太晚了,我不想让你太累。"

江逾声音低低的,好像真的很困,但还在坚持:"你自己回去,我不放心。"

许念说道:"没事的,这个点还有公交车,我可以坐公交车回去,到了就给你打电话。"

江逾侧过头,看了她一眼:"你觉得可能吗?"

许念觉得没什么大不了的,她是新世纪独立女性,不想事事依赖男人。

"我很独立的好嘛,以前没有你在身边的时候,我也不需要别人接送,都是自己一个人走的。"

江逾果断道:"不行,既然我现在和你在一起,就不能让你一个人。"他站起身来,"我送你。"

"不用啦。"许念在往外走的路上,一直在试图劝说他。

江逾很快想到了另一个办法:"要不然,今晚你和我回家住?"

他停下来对她说:"这样既方便,我也不用担心你的人身安全。"

许念考虑着。

江逾补充:"你还没给我洗床单。"

"我给忘了!"许念敲了下脑袋,去江逾家确实比较方便,便点头答应了下来。

可坐在车上,她越想越觉得不对劲儿,转头看了一会儿江逾,疑惑地开口道:"江逾,我发现你又不困了。"

她脑子里一阵灵光闪过,恍然大悟地指着江逾,愤愤道:"你刚刚疲惫的模样,是不是故意装出来的?该不会你故意让我去你家?"

江逾淡定地否认:"没有啊。"

许念一眼捕捉到他上扬的嘴角,明明就是。

她语气里有几分警告:"还是和以前一样,你睡一间,我睡一间。"

江逾得逞后,便很惬意:"我好像没说过要和以前不一样。"

倒显得许念自作多情了。

"江逾!"她生着闷气。

过了一会儿,江逾柔声安慰道:"好啦,虽然我很想和你睡一个房间,但是我会把握分寸的。"

到家后,江逾把许念的指纹录进了密码锁里。

许念进屋,先去关心了一下阳台上的花草和多肉们,它们都生长得很好,看来江逾有在好好照顾。

窗户半开着,吹进来的风灌满了白色的窗帘,鼓鼓囊囊的,像是吃饱了肚子浑圆的将军。

许念看向窗外,今晚的月亮又大又圆,发着皎洁白润的光芒,在神秘夜空中努力发亮。

"真好看,真想拥有一个永远发光的月亮。"

江逾走过来摸了摸她的小脑袋,像是在科普:"月亮自己是不会发光的,它的光线是反射的太阳光。"

许念被扫了兴,气鼓鼓地看了他一眼,这种理论知识她自然知道,只是想浪漫一下,没想到对方这么不解风情。

江逾似乎并没有注意到她的气愤,转身从屋子里给她找来了舒服的睡衣,递过来,问道:"你先洗还是我先洗?"

许念想到被她弄脏了的衣服和床单都在浴室放着,被江逾看到好尴尬的,她轻声问:"我能先洗吗?"

江逾点头:"嗯,去吧。"

许念火速去往浴室,她把衣服和床单上的血点先用力搓了几下,时间久了,有点不太好洗,但为了不尴尬,许念把吃奶的力气都用了出来。

血污淡了之后,她把它们塞进了洗衣机。她选择了二十分钟的快速清洗模式,之后去洗澡。

等她洗完澡再吹完头发,衣服和床单也洗好了。她把衣服和床单一并拿出来,晾晒到阳台上,然后喊江逾去洗。

"那我先回房间了。"她说道。

江逾道:"早点休息。"

许念进了屋子后,关了门。她躺在床上没什么睡意,就刷了会儿手机。过了一会儿,她又觉得口渴,便去厨房找水喝。浴室的门这时刚好被打开,江逾从里面走出来。

许念没想到江逾会洗得这么快,她目光滞住,整个人僵了两秒,然后脸一红,急忙转身:"江逾,你出来怎么不穿上衣?"

她身子转得快,但眼睛看得一清二楚,江逾只穿了短裤,上半身裸露着。

"怎么了?"江逾的语气和往常一样,"我平时在家都不穿上衣的。"

他说着,还毫不避讳地走到了许念身边,绕到她跟前。

许念捂住眼睛,说道:"可你之前都是穿的!"

"那是之前,现在不一样了,在家我一般比较随意,你也可以随意一点。"

江逾很大方地承认,很难不怀疑他还有展示的动机。原来之前的斯文都是装的,装的!

"我才不。"许念说完,转身要回卧室。

江逾拉住她的胳膊:"许念,你确定不要欣赏一下吗?如果你想摸一下,我也不介意。"

许念羞得双颊通红,看得出来江逾的身材很好,有肌肉。房间很大,但她感觉自己被禁锢在一股强烈的荷尔蒙气息里,周围是暧昧的橘色,心里忽然就紧张得要命。她挣脱开江逾的手,回到卧室,要关门,江逾却堵了上来。

许念直面他的胸肌,心跳快得厉害。

"很晚了,你也休息吧,晚安,江逾。"她要关门。

"就这样吗?"江逾似乎不太满足,他用手抵住门,挤进屋子,目光凝视着她。

"还要干吗?"许念一颗心提到嗓子眼。

江逾握住她的手,将其放在自己的胸前。

许念要移开,被江逾用力按住。

江逾整个人俯身贴上来,将她卡在角落:"不用拘谨,想要就表现出来。"

许念反驳说谁想要了,但没容她开口,双唇被人堵住。

江逾低着头,吻得认真且热烈。坚实且温热的感觉传到掌心,他呼吸的起伏很清晰,一瞬间,许念竟然开始贪恋这种感觉,忍不住要在更广阔的地方摩挲。

江逾的吻来势汹汹,少了白天的温柔,此刻他像一只不再收敛的猛兽,推着她往后走。到了床边,许念膝盖后面被磕到,双腿一软,身体后仰躺在了床上。

床软软的,周围好像飘浮着粉色的泡泡,梦幻至极,让人沉沦。过了很久,江逾才放开她。他热烈的目光看过来,声音里带了几分哑:"许念,哪有夫妻分房睡的?"

许念缓了好一会儿,终于找回脑子里尚残存的一丝理智。

"我来姨妈了。"她眼底划过紧张,担心他会扫兴。

"我就在你旁边,什么也不做。"

"可是……"许念嘴唇有点发干,她从来没有和男生一起睡过,江逾就在她身边,她肯定会紧张得睡不着觉。

江逾意识到自己的无礼,他控制不住的欲望,让许念为难了,甚至让她感到难受。他轻轻在许念的额头上亲了一下:"逗你呢,看把你吓得。明天早上,我喊你起床。"

他把门关上,一切回归宁静。

许念还未从梦中醒来,坐在床边发了会儿呆,回神间,才发现自己仿佛刚从蒸笼里出来,脸热得发烫。

次日,许念起床,依旧是按照从前的节奏,吃了江逾留的早餐。收拾好之后,她出发回学校。快入冬了,迎面刮过的风里多了几分刺骨的寒凉。许念走在路上收到宿舍群里的信息。

陶玥：【唉，昨天晚上一个人孤独入睡，明明是三个人的宿舍，两个人都夜不归宿。】

宋艾蓝：【声明：我昨天晚上是在家睡的，但某人就不知道啦。】

陶玥：【我猜某人也是在家睡的，只不过是那个家啦。】

许念：【哎呀，不是你们想的那样！我要回学校了，不说了！】

今天下午师门有每个月例行的养老院志愿活动，关注老人的心理健康问题。许念每次都要去。回到学校，她先去实验室和师弟师妹们核对了一下活动事宜，等中午吃完饭，他们出发去往长青养老院。

他们心理研究团队和人工智能科研团队合作研究了专门面向老年团体为其排解孤独的机器人，名字叫作"大白"。大白刚一亮相，就获得了热烈的关注。养老院的老人们都围坐过来，津津有味地看大白的表演。在人群中，许念发现了一位熟悉的身影，是江爷爷。

她坐过去，礼貌地打了个招呼："江爷爷，您怎么来这里了呀？"

江老爷子一看是许念，眯缝的眼都瞬间睁大了几分："哎呀，是念念！你怎么来这里了？"

许念答："我和师门一起过来做志愿活动。"

"真是太巧啦，我前阵子跟着夕阳红旅游团去云南玩了一趟，给老战友带了礼物，今天过来看看他，这不，碰到了你。念念，那机器人是你们做的？"

许念道："只是参与了一部分，主要还是由计算机系那边的老师同学研发的，今天我们来主要是带着爷爷奶奶们做些有趣的小游戏。"

江老爷子点着头，满眼都是赞赏："江逾那臭小子和你离婚的事情我都听说了，不过你放心，当年老许把你的婚事托付给我，我就得完成到底。既然江逾那臭小子没这个福气，我另外再帮你寻一个。"

许念不好意思地笑笑："不用了，江爷爷。"

"老江，这小姑娘真俊啊，是谁啊？"一位头发花白的老爷爷凑过来询问，许念朝他点头问了个好。

江老爷子介绍道："这是老许的孙女，也相当于我的孙女。"

"老许的孙女居然长这么漂亮哪！真让人羡慕啊！"

一时，又围过来好几位爷爷奶奶。许念被围观，脸"唰"地红了起来。江老爷子借着这个机会，开始给许念筹备相亲的事宜，看她拘谨，还安慰道:"别担心,这里都是我和你爷爷当年的战友,他们好多人的孙子都还单身呢,根正苗红的,人品好得很。"

说完,他面向大家:"你们有没有照片啊,得看看照片啊,我们念念长这么好看,对颜值还是有要求的!"

"我有照片!我孙子俊得很。"

说话的是一位老奶奶,姓杨,她年轻时是一名军医,老了之后自己在家孤独,便搬到了这里。

她说着就把照片从身上翻找出来,递到许念跟前:"怎么样,小姑娘?"

他们劲头足得很,许念只笑:"挺好的,但是……"

她刚想解释自己和江逾的情况,又有一位老奶奶凑过来:"刚刚我去医务室体检,遇到了一个很帅的医生小伙子。小姑娘,你要不要考虑一下找一个医生男朋友啊?他一会儿就会过来给大家普及医学知识。"

提到帅气的医生,许念第一个想起了江逾,不会这么巧吧。

"哎?来了,就那边那个小伙子。"老奶奶指着门口道。

许念看过去,心颤了一下,还真的是很巧。

她看向江爷爷。

江老爷子佯装认真地观察了一下,他对江逾的到来并没有表现出太多的惊喜,而是转身看向其他人,大声道:"凑合吧,配不上我们念念,而且医生平时忙得很,根本没空陪女朋友!"

来自亲爷爷的吐槽,估计江逾听到后要哭了。

许念不厚道地在心里暗喜,莫名就起了坏心思,很想逗一下江逾。她走到杨奶奶身边,问道:"杨奶奶,您刚刚给我看的照片,我可不可以再看一下?"

"可以啊!来来来。"杨奶奶道。

话一说完,江逾朝他们这边看过来。他将手里的医药箱放在桌上,然后抬步走了过来,站到江老爷子面前:"爷爷,您回来了?"

江老爷子愣了一瞬,然后拍了拍大腿:"嗨,原来是我孙子,都没认出来。"

他说完,自己"哈哈"大笑了两声,随之惹来了众人的嘲笑:"老江你别装了,自己孙子还能认不出来?"

江老爷子狡辩:"这不戴了口罩吗?"

江逾问道:"没事,大家这是在干什么?"

江老爷子笑着道:"我们在给念念选相亲对象呢!你就别掺和了吧。"

江逾面色冷了一瞬,然后道:"她不需要。"

"需不需要你管得着吗?你不是还要准备讲课吗?赶紧去吧,大家都等着听呢。"

江逾没动,说道:"我不讲,今天是林医生主讲。"

"哦。那你要不坐这儿和我们一块儿听?"江老爷子从一旁拉了把椅子过来。

江逾摇摇头,转身看向许念,说道:"许念,和我出来一下。"

他转身走去门外。

许念给江老爷子递了个放心的眼神,然后跟着江逾走出去。

院子里有一处长廊,走廊的顶端爬满了葡萄藤,有清凉的风吹过来。

许念站定,看向江逾:"干吗?"

江逾柔声问:"怎么来这里了?"

许念道:"和师门一起来的呀,我们经常来这里陪老人们做游戏,并在这个过程中做一些心理研究。"

江逾"嗯"了一声,然后问:"所以相亲也是做心理研究的一部分?"

"吃醋了?"许念笑嘻嘻地看着江逾别扭的模样,"我这不是不想扫了爷爷奶奶们的兴致嘛。"

江逾道:"我看你是在故意气我。"

许念挑了挑眉,若无其事道:"哪有?我只是看看照片而已,又没真去相亲。"

江逾把许念抱在怀里,触碰到实体,才更有占有的感觉:"照片也不能看。"

他怀里很温暖,许念觉得很安心,她抬头看向江逾,开口:"这么小气?"

"就是很小气。"江逾理直气壮,随即,一枚吻落了下来。

许念偏头躲开:"有人看见了的话,多不好意思啊。"

"这里没有人。"江逾双手捧着她的脸,嘴唇慢慢贴近。

许念没再反抗,轻轻踮脚凑了上去,一阵带着酥麻感的温热传遍全身。

过了须臾,似乎有窸窸窣窣的声音传来,还有脚步声。

许念匆匆忙忙地往后退了一步,去看是不是有人。

·195·

从转角的葡萄藤后面缓缓走出两个人,一个是林颂,一个是安雨薇。

许念脸色立刻涨红,还没说话,林颂已经一副了然于胸的模样,识趣地说道:"我们走,我们走,那边还有个长廊。"

临走前,林颂还不忘回头道了句:"师姐,回头见哈。"

许念拿他没办法,表面佯装淡定。

江逾提醒一句:"从那边走。"

"多谢江哥。"林颂道。

两人走了之后,许念长长地松了口气:"没想到林颂成功追到了安安。"

江逾道:"两个小孩挺般配的。"

他一副家长的姿态发出感慨。

许念被他的样子逗得想笑,然后踮起脚,迅速吻了江逾的唇。

与此同时,在另一个没人发现的角落,江老爷子会心一笑,脸上露出满意的表情,然后迈着悠闲的步伐,走了。

·第十章·
月球陨石

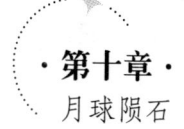

接下来的日子,许念都在学校忙着做研究、写论文,她和江逾见面的机会不多,大多是晚上通过手机聊会儿天,然后互道晚安。

自从上了大学,她就觉得时间过得很快,闲暇的时候翻翻日历,才惊觉快到年底了。

昨天夜里开始下小雪,到了早上依旧没停,银白的雪花伴随着呼啸的寒风在城市各处肆意狂欢。

许念忙了一周,周末想要好好休息一下,但江逾还要加班,许念只好自己在宿舍享受闲暇的愉快时光。

很巧的,今天她们宿舍三个人都没出门。早上许念起床的时候,宋艾蓝和陶玥都还在睡懒觉。

之前在江逾家里住,许念养成了早睡早起的习惯。她出门吃过早餐,给宋艾蓝和陶玥也各带回来了一份,放在暖气上热着。

快到上午九点,宋艾蓝和陶玥陆续醒过来,发现许念给她们买了早餐,兴冲冲地起床吃饭。

陶玥边吃着油条,边给了许念一个飞吻:"念念,你太贤惠了!"

"爱你,念念!"宋艾蓝跟着道。

陶玥边吃边问:"念念,今天大周末的,怎么没和你老公出去玩啊?"

许念自动默认了老公这个叫法:"他加班啦。"

宋艾蓝叹了一声:"唉,江医生这么忙,你这堪比丧偶式婚姻。"

许念不以为意地笑笑:"我觉得挺好的,正好享受一下自由的独处时光。"

陶玥好奇地凑过来问:"你们最近有没有什么进展?"一边说着,一边伸出两个大拇指比画着。

许念忽视她比画的动作,摇头道:"哪有什么进展,最近我几乎都在学校学习好嘛。"

陶玥失望道："你们不都算老夫老妻了吗？"

提起这个，许念有点认真了起来，她真诚地向陶玥询问："就是有点疑惑，不知道该以怎样的方式和江逾相处。我们俩呢，说起来又领证了，但其实刚刚在一起还不到一个月，彼此都还处于试探的关系。"

"这有什么疑惑的啦！"宋艾蓝走过来拍了拍她的肩膀，不正经道，"情侣哎，当然是负距离啦。"

许念脸一红，拿小拳拳捶了捶她的胸口："正经点啦！"

"你俩不会还没吧……"宋艾蓝不可思议，"都同居这么多天了，看来江逾真的不行哎。"

许念解释道："哪有，之前是在他家里借住，只是上周去过一次罢了。"

宋艾蓝惊掉下巴："他都不邀请你过去？"

许念道："你不也没去赖景和那里？"

宋艾蓝嫌弃道："他啊，在公司附近租的房子，小得可怜，我住不惯。"

陶玥将话题拉回到正轨："慢慢来，顺其自然就好啦，时间会解决一切。我和赵岑刚在一起的时候，也是小心翼翼的，生怕对方觉得自己不好，后来因为意见不合吵了一架，再和好，我俩就自然多了。"

许念担心道："我才不想和江逾吵架，我们见面太少了，见面后从来都不吵架的。"

陶玥道："没事，过两天就是元旦了，这么多节日，你们肯定要一起过的。"

许念点点头："估计会吧，但他这两天忙得很，还没提要怎么过呢。"

陶玥想起一件事儿来，摆出一副要宣布大事的样子，对许念和宋艾蓝说道："元旦滑雪社有跨年活动，去西山滑雪场滑雪跨年，我和我男朋友打算报名，你们要不要参加呀，叫上江医生呗。而且没有限制必须是学校里的同学，艾蓝，把你的新男友带过来呀。"

许念之前问过江逾，他元旦是放假的，便一口答应下来："可以啊，我最近很想去滑雪呢，我问问江逾。"

陶玥又看向宋艾蓝："艾蓝，你要不要报名？"

宋艾蓝平时最爱参与这种集体活动，但这会儿不太积极，杵着下巴在座位上发呆。

许念走过去拍了她一下："想什么呢，艾蓝，要不要和我们一起去滑雪？"

· 198 ·

宋艾蓝拧着眉头道:"唉,我也想去啊,但不知道赖景和会不会来,我总觉得他最近不太对劲儿,好像有什么事情瞒着我。"

"怎么啦?"许念问。

"我上次要看他的手机,他就神神秘秘的不给我看,是不是不对劲儿?"宋艾蓝道。

许念道:"也不一定吧,说不定是有什么隐私的东西不方便让你看到。"

"不方便让我看到的隐私,那就是见不得人的事情!"宋艾蓝转头问许念,"那你要看江逾的手机的话,他是什么反应?"

许念摇摇头:"不知道,我没看过江逾的手机。"

宋艾蓝"啧"了一声,嫌弃地收回目光:"算了,不问你了,你没经验。玥玥,你说呢?"

"就这一处不对劲儿吗?你还发现其他地方了吗?"陶玥比较谨慎周密。

宋艾蓝思考了一会儿:"也没有吧,就是他最近比平时要忙一些了。"

"是有点太对劲儿,不过你再观察观察吧,也不能妄下定论。"陶玥说着,拿出手机,"我先帮你们和滑雪社的社长说一声,先把名额留出来,等你们确定了,我再和他说。"

"好啊。"许念和宋艾蓝道。

陶玥把滑雪活动的推送发到了宿舍群里,许念打开看了看日程,第一天下午去到滑雪场,直接住在酒店,晚上可以泡温泉,也可以欣赏跨年烟花。第二天大家在风景区转一圈,下午的时候返程。

她觉得这个安排挺好的,便发给了江逾。江逾在忙着,并没有回复她。

在宿舍待到下午,宋艾蓝觉得无聊,便提议去陶艺馆做陶艺。许念想着反正也没事,答应一同去,做好的成品可以送给江逾,当作新年礼物。

"好主意,我也去给我家的做一个。"陶玥附和道。

宋艾蓝皱着眉头:"这就没意思了,我只做给自己。"

"走吧,出发!"

几人快速化妆换好衣服,然后到了陶艺馆。

做陶艺的过程很治愈,许念看着一团"泥巴"在手里不断地转啊转,顺滑圆润,然后渐渐形成好看的弧度。

结束之后,宋艾蓝做了一个碗,陶玥的是一个盘子,许念则做了一个小小的花瓶，还在上面画了几根小草和两只小兔子。拿去烧制后，店员让她们两周后过来取。

许念洗完手查看手机，见到江逾发过来的消息，是接着她上午发的滑雪活动推送的回答。

江逾：【挺好的，去吧。】

许念回复：【那我和陶玥说我们确定去啦。】

江逾：【好的。】

离开陶艺馆前，许念刚想把手机装起来，手机忽然响了起来，江逾又给她打来了微信电话。

许念暂时不想让江逾知道她做了陶瓷花瓶，好到时候给他一个惊喜，便等走出陶艺馆一段距离后再接起了电话。

大概是接得慢了些，刚接通，江逾半幽怨半带撒娇的声音传过来："好久啊，在干吗呢？是在外面吗？"

他听到电话中有嘈杂的声音。

许念道："和舍友出来玩啦，怎么突然打电话过来啦？"

江逾道："想听你的声音。"

他又说："想见你。"

他今天从手术室里出来，原本很累，看到许念发来的消息，疲惫感立刻烟消云散。他很想立刻见到许念，抱着她，闻她身上的香气。

"是不是刚跟完手术？累了吗？"许念听出他声音中的疲惫，对江逾忽然的撒娇有些招架不住。

"嗯。"江逾低低道，"想听你的安慰。"

语气很像一个求安慰的宝宝。

许念觉得江逾变得幼稚了好多。他的声音低沉带着慵懒，富有磁性，尾音拉长，有种勾人的意味，让人心痒痒的。

她为难道："可我不太会安慰人。"

江逾赖着不挂电话："就想听你的声音。"

许念只好皱着鼻子想了一会儿，挤出来一句话："那……加油，江小逾。"

对面传来一声清脆的低笑："什么江小逾啊？"

许念解释："你现在可不就像个小朋友吗？"

"好吧。"江逾勉强接受这个称呼。

许念她们已经走出了商场,去地铁站坐地铁回学校,她对江逾道:"我要回学校啦,要上地铁了可能信号不太好,先挂啦。"

江逾万般不情愿,但还是点头道:"好吧,路上小心。"

他刚挂掉电话,紧接着又有一个打进来,屏幕显示的名字是一个字——"爸"。

江逾接起来,对面是严肃的声音:"元旦回家吗?"

江逾道:"不回了,元旦有点事。"

江澜远冷声道:"不可能放假三天天天加班吧。"

江逾:"我约了人出去。"

江澜远的音调提高了几分:"别跟我扯淡了,我知道你根本没和陆家的小女儿相处!陆家人现在对你很不满意,公司和丰明集团的合作也停滞了。元旦回家,你回来给我好好解释!"

江逾保持着平静的情绪,说道:"爸,我从没说过要和陆双凝相处。元旦我会和许念出去滑雪,至于公司的事,我有责任,所以不会不管的,我会解决好这件事,您别操心了。"

"你怎么解决?"江澜远质问。

"总之我会尽力的,我现在要去查房,先挂了。"江逾说罢挂了电话,放下手机,与贺正一同去查房。

12月30日,去滑雪的前一天晚上,陶玥和宋艾蓝都不在宿舍住。

许念不想一个人住,便求助了江逾。

江逾立刻答应,并提出要过来接她,约定好第二天再一起回学校乘坐去往滑雪场的大巴。

到了傍晚,许念打扮好,兴致勃勃地走到校门外面,江逾已经在等她了。

每次约定好见面,江逾都会比她早到。

她坐上车,系好安全带,江逾放在座位旁边的手机响了一下。许念听到声音不由自主地看了一眼,也没留意是什么消息,但江逾下意识拿起了手机,放在衣兜里面。

许念收回目光,嘟着嘴道:"什么啊,神神秘秘的?"

江逾咳了一声:"没什么。"

许念心里一紧,第六感觉得江逾不太对劲儿,一时想起了宋艾蓝说的话。

难道真有她不能知道的隐私？应该不会吧。

她没有多问。

乘车快到家时，江逾在附近停了车："先去一趟超市。"

许念这才想到，是要买点东西，明天带去滑雪场。

进超市后，江逾拎了个篮子，走在货架间，垂眸问许念："想吃什么？"

听许念回"都行"，江逾道："那我就随便拿喽。"

许念转了两圈后，忍不住在篮子里悄悄放了一包蜂蜜黄油味的小薯条。

江逾抬头在看货架的商品，目光轻轻扫过，然后收回，假装没看到。

许念心里暗暗得意，也不知道自己在得意什么。第一次得逞之后，她又拿了两袋酸梅干放进去。走了一会儿，路过冰柜，居然有新出的海盐口味的冰激凌，虽然是冬天，但她还是抑制不住想吃冰激凌的冲动，她迅速拿了一支放进篮子里。

江逾这次说话了："外面冷，别吃太凉的东西。"

许念歪着头看了看他，明明目光没落在篮子里，却被他洞察一切。

许念撇了撇嘴，轻声说："想吃嘛。"

江逾强调道："女生最好不要吃太寒凉的东西，尤其是在冬天。"

许念跟个倔强的小孩一般，这次不想听话。之前她在姨妈期不能吃凉的，陶玥和宋艾蓝两人在她面前放纵地吃冰激凌，给她内心造成了巨大的落差，现在她很想将姨妈期落下的冰激凌都补回来。

她咧嘴笑了一下，歪头同江逾商量："就吃一支啦。"

江逾看着她软乎乎的模样，心里不忍便也退了一步："那只能吃一口。"

许念道："那剩下的要扔掉吗？好浪费的。"

"没事。"江逾道。

许念点头同意，反正能吃一口是一口。

刚抬步要走，江逾说："不会扔掉的，剩下的我吃。"

江逾在零食货架徘徊，许念以为他这样的"高岭之花"不会喜欢吃零食呢，没想到他来回走了两圈后，拿了两袋麻辣牛肉干在手里。

看见许念惊讶的表情,江逾问:"你不是喜欢吃这个吗,怎么不拿?"

"我?"许念摸不着头脑。

江逾回答:"之前在学校超市,见你买过。"

许念想了一会儿才恍然大悟:"你在学校见到我,那不是两三年以前了吗?"

江逾点头。

许念顿悟,江逾应该是误会了。

"那是我帮陶玥买的啦,她家是四川的,很喜欢吃辣的东西,所以我一去超市,她都会让我帮忙带藤椒牛肉面、麻辣牛肉之类的。"

江逾点点头,要把东西放回去。许念见他眼里有些失落,将他拦住:"其实我也挺喜欢吃的,陶玥经常分给我吃,我都习惯辣的口味了。"

江逾低笑一声:"放心吧,我没失落。"

许念心里甜滋滋的,想不到江逾从那个时候就在悄悄关注她。高中的时候,她经常去小卖部,有时候碰到江逾,会悄悄藏在货架后,看他买了什么东西。不过江逾买得最多的东西就是矿泉水,堪称健康养生,从小做起。

许念调皮地采访他:"误会了这么多年,有没有一种错付了的感觉?"

江逾道:"没有啊。"

"所以江医生,你到底是从什么时候开始喜欢我的?"许念记得,江逾和她告白的时候,说的是喜欢她好久了。她那时的状态飘飘乎乎的,自然想不到去问这个好久了到底是指多久。

现在终于有机会好好盘问一下了,她必须抓住机会。

江逾故意不答,看四周无人,还很明目张胆地上前一步,贴近许念,靠得很近很近,然后以迅雷不及掩耳之势,在她唇上轻轻一啄,起身,低声道:"自己想。"

许念哪里想得出来,缠着江逾问了一路,奈何他嘴巴太紧,根本就问不出来。

到家后,许念累了,终于放弃,还默默地安慰自己,活在当下。

晚上,许念窝在沙发上看综艺节目,江逾少有的悠闲假期,便坐过来陪她一起看节目。

节目里有一位年轻的男嘉宾，染着一头金发，肤白腰细腿长，跑起步来脚下生风，活力十足。看到热血时刻，许念忍不住激动地跺脚。

江逾侧头看了看她，见到她一双星星眼，一副花痴的模样，额头青筋跳了跳："这么激动吗？"声音里夹杂了一丝丝幽怨。

许念兴奋地向他介绍："这是文鹤远，很厉害的，不仅擅长运动，唱歌好听，还很会弹钢琴，演戏也不错。"

江逾倾身过去，整个脑袋挡住许念的视线，很正式地说道："你男朋友也很会运动，虽然唱歌和演戏不太行，但弹琴可以，缝衣服的技术也不错，除此之外——"

江逾把嘴唇凑过来："还很会亲女朋友。"

他吃醋的时候嘴巴有种微微鼓起来的感觉，垂着眸，睫毛颤动，眼神奶凶奶凶的，含了点让人同情的无辜感。

许念故意逗他，侧过头不给他亲。江逾把脸贴过去，许念就移到另一边。几次下来，江逾干脆直接伸手，捧着她的下巴将她的脸扳正，温热的唇盖上来。

许念被他亲得手脚发麻，脑袋晕晕乎乎的，直到一阵清亮的铃声传入耳中。

因为职业的特殊性，江逾有电话必须要去看，他不得不停止了动作，拿起手机看了一眼过后，往屋子里面走去。

从前江逾都是在她面前接电话的，许念觉得他从车上那会儿开始就不对劲儿了，忍不住问："谁的电话呀？"

江逾也没掩饰，很平常地回答道："是赖景和。"

"那我能听吗？"许念询问。

江逾本来打算回屋去接的，见许念有些不安，便在原地接通了电话。

"在哪儿？"

"好，等我一会儿。"

江逾简单说了两句，便挂掉电话。

许念没听出个所以然来，便问："什么事情呀？要出门吗？"

江逾点点头："等我一会儿，我很快就回来。"

不知为何，许念心里莫名涌出一种不安的感觉，虽然是和赖景和有关，但她想起宋艾蓝在宿舍的担忧，便问道："他是不是和宋艾蓝吵架了？"

江逾摸了摸她的头，让她安心："没有，他喝了点酒没法开车，所以让我去接他。"

"那你小心点。"许念帮他拿了衣服，站在门口目送他出门。

等人走后，许念坐回到沙发上，思索了一会儿，她总觉得江逾有什么事情没告诉她。过了一会儿，她还是决定给宋艾蓝发消息问问：【艾蓝，赖景和好像喝醉了，你知道吗？】

宋艾蓝：【不知道哎，我今天问他有没有事，他还说了在公司加班，怎么还出去喝酒了？难怪我刚刚给他打电话都打不通。】

许念：【我也不知道，不过江逾去接他了，等江逾回来，我帮你问问他。】

宋艾蓝：【嗯嗯，好。】

电视机里还放着综艺节目，许念无心再认真看，但她习惯一边放着电视，一边干别的事情，就是想听着其他的声音，好像这样就不会觉得孤独了。

她边看节目，边将明天要带的物品收拾到一个背包里。

收拾完，江逾还没有回来，她就先去洗了个澡。

洗完澡后，离江逾离开已经快一个小时了，她隐隐担心，想要打个电话问问，正找着手机，门口有人开门。

"江逾，你回来啦！"许念松了口气。

"嗯。一个人害怕了？"他看着许念如释重负的样子，问道。

许念摇头："没有。"

"赖景和怎么了啊？"

她走过去主动帮忙，把江逾的外套挂起来，果然一股酒味，但除了这种味道，许念还闻到了另一种味道，不太明显，但许念的嗅觉很灵敏，一下就感觉到了不对。

"江逾，你衣服上有一股山茶花的味道。"

江逾一滞："是吗？"他好像在掩饰什么。

许念盯着他，不得到答案誓不罢休。

江逾见许念误会了，只能妥协，承认道："好吧，不过你先别告诉宋艾蓝。"

"什么事啊？"许念更担心了。

江逾思忖了一会儿，勉强开口道："赖景和的前女友来找他了。今天晚上，赖景和本是要和她说清楚以后划清界限，但没料到喝了点酒，没法开车，就让我当个代驾。"

听他说的第一句话，许念就大为震惊，想起宋艾蓝在宿舍为赖景和的冷漠心烦意乱的样子，她心里一股气愤涌出来。

"赖景和居然有前女友？"许念语气有些激动。

江逾没想到许念会这么激动。他点了点头，说道："是，他们是研究生同学，那名女生追了他两年，不过两人在一起半年后，赖景和因为要回国，两人志向不一致，便分手了，到现在应该有半年之久了，这点我可以证明。"

许念有些震惊："那他们分手只是因为志向不一致？"她有些愤愤不平，"可那个女生又来找他了，如果她也要和赖景和一起在国内的话，赖景和还会答应她吗？"

江逾道："赖景和已经决定了，不再回头。而且据赖景和所说的，他们两人在一起时，也有很多地方不合适。"

"可是他们两人还出去喝酒了。艾蓝说，赖景和的态度突然变得很冷漠，肯定是因为前女友回来了才会这样的！"

江逾脱掉鞋子，转身时看见许念严肃的表情，意识到她并不是随便问问。

他认真解释："不是出去喝酒，赖景和只是想和他的前女友说清楚，喝酒只是个意外。我已经把赖景和安全送到家了，他前女友也回了自己的酒店。放心吧，你刚刚自己在家干吗了？"

他的怀抱莫名让许念感到安心了些。

"就看电视，收拾东西，等你。"许念将他推开，"你身上沾了酒味，快去洗澡吧。"

"嫌弃我。"江逾委屈巴巴。

"没有啦。"许念走开。

江逾去洗澡的时候，许念坐在沙发上思考。她心里在纠结，宋艾蓝还在等着她的最新消息汇报，但江逾和她说，赖景和已经和前女友说明白了，所以许念纠结有没有告诉宋艾蓝的必要，会不会徒增麻烦？

宋艾蓝先发来了消息：【念念，江逾回了吗？】

许念能感受到宋艾蓝的坐立不安，她觉得半年的恋爱虽然不算很长，但总归是赖景和过去的一部分，或多或少影响着他以后的生活，更何况，女生现在跟过来了。

既然宋艾蓝现在是赖景和的女朋友，便有权知道这件事，所以她打算说出来。

许念组织了下语言,然后将这件事告诉了宋艾蓝。

宋艾蓝出乎意料地平静:【我知道了,其实我大概能从蛛丝马迹中猜到一些,没想到真的是,而且问他,他还不说。】

宋艾蓝:【放心吧,念念,我不冲动,我会和他好好谈谈的。】

宋艾蓝:【大不了就分手呗。】

许念:【好好谈谈,不要动不动就提分手,他们两个人已经分手了的,赖景和也没有再回头的意思。】

她知道宋艾蓝在面对感情方面一直都比较理性,永远将自己放在第一位,不会"恋爱脑",所以她稍稍放心了些。

天色完全黑了下来,窗户开了一个小缝,许念刚洗完澡觉得有些冷,起身将窗户关严。

等江逾洗完澡出来,许念把事情告诉了他:"江逾,我把赖景和前女友的事情告诉艾蓝了。"

江逾似乎有些震惊,顿了一会儿,问道:"为什么?我不是已经说过,赖景和不会再和他的前女友在一块儿了吗?"

许念不太高兴:"不管赖景和怎么选择,现在赖景和的前女友已经来找他了,所以我觉得,艾蓝有权知道这件事。"

江逾皱了下眉头:"你要相信赖景和,他可以很好地处理自己的感情问题,让宋艾蓝知道只会增加更多的麻烦。"

"宋艾蓝知道也不会增加麻烦啊,她会冷静处理的,但她不应该成为那个被蒙在鼓里的人。赖景和的前女友既然来找他了,就说明还放不下,也说明这段感情并没有完全地被处理好。这种情况对下一段感情也会有很大影响的,宋艾蓝是赖景和的女朋友,有权利知道这些。"

江逾皱眉:"但赖景和也需要自己的个人空间,既然他没有选择告诉宋艾蓝,那我们为什么还要去掺和这件事呢?"

"个人空间?"许念的眸光暗了暗,"那你呢?你是不是也有事情瞒着我?"

面对许念突然的质问,江逾一时语塞,他没正面回答:"干吗突然扯到我们?"

许念看到他的表情,失落地笑了一声,了然道:"知道了。"

"许念——"江逾试图解释。

207

许念打断他:"你们男人都喜欢这样吗?什么也不说,然后又要别人理解。我以前有事情也喜欢憋在心里,但是现在,我觉得既然选择了在一起,不管是一方的事还是两方的事,有事情就应该说出来共同承担共同解决。

"我们去办理离婚的时候,你知道我有多伤心吗?两个人明明互相喜欢,却都害怕告诉对方。有些事就是因为不说,错过了沟通的好机会,导致矛盾慢慢发酵,所以我不想这样了。"

江逾意识到话题走向了一个很不好的方向,他试图拉回来:"我的意思是,这件事是宋艾蓝和赖景和两个人的事情,我们不应该插手。"

"艾蓝是我的好朋友,我怎么可以不管?而且你不是也管了赖景和,不然你为什么要去接他?"

或许两个人想法不同时,沟通也很难达成一致,许念不想再尝试,头也不回地回了房间,关门。

窗外的风似乎刮得更凶了,张牙舞爪的没有约束,发出一声声瘆人的嚎叫。

许念躺在床上,毫无睡意,也不想干别的。本以为是一个很美好的夜晚,但现在注定要在冷战中度过。

她不知道事情怎么就发展成了这样,真被陶玥说中了,情侣之间肯定会吵一架。当时她还傻傻地以为,她肯定不会和江逾吵架,就算吵,也不会来得这么快,肯定是在一起一两年,才会小吵一次。没想到打脸来得如此之快。

许念开始后悔,如果刚才再多一点平静和理智该多好。

她和江逾才在一起没多久,感情也不稳固,江逾会不会认为,他们两个人三观不合,会不会要分手,会不会离婚?

她脑子里一团乱麻,又是一个不眠夜。

晚上下了小雪,次日清早,窗外银白一片。

房间里有暖气,暖烘烘的。室外的楼顶、路面覆着一层薄薄的白雪,一阵风吹过带起落叶和雪花,让人依旧能感受到户外的寒冷。

许念清醒后,大脑首先记起她和江逾昨晚的吵架。

她没赖床,醒来之后立刻就起床洗漱。时间还很早,她打算不等江逾,自己回学校去。

许念轻手轻脚地捯饬完自己,直到出门前,江逾都没醒。

她一个人回了学校,在宿舍里待着看书或者画会儿未完成的插画。

间隙的时候,她打开手机,忍不住在搜索框搜索"和男朋友吵架了怎么办""刚在一起就吵架表明什么""情侣之间吵架如何解决"。

翻了会儿答案,她觉得都不太适合她的情况。

许念心情更加郁闷。

去往滑雪场的大巴会在下午三点准时从学校南门发车,许念在宿舍待到两点半,到点也带好行李,动身出发。

到车上时正好两点四十五分。这是滑雪社组织的活动,学校的同学都可以报名。许念环顾一圈,除了陶玥和她的男朋友赵岑,其他人没有一个是她认识的。

她有些"社恐",快速地收回目光,朝陶玥走去。

"念念,你来啦!"陶玥见到许念,朝她招了招手。

陶玥后面正好有一排座位空着,许念坐到了靠窗的座位上。

陶玥回过头,从两个座椅的缝隙间伸出头来,奇怪地问她:"念念,怎么没见到江医生一起过来呀?"

许念叹了口气:"我们吵架了,今天我不和他坐在一起。"

陶玥拧眉:"为什么?"

"非常严重的问题,"许念压低了声音,愁眉苦脸道,"三观不合。"

"啊?你和江医生还会三观不合?"陶玥不禁皱了皱鼻子。

车上还有其他人在,她没有细问,只道:"吵架正常,如果不是什么原则性问题,都是小事情,很快就能和好了。"

许念出神片刻,真的能很快和好吗?

她拿出耳机戴上,打算听歌,忽然听到一阵嘈杂的感叹声。

"天啊,这个男生好帅啊,他是我们学校的?"

"他一个人来的哎,有机会。"

....

许念没抬头去看,转头看向窗外,并顺手把腿上的包放在了身边的座位上,好占个位置。

过了一会儿,她感到旁边有一个巨大的阴影。

如她所料。

她有些开心,却又不想表现出来。

许念缓缓地转过头，果然见到江逾正站在她这排的座位旁。他似乎有话要说，许念目视前方等了会儿，但江逾什么都没说，就干站在原地。

正好这时宋艾蓝从车门处上来，许念见她一个人，便朝着她招了招手："艾蓝，要不要过来坐？"

宋艾蓝本来也在找座位，见到许念，便走了过来。她指了指在旁边傻站着的江逾，用眼神问许念是怎么回事。

许念用眼神回她，让她先坐下再说。

宋艾蓝一个秒懂的眼神，扭头拍了拍江逾的肩膀，很有礼貌问了句："江医生，你要是不坐的话，可以让一下吗？"

江逾微微侧了侧身，还没让开，宋艾蓝便侧身挤了进来。

许念把座位上的背包拿开，宋艾蓝便迅速坐到座位上，然后转身对江逾礼貌地说："多谢。"

江逾见状，尴尬地转身，坐在了她们斜前方的一个座位上。

很快有一个女生走到江逾跟前，低声同他搭讪："你好，我可以坐在这里吗？"

江逾道："不好意思，这里有人。"

女生没气馁："你朋友吗？那可不可以问一下你朋友是男生还是女生啊？"

江逾没直接回答："有事吗？"

女生嘴角向上弯了弯，她确定肯定是男性朋友，不然是女朋友的话，他一定会直接讲出来。她肆无忌惮地坐了下去，说道："没事，我就在这里坐一会儿，等你朋友来了，我就让给你朋友。"

斜后方，宋艾蓝用胳膊肘拱了拱许念："咋回事，都有人贴上去了，这你都能忍？"

许念眼睛明明都快冒出火来了，却装作一副不在意的模样，别过头："我可管不着。"

"早知道我就不坐这里了，找一个大帅哥来坐，让江逾吃醋酸死！"宋艾蓝说完，不忘转头问，"你和江逾吵架啦？为什么啊？不会因为我和赖景和的事情吧。"

许念摇摇头："不是，是我们俩之间有问题。"

过了片刻，许念厚着脸皮凑到宋艾蓝耳边，低声说："艾蓝，你坐得近，帮我听听他们在说什么。"

宋艾蓝递过去一个嫌弃的眼神，还是帮她听了一下。

"那个女生想坐在江逾旁边，而且还想要江逾的联系方式，还问他滑雪技术怎么样。"描述完，宋艾蓝忍不住吐槽，"好拙劣的搭讪方式。"

"哦。"许念郁闷地转过头。

过了一会儿，她又忍不住去看。

女生把自己右耳的耳机取下来想给江逾听，许念开始咬牙切齿，但没过一会儿，女生收回了耳机，失落地回到自己座位上。

宋艾蓝"扑哧"笑了一下，低声对许念道："笑死我了！刚才那个女生想给江逾听音乐，结果你家老江说，共用耳机容易造成细菌传染，真够可以的！我要是那女生，肯定当场翻脸了！不过，话说回来，我从一开始就不会那样贱兮兮地热脸贴冷屁股。"

许念听到宋艾蓝转述的江逾的回答，也忍不住笑了。

宋艾蓝拍了拍许念的肩膀："放心吧，看她那失落的表情，肯定是搭讪失败。你家老江还是蛮守规矩的，要不要考虑原谅他一下？"

"不要。"许念跟个耍脾气的孩子一样。

看着她气鼓鼓的小脸，因为生气脸色微红，此时看起来像粉嫩的水蜜桃，白里透红，一副奶凶奶凶的样子，宋艾蓝瞬间被可爱到了，捏了捏她的小脸，调戏道："别生气啦，给爷乐一个啊。"

许念被她逗笑，嫌弃地拿开她的手。

"对了，你和赖景和的事情解决了吗？他怎么没一起来？"她问道。

宋艾蓝轻飘飘道："和你们一样，吵架呢。"语气很平常，一点都不像吵架后生气的状态。

"真吵架了啊？"许念觉得有些抱歉，和江逾说的一样，她确实给他俩造成了麻烦。

宋艾蓝道："他事先不告诉我，然后偷偷去见前女友，被我发现后肯定要吵架的。"

许念叹了口气："唉，江逾说让我不要告诉你，免得给你们添麻烦，看来真的添麻烦了。"

"哪有！"宋艾蓝纠正道，"幸亏你告诉我了，不然我蒙在鼓里，一直不知道他还有个藕断丝连的前女友，不得亏死！"

许念问："怎么感觉你一点都不生气？"

"生气肯定是要生气的，不过我生气的目的只是让赖景和对我坦诚

· 211 ·

相待,然后过来和我道歉。现在他又不在这里,我生气给谁看啊?难道要给我们念念小可爱摆臭脸吗?"

她说着,还不忘调戏许念,捏捏许念的脸。

许念觉得宋艾蓝的心态真好,也很理智,她就做不到。昨天晚上,她气得几乎一夜没睡,好几次她都强迫自己不去想,但就是做不到。

"真羡慕你,吵架后也不会焦虑,完全没被爱情冲昏头脑。"

宋艾蓝实话实说道:"赖景和一走那么多年,我早就接受现实了,现在他回来,我可不能刚开始就太认真,只是觉得有缘所以在一起试试,不行就算了。反正我不能亏待自己。"

许念听她这样想,放心了不少。许念摇头感叹一声:"我都忘了,你这个千金大小姐,身边不少优质男,该焦虑的应该是赖景和。"

宋艾蓝赞同:"就是这样!"

听着她轻快的语气,许念泛起一丝心疼。她和宋艾蓝的友谊这么多年了,她最了解宋艾蓝了。宋艾蓝能这样洒脱,是因为伤心过了,她在保护自己,所以一开始就把真心封存起来,等观察确认后,才会考虑要不要拿出来。

回眸间,赖景和上了车,宋艾蓝直接把头往许念肩上一靠,开始装睡。

许念看了赖景和一眼,然后移开目光,看向窗外。

赖景和观望了一下,最后坐到了江逾旁边。

人到齐后,滑雪社社长张昭点了下名,确定好人数,然后给司机做了个"OK"的手势。

大巴发动,许念看了一眼时间,三点整,很准时。

许念找了音乐听,昨天晚上她没睡好,脑袋昏昏沉沉的,半路上就睡着了。

路途中她做了个梦,等被宋艾蓝叫醒的时候,睁开眼的一刹那竟然忘记自己在哪儿,还以为自己在教室里上课。

等看清了窗外的山石和树木,才反应过来,她出来滑雪了。

但很奇怪的,刚刚还沉浸在梦中,现在再去想,却怎么努力回忆都想不起来了。

"干吗呢?睡傻了啊?"宋艾蓝笑她。

许念揉着惺忪的睡眼,承认道:"是有点。"

宋艾蓝贴心道:"别睡了,很快就要到了,不然你一会儿下车容易着凉。"

"这边风景还不错。"许念看着车窗外蜿蜒的小路，灰蒙蒙的天空还有冷峻的山，总是不由自主地想起她和江逾刚在一起那天去地方。但一想到她和江逾正在吵架中，又徒增一股感伤。她冒出主动道歉求和的想法，但转念一想，她又没有错，最终还是忍了下来。

酒店的房间都是双人间，许念和宋艾蓝住在同一间。办理好入住，她们把物品放好，休整一会儿后便去往滑雪场。

滑雪场的大厅里聚集了很多人，排队检票就用了半个小时。

许念每年冬天都滑雪，之前她一直都是滑的双板，这是她第二次滑单板，技术还不是很娴熟。不过宋艾蓝的单板很熟练，可以教教她。

雪场很热闹，好在场地很大很宽敞，分了初级和高级雪道，高级雪道的人就少了不少。

许念打算去高级赛道挑战一下。

一回生二回熟，这次来滑，她进步了很多，宋艾蓝在旁边跟着她滑，时不时给她指点。

许念其实心不在焉，一边小心翼翼地控制着滑雪板，一边观察着江逾那边的动向。她见江逾朝她这边看的时候，便匆忙收回目光，然后暗暗得意。过一会儿再去看，江逾和赖景和认真滑雪，并没有注意她这边，许念便会失落又气愤。

情绪转变快如变脸。

"干吗呢许念，一点都不专心？"宋艾蓝批评道。

许念虚心接受批评，告诫自己：既然是来滑雪的，就不能分心，绝对不能让自己的心情受男人左右。

"我现在专心学习，你刚刚说刹车的时候注意什么？"

宋艾蓝无奈地重复一遍："好吧，原谅你一次，刹车的时候重心在前腿上，停下来时身体向外侧转，试试。"

许念按照她的指示做了一遍，果然很好地停住了，成功的喜悦冲刷掉了心里的烦闷。她越滑越起劲儿，渐渐地就忘了别的。

"自己都滑得一般，还在教别人？"身旁忽然传来一道男声，带了几分嘲讽。

许念抬眸，原来是赖景和。

宋艾蓝气愤道:"你哪只眼睛看见我滑得一般了?我现在不想理你,走开!"

她把脚从滑雪板脱离出来,抱着滑雪板走出一段距离,故意不搭理赖景和。

赖景和朝着许念笑了笑,忙跟在宋艾蓝身边央求:"蓝蓝,我们和好吧。"

"凭什么?"宋艾蓝白了他一眼,眼神藏刀。

赖景和也没生气,死皮赖脸地凑过去,笑嘻嘻道:"蓝蓝,别生气了,我已经将冯琳拉黑了,电话和微信都拉黑了,你回去后可以检查我的手机。"他说着,从善如流地掏出手机递过去,"锁屏密码我也改成了你的生日。"

宋艾蓝"喊"了一声:"赖景和,别以为只有你有前女友,如果你挑战我的底线,你分分钟变成我的前男友,追我的人可排着长队呢!"

赖景和道:"我知道,所以我不想变成你的前男友。"

宋艾蓝质问:"那以后那个姓冯的女人再来找你,你要怎么办?还背着我偷偷去私会?"

赖景和抿了抿唇:"她不会来了,如果真的来,我也不知道该怎么办。"

后面这句话十分讨打,一说出口,宋艾蓝的脸色就变了,这是在道歉吗?

她正要转身走,赖景和便将她拉住:"到时候需要你帮我撑场子。"

宋艾蓝瞥他一眼:"真心话?"

赖景和的面色由方才的玩笑变得认真:"蓝蓝,请给我一个机会,我很想向你证明我的真心。"

宋艾蓝深思熟虑片刻,开口:"那你和我比一场,你要是赢了,我就原谅你。"

赖景和如释重负,欣然道:"好啊!走起!"

两人说了几句话便达成协议,坐缆车上到高处比赛去了。

许念默默退出他们两人的战场,被孤零零留在原处,既为宋艾蓝高兴,又觉得有一丝孤独。

这两个人居然这么快就和好了,江逾那个死脑筋也不跟赖景和学习一下,就知道自己闷头滑雪。

她气冲冲地转头看去,江逾离她有一段距离,旁边还有两名女生。许念认出来,其中一名就是在大巴上找江逾要联系方式的。

他们有说有笑不知道在讲什么。

许念觉得现在她手里就算有一块石头,她都能狠狠捏碎。她收回目光,自顾自地继续练习。但她注意力不集中,刚滑了一段距离,就重心不稳摔了个屁股蹲儿。

脚下的滑雪板太重,她半天都没起来。

"哈喽,要帮忙吗?"有一名男生过来问道。

他一副学生模样,好像是和她坐同一辆大巴来的同学。

许念起不来,一直坐在雪地上也怪丢人的,便不好意思地点了点头:"嗯嗯,麻烦了。"

男生刚想伸手过来,被另一只大手抢了先。

"麻烦让一下。"一道清流般的声音传入耳中。

许念抬眸时看见一双白净的手,手指修长,骨节分明。

男生在原地左看一眼右看一眼,观察片刻,顿悟,很识趣地离开了:"那我先走了哈,打扰了。"

许念低着头,并没有伸手过去。她心里埋怨,江逾半天不过来,偏偏在她摔倒的时候来看她笑话,莫名其妙的自尊心让她硬气道:"我自己能起来。"

她脱掉了雪鞋,抱起滑雪板,往场外的休息区走去,也没注意周围的情况,刚走几步,便听到一声惊慌的叫喊。

"让开——让一下——我控制不住了——"

许念转头的时候,眼看着有道影子飞快地朝她这边冲过来。刹那间,她大脑"嗡"的一声,整个人已经人仰马翻地被撞倒在地。

"许念!"江逾急忙赶过去,把倒在雪地上的许念拉了起来。

许念后知后觉,脑子蒙了一会儿后才感觉到后背一阵疼痛。

她刚刚倒下去的时候,后背硌到了滑雪板,现在一碰到衣服就疼得厉害。

女生见自己撞到人,惹了祸事,慌张地道歉:"对不起对不起,我刚刚学滑雪,实在是控制不住,你没有事吧?"

"刚学滑雪的话,那边有初级赛道。"江逾沉着脸提醒她。他语气里带了几分冷意,很明显是生气了。

许念从来没见过他这样凶的样子。

女生似乎被吓到了,委屈巴巴地继续道歉:"对不起,我就是想来

· 215 ·

这边试一下，没想到这坡度这么陡。"

许念只是后背有些疼，应该是擦破了皮，没伤到骨头。她见女生慌张的样子，不忍心去责怪。

"我没大碍，不过你要注意安全，初学的话，还是去初级赛道比较好。"

她声音温和，并没有要追究的意思。女生如释重负，急忙点头感谢。

"谢谢你们，我这就回初级赛道好好练习。"

女生走后，江逾低头看着许念，也不敢去碰她，只轻声问："有没有受伤？"

"没有。"许念还在赌气，她转身要走，江逾追上来拉住她。

许念吃痛，发出"咝"的一声。

江逾知道她刚刚磕在滑雪板上，肯定有地方擦破。他无奈地叹气："脾气这么倔，为了不理我，连伤口都不处理了？"

许念忽地鼻子一酸，眼眶红红的，倔强道："我自己能处理。"

她离开滑雪区，抱着滑雪板往室内的休息区走。

休息区的角落有就餐区，摆放了很多桌椅，许念找了个空位置坐下，后背贴到椅背的时候，狠狠地疼了一下，但她这次忍着没出声。

许念本以为江逾跟着她，但坐下来后，江逾消失了，心里涌出一阵失落。

过了一会儿，她闻到食物的香气，夹着浓浓的番茄酱味道。

"饿不饿？"江逾走过来坐到她对面。

本来不饿的，但闻着食物的香气，她开始觉得肚子里空空的，很想吃东西。

"我不饿。"她违心地说。

江逾便伸手将盒子打开："许念。"他喊了一声她的名字。

许念垂眸看去，见到章鱼小丸子上面涂了厚厚的番茄酱，红红的，写成了三个字——对不起。

许念有些动容。

江逾看着她跟个孩子一般闹脾气的样子，柔声道："宋艾蓝和赖景和都去比赛滑雪了，我们还不要和好吗？"

许念冷冷地说："这是两码事。"

江逾耐心地说着："不是说要沟通吗？都不理我，怎么沟通啊？"

许念撇撇嘴，挤出来几个字："没法沟通。"

"那……"江逾拉着长音沉思,脑子里在想着对策,过了一会儿,说道,"那就先不沟通,你要不要先收下这个?"

许念抬眼看过去,见到江逾手里多了个四方的小盒子。

"什么呀?"她问。

江逾把盒子递给她:"打开看看。"

许念接过来,里面是一串项链,项链的吊坠是一个小巧的银环,银环上镶嵌着的像是一块小石头,经过切割打蜡,雕刻成了钻石的样子,低调且精致。

"这个吊坠好特别啊,有点像小石头。"她忍不住赞叹,忘记自己在生气了。

江逾温声给她解释:"这是月球陨石。"

"月球陨石?"许念惊讶出声,又细细观察了一下,真的很像陨石。

江逾道:"这是陨石猎人在撒哈拉沙漠发现的,一位科研所的朋友送给了我一块碎片。你之前不是说想要月亮吗,整个月球太大了,我摘不下来,但我托人把这个来自月亮的陨石打造成了项链。这样,你也算是拥有了一小块月亮。"

许念愣怔片刻,然后抿抿嘴:"你还记得我说过的话啊。"

那时候她去江逾家里,站在窗户前望了半天月亮。那天的月亮很圆、很亮、很美,她便忍不住发出感慨,没想到江逾都记在了心里。

"本来想等到明天元旦的时候再送给你,但你一直生我的气,我只好提前拿它出来帮我了。"

江逾说着,从胸前掏出来一个同样的吊坠,欣然地展示:"打了两个,情侣的哦。"

许念忍不住笑了一下。她是典型的打死不低头,一哄就心软。她忽然有些后悔,江逾这么好,自己刚刚还在任性地耍脾气,面子有那么重要吗?

"江逾……"许念低低喊了他一声,想说些什么。

江逾见她终于笑了,长长地松了口气。

"之前没给你看手机,是不想让你提前发现我和科研所那位朋友的交谈,想给你一个惊喜。"

许念惊讶地抬头:"原来是因为这个?"

她心里疼了一下,蔫蔫道:"是我误会你了。"

欲言又止了一会儿，许念低低地开口："江逾，对、对不起啊。"

一紧张，她就容易结巴。

江逾道："该说对不起的是我，没提前告诉你。"

"惊喜怎么提前告诉啊？"许念莞尔一笑，"江逾，以后我们能不能不吵架？"

江逾柔声哄着："好，以后不吵架了，都听你的。"

许念认真想了想，又摇头："不行不行，万一我又误会了你或者你误会了我，吵架不可避免。"

她眉头紧紧皱起来。

江逾摸了摸她的脑袋，说道："那以后，如果我们吵架了，却不好意思说对不起的话，我就去给你买一份章鱼小丸子，你就知道这是我在和你道歉，就要认真听我的解释，不能不理我。如果你吃了，就算是接受道歉，我们就和好，可以吗？"

"好吧。那如果我给你买的话，也是同样的意思。"许念欣然道。

"等我一会儿。"江逾又离开位置。

许念不知道他要去做什么，在原位等着他。江逾回来时，手里拿了个医药箱："我去服务台借了医药箱，你背上的伤口得赶紧处理一下。我送你回房间。"

许念点点头。

两人一块儿回到酒店，到了门口，许念掏出房卡在门锁上贴了一下，房门并没有被打开。许念又试了一次，还是不行。

"打不开，应该是被反锁了。"许念诧异，喃喃道，"怎么会？难道是不小心被反锁了？"

江逾见状，说道："前台的总卡应该可以开反锁，我去借一下。"

许念又想去试一下，但这次她靠近的时候，似乎听到了房间里隐隐有奇怪的声音。

像是激动，又像是在呻吟。

许念立刻识别出来什么情况，她脸一红，快速拉住江逾："别去了，艾蓝……好像回来了。"

"里面有人？"江逾诧异道，"那怎么不敲门？"

许念勉强笑了一下，解释："她应该是听不到。"

看着她通红的脸，再加上支支吾吾像是在掩饰什么，江逾似乎明白了什么。

"那只有一个地方了。"他说道。

"去哪儿？"

"我房间。"

江逾本来和赖景和一间房，但现在这个情况，赖景和应该不会回来了。许念当下也没有更好的选择，只好跟着江逾上了楼。

一路上，许念都在为自己刚刚听到的声音感到抱歉和羞愧。直到江逾打开门，她才缓过神来，如果赖景和一直在她房间的话，那她今天晚上岂不是也要一直在江逾房间？

这和在江逾家里又是不一样的。江逾家里有两间卧室，但这里只有一间房和两张床。两个人抬头不见低头见，睡觉也要在同一个空间。

许念双颊上的红晕又加重了几分。

"把衣服脱掉。"江逾的声音将她从神游中拉回来。

"啊？"许念一怔，随即身子往后缩，下意识做出保护自己的姿势。

江逾缓缓说道："不脱衣服，怎么给你处理伤口？"

许念紧紧捂着衣服，说道："那你回避一下，我自己弄。"

"乖，听话。"江逾耐心地哄她。

"我现在是你的正牌男友，哪有让自己男朋友回避的？而且我都给你看过了。"

江逾逗许念一句，她面红耳赤，忍不住打了他一下。

"要不然我先脱给你看，公平一点怎么样？"江逾越发过分，说着就要解扣子。

"谁要看了？"许念别过头。

江逾把尾音拉长，像是在哄小孩一般："好，男朋友不行，那你就把这里当成是医院，我是你的主治医生，哪有让医生回避的？"

"别任性了，我就帮你把伤口处理好，不干别的。"他很有耐心地哄着。

许念伤到的是后背，确实不方便自己处理，听着江逾信誓旦旦地保证，许念便点了点头。

江逾帮许念解开外套的扣子时，她一哆嗦，下意识地按住他的手："我自己来就好。"

她并不是不相信江逾，而是头一次在异性眼前袒露身体，本能地觉得不好意思。脱掉外套的时候，许念觉得心脏狂跳，脸也开始发烫。

江逾帮她掀起后面的毛衣。许念的皮肤很白，如凝脂般的肌肤露出来，从背到腰部的线条纤细好看，只是现在上面多了几道红红的划痕，其中有几处严重的地方呈现出明显的紫色。

饶是早就有了心理准备，江逾心里还是不受控制地动容一番。

他用碘酒帮她擦拭破皮的地方，冰凉的棉签触碰到伤口，许念身体一颤，江逾跟着心疼了一下："抱歉。

"不过上药的时候是会疼一些，你忍着点。"

许念点点头："没事，不是很疼。"

江逾道："疼了就和我说，我轻点。"

许念："嗯嗯。"

江逾弄得很轻，手法专业迅速，很快将伤口处理完成。他帮许念整理好衣服，轻轻拍了一下她的肩膀："好了。"

许念微微笑了下："谢谢，刚才真的不太疼，你的技术还是一如既往地好。"

她这样夸他，江逾忍不住想歪。

许念正要起身，他迅速从她身后探身过来，在她右脸颊轻轻啄了一小口。

"干吗？"许念嗔怪一句，脸上浮起一片红云。

江逾道："奖励你。"

"啊？"许念不解，"奖励什么呀？"

"奖励你刚才很乖，"江逾伸手捏了捏许念的脸蛋，补充一句，"没哭鼻子。

许念气鼓鼓道："你把我当小孩了啊？还哭鼻子，我才不会。"

江逾把药箱整理好，放到桌子上，转头看了看许念："你可不就是小朋友。"

许念坐在床上："才不是。"

"这么任性，还说不是。"江逾拿着医药箱一边往外走，一边说道，"我去还一下药箱，你想吃什么？我顺路带回来些。"

许念摇摇头，指了指桌子上放着的章鱼小丸子："我吃这个就够了。"

江逾点点头："好。"

他拎着药箱出门，许念坐在床上乖乖等着。过了一会儿，她拿着手机，想给宋艾蓝发个短信。

【艾蓝，你回房间了吗？】

编辑好，她看了眼时间。从她上楼来这儿，已经快半个小时了吧。她点击发送，一般宋艾蓝都是秒回，但这次等了五六分钟依然没有回复。

许念心里哭了一声，不抱希望了。

她目光扫过窗外，外面又开始飘起雪花来，小小的像盐粒一样飞速下坠。许念摸了摸颈间的项链，觉得连雪花都是温暖的。

没过多久，江逾回来了。他手里拎着一个食物袋子，放到桌子上。虽然她刚刚说不要，但江逾还是买了。

"江逾，你买了什么呀？"她凑过去问。

江逾道："出去转了一圈，但这附近没什么好吃的，只买了两个红薯回来。"

许念转身把江逾放在椅子上的背包拿过来，背包被塞得鼓鼓的，她还拍了两下："没事，幸亏昨天晚上我们买的零食都在你这里。"

江逾看了一眼时间："这么晚了还要吃零食？"

"今天可是跨年夜，偶尔放纵一下啦。"她说着，拍了拍江逾的背包，"能打开吗？"

"打开吧，别吃太多，晚上容易积食。"江逾道。

许念正要去拿，江逾忽然伸手过来，把包按住。

"等一下，"他摸了一下鼻子，把包拿了过去，"我来。"

"怎么了？"许念见他神色紧张，一看就不对劲儿。

她一副了然的模样问道："江逾，你是不是藏零食了？"

江逾眨了下眼睛："没有啊。"

"没有？那你干吗遮遮掩掩的？"许念不信，走过去想把江逾的包抢回来。

江逾把包藏到身后："别闹，我给你拿出来。"

"你有秘密。"许念站起来去拿。

江逾也站起来，把背包举到许念够不着的高度。

他越是这样，许念就越想伸手去够。她踮着脚，江逾的喉结滚了滚，慌张的声音传来："许念，我就带了这一个包。"

许念过了会儿才停了手里的动作，隐约有点明白了："好吧，那你拿。"

江逾松了口气，但胳膊放下的同时，"哗啦啦"几声，零食从里面全都抖落了出来。

许念本来将背包的拉链拉开了一个小口,刚才闹着玩的时候,开口被拽开了很多,现在江逾一个不小心,里面的东西全散落了出来。

许念低头,看到了各种颜色的零食,最后掉出来也是最上面的,是一条深色的男士内裤。

江逾以迅雷不及掩耳之势将东西全都捡了起来,然后将内裤藏在背包里。

江逾把零食抱起来放到桌子上,若无其事地问许念:"要……吃哪个?"

没想到许念一改之前羞涩的状态,表现出一副毫不在意的模样,淡定地说道:"这有什么不好意思的?而且我还是你女朋友。"

反客为主的感觉还不错。

"乖乖吃红薯。"江逾递给她后,手在她头上摸了摸,故意将她的头发弄乱。

"江逾,"许念用水汪汪的大眼睛看向江逾,开口道,"我今天晚上可能要赖在你这里了,求收留。"

夜幕降临。

一年已经进入倒计时,还有三个小时,零点的钟声便会响起,新年随之到来。许念打开电视机,里面正在播放跨年晚会。她拿了个枕头靠着坐在床上,盖着被子。江逾坐在另一边,两张床的中间放了两个床头柜相隔着。

许念时不时看向江逾,他很板正地坐在床上,跟她一起看跨年晚会,估计觉得晚会无聊,又一心二用地在玩着手机。

过了一会儿,许念看向江逾,问:"江逾,你要不要坐过来?"

江逾对她的邀请有些惊讶,坐在原处反应了片刻。

许念往边上挪了挪,给他腾出来一个位置。江逾磨蹭了一会儿,慢悠悠地坐过去。

"怎么啦?"许念问他。

"没事,"江逾镇定地指了指电视机,"看节目吧。"

之前他们两人也坐在沙发上一起看过节目,现在是在酒店里的床上,虽然都是并排坐着,但总感觉有点不一样。屋子里温度有点低,还用被子盖了腿。床、被子和枕头，给两人的距离间增加了不一样的暧昧感。

江逾表面上镇定自若地看着节目，实则目光总会不由自主地被许念吸引，悄悄垂眸去看她的头和浓密的睫毛。她身上有一股特殊的香味，是女生独有的那种柔和，香香软软的，让人生出很想揉搓的冲动。

好可爱……

江逾伸了伸胳膊，想要将许念搂在怀中。正巧这个时候，外面"砰砰"几声，有烟花在夜空中绽开。

零点的钟声响起，新年到了。

"有烟花！"许念兴奋地下了床，跑去阳台。

原本她靠的位置空出来，露出江逾的胳膊悬在半空，然后以一个奇怪的弧度落了下去，并没有人看到。

"江逾，过来看啊，有烟花。"许念回过头喊着江逾一起。

江逾不紧不慢地下床，走到她旁边，披了件外套在她身上。

许念兴奋地说："听说新年到来的时刻，那个和你一起看烟花、一起迎接新年的人，在今后的一年里，也会一直陪在你的身边。"

江逾眉毛一挑，不太满足："只是一年？"

许念道："没关系，明年我们还可以一起跨年。每年都要一起跨年！这样我们每年都会在一起。"

"我们许个愿望吧。"她双手合十，闭上眼睛，对着绚烂的烟花，开始许愿。

烟花声里，她心里的声音也默默响起——希望能永远和江逾在一起。

夜晚的风夹带着雪花吹在脸上，冰冰凉凉的，很快融化成水滴。

烟花绽放，新年到来，在美轮美奂的夜空之下，和一个温暖美好的人相拥站在一起，许念心中满足且感激。

"江逾，你会每年都陪我跨年吗？"

"这么幼稚的问题啊。"江逾在她的鼻子上轻轻刮了一下，"当然会永远陪着你。"

烟花落幕，已经过了零点，许念开始犯困，她支撑不住，爬上床休息。"晚安。"她对江逾说。

江逾抬眸看去，她躺在床的正中间，并没有像刚才一样给他留位置。

"晚安。"他回了一句，然后把灯关掉。

周围陷入一阵黑暗。

许念比较认床,尤其是在酒店里睡觉,很容易失眠。床垫挺软的,但许念睡在上面,总觉得空空的,有些冷。刚刚江逾坐在她旁边的位置,她用手去感受,还有些余温,残存着他身上特有的清甜气味。

许念有些贪恋,但温度和气息都渐渐变淡。躺了一会儿后,许念翻了个身,朝江逾的方向轻声唤道:"江逾,你睡了吗?"

"还没有。"江逾很快低声回复。

"我睡不着。"许念道。

江逾轻声道:"闭上眼睛,随便想一些其他的事情,一会儿就睡着了。"

许念照做,但她想了好一会儿,又睁开眼睛,还是睡不着。

江逾那边安安静静的,她想叫他,却又不忍心打扰。纠结了一会儿,她还是很小声地试了一下:"江逾。"

一片安静,许念本以为江逾睡了,失落地转过身,忽然听到低沉缱绻的声音:"嗯,我在呢。"

许念很惊喜:"你刚才睡着了吗?"

她实在是睡不着,又不知道要说什么。

"睡着了,你刚刚一喊我,我便醒了。"江逾认真地回复她,他想到许念后背上还瘀青着,便微微起身,担心道,"是不是后背疼了?"

"没有。"许念开口说,"江逾,我有点冷。"

屋子里是有暖气的,温度并不低,江逾以为她发烧了,想起身去探探她的温度。

"冷吗?那我打开空调。你有没有不舒服?"

话落,过了几瞬,灯被人打开。

"不用了,其实……"许念叫住他,"这张床挺宽的,要不你过来睡吧,暖和。"

许念往边上挪了挪,腾出他的位置来。

"两个人睡也挺宽敞的,你嫌挤吗?"她问。

"没有。"江逾摇摇头。

"那你怎么不过来?"见他站着没动,许念无辜的眼神看向他,灯光映着她素净的面容,有种楚楚动人的感觉。

江逾心里打着小鼓,然后一点一点地挪动过去。他掀开被子,在许念旁边躺下。

许念似乎很满足,凑近了些,灯光有些刺眼。开了灯后,许念反而有些害羞,便对江逾说道:"把灯关了吧。"

江逾伸手关了灯,许念的小手立刻贴上来,缠住他的胳膊,滑滑嫩嫩的。江逾心里一股欲望迫切地翻涌,想要冲破禁锢。

居然这么相信他,江逾无奈又荣幸。他努力保持清醒,告诉自己她后背还伤着,所以他要克制,能在她身边闻着她身上的味道,他已经很满足了。他在她的额头轻轻吻了一下,轻抚着她的头发,低声道:"安心睡吧。"

很快,许念均匀的呼吸传来。

她睡得很安稳,但江逾少有地失眠了。

第二天清早,许念醒过来,朦胧之间,她触到了江逾的手臂,是一种很坚实的肌肉感。

许念瞬间醒了,侧头看过去,江逾在她身旁还在熟睡。

清晨的阳光照射在他浓密的睫毛上,在眼下形成一片动人的阴影。许念很想偷吻他。她悄悄将身子探过去,被子发出"簌簌"的声音。

许念急忙停下动作,等看到江逾并没有什么反应,她吐了口气,往他面前贴了贴。

她伸出手,想去摸他的睫毛,又怕弄醒他,只轻轻点了一下,便拿开。

江逾睡得很死,丝毫没有察觉。

许念放肆起来,又用食指的指肚在他的唇上贴了贴,软乎乎的,手感真好。

她都有点想去捏了。

只思考了片刻,她就将这个想法付之行动。她伸出拇指和食指,捏住江逾的上下唇,轻轻掐了两下。

恶作剧成功,许念嘴角勾了勾,还没窃喜多久,忽然一道嘶哑的声音飘入耳中:"过分了啊。"

许念一惊,急忙缩回手:"江逾?你在装睡?"

"还不亲我吗?"江逾伸出胳膊搂住她。

没等许念说话,她的唇便被堵上了,是她刚刚用手指感受到的柔软,但这个温度传到嘴唇,更加温暖了些。

许念感受着他翻涌的热情,确定了一件事——他肯定醒了很久了,不然为什么这么有精神。

一点都不像刚醒过来的样子。

她身体止不住发抖,胳膊缠到江逾的腰间,寻找着可以寄托的地方。

江逾宽大的手掌轻轻摩挲,安抚着她的情绪:"许念,我也是第一次,所以很紧张。"

许念没接话。

江逾十分贴心地补充:"你如果有什么感受,或者什么需求,可以直接提出来。"

"没……"许念双颊涨红。

江逾压得她后背有些痛,她忍不住"哑"了一声。江逾正吻她的额头,后知后觉了几秒,停下来。

"疼了?"

许念点点头:"后背有点疼。"

"是不是很痛,要不我们停吧?"他认真征求地她的意见。

许念晕头转向,努力捕捉他的话语,过了半晌,才点点头。

"好。"她习惯性地答应。

大概他说什么,她都会答应的。

江逾不敢再随便动弹,只翻了下身,重新躺回去。

"我回去会好好钻研一下的。"

他第一次尝试这种事,操作起来肯定免不了有些生疏,许念身体不佳,他不该在这个时候尝试。

江逾忍了下来,起身道:"我去洗个澡。"下床,又嘱咐一句,"你后背有伤,今天别洗了。"

猜到许念不愿意,他低笑一句,声音缱绻:"很香的。"

"好吧,那明天应该能洗吧。"许念问。

"得等我检查一下再说。"江逾道。

许念脸一红,催促:"你快去洗吧。"

江逾笑了一声,转身去了浴室。

许念拿起床头柜上的手机,打开一看,五分钟前收到了宋艾蓝的回信。

【念念,不好意思,我昨天在房间里没听到,赖景和跟我说江逾去找你了,并且他会照看好你。难道江逾没去吗?你现在在哪里?】

许念无奈地叹了口气,开玩笑道:【唉,我可是在雪地里睡了一整晚,

现在人已经冻成冰块了,你得负责。】

宋艾蓝信了,急忙打了电话过来。

"念念,你真的还在滑雪场吗?我错了,我以为江逾把你带回去了,赖景和明明和我说,他和江逾说好了,他把他的床位让给你啊。"

赖景和和江逾说好了?

"念念?你生气了吗?你在哪里?我去找你!"宋艾蓝听她不出声,真的着急了。

许念笑道:"骗你的啦,放心吧,我和江逾在一起呢,你就和赖景和好好玩吧。"

"你居然吓我!"宋艾蓝嘴上埋怨,实则狠狠松了口气,心里愧疚瞬间消散。

"好啦,不说了,挂了,下午大巴上见了。"

许念挂了电话,这时江逾从浴室出来,他今天早上洗了头发,只吹到半干,湿湿的头发半贴在额头,胸前的衬衫也湿了大半,隐约透出胸前的肌肉线条,禁欲感十足。

许念忍不住多看了两眼,要不是她有伤在身,就该昨天晚上把他给"办"了!

原是计划上午半天时间去周围的公园或者山野赏赏景,但昨天滑完雪,许念整个人像要散架了一样,再加上昨天睡得晚,今天一直赖床到将近中午才起床,也没时间再去周边游玩了。

他们打算在附近吃个午饭,休息一会儿,然后坐大巴回市区。

许念收拾完,和江逾下楼觅食。紧挨着滑雪场有一条地下小吃街,两人走进去,在一个大杂烩的美食窗口前坐下来,点了两碗米线垫垫肚子。

许念要了一份鱼丸,加在米线里面,吃起来更鲜美可口。

她看了看江逾,他只吃着碗里的米线,清汤寡水的,就有几根可怜巴巴的青菜叶。

"江逾,你要不要吃一个鱼丸?"她问道。

"我不爱吃。"江逾补充道。

许念低头数了数碗里的鱼丸,一共也就五个而已。

怎么有人不爱吃这种美味?

"你尝一个嘛。"许念半撒娇地说。

"不要。"江逾无情回绝。

"吃嘛，只吃一个的话，也不算很过分吧。"许念莫名生出一股执念，也不知道为什么会有这种恶趣味，江逾越是不想，她就越想让江逾尝试，便用一双渴求且无辜的大眼睛看向江逾。

"这小鱼丸这么可爱，你就尝一下呗，就吃一个。"许念直接将一个鱼丸夹到了江逾碗中，然后笑嘻嘻地看着他。

怎么可能会有人拒绝圆滚滚又白胖胖的小鱼丸？

"积少成多。"江逾缓缓把鱼丸夹回到许念的碗中。

许念叹了一声，没想到江逾的原则性这么强，她都撒娇推销了，还是以失败告终。

她把被嫌弃的小鱼丸夹起来，打算自己吃，还没到嘴里，江逾打断她。

"等一下。"

"嗯？"许念停住。

"你夹给我。"江逾低声道。

"什么？"许念愣了一下。

她把江逾的话听成了"你嫁给我"，脸瞬间红了一个度。

江逾失笑，重复了一遍："我说你夹给我吃。"

"哦哦。"许念为自己的幻听感到羞愧。

她抬眼时，见江逾往前伸了伸脖子，嘴半张开，像一只等待喂食的小鸟。许念夹了一个给江逾，他很满足地嚼了两下。

"好吃吗？"许念问。

"嗯，好吃。"江逾点头。

许念的眼睛弯成月牙，为自己的成功"安利"感到兴奋。

"妈妈，我也想吃鱼丸。"

声音来自他们旁边座位上坐着的一个小男孩。那边是一对母子，男孩大概四五岁的模样，圆嘟嘟的小脸上一双圆滚滚的眼睛雪亮雪亮的，很是可爱。

他大概是听到了许念和江逾的对话，此刻在向他妈妈吵着要吃鱼丸。小男孩的妈妈笑了一下，对小男孩说道："你这些就够吃了。"

小男孩道："可是这里面没有鱼丸，妈妈我想吃鱼丸。"

小男孩还没等他妈妈说话，伸出白嫩的小手比了个一，乖巧地恳求："我就吃一个。"

许念、江逾："呃……"

除了小男孩本人，一丝尴尬在众人之间蔓延。

许念和江逾两人装没听见，闷头吸着米线。小男孩的妈妈为了让小男孩闭嘴，只好答应他去给他要了份鱼丸。

趁着妈妈去点菜，小男孩居然凑了过来，直接在江逾旁边的位置上坐下来，一双圆滚滚的大眼睛打量着许念，然后开口问道："哥哥姐姐，你俩在谈恋爱吗？"

面对小孩子的无心之言，许念老脸一红，佯装淡定道："小弟弟，你知道什么是谈恋爱吗？"

"当然知道，我可是谈过的，和我们班的朵朵，但是她上个月转学了，所以我失恋了。"小男孩越说越失落。

许念虽然被他逗笑，但还是认真安慰道："没关系啊，虽然转学了，但你们还可以在网上联系，不上学的时候，也可以约出来见见面。"

小男孩真诚发问："可以吗？"

许念重重点头："当然可以，说不定朵朵就在等你联系她，作为男生，可要主动哦。"

她说着，以不经意的目光迅速在江逾身上扫了一眼。

江逾感觉有被内涵到。

小男孩握了握小拳头，义愤填膺道："我知道了，谢谢姐姐！我回去就给朵朵打电话！"

他盯着许念碗里的鱼丸舔了舔嘴唇："姐姐，能给我吃一个鱼丸吗？"

许念犹豫片刻，毕竟是入口的东西，小男孩妈妈不在身边，她不敢胡乱投喂，想到包里还有些零食，便说道："姐姐这里有肉松小贝，你要不要吃？"

闻言，小男孩兴奋地点头。

许念将包里的肉松小贝拿出来，整整一盒放在了小男孩面前。

小男孩坐着没动，犹豫了一会儿，抬眼看向许念："姐姐，你能不能喂我吃啊？"

许念不禁失笑，见他实在是可爱，便点头，宠溺地拉长声音："好。"

她拿了一个肉松小贝递过去，小男孩张大了嘴巴等着，本以为是温柔的轻喂，不料等来的是十分粗鲁的大手，将一整块肉松小贝全部塞进了他的嘴里。

许念被江逾抢了先，便把手缩了回来。

江逾把肉松小贝放到小男孩嘴里之后，还说教似的，低声道："男子汉不能让别人喂饭，要大口吃。"

小男孩的嘴巴被肉松小贝塞得鼓鼓的，依然努力反驳："可是哥哥你刚刚就让姐姐喂饭了。"

他口齿不清，江逾假装没听到。

没过多久，小男孩的妈妈点完菜回来了。

见小男孩跑到了别人的座位上，她顿感抱歉，走过来将小男孩抱了起来。

"俊俊你干吗呢？怎么能打扰别人用餐呢？"

许念朝那位女士笑笑，说道："没关系，他很可爱的，没有打扰到我们。"

"不好意思啊。"女士将手里的碗递过去，"要不这个鱼丸给你们吧，吃了你们这么多东西，真是抱歉。"

许念摇摇头："只是一个肉松小贝而已，不用的。"

"妈妈，我只吃了一个肉松小贝，而且哥哥不让姐姐喂我，他很小气。"小男孩居然还当面告起状来。

许念"扑哧"一笑。

小男孩的妈妈也不好意思地笑了出来，然后严肃地教训道："不许乱说话，哥哥那可不是小气，走了，回去吃你的鱼丸了。"

小男孩乖乖跟着妈妈走，离开前不忘以一个过来人的身份提醒江逾："那我走了，哥哥，你要主动哦。"

许念看着江逾风云变幻的表情，忍不住失笑，压低了声音问道："江逾，你连一个小孩的醋都要吃吗？"

"我才没吃醋。"江逾夹了一个鱼丸，一整个塞进了嘴里。

许念和江逾吃完在周边的纪念品商店逛了一会儿，许念买了两个盲盒，拆开后居然正好是她想要的小狗和熊猫。

"江逾，这个放在书架上怎么样？"她说完，才惊讶地发现，自己说到家的时候，已经理所当然地想到江逾的家了。

"可以啊，你想放在哪儿都行。"

"那我再买一只兔子，放在你的床头柜。"许念指着一个粉嫩嫩的兔子说道。

江逾又拿了一个蓝兔子："一人一个，你放在宿舍，我放在我的办公室。"

两人逛完小商店，回到酒店后仔细收拾好东西，然后赶往集合点。还有几分钟才发车，江逾便去旁边的便利店买了水。

许念上车后，见到宋艾蓝和赖景和、陶玥和赵岑都已经在车上了，两两一对，看来这次的旅行很愉快。

宋艾蓝见她一个人，愣了一下。

许念坐到他们侧前方的位置，拿出耳机来听音乐。她很喜欢坐车时一边看着外面的风景，然后一边听歌的感觉。

宋艾蓝看了会儿许念，狠狠捶了一下赖景和，示意他让一下位置，然后起身站到许念身边。

"念念，江逾怎么没和你一起？你们还没和好？"

"赖景和还骗我，说江逾肯定没问题，我就知道男人不靠谱！"

"放心，我不会让你一个人的，我陪你坐不陪他坐！"

刚刚耳机里的音量有点大，再加上大巴上一直有人讲话，许念没太注意，等宋艾蓝坐下，她才注意到对方。

许念摘下耳机，奇怪道："艾蓝，你怎么坐过来了？"

宋艾蓝主持正义道："来陪你啊，合着我刚才说的你都没听见！"她刚坐好，屁股都还没坐热，就感觉一道黑影向她凑近，压迫感十足。

她转头，见到江逾站在她面前，低头看着她的座位。

"干吗？"宋艾蓝理直气壮。

"你要坐这儿？"江逾皱眉问了句。

"啊，对啊！"宋艾蓝道。

江逾转头看了一眼赖景和，然后回过头，把手里的矿泉水递给许念："水买来了。"

许念接过来："嗯嗯。"

她以为宋艾蓝想和她一起坐，便想和江逾说一下。

正要开口，宋艾蓝已经了然于胸，没等许念开口，她察觉到江逾具有压迫感的目光杀过来，便自觉地起了身："知道了，知道了。"

其中尴尬只有她自己能懂。

宋艾蓝失落地转身回到赖景和身边的座位，坐下前，陶玥笑了她一下，宋艾蓝朝陶玥做了个哭脸。好在赖景和并没有因为她刚才的抛弃而记仇，反倒在她脸上亲了一下，安慰道："回来就好啦，还是我这里最舒服吧。"

宋艾蓝轻飘飘地回应一句："还行吧。"

江逾如愿在许念的身边坐下来，满脸都是无法掩饰的得意。

"这么开心？"许念问他。

江逾也不掩饰："当然，你不知道，来的时候没和你坐一块儿我内心有多煎熬，现在终于如愿了。"

"原来你也会煎熬啊，我还以为就我一个人难受呢。"许念小声地说，她把耳机里的音乐声调大，专心听歌。

过了一会儿，江逾凑到她耳边："不分给我一个？"

"什么？"许念将耳机拿掉。

江逾拿过一个耳机塞进自己右耳，舒缓的音乐轻轻敲打着他的耳膜，给人一种很温润轻柔的安抚，每一个音符都甜甜的，时而活泼，时而舒缓，就像他身边的人一样，可爱又柔和。

许念其实很想与他分享，想要与他共同听一首歌，但她想起江逾之前和一名女孩说过，两人共用耳机容易造成细菌感染，所以便抑制了这个冲动。

"我以为，你怕细菌感染。"许念道。

听到她的话，江逾顿了一下，想着她说这句话的出处。想到答案后，他忽然笑了一声："你偷听我讲话。"

许念硬气道："那又怎样？你还和别的女生搭讪呢。"

江逾淡淡解释："我是被迫的。"

"所以你又不怕感染了？"许念抬头看了一眼江逾的耳朵，她的耳机稳稳当当地戴在上面，许念心里窃喜。

"嗯。"江逾闭上眼睛听音乐，许念见状，也转过头看向窗外。

过了一会儿，她觉得耳边一股温热的气息袭来，江逾趁她不备，在她的耳朵上快速亲了一下，然后轻声道："早就被你感染了，无可救药了。"

元旦假结束，许念迎来了一个好消息，奖学金发了下来，国家奖学金和学院奖学金加在一起有三万两千块，对她来说简直是一笔巨款。

许念开心地给江逾报喜：【收到了一笔巨款，你猜有多少？】

江逾回复：【巨款？一百万？】

许念：【……哪有那么多！】

江逾：【两千？】

许念"唉"了一声：【是学校的奖学金啦，怎么可能只有两千？】

江逾：【三万二。】

许念惊讶：【这么准？】

江逾：【学院奖学金一万二加国家奖学金两万，就是三万二，你打算用这笔钱干什么？】

江逾猜着，女生的话肯定都会买一些贵的化妆品或者漂亮衣服，但许念回复过来，不同寻常的答案：【想用这笔钱，包养我的男朋友，可以吗？】

江逾在办公室看着手机，失笑一声：【我很贵的，这些可能不够。】

许念把计划说出来：【那我就先包养你的上半身，周末有空吗？去商场给我男朋友买外套呀。】

过了一会儿，江逾回复：【下半身不要了？】

许念老脸一红，顿时血气沸腾，教训他道：【说什么呢！】

江逾道：【不用包养，下半身也是你的。】

许念强行将话题拉回正轨：【周末到底有没有空呀？】

她脑子里却抑制不住地想起在滑雪场的酒店，她和江逾同睡在一张床时的场景。

她和江逾的关系确实更近了些，不仅仅是身体上的距离，还有感情上的，和江逾讲话时，她比之前自如随性了好多。

只不过还缺一个突破。

许念后知后觉地发现，她竟然在轻浮地期待着什么。

江逾心里美滋滋：【怎么突然想给我买衣服了？这周有点忙，要不下周吧。】

许念：【你之前不是也给我买过裙子吗？我穿你买的衣服，你穿我买的衣服，这样多好呀。】

许念：【那你这周先好好上班，下周我们再出去。】

发完，她切掉微信页面，打开微博刷了一会儿。

大多是一些娱乐新闻，临退出前，她看了一眼私信，发现有未关注人发来的消息。因为只有一个小红点，她一直都没注意到，点开来看，才发现是前天的消息。

昵称：阿宁本宁。

发来的内容是：【哈喽，我知道你是许念，我是陆双凝，你应该还记得。】

许念也不知道陆双凝是怎么找到她微博的，但她觉得，只要想去找，她也可以找到陆双凝的微博。

许念回复了一句：【我记得，请问你有什么事？】

没想到陆双凝连微博都能做到秒回：【找你当然是有事了。我知道江逾喜欢你，原本我以为你不喜欢江逾的，没想你们两个在一起了！想想也是，你这种普通的女孩能被江逾喜欢，肯定会奋力抓住这次飞上枝头变凤凰的机会。不过，你们是两个世界的人，不可能走到一起的。】

陆双凝在微博上向她宣战。她这种看似嚣张实则毫无用处的私信联系，在许念看来是非常幼稚的小朋友行为。

阿宁本宁：【虽然现在你们在一起，但是不证明一直会，也不能证明这是最好的选择。江逾之前已经选择了和你离婚，说明他也是动了和我陆家联姻的念头我能给江家带来更稳固的生意和更多的利润，你能带来什么呢？】

阿宁本宁：【有一句话叫识时务者为俊杰，我劝你主动放弃为好。】

阿宁本宁：【不过就算你不放弃，我也不会勉强，毕竟我也不是什么心胸狭隘的恶人，江逾最后选择谁还不一定呢，我们公平竞争！】

陆双凝发了很多句话。

许念耐心地都读了一遍，等她不再继续发了，许念只回了一句话：【本来就是我的，为什么要竞争？】

许念是准毕业生，导师很贴心地让他们从项目中脱离，好把重心放在写论文的任务上，所以她每天都会抱着电脑去实验室，做实验写论文，每周定期去找导师讨论问题，此外就是吃饭和睡觉，日子很单调。

这天晚上，许念从实验室写完论文回来，窝在床上和江逾打视频电话，没说两句，江逾就有另一个电话打进来，然后匆忙结束了和许念的通话。

"你去接电话吧，我今天也要早睡啦。"许念虽然笑盈盈地和江逾说了再见，但挂了电话，顿感周身被寂寞包围。

她想起白天陆双凝给她发微博私信的事情。给陆双凝发消息的时候，她还是理直气壮一副天不怕地不怕的样子，但等她一个人静下来的时候，想起陆双凝说的那些话，又觉得后怕。

因为她，江家和陆家的联姻不能进行，那商业合作应该就不可能了吧。江逾家里的公司会不会因此而有损失啊？因为和她在一起，江逾和江伯父的关系也一直都处于僵化的状态。

她好像拖累江逾了。不得不承认，陆双凝说的一些话，确实是事实。

见她一副愁容，宋艾蓝疑惑地开口："怎么了？和江逾视频完，怎么愁眉苦脸的？"难道欣赏江逾那张脸，还不能拥有一份好心情？

许念下床贴了个面膜，说话时嘴巴只张开一半："就像你们之前说的啊，脸越好看，越不安全。"

宋艾蓝察觉到了什么："怎么了？你是不是也发现了什么不太对劲的蛛丝马迹？"

许念道："倒是没有，可能是因为江逾太忙了吧，我却没什么事，这样一个鲜明对比，显得我每天无所事事的。"

"怎么无所事事啊？写论文不是件很重要的事吗？要是毕不了业，那才完蛋了！"宋艾蓝道。

"虽说是这样……"许念分享着心事，"前两天，陆双凝向我宣战了。"

"宣战？"宋艾蓝的斗志立刻被激起，"她居然敢来宣战？你和江逾都已经在一起了？她这不就是插足吗？真无耻！"

许念还算淡定，她把面膜袋里剩余的精华涂在脸上："她也没干什么呢，就放放狠话。"

"对啊，你怕一个小丫头干什么！"宋艾蓝凡事都想得很开。

许念被她的情绪感染，忽然也觉得没什么。江逾就是太忙了而已，或许她也应该做些事情转移一下注意力。

"我倒是挺好奇，陆双凝那小丫头都和你说什么了啊？"宋艾蓝好奇问道。

"她说——"许念拉着长音，蔫蔫道，"我和江逾是两个世界的人，我和他在一起，是在攀高枝。"

刚说完，她被"砰"的声音吓了一跳。

原来是宋艾蓝气不过狠拍了下桌子。

"什么叫两个世界的人！同一个世界同一个梦想好吗？哪有另一个世界啊？难道江逾是火星人？"

许念虽然觉得宋艾蓝的辩驳挺离谱的，但心里舒服多了。

宋艾蓝撇着嘴："也不知道陆双凝在优越什么呢？她每参加一个聚会就会看上一个男人，总觉得别人喜欢她喜欢得不得了。我觉得她大概是得了'钟情妄想症'吧。"

许念道："其实我就是怕江家的公司受到影响，毕竟我忙不上什么忙，怕拖累江逾。"

"别想太多啦，念念。"说话的是陶玥，她刚刚一直戴着耳机在看论文，许念本以为她没听到。

陶玥摘了一个耳机，说道："第一次谈恋爱都容易这样的，没经验，再加上你们在一起的时间还太短，所以没安全感，总是顾及太多事情，但其实都是杞人忧天，有些事根本不会发生的。"

许念自嘲道："感觉心理学都白学了，一到自己身上，全都白费。"

宋艾蓝义愤填膺道："你可不能妄自菲薄，你老爸可是公安局局长，老妈是律师界鼎鼎有名的精英，你自己又这么优秀加美丽动人，配两个江逾都绰绰有余吧。"

从小到大许念都自觉挺普通的，大学学了心理学，她知道有一部分原因是家庭问题，小时候她父母很忙，她经常一个人在家里做作业，等爸妈回来。有时候会等到很晚，外面天黑漆漆的，她把所有房间的灯都打开，还是驱散不了心里的害怕与惊慌。就算她后来长大了，内心依然是缺乏安全感的，没觉得自己有多么优秀。

她只是和这世界上千千万万名女孩一样，稀里糊涂地长大了。

"我很优秀吗？"许念道。

宋艾蓝没答反问："那我和陶玥优秀吗？"

许念点点头。

"那不就行了？"宋艾蓝自信满满，"你身边朋友的水平，也代表着你自己的水平，所以你自己判断吧。"

许念暗自笑了笑，宋艾蓝以后肯定能成为一名非常优秀的心理医生。

陶玥宽慰道："念念，其实你也可以主动去找江逾啊，如果心里不舒服，就把你的顾忌包括陆双凝的话告诉江逾。"

"他最近——"许念本想说江逾最近很忙，但转念一想，江逾忙的话，她可以主动去医院找他呀，吃个午饭或者晚饭的时间还是有的吧。

她还真是挺笨拙的，连这个问题都想不通。

许念释然："有道理，事不宜迟，我明天就去。"

第十一章
独立女性

  这周末正好是赖景和的生日，宋艾蓝拉着许念去DIY蛋糕店里做蛋糕，期间许念接到了陶艺馆的电话，她之前制作的花瓶已经烧制完成，可以去取了。

  许念欣然挂了电话，刚好下午可以拿着做好的蛋糕，还有烧制完成的陶瓷，去江逾家里等他下班，给他一个惊喜。

  她学做了一种镂空蛋糕，这种蛋糕对技术要求很高，在蛋糕店老板的帮助下，她对自己的作品非常满意，包起来后拎着去了陶艺馆。她们三个人的作品都烧制好了，这次陶玥没来，许念便帮她也拿了。

  下午，她故意没和江逾说，提前去了他家里等着。书架上摆着他们在滑雪场买的小狗和熊猫，像是在看家一样，眼睛圆圆的像颗小豆子，守护着书架上的书。

  许念将蛋糕还有花瓶都放在餐桌上摆好，然后开始在网上查教程，自己动手做菜。她尝了一小块肉，味道还不错，便盖了盖子先保温，等江逾回来再装盘。

  弄好后，许念在沙发上看着电视休息，不知不觉就睡了过去，等再醒过来，居然已经过了两个小时。

  她记得今天江逾是不值班的。难道她这么倒霉，碰上医院有急事了吗？

  许念哀号了一声，虽然想让江逾回来有一个惊喜，但她也不能一直干等下去，只好拿起手机给江逾打了个电话。

  一道温柔女声传来："对不起，您所拨打的电话正在通话中……"

  江逾的同事她一个都不认识，找不到人的时候，要么等着，要么就得动身去医院。

  许念又等了一会儿，再打过去，还是正在通话中。

  她手机快没电了，不太想继续等，便将蛋糕重新包好，拎着赶去医院。

她直接到了江逾的办公室，江逾不在，但里面的人她有点眼熟，好像是江逾的同事贺正。

许念便敲了敲门。

"你好，请问找谁？"贺正抬头，见到许念时，辨认了一会儿，"你是许念？"

许念点点头："我是，你是贺医生吧。"

贺正笑着挠挠头："是啊是啊，你认识我啊。"

"江逾和我说过你。"许念道。

"你来找江逾吗？"贺正问。

"是的，他不在吗？"

许念打量了一圈，找到江逾的工位，桌子上有一只粉色的小兔子，笑成了眯眯眼，孤单地立在那里。

贺正道："学妹你是从学校过来的吗？江逾下班了啊，你没联系他？"

贺正本科也是在江北大学读的，所以便称呼了许念学妹。

许念一愣："下班了？什么时候？他手机我没打通，所以我就来这里找他了。"

贺正道："大概半个小时之前吧。"

"这样啊，谢谢你贺医生。"

既然江逾不在，许念只好告辞。

难道是她在来的路上和江逾错过了吗？

许念有些累，不想再走了，便去了医院附近的一家咖啡厅，点了杯果茶，然后拿到座位上坐着休息。

这一路颠簸过来，盒子里面的蛋糕已经有点变形了。她又给江逾打了个电话，本来不抱希望，但这次接通了。

"江逾——"她的目光不经意间看向窗外，注意到马路对面停了一辆车，正是江逾的。

"怎么了？"江逾的声音传过来。

许念高兴了，正要起身去找他，忽然见到江逾身边还站了一名女子，梳着高马尾，打扮得十分精致。

她在笑着和江逾说什么，然后坐上了副驾驶的位置。

许念像是遭受了一记重锤。

"你在哪里呀？"她压制着心里的情绪问道。

"有点事情。"江逾有些含糊其辞,"怎么了吗?"

许念道:"没事,我不小心按错了。"

"我要开车了,一会儿再打给你。"江逾道。

许念挂掉电话,整个人愣在原处,看着江逾也坐上车,然后两人一起离开。

今日江逾吃不到她做的这个蛋糕了,许念不想浪费食物,便自己吃了。她宛若一个快没电了的机器人,只有胳膊还能动,一口一口往嘴里送着蛋糕。不知不觉,胃里被她填得满满当当,她犯起一阵恶心,有点想吐。

幸亏这家咖啡厅有配备洗手间,她匆忙起身过去,将刚才吃下去的蛋糕全都吐了出去,直到胃里开始泛酸水,她才停下来。

可能有什么其他原因吧。那个女生也可能是江逾的同事,或者普通的朋友。还没得知事情真相,她不能自己先生气。

许念暗暗安慰自己,但还是莫名觉得不爽。

她将吃掉的东西吐出去后,除了胃里空了些,并没有舒服起来,更糟糕的是,她的肚子开始绞痛,一阵一阵,难以忍受。

许念咬着牙走出洗手间,拿了自己的包往医院走去。挂完号,她疼得满头大汗,医生和她说是阑尾炎的时候,她半天都没缓过来。

"那要做手术吗?"

医生说道:"你的情况不是很严重,如果不影响学习、生活的话,可以先采取保守治疗,打几天点滴看看,但一般是建议手术治疗。"

许念当即决定:"那我先保守治疗。"

她还没有做好动手术的准备,而且她约了后天去和导师讨论论文的事宜,不想再请假改时间。

半个小时后,许念躺在病床上,看着输液袋里的透明液体一点点滴下来,她感觉自己被空前的孤独所包裹。辛辛苦苦准备惊喜,结果连男朋友的人都找不到,自己孤独地解决了蛋糕后,还引发了阑尾炎。

可能这个世界上没有比她还倒霉的人了。

许念生无可恋地躺在床上,江逾还没有给她回电话。许念觉得很委屈,见手机只剩下3%的电量,便干脆调成了静音。

她肚子一直疼到后半夜,痛感才慢慢消退,取而代之的是失眠。她睡不着,一直翻来覆去到凌晨,才隐隐睡了过去。

第二日,许念醒得比较晚。

医生过来帮她量了体温，并询问了她的身体状况。许念整个人满血复活，她按了好几下手机屏幕都没亮，想来是没电了，便到一楼大厅的服务台借了一个充电宝，开机后才发现江逾给她打了好几个电话。

除此之外还有宋艾蓝、陶玥的微信和电话，都是在问她去哪儿了。

她先点开了宿舍群的聊天窗口：

宋艾蓝：【@许念：念念你去哪儿了？江逾在找你哎！他都给我打电话了！见到赶紧回复！】

许念诉苦：【唉，别说了，昨天蛋糕吃多了，在医院打了一晚上的点滴，手机也没电了。】

宋艾蓝：【你终于回复了！】

宋艾蓝：【那不是你自己做的蛋糕吗？怎么还自己把自己搞到医院去了？还活着吗？】

许念：【老天保佑，起死回生了。】

陶玥：【你去医院的话，没遇到江医生吗？】

许念：【我没去找他。】

宋艾蓝：【你生病了他居然都不照顾？】

许念：【我们错过了，他下班了，手机都没电了，不过有一个年轻貌美的小护士姐姐照顾我。】

宋艾蓝：【臭男人，你这是丧偶式婚姻吧。】

陶玥：【不过，你要是再不联系一下臭男人，臭男人估计要报警了。】

许念犹豫了。

她本想赌气，但转念一想，江逾并不知道她准备的一切，有什么错呢？

许念给江逾发了消息过去：【手机没电了，我在医院。】

江逾几乎是秒回：【在哪儿？】

江逾：【我去找你】

许念：【一楼大厅。】

几乎是刚发过去消息，江逾就出现在了她面前。

许念都以为她对时间有了错误的概念，或者江逾有轻功，能神出鬼没。她还没反应过来，整个人被一道力量捞了过去。

江逾想来是急坏了，一见到她，就将她整个人藏进了怀里："许念，你昨天在哪儿？"

江逾的声音匆匆钻进她的耳朵。他是跑过来的，现在说话时还是气喘吁吁的，许念能够清晰地感受到他胸前的起伏，从恍惚中回过神来："我在医院。"

她原本想表现得冷漠一些，但看到江逾疲惫又着急的样子，又舍不得了。

江逾松开她："在医院？怎么回事？"

许念委屈巴巴地把医生给她开的单据递给江逾，让他自己去看。

江逾拿过来看，手控制不住地一抖，眸光暗了下来。

"对不起。"他的神情非常失落和自责。

许念安慰道："没事啦，我打完点滴之后，感觉一点事都没有了。"

"江逾，你昨天下班后去干什么了？"

"贺正和我说了，你昨天有来找我，但我手机没电了，没有看到你的消息。"

他顿了顿，犹豫片刻才道："其实这些天，我在忙一些别的事情。"

许念问："什么别的事？"

江逾说道："是我爸公司那边的事情。"

"公司的事？"许念没想到是这个答案，她有些幽怨，"可是我昨天都看到了。我看到有个女生上了你的车，还坐在副驾驶座。"

江逾看着她傻愣愣的吃醋模样，摸着她的头，低笑一声："那是我小姨，也是澜舟集团的营销总监。"

他带许念坐到了休息区的座椅上，然后耐心给她讲了事情的原委。

其实在陆双凝得知他和许念重归于好之后，就开始对澜舟集团的项目负责人非常不友好，并闹着让陆丰明终止与澜舟集团合作，除非江逾答应和许念离婚，然后和她在一起。为此江澜远发了很大的脾气，把一半的责任都归咎到了江逾身上。江逾自觉愧对父亲，便揽下了这件事情。

这一周，他打听了陆丰明的行程，发现陆丰明除了上班，平日喜欢去酒庄、马场或者射箭场休闲娱乐。所以江逾一下班，就会去找陆丰明，等在他公司门口。目的很明显，他并不掩饰，就想跟陆丰明耗着。

他邀请了陆丰明去射箭场射箭，三次过后，陆丰明终于答应下来。

江逾的射箭技术很不错，陆丰明便起了兴趣，两人比赛切磋。陆丰明也渐渐对江逾有了改观，并同意继续合作，但他还是要看过方案之后再做决定。

昨天江逾和公司的营销总监讨论了新的项目方案，打算下次带给陆丰明。

许念有些吃惊，原来江逾白天上班，下班后还要忙公司项目合作的事情。

"那你一定很辛苦吧。"她轻声安慰，忍不住抱了抱他。

江逾道："不辛苦。"

"可你整个人都瘦了一圈。"许念失落道，"那我能帮你吗？"

"好啊。如果后面合作有问题，我会咨询你的。"江逾目光里翻涌出复杂的情绪。

她昨天特意来医院找他，他不仅没有及时回她的电话，还让她在生病的时候一个人在医院打点滴，她该有多孤独无助。

她明明可以同他发脾气生气的，但她连一句骂他的话都没有说，反而还在关心他累不累。

他心疼得要命，把许念抱在怀里，声音轻柔："现在你要好好休息，快中午了，你等我一会儿，等我忙完，送你回家休息。"

"我自己回去就行。"许念道。

江逾认真地看着她说："听话，别让我操心了，还有一会儿我就下班了。"

许念笑道："是你自己总爱操心，把我当成一个小孩子，其实我可以的。"

江逾自嘲一句："是，可能我就是爱操心的命，本来把自己老婆丢在医院一整晚就够我难受自责的了，你能不能体谅我一下，让我将功补过一次，这样我也不至于太良心不安。"

听他这样说，许念心里暖烘烘的，甚至觉得连医院里的消毒水味道里都多了几丝清甜的草莓味道。

她扬了扬下巴："好吧，那就给你一次机会。"

她道："我在这里等你一会儿。"

江逾临走前，还不放心地嘱咐："别乱跑，我很快就来。"

许念坐在原处等。

没多久，江逾就换了衣服回来了。

他拉起许念的手："走吧。"

许念跟着他走，忽然想到，他们平时走路的时候很少拉手。

江逾的手掌很大，手指修长，能感受到他分明的骨节，但他的手很温暖,被紧紧握着的时候,总有种踏实的感觉。

两人到了地下停车场,江逾把车门打开,许念依然攥着他的手不放。

江逾问她:"怎么了?"

许念依依不舍地放开。

江逾看出了她的心思,抱着她,在她的额头上亲了下:"能上车了吗?"

许念脸颊一片红晕,然后坐上车。

之前她在车上都是很乖巧地坐着,江逾有时候会放音乐,有时候会放广播,一切都由他来操控,但这次,她有种想侵入江逾领地的冲动。

"江逾,我想连我的手机,听我歌单里的歌。"她一直都以为自己挺大度的,但没想到现在才看清自己是一个这么小气的人。

"可以啊。"江逾道。

得到允许后,许念立刻操作,将自己的手机连上去。

"这个车载蓝牙,还有连过别人的手机吗?"

"我的。"江逾道。

许念:"除了你和我。"

江逾果断回答:"没有。我爸妈不太喜欢摆弄这些,除此之外,也没什么人坐过我的车。"

江逾很快明白了她话里的意思,笑了一下,缓声道:"知道了,以后这个位置,就是我们念念的专属。"

听到"我们念念"这几个字,她竟然有些春心荡漾。

一直以来,他们对对方的称呼都是全名,这还是江逾第一次喊她念念,而且前面还加了"我们"二字,让她有种别样的感觉。

许念得意忘形,又问:"那我可不可以连你的手机,听你的歌单。"

江逾道:"可以,解锁密码是012509。"

许念没想到江逾这么轻易且利落地就把手机的密码告诉她了,心里一阵豁然,开口又要问:"那我——"

话还没说出口,江逾便抢先答应:"随便看。"

许念本来只是想宣示一下主权——他的物品,同时也是她的,而且只有她能用。

虽然她自己也觉得这种想法很幼稚可笑,但江逾顺从的表现,让她觉得心里很爽快。

她拿了江逾的手机，输入密码后打开，连上了车载蓝牙，开始播放音乐。

"真不怕我看到你的隐私？"她拿着江逾的手机晃了晃，试探地问道，表情有些得意。

江逾回答得很干脆："我对你没有隐私。"

听到他如此说，许念莫名有了嚣张的勇气，她假装在屏幕上点了点，但还是没去看。

她锁了屏幕，将手机放在一旁："好啦，看你这么真诚，相信你啦。"

"怎么不看？对我没兴趣？"江逾还挺招烦的，想被她窥探。

许念道："我怕有病人的隐私。"

她觉得，两个人做到相互坦诚就已经够了，她没必要也不想去窥探个人的隐私空间。

车里有欢快的音乐响起。

许念心情大好。

"午饭想吃什么？"江逾问她。

许念这才想起，昨天她把做好的饭菜放在了冰箱里，今天热一热就好了。

"我昨天回家了一趟，做了可乐鸡翅还有西红柿炒蛋，本来想等你一起吃的，你没来，我就放到冰箱里了，你有看到吗？"

江逾提醒道："忘了自己有阑尾炎了？你只能吃半流食，小米粥或者冬瓜汤，选吧。"

许念其实很饿很饿，她昨天吃的东西全都吐了出去，肚子空了一晚上加一上午，此时饿得前胸贴后背，就很想吃香喷喷的饭菜，小米粥或者汤都不能满足她。

"不吃的话会浪费的。"她试图找理由。

江逾慢悠悠道："我吃啊。"

许念在心里哭了一声，接受了这个残酷的事实。

到家后，江逾去厨房熬粥，又做了冬瓜丸子汤。

本以为这次可以吃她做的饭菜，好让江逾休息一次，但到头来，还要麻烦江逾来做。她在厨房一边帮忙，一边问道："和丰明集团合作的事情，怎么样呀，能成功吗？"

等答案的时候，她心里微微打着小鼓。

江逾道:"放心吧,你老公都亲自出马了,不会有问题的。"

他忽然以老公这个称号自居,许念脸一红,故意忽略他,只道:"那就行。"

"你没否认。"江逾这话说得没头没尾。

许念摸不着头脑:"否认什么?"

江逾轻飘飘的声音里有一丝得意:"没否认我是你老公啊。"

许念低着头将热好的饭菜盛出来,敛了羞赧的神色,忽然拍了下江逾的后背:"为什么要否认?你本来就是啊!"

她有些调皮地朝江逾眨了下眼睛,然后转身离开厨房。

江逾头一次见到她这样主动承认,这种机灵活泼的神情,他实属被可爱到了,要不是手湿着腾不出来,他肯定要将她逮住裹在怀里的。

许念溜到客厅,坐在沙发上刷微博。她没忍住,点进了陆双凝的微博主页。陆双凝的最新一条动态是定位在东郊射箭场馆,照片里她正在做拉弓射箭的姿势。许念注意到,陆双凝旁边的靶位还有两个人,一个中年男子,她猜测是陆丰明,再旁边,刚刚好在照片最边缘的位置,是一个身材修长穿了黑色运动衣的男子。

这个很好辨认,是江逾。

许念想起来,江逾说过他与陆丰明约在了射箭场,看来陆双凝也跟去了。她放下手机,跑到江逾跟前,要求道:"江逾,我想穿你的衣服。"

江逾一时没反应过来。

"我昨天晚上一直穿着这件衣服躺在病床上,想换件衣服了。"许念道,"你不是有很多衣服吗?"

"哦……"江逾点点头,"那等我一下,我帮你找一件。"

他放下铲子,回房间找了一件长袖的卫衣出来:"这件行吗?太薄的话容易冷。"

"可以可以。"许念拿了他的卫衣,很开心地跑去房间换衣服。

江逾站在原地不解,不知道她在高兴什么。

许念穿着江逾的卫衣,很长很宽松,能把大腿盖住半截。她很喜欢这种效果,悄悄躲在房间里,拍了几张自拍照,故意将身上的男士卫衣露了出来。

拍完,她选了一张角度最好看的,打开微博,上传,并配了文字:

今日男友风 get！

PS：男友的衣服穿着居然意想不到的舒服。

　　陆双凝肯定能看到。

　　许念点击发送，并且关注了陆双凝的微博。她觉得自己很幼稚，但还是这么做了。

　　没想到陆双凝的动作比她想象中的还要迅速。

　　大概十几分钟后，陆双凝就回关了她，并且发布了一条最新的微博动态。

　　这次她发的图片不像前一条那样，只是隐晦地发了江逾的侧影。

　　这张照片直接是一张三个人的合影，陆丰明站在最中间，江逾和陆双凝各站一边。

　　配文是：【有哥哥陪射箭，真开心。】

　　许念淡淡的目光里浮起几分淡漠，思考了一会儿，在底下跟着回复：【妹妹开心就好。】

　　陆双凝看到她的评论，气得够呛。

　　许念居然顺着这个称呼喊她"妹妹"，好像她成了江逾和许念共同的妹妹！

　　陆双凝心里不爽，便直接发了私信给许念：【你什么意思？谁是你妹妹了？】

　　许念：【你是江逾的妹妹，就是我的妹妹啊。】

　　还跟了一个咧嘴笑的表情。

　　陆双凝心里不爽，只能以省略号回复。

　　许念得意地走出卧室，江逾已经将饭菜准备好了，正要喊许念来吃。他还穿着围裙，饭菜香从他那边传过来，一股浓浓的烟火气。

　　许念出神了片刻。

　　好贴心。她怎么会拥有一个这么贴心的男人。

　　尽管已经是司空见惯的情景，但她还是会时不时被江逾的魅力折服，然后暗暗在心里慨叹片刻。

　　江逾转身，见许念已经出来了。他刚要移开的目光一顿，不受控制地在她的一双又细又白的腿上停留了一会儿。

　　许念毫无察觉地走近。

江逾皱了下眉头："不冷吗？"

许念道："在房间里，不冷啊。"

江逾收回目光，喉结滚了滚，低声道："那就行。"

他在对面坐下来。

许念拿着手机对准饭菜，拍了几张照片，然后迅速上传到微博：【老公做的饭菜，成色不错。】

她虽然拍的是饭菜，但故意把江逾低头吃饭的模样也拍了进去，自己还伸手比了个"耶"。

"干吗呢？"江逾好奇。

许念漫不经心道："发一条微博呀。"

"我看看。"江逾把头伸过来。

许念将手机一藏："不要。"

江逾不悦地念叨："都发微博了，给那么多人看，不给我看？"

"我的手机都给你看了。

"唉，想看老婆的微博都不给看，感觉好失败。"

许念其实是害羞，毕竟她偷拍了江逾，还发了很肉麻的文字，所以并不想让江逾看到。

她的微博只和宋艾蓝还有陶玥互关了，所以称得上是一片净土，她会发很多心情或者日常的记录，比发朋友圈还频繁，且随意。

收了手机，她盛了一勺冬瓜汤喝。

本以为会很清淡，没什么味道，但汤汁蔓延，然后顺着食道滑下，许念眼睛一亮，还是头一次喝到这么好喝的冬瓜汤，鲜美不腻，有冬瓜的绵软还有香菜的清香，喝到肚子里之后暖洋洋的。

她瞬间就觉得阑尾炎一点都不可怕了，江逾做的饭就是她的良药，吃下去能治愈一切病痛。

昨天准备的惊喜虽然没有顺利实施，但好像这样也不错。

"好喝哎。"许念道。

她抬头称赞，却看到江逾没动碗筷。

"你怎么不吃啊？我做得不好吃吗？"许念很期待江逾的评价，但江逾却表现得胃口不佳。

"虽说色相不太行，但味道还是可以的，我做的时候尝过了的。"许念努力推荐，她对菜的味道还是蛮有信心的，因为提前尝过了。

江逾杵着下巴："没心情。"

"为什么？你都没有尝呢。"

江逾垂着眸，眉头微皱，幽怨地开口："因为看不到老婆发的微博。"

竟然还在纠结这件事。

许念刚才的努力完全跑偏了。她嘴角抽了抽，拗不过他，只好拿了手机，给他看，并警告道："那好吧，给你看。不过你看了之后不许笑我，也不许生气，反正看了之后，不能有任何表情，不许有任何评价。"

她这个要求有些奇怪，但江逾为了满足好奇心，还是点头："可以。"

许念缓慢地将手机递过去，给江逾看了那条微博。

江逾看了一会儿，然后移开眼，还真的没什么表情，很听话。

但许念自己先心虚，觉得江逾没反应，更让她心慌。

"这下可以了吧。"

"可以了。"江逾道。

许念默默吃饭，过了一会儿，她注意到微博动态下面多了一条评论。

【爱你，老婆［红心］。】

许念准备送给江逾的花瓶还摆在饭桌上，用一个小盒子包着，江逾很眼尖地发现了它，用手指了指："是送我的吗？"

许念本来想将花瓶藏起来的，但江逾目光一直贴在了她身上，时不时就深情地望着她，她没找到机会，后面就给忘了。

"是。"虽然没有惊喜的感觉了，但许念还是递给了江逾，"我第一次做这种花瓶，你不许嫌丑。"

江逾小心翼翼地把包装打开，一个米白色的小花瓶呈现在面前："很好看啊。"

很简单的一句话，就让许念心花怒放。

江逾爱不释手地看了半天，拿起手机对着拍了好几张照片，然后在屏幕上一阵轻点。

许念好奇地问："在干吗呢？"

江逾漫不经心道："发一条微博呀。"

许念觉得这句话有点熟悉，音调甚至连语气词都和她刚才说的并无二致。

"不回复我一下吗？"

"回复什么?"

"看看微博。"

许念大概猜到了江逾让她看什么,她依言点开微博,"粉丝"那里多了一个鲜明的小红点,她又多了一个关注。

之前她一直觉得江逾不太会玩微博,但这个关注,她不用想都能猜到,肯定是江逾的账号。

他的头像是一只小狗。

许念点开,居然是 Lucky 的照片。

此外,江逾的名字也意外有种萌萌的感觉,叫"江小逾"。

许念忍不住笑:"你还真有江小逾这个名字?"

她想起自己之前开玩笑时,就这样喊过他。

江逾没说话,示意她继续看。

他最新的一条微博动态就在刚刚,是许念做的陶瓷花瓶,照片里还拍到了许念,她一副不明所以的表情,目光正在看向别处,很明显是被偷拍的。许念真不知道江逾是什么时候拍的她。

江逾配的文字是:【老婆做的花瓶,成色不错。】

许念撇嘴:"你学我。"

江逾道:"只是想给你反馈。"

"收到了。"许念喝了一口小米粥,悄悄笑。

江逾提醒她:"你也要给我反馈。"

"难道要来回反馈吗?"她明明是最先发微博的人。

江逾的表情很诚恳:"你不嫌麻烦的话,我都可以。"

"好吧。"许念为了表示一下,给那条动态点了个赞,并回关了江逾的微博。

"就这样吗?"江逾似乎不满足。

"不回复我一下?"他还有要求,"最好和我回复你的形式差不多,记得加上小红心。"

要求真的很多。

许念照做。

【爱你,老公[红心]。】

她表面上看起来是被迫"营业",实则心里像吃了蜜饯,宣示主权的欲望得到了极大的满足。

这是他们确认关系后,第一次在网上发这种动态。

"江逾,你微博上都关注了谁呀?"许念忍不住问。

她想知道他们这种互动,会有多少人看到。

"除了你,"江逾想了一下,"认识的人只有贺正。"

他点开关注列表一一确认,关注的人只有六个,除了许念和贺正,其他几个号都是官方号。

"哦。"许念道。

江逾看出了她的眼神变化:"是不是有点失望?"

许念道:"没有啊,微博和朋友圈又不一样,不想有太多认识的人。"

但其实还是想让更多人知道的。

之前她见别人在朋友圈秀恩爱的时候,心里总会想以后自己谈恋爱了,一定要悄悄的,不要在朋友圈发。但等那天真的来了,她发现这种欲望是不受控制的。不管别人如何想,她只想告诉全世界,江逾是她的了。

不过,既然她要发和江逾相关的内容,还是要争取江逾的同意。

正要开口,江逾的声音先传来。

"你这两天在饮食上都要注意一下,学校没什么事的话,要不就别回去了吧。"

"有事。"许念见江逾在看她,又认真地补充,"是真有事,我约了和导师讨论论文。"

"不能改时间?你都生病了。"

许念吃了江逾熬的粥还有冬瓜汤,感觉胃里十分舒服,她摸着肚子说道:"我觉得我没事了,我会注意饮食的,食堂也有小米粥、燕麦粥、南瓜粥、紫薯粥,早中晚都有,放心吧,我不会乱吃东西的。"

江逾见她都规划好了,没再勉强,嘱咐了句:"那每天吃饭前,给我发一张照片,我检查。"

"啊?"许念拧眉。

江逾道:"这个要求不过分吧。"

许念勉强接受:"好吧。"

吃过饭,许念又困了,很想午睡。

江逾还要回医院上班,许念回房间自己休息。

临走前,江逾在她的额头上亲了一下,道了句:"午安。"

许念依依不舍地看着他离开,听到门关上的声音,竟有种与世界隔绝的感觉，像是被遗弃的小孩。

她感到诧异。她居然开始这般依赖江逾，很不想让他离开。他只是去上班，她竟然开始想他，像是要分别了一样。从前她一直都是独立女性，很享受独处的时间，但现在，她很贪恋江逾的陪伴。

许念为这种改变感到恐慌。不行，绝不能依赖，她要回归独立，不能当黏人的小女生。

许念设置了三十分钟的闹钟，然后开始午睡。

过了一会儿，闹钟没响，她先被一声接着一声的微信消息提醒给吵醒了。

这么密集的消息，许念想都不用想，是宿舍群的。她头晕沉沉的，挣扎着爬起来查看。

宋艾蓝：

【哎哟哟，江医生这是官宣了？】

【啧啧啧啧啧，情侣的酸臭味好浓哦。】

【看来我们念念已经被江逾哄好了。】

陶玥：

【啥呀，啥呀？】

【没大神微信好失落。】

【求一个截图。】

宋艾蓝：

【/图片/】

许念看到这里，点开了宋艾蓝发的图片，是朋友圈的截图，内容是江逾发的动态。

对于许念来说，文字内容没什么新奇的，和江逾微博上发的相差无几，却又不一样，很不一样。

因为这条动态是发在朋友圈的。这也意味着她被正式带入了江逾的好友圈子中。

他在向所有人宣告他们的关系。

许念盯着那张图看了好一会儿，明明是很简短的文字，但又好像一道很美妙的风景。

看不够。

下面还有消息没看。

陶玥：

【哇哦，好甜蜜。】

【真想不到看起来那么高冷的江大神居然会发这么肉麻的话。】

【起鸡皮疙瘩了。】

宋艾蓝：

【@许念 这是他一晚上没陪你的谢罪方式？】

【是不是太轻易放过他了？】

陶玥：

【看我发现了什么？】

【许念居然在微博上悄悄秀恩爱！江大神居然还评论了！】

【啊！我看到了，江大神在微博上发了一模一样的动态！火速去关注！】

她俩嚣张地八卦。

许念露出无奈的笑意，发了个字：【收。】

宋艾蓝：【欢迎"凡尔赛大师"登场。】

陶玥：【撒花欢迎。】

许念退出聊天窗口，迫不及待地去朋友圈查看了江逾的原版动态。好像不亲眼看到，那条动态就会消失似的。

她往下划拉一条，便到达了"目的地"。

她长长地松了口气。

它还在。

很乖很安静地躺在屏幕里。

许念截了个屏。

这样就能永久保存，不会被刷掉了。

闹钟在这个时间响起，许念划掉，回到微信朋友圈，给江逾点了个赞，并评论：【爱你，老公。】

来回这么几次，她叫老公已经叫得十分顺口，一点害臊都不再有。

许念心情舒畅，起床洗了把脸，化了个淡妆，换好衣服，然后出门回学校去。

她在公交车上的时候，把自己微博上的动态也发到了朋友圈。

一模一样的配图和文字。

她也正式把江逾介绍给了她的世界，激动的同时还有一丝丝紧张。

她这条动态没有屏蔽任何人，肯定会有很多人点赞和评论。

许念看着车窗外阴沉却平静的天空，准备迎接暴风雨的到来。

过了一会儿，微信提示音"叮咚"响了一声。

许念忙查看，是江逾的消息：【学我？】

许念笑，既然学了，就要学到底。

她回复：【只是想给你一个反馈。】

江逾评价：【学得很全面。】

他们来来回回这几句话，很幼稚，但许念一点也不觉得无聊。

一串铃声打断了这场对话，是徐岚女士打来的。

意料之中。

许念没想和爸妈回避这个话题，但没想到电话来得这么快。

"念念，什么情况？你和江逾到底离没离婚？那朋友圈是啥意思啊？"

刚接起来，徐岚的一连串灵魂拷问就直击而来。

"妈，你别激动啊。"许念努力让她安静下来。

公交车上人不多，许念一说话就会显得十分突兀。

她压低了声音，对徐岚说道："妈，就是你看到的那样，我们和好了。那个我现在在公交车上，不方便讲话，回去再和你说哈。"

"和好了？那没离婚？"徐岚没有挂掉的意思。

许念本以为她会挺开心的，但听着她的语气，更多的是担忧，所以一副不刨根问底誓不罢休的架势。

"没有。"许念知道她是个急性子，不立刻知道答案肯定憋得坐不住，便对她说，"我先挂了，在微信上给你发消息。"

徐岚勉强同意。

许念吐了口气，几乎在挂掉电话的同时，就收到了徐岚的消息：【快说。】

许念言简意赅地将事情总结一下：【很简单，江逾说他其实挺喜欢我的，我也觉得他还行，所以我俩就没离婚。】

徐岚连着发了三个笑哭的表情：【这事儿哪这么简单。】

许念疑惑：【怎么了？】

徐岚道：【江逾一开始说一定和你离婚，现在说不离就不离了？这么快就喜欢上了？而且你爸和你江伯父联系过，他们家里乱七八糟事儿

更多。】

徐岚：【江家和陆家要联姻你知不知道？】

许念微叹口气：【妈，我知道，我们会处理好这件事，我也相信江逾，你先别管了。】

徐岚直接发了命令句：【过两天回家吃饭，顺便接受盘问。】

她真正想说的应该是：过两天回家接受盘问，顺便吃饭。

许念看着她发来的消息，沉默了一会儿，然后只回了句：【好［笑脸］。】

另一边，徐岚愤愤地放下手机，到厨房倒了杯水喝。

这个突如其来的消息让她猝不及防，心情很是复杂，既高兴又不高兴。她坐回到沙发上，给许继文打电话。

"老公，看见咱闺女还有小江的朋友圈了吗？她和小江两人居然情投意合！你当时跟江澜远联系的时候，他不是说江逾没那个意思，让他们尽快离婚吗？"

"小江？"许继文陷在一团乱麻的工作中，脑子还没腾出来。

徐岚激动地说道："就是江逾啊！江澜远的儿子！和咱闺女有娃娃亲的小江！"

许继文很淡定："我又没他微信，咋的了？他又找咱闺女麻烦了？"

"不是啊！"徐岚狠狠嫌弃，"什么麻烦，你去看咱闺女的朋友圈，那两个孩子和好了！不离婚了！"

许继文惊讶："这又是唱的哪一出？"

"你回家后，咱再商量这件事。"徐岚命令道。

"上次那个小何呢？"许继文问。

徐岚一拍大腿："坏了，你提醒了我，我还得去和张丽君说一下这件事，不然太不礼貌了。"

她迅速挂了电话。

许继文还在整理着方才的信息，片刻后，他拿出手机进入朋友圈，看到写着闺女的那条，眉头皱得深了几个度。

许念回到学校，直奔了实验室，提前整理好和导师讨论用到的材料。等吃晚饭时，她去食堂，很听话地打了南瓜粥和一份清淡的绿色蔬菜，并拍了照片给江逾。

江逾回：【乖，奖励一朵小红花。】

许念笑,又当她是小朋友。

连着两天,她按时吃药,饭菜也都十分清淡,而且每次都把吃的饭拍了照片发给江逾。

其实她每次去食堂,总会被各种香气吸引,要不是江逾监督,她肯定会去吃想了很久的麻辣烫,奈何有人远程管着。

许念觉得阑尾炎也没那么可怕,这两天她的肚子都没有再疼。

这日下午,她顺利给导师进行了论文的进度汇报,心情大好。

她给江逾发了条微信:【成功汇报完毕。】

江逾很快就回复了她:【[撒花]】

许念试着问了一下:【请求,今晚想加餐。】

江逾:【加餐?】

许念开启撒娇模式:【清汤寡水吃了好几天了,我的胃已经开始抗议了,再不吃点油水,这日子没法过了。】

后面还跟了个可怜卖萌的小表情。

发完,她又觉得不够,还发了一只白色小猫的表情包。

这只猫与许念非常神似,圆脑袋上一双乞求的小眼睛,正在求人安慰,看着可怜兮兮的。

大概是被这只猫感染到,江逾居然点了头:【可以,记着别多吃。】

许念得到了允许,高兴得很想跳起来。她找到宿舍群,想约陶玥和宋艾蓝一块儿出来吃。

"这么高兴?"身旁传来一道带着笑意的男人声音。

许念抬头,见到余盛走了过来。

"师兄。"她喊了句。

"今天晚上有空吗?"余盛问道。

许念点点头:"有空。"

"那要不要一起去吃饭?"

"吃饭?"许念一怔,还没多问,余盛就笑着补充了句:"放心,不是只有我们两人单独,今天师门的人都去,我在群里发了通知,就你还没回复。"

"啊!我刚才在给导师汇报,没来得及回复。"

她从办公室出来,微信有十几条消息,还有一些公众号的推送,她都还没看,便先找了江逾。

"没关系，要去吗？"余盛等着她回答。

许念答应："既然大家都去，那我肯定不能推辞。"

余盛道："好，那晚上六点，在和平饭庄。"

"好的，师兄。"许念回答。

"对了，念念，看到了你发的朋友圈，祝贺你啊。"

他走后，许念打开手机看了眼消息，是为了庆祝上个月顺利结题的项目。

她回复了一声好的，然后给宋艾蓝发了消息：【艾蓝，晚上一起去吗？】

这个项目是由她的导师和宋艾蓝的导师合作完成的，所以两个人师门里的成员在同一个项目组，宋艾蓝也会过去。

"叮咚"一声，宋艾蓝回复：【过去吧，唉，本来和赖景和约了晚饭的，只能临时爽约了。】

许念发了个抱抱的表情，然后算了一下时间，大概十分钟后就要出发了。

许念：【你在实验室吗？我们十分钟后西操场入口处见吧。】

宋艾蓝：【好。】

下午五点五十分，许念和宋艾蓝两人到了约定的地点，一些师弟师妹已经提前到场，她们坐下来聊天等了一会儿，六点时，所有人都到齐。

这次的饭局没有老师，所以大家都蛮放得开。余盛作为博士级别的师兄，主要负责主持大局。

点菜的时候，他很负责地问了大家的口味。

等问到许念，许念为了不让自己破戒，并不打算点自己很想吃的那道菜，便只说了要一份蔬菜沙拉。

"师姐这是在减肥吗？"安雨薇调侃了句。

因为阑尾炎，许念确实瘦了两斤："没啦，最近口味比较清淡。"

安雨薇道："唉，我都不好意思点大鱼大肉了。"

许念急忙道："你们随便点呀。"

余盛笑了笑："念念，你最爱吃的那道菜我已经帮你点了哈。"

一时众人起哄。

余盛道："大家别这样啊，我们念念已经名花有主了，我这只是师兄的基本关怀。"

许念道了声谢，却在心里哭泣。

她到底犯了什么错，要这样残忍地惩罚她？

"师兄，那你记不记得我喜欢吃什么呀？"安雨薇开着玩笑，来转移话题。

余盛还没回答，林颂就抢先一步，拽着安雨薇的胳膊，贱贱地说："安安，我记得就行了呀。"

众人发出一片笑声。

很快菜上齐，许念闻着诱人的香气，只能干咽口水。她尽量让自己多吃些蔬菜，好填饱肚子，降低食欲。

宋艾蓝知道许念阑尾炎的事情，故作严肃地在她耳边说道："一会儿我替江逾监督你哦。"

许念托着下巴："唉，我为什么要这个时候来受罪啊？"

宋艾蓝拍了拍她的肩膀，低语："乖乖，等你好了我请你吃大餐。"

许念勉强得到了些安慰。她默默吃着饭，正想着今天该怎么给江逾发晚餐照片，忽然听到余盛念了她的名字。

"念念，多吃点啊，这个项目你出力最多了。"

余盛给她夹了她最喜欢吃的糖醋排骨。

许念莞尔接受："谢谢师兄。"

见她不怎么吃，余盛还以为她今日拘谨，特意给她夹了不少的肉菜。

许念刚开始吃掉了一点，但到后面，她觉得有些过了，便开口和他说："师兄你吃吧，我吃饱了的。"

余盛不太相信："你才吃多少啊，而且我看你一直在吃蔬菜，不会真的要减肥吧？"

许念摇头："没有啦，就是最近肠胃不好，所以不能吃太多。"

余盛表示理解："这样啊，但你吃得也不是很多呢，肠胃不好，就更不能饿着自己了。"

"嗯嗯，我知道，师兄。"许念点头。

余盛没再给她夹菜。

吃完饭，大家准备散场，许念看了下手机，江逾发来了消息，问她：【今天还没吃晚饭？】

许念一边回复着消息，一边拿了包往外走，走了没几步，她忽然觉得肚子一阵痛感。

许念心里一惊，感觉肠胃已经开始有些不对付了。她放缓了步子，但疼痛并没有缓解，反而越来越难受。

她有些支撑不住，一把抓住宋艾蓝的胳膊："艾蓝，我想去一下洗手间。"

宋艾蓝猜到了她可能是饮食突然改变又引起了肠胃的不适。

宋艾蓝挽住许念的胳膊，支撑着她往洗手间走："我陪你去。"

许念疼得冒汗，勉强应了一声。

在洗手间，她把刚刚吃的全都吐了出去。

宋艾蓝看着她就心疼："念念，我送你去医院吧。"

她扶着许念出来，许念肚子疼得几乎走不动路，捂着肚子在地上蹲了会儿，才勉强站起来。

出来刚好碰到余盛，他一见到许念满头大汗、脸色惨白的样子，急忙跑过去。

"念念，怎么了？"

宋艾蓝帮她回答："应该是急性阑尾炎。"

"送你去医院。"余盛迅速打车，带着许念去了医院。

宋艾蓝跟着过去，等下了车，她发现余盛选择的终点是三院。

"怎么不是市医院？"她有些不满。

余盛道："这里近，我怕念念难受，三院的水平不比市医院差的。"

宋艾蓝皱了下眉，虽然是这样没错，但去市医院的话，江逾在那边也可以帮忙。他们急着送许念去医治，宋艾蓝没再多说。

到了医院，许念检查过后，确诊为急性阑尾炎，建议手术。

许念决定长痛不如短痛，便点了头。

她被护士领着抽了好几管的血，折腾了半天，在累得不行也痛得不行的时候，护士才来告诉她暂时没有床位。

这几日手术的病人很多，所以做微创手术的话也需要排队。

她们只能在走廊的长椅上坐着等。

"她都这么难受了，还不能马上安排手术吗？"宋艾蓝抓着护士的手追问。

"有的病人疼得在地上打滚，也得忍着疼排队的。"护士丢下这么一句，便转身离开。

宋艾蓝气不过，狠狠跺脚骂了一句，却也毫无办法。

她拉起许念的手,心疼地问道:"念念,你疼不疼,要不我们去其他医院吧?"

许念疼得说不出话来,又怕宋艾蓝担心,咬牙挤出来两个字:"没事……"

她很想见到江逾,强撑着打开手机,一个小时前她给江逾发的微信还没有得到回复。一股无助感冲上心头,许念给江逾拨了电话过去,很久都没有人接。

宋艾蓝见状,痛骂了一句:"臭男人!每次关键时刻都不见人影!"

她对许念道:"念念,我们去市医院吧。"

许念点点头,但肚子疼得根本站不起来。

余盛也有些为难,思索片刻,说道:"手术费用已经交了,现在就算转去别的医院,也不知道是什么情况,要不先在这里坐一会儿,我也打听一下其他医院的情况。"

许念伸手抓了宋艾蓝的衣角,声音很无助:"艾蓝,我不想走路了,在这儿坐一会儿吧。"

宋艾蓝只好点点头,她坐在许念旁边,不忘帮忙给江逾打电话。

许念肚子疼得厉害,也没了时间观念,只觉得她在冰凉的长椅上坐了好久好久,好像身处一个永远不会天亮的漫长夜晚。她脑子昏昏沉沉的,腹部的痛感时强时弱。

宋艾蓝一直在她耳边说着什么,她听不太清,但只要能听到声音,她就能得到莫大的安慰。

恍惚间,宋艾蓝的声音消失,一道低沉的男人声音传入耳中。

"念念,我们转院。"

许念感觉自己被一双有力量的大手抱了起来。她闻到一股熟悉的味道,眼泪瞬间不受控制地流了下来。

"江……"

她紧紧抓着江逾的衣服,很想问他你怎么才来,但又没有力气。

江逾心疼地在她耳边低语:"对不起,我来晚了。"

"你可算是来了!"宋艾蓝狠狠叹了口气。

江逾道:"转院手续我都办好了,今天多亏你们照顾许念,多谢。"

宋艾蓝"咻"了一声:"不谢,念念是我的好朋友,我不照顾谁照顾,不像某人,一进手术室就找不到人!"她虽然知道江逾也是因为工作,但还是忍不住说了一句。

江逾垂了垂眸,没反驳。

他把许念抱到病床上,有其他的医生帮忙推着出了第三医院的门口。上了去往市医院的车,江逾转身对宋艾蓝和余盛说道:"现在太晚了,你们也都回去休息吧。"

宋艾蓝坚决道:"我不!我得陪着念念!"

说罢,跟着坐上车。

江逾见她执意要去,便没有阻拦,正要上车,听到身后有人喊他。

"江逾!"是余盛,他似乎有话要说。

江逾朝他走了两步:"什么事?"

余盛放低了声音,目光带着厉色:"你要是没有能力照顾好她,我随时都可以把念念抢回来。"

江逾看了他一眼:"你今天本来可以直接将她送去市医院的。不是因为远,而是你不敢,不是吗?"

"怎么可能!"余盛反驳,但更像是被人戳破内心后不经意展露出的愤怒,欲盖弥彰。

江逾不想再多说,许念还在等着他。他没再接话,转身上了车。

一股消毒水的味道钻进鼻腔,许念醒过来的时候,闻到了她不太喜欢的味道,一片白映入眼帘。

除此之外,门外有低低的争吵声。

"工作比念念还重要吗?你当医生就够忙的了吧,还要管你家公司那边的事情,那你还有时间陪念念吗?"

"你既然选择了当医生,那就一条路踏实走下去啊,干吗还要掺和其他的事情?难道以后你要一直这样两边忙?"

许念听出来,是宋艾蓝的声音,她在和江逾争吵。

"许念还没醒,我们小点声。"

江逾声音有点低,许念没太听清他说什么。

宋艾蓝倒是和以往一样,声音很大。

"我看你根本就不在乎念念,你以为自己是神吗,把所有事都揽在自己身上还游刃有余?你以为这样是很有责任感吗?念念第一次犯阑尾炎的时候,也是满世界都找不到你的人,她自己一个人在医院打点滴,这一次又是!"宋艾蓝气到不行。

"算了,艾蓝,你就不要责怪江逾了,他也不是故意的。"是赖景和的声音,他也过来了。

宋艾蓝道:"他自己逞能,揽的事情太多,怎么不是故意的?我就不理解,干吗非要和陆家的人合作?"

赖景和道:"艾蓝,你别冲动,江逾最近几日也很累的,你也体谅一下,他今天有六台手术,而且也没去公司谈方案,一见到消息,就赶去找你们了。"

"那是我们耽误了他的合作大事呗。"宋艾蓝双手抱肘,"我体谅他做什么,我又不是他女朋友,我就是心疼我们念念,生病了男朋友不在,自己还老实巴交地受着。"

"算了,你消消气,许念这不也没事吗?"赖景和安慰,"我先带你回去休息吧。"

宋艾蓝:"不要,我要等念念醒过来,你们累了的话,你们去休息吧。"
她甩开手,目光瞥到病房里面,见到许念醒了,急忙推开门走进去。
"念念,你醒了!可吓死我了!怎么样,你还疼不疼?"
许念摇头,感激地看向宋艾蓝:"艾蓝,幸亏有你陪着我。"
宋艾蓝邀功道:"我比你男人强多了吧。"
许念笑着点头,目光瞥到江逾,他走进来时,神情里带着担忧和羞愧。
一时病床前围了三个人,气氛有点尴尬。

赖景和咳了一声,开口道:"艾蓝,我先带你回去吧,你都守了好几个小时了,先回去休息休息,明天我们再来看看念念。"

许念见她满脸疲惫,就猜到她定是忙前忙后了好久,不忍地说:"艾蓝,你先回去吧,我这就是个微创的小手术,没什么大事的。"

赖景和给了宋艾蓝一个眼神,宋艾蓝虽然责怪江逾,但还是懂得给他们两人留点二人空间,便点头答应:"那我走了,明天我再过来看你啊。念念,你若是有事,就给我打电话。"

赖景和带着宋艾蓝离开医院。

已经接近晚上十二点了,许念想起江逾去第三医院抱着她时的紧张与焦急,也听到了宋艾蓝刚才在门外对他的责备,一时心里百感交集。

江逾走过来坐到旁边,握住许念的手。

她的手凉凉的,很小很软,那一刻,江逾不太知道说什么,只想一直握着她不放开。

"江逾,我是不是很麻烦?"许念轻声地开口问道。她刚刚听到他们的对话了。

江逾最近很累,而且因为她,可能影响到了与丰明集团的合作项目。

听到她的问题,江逾不由得皱了下眉:"怎么会这样想?"他把许念额前的碎发抚去,"你永远都不会是麻烦,是我没有照顾好你。"

许念舔了一下有些干裂的唇。

"一定要与丰明集团合作吗?"她这话有点自私,"我的意思是,公司之间的合作是商业里很常见的事情,如果以后还有这种事,你都要去负责吗?"

伤口那里有些痛,她咬了咬牙,又开始为自己刚刚说的话感到抱歉:"我可以不要你的照顾,自己也可以的,我只是希望你能够明确自己的选择,不然你也会很累的。"

江逾沉默了一会儿,似乎在思考。

等着他回答的时候,许念很紧张,她知道自己说的话不妥,本来就给江逾添了很多麻烦,现在又在质疑他的做法。

许念在心里暗暗斥责自己的自私,她真的是一个很矛盾的人。

"念念,你先好好休息吧,我……"江逾顿了一下,"我会好好考虑的。"

"嗯。"许念并没有多说,因为她自己也很纠结。

她脑子晕乎乎的,很想好好睡一觉。

答应完,她不忘向江逾问:"江逾,你今天晚上在哪里?"

江逾道:"我在这里陪你。"

"不用。"许念说,"你先回家吧,这里没有地方睡觉。"

江逾摸摸她的头:"听话,你好好睡一觉,不用管我。我要是累了,医院有临时休息的宿舍,我可以去那里,我先等你睡着。"

许念答应,闭上眼睛,很快陷入沉睡。

大概是因为微创手术伤口不大,她的主治医生也是市医院的顶级专家,医术十分精湛,所以她的伤口处并不太痛。

她睡得很踏实,一直到翌日清早。许念醒过来,发现江逾并没有去员工宿舍,而是一直守在她床边。

她本来想悄悄看一会儿江逾的,但她稍稍一动,江逾就醒了。

"醒了?感觉怎么样?有没有不舒服?"他的嗓子好像还没醒,声音略嘶哑。

"没有不舒服。"许念说道。

江逾贴心地把床摇起来,并给她倒了一杯水。

许念嗓子干干的,一下喝了好多。她尝试动了动,腹部有微微的痛感,没有她想象中的疼。她问:"江逾,我都几乎感觉不到伤口在哪里。"

江逾道:"你别乱动,不然牵扯到伤口,就麻烦了。"

闻言,许念忙乖乖躺好,不敢再乱动。

她每天起床的第一件事就是看手机。

"江逾,快八点了,你该去上班了。"

许念提醒他,脸上带着笑容,给他展现出一副状态很好的神色,好不让他过多担心。

"嗯,再待两分钟我就回去。"江逾道。

"两分钟而已,又做不了什么。"许念的本意是让江逾早点去准备一下,但他好像误会了。

他俯身贴近过来,上扬的声调问:"你想做点什么?"

许念推了他一下:"你想什么呢?"

"两分钟确实可以做很多事情。"江逾说完,嘴唇贴上来,在许念唇上轻轻一点。

许念捂了嘴:"我从昨天晚上起就没刷牙。"

江逾道:"我不嫌弃。"

许念羞赧地控诉:"医生怎么可以这么对待病人?"

江逾一副无所谓的神色,眉毛微挑,轻轻吐出一句:"那又怎样?"

许念转过头去,背对着他:"赶紧去上班吧。"

"那我走了。"江逾依依不舍,临走前,不忘嘱咐,"有事的话就按铃,或者给我发微信,我上午没手术。"

"你去吧,从今天开始,我要戒你。"许念道。她发现她最近很依赖江逾,是指在精神上的那种。

江逾觉得她这个说法有些可笑,但又疑惑:"戒我?为什么?"

他停下要离开的脚步。

"我要独立。"许念郑重道。

江逾苦笑一声:"我又不是烟酒赌毒。"

许念像是铁了心一样,没再说话。

快到上班时间了，江逾只好暂时离开。

许念在病床上睡了一会儿，再醒来时，听到房门打开的声音。她以为是来查房的护士，但进门的却是徐岚和许继文。

"爸妈，你们怎么来了？"许念有些惊讶。

她动这种小手术，本来不太想告诉爸爸妈妈的，怕他们担心。

徐岚满脸都写着担心，走进来握着许念的手心疼道："念念，还疼不疼啊？"

她说完，又有些埋怨："你这孩子！要不是艾蓝告诉我，我们都不知道你住院了！"

许念做出一个表示没有大碍的笑意："妈，我再过一两天就能出院了。"

徐岚严肃道："那也是在身上动了刀子的！今年怎么回事，咱娘俩连着生病，我看我得去寺庙上两炷香了，求个平安符回来才放心。"她一边低声咕哝，一边把饭盒拿出来，"妈给你带了粥，快补补。"

许念闻着香气，遗憾道："妈，我刚手术完，医生说还不能进食。"

"这样？"徐岚皱了皱眉，"那就先不吃了。妈陪着你，别害怕哈。"

许念道："我没害怕。"

徐岚想起什么，又问："江逾呢？你们两个不是在一起了吗？他怎么没陪你？"

许念道："他昨天晚上一直陪着我的，今天他还要去上班的。"

徐岚皱了下眉头："看来找个医生男朋友也没什么用，医生那么忙，都没时间照顾自己家人了。"

许念有些无奈："妈，每个人都要上班的。"

一旁的许继文也听不下去，开口道："算了，有医生护士照顾呢，咱们念念也不能完全依赖江逾。"

徐岚看许继文也和她顶嘴，呛他道："念念依赖不依赖是一回事，江逾来不来照顾是一回事。"

许继文这次没妥协，说："人家这不是上班吗，下了班还能不过来？"

"行吧。"徐岚双手抱肘坐在椅子上，"我就是总觉得不踏实。"

"妈，你不是挺喜欢江逾的吗？"许念看她的态度，有点疑惑，还有点担心。

徐岚道:"我开始是挺喜欢,希望你们两个人在离婚前能够好好相处,彼此多了解一下,但他后来真和你去离婚了,你当时的伤心我一眼就能看出来。念念,你有没有问清楚他和陆家那边的事。"

许念道:"离婚的事是我们两个人都没敢说出自己的想法,不能只怪江逾一个人,和陆小姐的婚事,他说不会答应的,你不也给我介绍过何明远吗?"

徐岚帮许念检查了下被子,并把床头柜收拾了一番,一边收拾,一边说:"那怎么能一样,你和何明远只是认识一下,他们那是商业联姻,关乎几百万几千万的生意,说取消就能取消?你爸跟你江伯父联系的时候,你江伯父明确说过,江逾是想离婚的。"

许念想起江逾的话,江伯父和江逾说,是她爸爸亲口说的,她对江逾没有喜欢。

也不知到底谁在说谎,她现在有些累了,不太想多说话,便只道:"妈,我相信江逾。"

徐岚看出她的疲惫,瞬间心疼,便也没再多说。

"那你休息会儿,一会儿你爸要上班,不过妈在这里陪你。"

"你不上班吗?"

"请假了。"徐岚道。

许念"哦"了一声。她妈妈之前是事业型女强人,工作很拼的,但自从经历了上次的大病初愈,对工作就没那么上心了,开始觉得人活着,健康快乐最重要。

许念觉得挺好的,但还是对徐岚说:"妈,你先回家就好,不用担心我,这里就一把椅子,待着多难受。"

徐岚道:"我生病时,你不也就坐在椅子上吗?"

"我年轻,不一样的。"

徐岚瞬间要强起来:"你妈我也没老。"

中午,江逾买了些稀粥和鸡蛋汤带过来。

许念开心地坐起来,不料江逾第一句话便直接问道:"排气和排便都正常了吗?"

他问得很认真,在等着许念的答案。许念却很害羞,刚才刘医生来检查的时候,她就很大方地说了身体情况,可面对江逾,她就不好意思说了。

她顿了一下,婉转地回答:"刘大夫说,我可以吃些流食了。"

"那就行。"江逾打开饭盒。

许念道:"我妈来了。"

江逾一愣:"阿姨来了?我带的饭好像不够。"

许念说:"她出去买饭了。"

"哦哦,要不你打电话让阿姨少买一份。"

"好。"许念拿出手机,给徐岚打电话说了一声。

放下电话的时候,病房外传来嘈杂的声音。

"你怎么来了?"

"你管我?我来看病号不行吗?"

"和你有什么关系?"

"怎么没关系了?你管不着吧。"

许念闻声看过去,是宋艾蓝过来看她了。

她刚露出笑脸,又突然僵住,因为她看到同时进来的,也是刚才和宋艾蓝争吵的那个人,是陆双凝。

她的态度并没有明显的不友好,但眼里的亮光却很明显地消失:"陆小姐,你是来看我的?"

"对啊。"陆双凝手捧了一束花走过来,她没觉得许念会接,便自己动手插在了柜子上的花瓶里。

"我们可不稀罕你的花。"宋艾蓝凶巴巴的。

许念拍了拍宋艾蓝的手,让她消消气:"没事,挺好看的。"

花又没有罪。

陆双凝来看她,也是一份心意,虽然可能不是什么好心。

"还是许念姐姐贴心。"陆双凝笑道。

江逾垂着眸,声音微冷:"陆小姐,你怎么来了,不用去公司上班?"

陆双凝没回答他的问题,反而撇了撇嘴,娇声问道:"江逾哥哥,你怎么叫我陆小姐啊?你不都答应我,以后喊我双凝或者阿凝了吗?"

江逾直接道:"我好像并没有答应你。"

陆双凝没在意他的冷淡态度,嘻嘻笑着道:"没事啦,你怎么喊都好的。"

宋艾蓝听着她娇滴滴的声音就浑身起鸡皮疙瘩,她忍不住催促道:"这位陆小姐,请问可以离开了吗?"

陆双凝递过去一个白眼："你干吗总催我，我还有事呢。"

宋艾蓝非常无奈，赶人的冲动上下起伏，如果不加以抑制，随时都有可能迸发而出。

陆双凝拿后脑勺对着她，笑脸给到江逾。

"江逾哥哥，我来找你一起吃午饭。还有，你周末有没有空呀？这周日是我的生日，还是射箭场见呀，我最近苦练了好几天射箭，我们比一场怎么样？"

"午饭我陪我女朋友一起吃，周末没空，我就不去了。"江逾道。

宋艾蓝听着，心里巨爽："陆双凝，你什么意思啊，我们江医生是有女朋友的，怎么可能还和你一起吃饭一起射箭？你不仅心思不正，还当着我们念念的面公然邀请江逾，胆子未免太大了吧。"

陆双凝瞪宋艾蓝一眼："我怎么心思不正了？又不是只有我们两人去射箭，我爸爸还有公司其他人都在呢？我们主要是谈合作的，只是用射箭来放松罢了。"

说完，她用半撒娇的语气恳求江逾："我爸说你好几天没去了，他也挺想和你比试的。我已经和我爸求过情了，只要你答应陪我过生日，那个合作项目，肯定没问题。"

她虽然是恳求的语气，但话中实则带了威胁性，明显是拿合作项目来绑架江逾。

江逾没立刻回应，像是在思考。

陆双凝迫不及待地等他点头答应："你之前不是一直陪我们的吗，怎么这周末就不行了？"

江逾缓声开口："与丰明集团的合作事宜，我该交代的都已经交代了，若是还有疑问，请联系公司的营销总监周灵云。"

陆双凝往前走了一小步，喋喋不休道："我不想联系她啊，只想联系你，你既然接手了，就要负责到底啊。明明就是你一开始缠着我和我爸爸的，怎么现在说退出就退出了？"

某一个时刻，许念突然就觉得耳边开始聒噪起来。

她没再隐忍，打断了他们的对话："陆小姐，我男朋友在上班时间，你没病的话就不要打扰他工作。还有，他的私人时间是属于我的，也请你不要打扰。"

陆双凝"喊"了一声："女朋友怎么了？江逾的私人时间是他自

己的!"

江逾很少打断别人的话语,但这次,他面色明显严厉起来:"我所有的时间都是许念的。

"还有,陆小姐,请帮我转达一下,以后项目合作的事就不要联系我了,我是医生,职责是治病救人,公司的事情我不该管。不管是和丰明集团的合作,还是以后和其他公司,我都不会再插手了。如果丰明集团还有合作的意向,请和公司的营销总监周灵云联系;如果没有合作意向,澜舟集团也不会强求。"

陆双凝嗓子一噎,觉得十分不公平。江逾凭什么不喜欢她?他这几天在射箭场陪她射箭,真的只是想谈公司合作吗?

她一时不服气,却又没理可讲,便狠狠地跺了跺脚,好发泄心里的气。

"看来你之前的诚意都是装出来的,你等着瞧!"她留下一句狠话,甩手走了人。

宋艾蓝看着陆双凝摔门而去的身影,颇为得意地仰着下巴:"还发起大小姐脾气来了,当谁都喜欢她吗?念念,你没被气到吧,别跟她一般见识,你刚手术完,要保持心情愉快。"

许念挺淡定的:"没事,也没什么好生气的。"

这时候,徐岚也回来了。她手里提着袋子,里面的汤水有些洒了出来。

"刚刚从病房里出去的那个小姑娘是谁啊?横冲直撞的差点把我买的汤撞洒了。"

许念道:"没事吧,妈,刚刚那个女生走错地方了。"

"阿姨好。"宋艾蓝忙接着问好。

徐岚见到宋艾蓝,笑逐颜开道:"艾蓝来了啊,念念有你这样的朋友真好。小江也在呢?"

"阿姨。"江逾点点头。

徐岚顿了一下,缓声说道:"小江,谢谢你来照顾念念。"

江逾道:"应该的,阿姨,之前是我失责,没有照顾好许念。"

"你工作忙,下班后立刻就赶过来就不错了,只不过——"她似乎还有什么别的话要说,但张了张口,又咽了回去,转而道,"我买了饭菜,一起吃点?"

"好啊,阿姨。"宋艾蓝笑着接受。

在医院待了两天,许念觉得自己已经恢复得差不多了。徐岚让她回家住两天，反正学校里也没有什么事。"

许念这两天生病，也很想和家人待在一起，而且她也想Lucky了，回家待两天，休息一下，也很不错。

出院那天，许念收拾好东西，徐岚细致地帮她检查了两遍才算放心。快晚上十一点了，江逾说让她等他下班，然后会送她回家。

作为一名医生家属，上次许念就已经下了决心，不想过多依赖江逾，便没再多等。

许继文开车过来接，坐在车上，许念给江逾发了条信息，告诉他她已经回家了，让他专心工作。

半路上，徐岚突然开口："念念，上次从咱们病房里气冲冲跑出去那个女孩，是谁啊？"

许念装傻："哪个女孩？"

徐岚没开口，意思是让她自己想。

"啊，她啊……"许念假装想起来，"不是说了吗，她走错房间了。"

从徐岚的眼神里就能看出来，她并不相信。

沉默了一段时间，许念开始心虚。

徐岚一副了然的表情："她是不是陆家那个女儿？来找你麻烦了？"

许念默认。

徐岚表情严肃起来。

许念急忙开口："妈，没事，那个女生也没怎么样，就是过来看看。"

徐岚知道她没说实话，长长地叹了一口气，开口道："她闲得没事所以过来看看吗？陆家家大业大，他家的女儿如果想和你抢，我就怕你受委屈。"

她面色凝重起来，继续道："而且你能保证江逾有那么喜欢你吗？现在你俩之间还横着一个陆家，江逾选择你，就是放弃了大把的利益，现在他表现得很决绝，你确定他以后不会后悔吗？"

许念拧了下眉头："妈，陆双凝是来找我了，但是江逾并没有让我受委屈。"

"看得出来，他现在对你挺上心的。"徐岚重点强调了"现在"两个字，"现在他和你在一起，是在反抗家里联姻的安排，还是真的喜欢你？"

许念道："你还是在介意江逾之前和我办了离婚手续吧。那有什么关系，我不是也没有主动把心思告诉他吗？"

徐岚点点头："我知道，但他真的那么喜欢你吗？有多喜欢？我知道你们年轻人都会以事业为重，我不要求江逾为了你放弃事业，但是，他当初为了学医，能坚决地反对江澜远，后来和你离婚的事，怎么就不行了？他连反对都没反对，就答应了江澜远，那他到底有多喜欢你？"

许念愣了一瞬。

这个问题，她也不知道答案。

"妈，虽然我不知道江逾有多喜欢我，但是我很喜欢他，我也愿意为了他做出牺牲。我已经长大了，可以照顾好自己，不可能一直依赖别人。而且每个人都有工作，我要是想被人照顾，那干脆雇个保姆好了。"

"妈不是那个意思。"徐岚解释，"妈就是怕你受委屈。"

许念能够理解，但她也希望妈妈能够相信她，相信江逾。

她忽然想起一件事，开口问许继文："爸爸，你当时有和江伯父说我的不喜欢江逾的话吗？"

许继文回忆了一下，说道："江逾帮忙完成你爷爷的心愿，我只表达了感谢，然后就说婚姻关系可以结束，你江伯父就答应了。"

"那可能是江伯父骗了江逾。"许念低语一句。

"怎么回事，念念？"许继文道。

许念沉默了片刻，还是开口："江伯父对江逾说我不喜欢他，所以江逾才答应和我去办离婚。"

徐岚叹道："他接不接受离婚，最后还是他自己决定的，你别为他开脱了。"

许念眼中暗了一瞬。

过了一会儿，许继文缓声道："念念，你要知道，婚姻是两个家庭的事情，爸爸看得出，你现在很喜欢江逾，但也要保持冷静，不要被热恋时期一时甜蜜冲昏头脑。不论如何，爸爸妈妈都是你坚强的后盾，会永远支持你的。"

"嗯嗯，我记住了。"许念心里生出几分动容。

许念在家休息了几天，这两天她没有主动去找江逾说话。

有些因生病产生的孤独感和他怄气的成分，也有和自己生气的成分。

她觉得自己一点都不理智清醒。

和江逾在一起后，她看到了他的努力，自己也有了动力去认真学习，一点点进步，但在情绪上，她开始有些患得患失。

网上说，正确的恋爱应该是两个人都朝着更好的方向迈进，许念不能确定，这样的她是比以前更好了，还是更差劲了。

她爸爸妈妈现在都不支持她和江逾在一起，江伯父也不支持这段婚姻。

许念心里像是打了结的绳子，她打算想个办法解决这个难题，左思右想，或许可以让江逾来她家里，和她爸妈一起吃个饭，增进交流。

她给江逾发了消息：【周末，要不要来我家吃饭？】

江逾道：【抱歉，周末要加班。】

他不爱用表情包，只有一行字。

许念看着干巴巴的文字，感受不到说话人的情绪，先入为主地觉得江逾很是冷漠。

她向宋艾蓝哭诉：【唉，被拒绝了，江医生忙得很，周末也不休息。】

宋艾蓝连着发了好几个震惊的表情：【周末还加班？不会是去陪陆双凝射箭吧。】

许念：【我没问，但江逾应该不会骗我。】

宋艾蓝又发了个抱抱的表情。

若是论喜欢发表情包的程度，她和江逾简直一个天上一个地下。

宋艾蓝：【不哭！周末姐姐陪你玩！】

许念心头云雾瞬间消散：【好啊！】

到周末，许念和宋艾蓝一块儿出去，约着看最新上映的电影。

场次是下午的，她们吃完饭去看刚刚好，电影结束的时候，已经到了傍晚。

许念住在家的话，晚上有门禁，宋艾蓝也一样。所以两人从电影院出来，简单逛了一会儿，就要各回各家了。

江逾：【念念，在哪儿呢？】

许念上了公交车，才看到江逾二十分钟前发来的消息。

许念：【和艾蓝出去玩，现在在回家的公交车上。】

江逾：【能去找你吗？】

许念也不知道他的语气，便自动给他加了一层委屈巴巴的情绪。

她问：【怎么了吗？下班了？】

江逾道：【下班了，好累，想你了。】

许念：【可是我要回家了，已经很晚了。】

江逾：【生气了吗？】

许念道：【没有。】

她否认，生气谈不上，倒是有些烦心。

这两天发生了很多事，生病住院，还有陆双凝的挑衅，让她心里的安全感开始降低，偏偏又赶上了江逾很忙的时间。

这几天他们都没怎么说话，更别说见面了。

许念：【你要不要早点回家休息啊，明后天我都可以去找你。】

江逾：【不想明后天，想今天。】

江逾：【现在。】

江逾：【我能不能去你家楼下找你，就一起待一会儿。】

江逾连着发了好几条，许念也不知道他怎么这么迫切。

许念：【好，我大概还有二十分钟下车，那到时候楼下见。】

江逾：【好。】

许念又问：【上班累了吗？】

江逾：【有点，但还是更想见你。】

许念：【怎么了？今天你有点黏人哦。】

许念笑了一下，莫非是因为江逾之前没答应她来家里做客的请求，心里觉得抱歉了？

那边沉默了一会儿。

许念目光看向窗外，刚刚还能看到夕阳的半张脸，现在已经完全暗了下来，公交车开过一个转弯，消息提醒才响了一声。

江逾：【今天在手术室，有病人去世了。】

许念有些震惊，居然是因为这个，她一时也不知道该怎么去安慰江逾。

许念：【肯定很难受吧。】

江逾：【没事，就是心里总有一种不好的预感，要见到你我才觉得安心一点。】

许念道：【我一会儿就到了。】

江逾：【好，我等你。】

他应该是已经到了。许念心里开始着急，之前她很喜欢安静地坐在公交车上看着窗外，现在开始嫌车开得慢了起来。

广播播报到站，许念下了车，还需要再走一段路才会到小区楼下。

许念：【下车了，在小区门前的榕树下见吗？】

她边走边发了条消息给江逾。

江逾没回复。

许念想着快点过去，便走了巷子里的小路。

这里之前有家早点铺子，从前许念上学好几次都在这里买过早点，不过最近这两年，巷子里好多人家都搬了出去，突然变得冷清不少。

许念在这里走着，突然怀念起高中，心里有点伤感。

凉风吹过来，带下一批新的落叶，脚踩过发出细碎的声音。

许念快步走着，在窸窣的声音里，好似听到了另一串脚步声。

许念：【江逾，你在哪里啊？】

她给江逾发消息，没等到回复，只有身后的脚步声不断加重。

许念心里"咯噔"一声，回头看去，并没有人。巷子里光线很暗，相隔很远才有一个路灯亮着。或许是她疑神疑鬼，自己吓自己。

许念在心里自我安慰，边加快脚步，边给江逾打电话。

万幸，电话很快接通。

"江逾，你在哪儿呢？"大概是听到她焦急的声音，还带了哭腔，江逾整颗心一下子提起来："我刚到你说的地方，怎么了？出什么事了吗？"

"啊！"

他刚说完，便听见对面一阵尖叫。

"许念！"江逾脸色一变，立刻意识到不对。

他喊了好几声许念的名字，都没有传来回应。

江逾慌了神。许念根本来不及回答江逾，因为她转身的时候，正对上一双惊悚的眼睛。

是一个男人，正死死地盯着她，将她的去路堵住。

饶是许念十分警惕，也没有察觉他是在什么时候走到她身边的。

她一颗心瞬间提了起来，想要说出的话也卡在嗓子眼。

在对方压迫的目光下，她的嗓子好像丧失了功能，半点声音都发不出。

男人的脸十分恐怖，一道明显的伤疤从眼尾一直蔓延到鬓角。

许念僵直在原地。

对方竟然也一直没有动，只是站在原处，目光在许念身上打量。

许念脑子里忽然想到许继文和她说过，前些日子有女性被跟踪的事件，但犯人被认定为是精神病患者，所以并没有被追究法律责任，只是家属保证会尽好看管责任。

难道那个跟踪狂又出来了吗？

她下意识后退两步，开口试探："请问，有事吗？"

男人没回答。

许念深吸口气，努力保持平静。她想找个机会逃跑，但她后退两步，对方就立刻紧跟上来。

耳边是呼啸的风声以及"怦怦"不停的心跳声。

许念握了握拳头，想绕过他离开。

忽然，男人嘴角一勾，露出一丝诡异的笑容。

笑里带着阴冷，许念顿时一个激灵，抬步要走，一道极其嘶哑的声音传入耳中。

"别走。"声音里有种生涩感，像是很久没有开口说话一般。

"能不能陪我？"

许念心里不停打鼓，她缓了缓心神，装作冷静地说："不好意思，我——"

还没说话，男人表情一冷，阴森的目光压下来："你不答应？"

"不是……"许念被他吓到，刚要改口，便见他从衣服里掏出一把发光的刀子。

"你们都是这样！"

他忽然讥讽地一笑，几乎在一瞬间内，整个人的状态开始转向癫狂。

"我答应，我答应。"许念急忙改口，尝试安抚。

"晚了！"男人吼道。

许念连连后退，趁男人不注意，迈开脚步撒腿就跑。

"救命！"她大声喊着。

"不想死就别跑！"男人跟过来。

许念根本跑不过他，很快就要被他追上，许念几乎用尽全身力气，跑到路口，转到另一条路上。

周围依旧漆黑一片，她边跑边喊，希望有人能够听到。

慌张中，她的胳膊被人紧紧拉住。

"放开我！"许念想要挣脱，却完全无济于事。

对方处于癫狂的状态，根本不会去听她说的话。有一瞬间，她脑海里只有两个字，完了。

除此之外，大脑一片空白，身体下意识地去反抗。

"是我。"许念一怔。

她转头去看，这才发现，抓住她的人是江逾。

"江逾！"她仿若瞬间抓住了救命稻草，有种想哭的冲动。

"有、有个男人追我。"她回头看去，刚刚她跑过来的地方，竟然空无一人。刚才的男人，仿若是鬼一样，消失了。

许念打了个哆嗦，很警觉地往四周看了一圈。

"真的有人，他可能躲起来了。"

江逾把手机的手电筒打开，好有些亮光。

"我们先离开这里。"他道。

许念惊魂未定，怨声问："你刚刚干什么去了？怎么不回我消息？"

"我——"

"小心！"

江逾还没说话，许念便拉了他一下。

那个男人又出现了！

许念瞳孔一震，见到男人拿了匕首朝着江逾直冲过来。江逾迅速地转过身，在男人小腹处狠狠踹了一脚。男人捂着肚子后退两步，缓了两口气后，更加凶狠地冲上前来。

"小心他有刀！"许念大声提醒，迅速地掏出手机报警。

男人疯魔了一般，朝着江逾的腹部捅去，他毫无章法，不停地挥舞匕首，似乎是在为刚刚受的屈辱报仇。

许念整颗心揪起来，报完警便在四处找可以当作武器的东西。目光扫过路边的石头，许念跑过去将石头搬起来，转身间，却听到一声尖刀刺入肉体的声音。她猛地一惊，下意识地将石头往男人的后脑勺砸去。

男人的注意力全在江逾身上，反应过来身后有人的时候，许念手里的石头已经重重落在他的后脑勺上。他松了手，往一边倒去，整个人瘫倒在地。

刀子插在江逾的腹部，有红色的液体流出。

许念心猛地一坠，声音发抖："江逾。"

江逾轻声道："没事，不是血。"

他将刀子一把拔了出来:"放心,没刺到我。"

许念的力气小,那疯子很快就醒了过来。江逾急忙起身,把他踹得后退几步,趁着间隙,将许念往路边一拉,厉声嘱咐:"躲到一边去,保护好自己。"

许念担心得要命,她分明就见到了血。

这时候,耳边一阵阵警笛声响起来,有警察到了!

许念看到有警车开过来,仿若看到了新生。

警察迅速下车,很快,男人被几名警察制伏。

许念急忙去看江逾的情况,她分明看到,江逾的腹部有红色的血流出来。

"江逾,你明明就流血了!"

她眼泪不争气地流下来。

"你刚刚不是问我干吗去了吗?"江逾声音很轻地和她解释,"我来的时候,以为你生气了,所以去买了章鱼小丸子,想用这个跟你道歉。买完怕凉了,我就揣在了衣服里,没想到还救了我一命,这红色的都是番茄酱。"

"是这样吗?"许念狠狠松了口气,委屈道,"刚刚吓死我了,幸亏你到了,幸亏你没事。"

"看来我们很幸运。"江逾轻松地笑笑。

"被吓到了吗?"过了一会儿,他柔声问。

许念点点头:"有点。"

"别害怕。"江逾将她拥进怀里,是温暖的感觉。

许念贴着他的胸口,这一刻,她只想要江逾。她忽然意识到,她在以后的每一天,都想要和江逾在一起,不管发生什么,不管有多少阻挠。

其他一切,都不重要了。

·第十二章·
草莓味

从警局出来已是半夜。

许念受了点惊吓,身体上感觉很累,但一点困意都没有。警局里的警官大多认识许念,知道她是许继文的女儿,做完笔录特意将许念送出来,询问要不要送她回家。

许念摇摇头,担心地问道:"张叔叔,那个人会被定罪吗?"

她害怕那个男人还是和之前的情况一样被无罪释放。

"后续我们会继续调查的。这么晚了,你自己能回去吗?"

江逾道:"张警官,我会送她回去的。"

张警官点了点头,临走前嘱咐道:"那你们路上注意安全。"

"走吧,送你回家。"江逾看向许念。

"嗯。"许念没拒绝,她现在不想和江逾分开,一点也不想。

四周一片安静。

两人走到车前,江逾帮她打开门。

许念俯身上车,见到副驾驶的座位上多了一个坐垫,上面印了几个字,"念念专属"。

"江逾,这是什么啊?"她明知故问。

"你的坐垫。"江逾道,"以后这个位置,就是你的专属位置,其他人不能坐。"

许念红着脸坐上车,笑意在脸上绽开,一下扫去心头的阴霾。

江逾一路把许念送到楼下。

在路灯下,江逾停下脚步,转身看着许念:"快上去吧,叔叔阿姨应该等着急了。"

许念满眼都是不舍。

"好。"

"那你要回去吗?"她问了一句废话。

"嗯。"江逾道,"回去了。"

"那你去吧。"许念垂下眸,掩饰失落的情绪。

江逾站在原地没动:"看你上去,我再走。"

许念点点头,走了几步,忽然停下来回过身,她喊他:"江逾。"

"嗯。"江逾应道。

许念开口:"这么晚了,你要不别回去了。"

"不想我走?"江逾问。

许念点点头:"想每时每刻都见到你。"

江逾愣了一瞬,第一次听到许念这般坦诚地对他说情话,心里一时兴奋,感觉有点不真实。

他又确认了一遍:"真的这么不想我走?"

许念重重点头。

"真的。能不能留下来,我家里有客房的。"她家里有三间卧室,有一间是客房,可以给江逾住。

她的语气很真诚,少有地带了些乞求。江逾若是不答应,都会有一种对不起全世界的感觉。

"好。"他低低地应了一句。

许念觉得他的声音真的很好听,柔和里带着坚毅,总能抚平她心里起伏的波澜。

江逾同她一起上了楼。

徐岚听到动静,从客厅里匆匆跑过来,担心地问:"念念,你怎么样?快过来让妈看一下,我说去警局一趟,你爸非说没事,让我在这里坐立不安担心了半天!"

"没事的,张叔叔应该有和你们说吧。"许念安慰她道。

Lucky飞奔着跑过来,它在许念腿上挠了两下,然后又跑到江逾腿上挠了两下,发出哼唧的叫声。

"小江,快进来。"徐岚给江逾拿了双拖鞋。

"谢谢阿姨。"江逾颇为拘谨。

"妈,今天多亏了江逾及时赶到,因为太晚了,我想让他今晚住下。"许念恳求。

"好,我一会儿去收拾一下房间。"

徐岚边说,边检查许念有没有受伤,见许念没事,又看了看江逾。

看到江逾被戳破的衣服，还有上面的红色血迹，徐岚不由得一惊："哎呀？这怎么流血了？"

"不是阿姨，这是番茄酱。"江逾解释。

徐岚松了口气："你俩都没事就好。"

江逾进屋，遇到许继文，他微微点头示意："许叔叔。"

"嗯。"许继文平日少言，今日破天荒地多说了一句，"小江，多谢了。"

江逾道："这是我应该做的。"

许继文眼中闪过一抹别样的情绪："早点休息。"

徐岚还是不放心地拉着许念检查，她没办法完全放心，因为心理上的阴影，是更难消失的。

鉴于已经很晚了，她并没有多问别的，只让他们两人去洗漱。

"小江，我看你脸色不太好，是不是累到了？"徐岚问。

"有一点。"江逾点头。

徐岚指了个方向："那边的浴室也可以用，柜子里有新的牙刷和杯子，你也赶紧洗漱休息吧，我去帮你铺个新床单。"

徐岚和许念都离开了客厅，只剩下江逾和许继文。

"叔叔，我可能有些事情要和您说一下。"江逾对许继文说道。

晚上，许念睡不着。她一闭上眼，眼前就会出现那双恐怖的眼睛。

半夜，大家应该都睡了，她不想打扰别人。

许念干脆起来看看手机转移注意力，打开手机的同时，她收到了江逾发来的消息：【睡不着的话，可以来找我。】

许念看到消息之后，立刻从床上坐了起来。她悄悄打开房门，听外面没有动静，便迅速溜进了江逾的房间里。

江逾见她进来，低头看了一眼手机，微微皱了下眉头。

"怎么了？不会有工作消息吧？"许念忐忑问道。

"没有，我在计时。"

"计什么时？"许念疑惑。

"从我给你发完消息，到你进来，一共才用了二十六秒。"

许念不好意思地笑了一下。

"过来。"江逾往旁边的位置挪动了一下。

他穿的是许继文的睡衣，灰色基础款，许念一直觉得这是老年装，但穿到江逾身上，竟然多了一种干净清新还让人觉得居家踏实的感觉。

许念慢腾腾地走过去，在江逾身边躺下。

江逾帮许念盖好被子，她往里缩了缩，开口问："江逾，你说那个人还会出来吗？"

"不会的。"江逾道。

许念知道这是安慰的话："那你以后要一直保护我。"

"嗯。"江逾柔声地回应，过了片刻，又用轻松的语气笑问，"不是要戒我？"

"不要了。"许念伸手搂住了他的腰，抬眼问，"可以吗？"

她抱着他的胳膊又紧了紧，显然一副赖上他的模样。

江逾心里有些别样的情绪，带着温热的浪，蔓延至全身："嗯。"

他吻了吻她的额头，其实是他依赖她，是他离不开她。

"睡觉吧。"他耐心地哄她睡觉。

许念将手机定好了闹钟，周身被江逾的气息包裹，很快踏踏实实地安心入睡了。

翌日清早，闹钟一响，她就起了床，回到自己的房间去。

临走前，她悄悄吻了江逾一下。

仿佛有一种神奇的力量，许念回到自己的房间，重新躺下，闭上眼睛后，再也没有恐怖的画面闪过。

困意重新袭来，她睡了个回笼觉，等再醒来的时候，江逾和许继文都去上班了。

许继文今天会去调查昨天的跟踪狂事件，徐岚也梳洗好准备上班，她在等许念醒来，交代女儿记得吃早饭之后，再离开。

"念念，你今天就别出门了，妈妈今天下班早，一下班就回来陪你哈。"徐岚一直担心女儿。

"妈，我真没事，你快去吧，有 Lucky 陪我呢。"许念道。

作为警察的女儿，她没那么脆弱。

徐岚看她精神饱满，这才放心地出了门。

许念乖乖去吃了早饭，感受着被食物填满的感觉。她的爸爸妈妈，还有她的江逾，真的都很爱很爱她。

而昨天，就像是一场梦，一场噩梦。

虽然让人心惊肉跳,但她心里的另一处缺口,好像忽然被填满了。她不再没有安全感,不再杞人忧天。

江逾有自己的家人,有自己的工作,但她也会一直在他心里最重要的地方。他有时会很忙,有时也有点不爱表达,但她知道,他会一直担任她的骑士,在危急时刻站出来保护她。

见阳台上晾着江逾的外套,许念猜测他今天穿了她爸爸的衣服上班。

许念心里笑了一下,只恨自己起得太晚,没有见到江逾穿中老年装的样子。

她给江逾发消息,问他今天下午有没有空,让他过来拿衣服,这样她就能看到了。

江逾回了她:【好。】

许念吃完饭,将碗筷洗好,打扫了一下房间,把脏污擦抹干净,很解压。今天外面的阳光很好,许念带着 Lucky 去公园里走了一圈。

走到湖边的时候,她又遇到了那只叫妞妞的小柴犬。

她以为又要遇到何明远,想着去打个招呼,但抬眼看去,是一名中年女子。

许念认出她来,礼貌道:"阿姨。"

"是许念啊?回家啦?"张丽君看到许念后,很热情地走过来。

许念点点头:"嗯嗯,今天您带妞妞出来吗?"

"对啊,最近明远太忙了,都没空照顾它,就先让我管,反正我也是在家闲着。"

她说着,又反应过来,问:"你知道它叫妞妞啊?"

许念道:"上次也是在这里,我遇到明远哥来着。"

张丽君笑着叹道:"还以为你俩有缘,以后能多相处相处呢,结果啊,被别的小伙子抢了先。"

许念惊讶:"我妈已经和您讲了吗?"

"是啊,我其实还挺遗憾的,这么好的姑娘,要是当我儿媳妇多好啊。"张丽君开着玩笑。

许念心里生出感激,原来她妈妈早帮她说了。

"那阿姨,您能不能帮我跟明远哥说声抱歉。"

张丽君笑道:"嗐,没事的,这有啥可抱歉的,这就是没有缘分。"

"多谢阿姨了。"许念道。

张丽君又问了她一些最近的情况,两人聊了一会儿,张丽君就带着妞妞回家了。

许念难得地窝在家里清闲无事,她看了会儿书,余盛师兄给她转发过来了宣传片的成品,让她发朋友圈宣传一下。

许念看了一遍成品,拍得很好看,后期剪辑得也好。她在屏幕上轻点,将视频推送的链接发到了朋友圈。

晚上,许继文一到家,徐岚和许念都担心地问案件情况。

"没事了,念念。"许继文慢声地说,"之前这个精神病人只是跟踪女性,并没有做出伤人行为,这次不一样,加上家属看管不到位,所以这回他会被强制送去精神病院管制起来。"

许念松了口气,徐岚也狠狠放松下来。

"对了,妈,一会儿江逾下班来家里拿衣服。"许念道。

"小江来啊?那我把他的衣服先收起来,熨一下。老公,你去把挂烫机拿出来。"徐岚说着,去了阳台收衣服。

快晚上八点钟的时候,江逾才下班。他穿的是许继文的白衬衫,裤子有点肥,但被他穿出一种慵懒的感觉。许念忽然很想把江逾带去商场,给他试各种风格的衣服。

徐岚特意给江逾留了饭菜,让他吃完之后再离开。

见她盛情难却,江逾便留下来吃了饭。

徐岚帮他端来饭菜,坐下来,欲言又止。

"阿姨,您有话要对我说吗?"江逾问。

徐岚点点头,低声说道:"小江,其实阿姨本来还有些担心,你并没有那么喜欢念念,但是昨天你拼了命救我家念念,我也看到了你的真心。你俩在一起,我也很欣慰,但是陆家那边……"

江逾认真地回答:"阿姨,让您有这样的顾虑,是我的不周。"

"不过,阿姨您不用担心,我一定不会和陆双凝结婚的,以后也不会再有联姻的事情。"他信誓旦旦地保证。

徐岚知道这个孩子靠谱,听他这样说,放心下来,也为自己的女儿感到高兴。

吃过饭,许念把江逾洗好的裤子还有外套拿过来,送他出门的时候,发现江逾的一只鞋子不见了,怎么找都找不到。

"妈，你有看到江逾的鞋吗？"许念求助。

徐岚表示没有。

她和许继文都走过来帮忙找，愣是没有发现江逾的鞋子。

鞋子不可能自己跑出家里，这样不翼而飞，真的是很怪的事。

许念有些抱歉地对江逾说："要不，你今晚先住下，我们慢慢找？"

江逾思考了一瞬，然后答应："好。"

所以今晚，江逾还是住在家里。

但他的鞋子确实不在玄关，明天早上，他还要穿鞋的。

晚上睡觉前，许念又找了半天，疲惫地明知故问了一句："江逾，你们上班，允许穿拖鞋吗？"

看着她失望的表情，江逾笑道："别找了，明天我不会穿拖鞋的。"

他的表情很神秘，许念顿悟："你知道在哪儿？"

江逾没答。

许念追问："你是不是想住在这里，所以故意把鞋藏起来了？"

徐岚和许继文睡得早，屋子里一片安静，只有他们两个人。

江逾上前一步，把许念抵到角落里，声音里带了点蛮横耍赖的意思："想见你，不想走。"

两人四目相对，许念脸颊开始泛红，她推了下江逾，问："你把鞋藏在哪儿了？"

"不是我藏的。"江逾道。

许念这次才不信他。

江逾将头偏向一侧，许念顺着看去，见到的是Lucky的狗窝。

"啊？是Lucky叼走了？"她顿悟。

"那你早就发现了，但没说出来。"许念抓到了重点。

江逾理直气壮地勾了勾嘴角："那又怎样？"

面对他的公然耍赖，许念确实没办法，甚至还有一点点开心。

"江逾，这周末我想和你去逛商场。"许念声音缱绻，讲出的话柔柔的，"之前说要给你买衣服的，一直都没机会去。"

"好啊。"江逾很开心地答应。

"太好了，这样你就可以穿着我给你买的衣服去上班了。"

江逾道："不用等到周末，明天下午就可以。"

"你不上班？明天周二。"许念好奇。

"周三去乡下义诊,特意给我们半天时间准备一下。"

许念有些失落:"那要去多久?"

"四天。"

许念道:"还好不是很长时间,那这周六就能回来了吧,我等你啊。"

"嗯。"江逾应道。

"那晚安。"

许念说完回到房间,上床刚准备睡觉,门便被人打开。

她一惊,忙问道:"江逾?你怎么不敲门?"

江逾走过来说道:"今晚,请求留宿。"

"啊?"许念起身站起来,"不是已经留宿了吗?"

"我是说,"江逾垂了下眸,走过来,将许念打横抱起,放到床上,然后倾身覆过来,"我要留宿在这里。"

许念紧张地摇了摇头:"不行,容易被我爸妈发现。"

江逾皱了下眉:"这么小气?之前你不是也睡了我的床?还不止一次。"

他居然和她算起旧账来。许念无可反驳,只得跟他说:"那你明天早上,记得早点回你房间,悄悄溜回去,不要被发现。"

"知道了。"

江逾亲了下她的脸颊,然后在她身侧躺下来:"我就在你身边躺会儿,等你睡着,我就过去。"

"江逾,你累了吗?"她转头问。

"嗯,早点休息。"

"哦。"许念道。

江逾老老实实的什么都不干,她居然有点失望。

不过在家里,还是规矩一点比较好。

她想起一件事来,开口问道:"江逾,我今天发的朋友圈,你看到了吗?就是那个宣传片。"

"看到了。"

许念眨了下眼:"那你怎么没给我点赞呀?"

她觉得宣传片里的自己很好看,期待江逾看到,但是等了一天,江逾都没有给她点赞。

江逾道:"我没有点赞的习惯。"

· 284 ·

"啊？可是微博上，你都是第一个给我点赞的。"许念委屈巴巴，忽然想到，他难道是吃醋了？

"江逾，你是不是吃醋了？因为男主角不是你。"她直击要害。

"没有。"江逾否认，但表情已经出卖了他。

许念咧嘴笑了一下："你就是。"

"哎呀，这是学院的宣传片，人是辅导员选的，我转发也是为了宣传学院的形象。"许念解释着哄他。

"还吃醋？"

江逾还挺不好哄。许念佯装失望，长长地叹了口气。

转过身时，她感觉到江逾往她这边蹭了蹭。

"那你亲我一下。"江逾道。

许念把嘴巴凑过去，在他脸上"吧唧"亲了一口："可以了吗？"

江逾翻身过来，贴上她的嘴唇，许念感觉江逾的身子颤了一下。

他停住，望了她一会儿。

空气一阵寂静。

"怎么了？"许念问。

江逾放开她，重新盖好被子，咳了一声，喃声道："那个……今天还是早点休息吧。"

许念觉得他最近一直很累，后天还要去义诊，她有些担心他的身体吃不消。

江逾已经闭上眼开始睡觉。

许念的小手环住江逾的胳膊，轻声道了句："晚安。"然后老老实实睡觉。

周二下午，许念和江逾去到商场，挑了一件衬衣。

晚上许念还是回家住，收拾收拾东西，第二天就回学校去了。这几日她的论文一直没怎么动工，心里总焦虑，所以回学校赶赶进度。

翌日清早，许念起床，她看到江逾之前穿的衬衫扔在浴室，虽然破了，但徐岚没舍得扔，她觉得衣服这种东西，不穿了也不能扔掉，总会有其他用处。

许念之前都是偷偷拿到楼下的捐衣箱里，但这是江逾的衣服，她也有点舍不得，而且这是江逾保护她时穿的，她打算收藏起来。

衣服已经洗干净了，许念拿出来叠好，她留意到被划破的地方有一处红色没有被洗掉。

她仔细看了下，可以确定，那不是番茄酱，而是血迹。

许念的手控制不住地开始发抖。

只有一种可能——江逾骗了她，他被刀伤到了，却用番茄酱来掩饰。

整整两天了，她居然两天了都没发现，难怪他一直脸色不好，看起来那么疲惫。

江逾肯定是知道她对跟踪狂有了阴影，怕再吓到她，所以受了伤只自己受着不让她知道。

可她才没有那么懦弱，只是心疼得要命。

许念心里涌出一股冲动，看了一眼时间，应该还来得及。她疯狂地赶去医院，祈祷江逾还没有出发去义诊。

一路上，许念的心全然揪了起来。

她给江逾发了条消息询问：【出发了吗？】

江逾很快回她：【还没，快了。】

许念和他说：【我想去送你。】

她突然的决定，让江逾毫无准备，许念又补了一句：【我在路上了。】

江逾问：【到哪儿了？】

许念道：【芳华路，大概还有十五分钟。】

江逾：【好，我等你，别着急，应该来得及。】

许念握紧了手机，让司机师傅快点开。

到了医院，许念下车小跑过去。医院门口停了两辆大巴，有医生陆续上车。

许念走近的时候，在大巴旁边见到了正在等她的江逾。她抑制着内心的冲动，飞奔过去。

江逾张开双臂迎接她，许念一头扎进他的怀里。

"江逾。"她喊他的名字，心里说不出是什么情绪，明明疼的人是江逾，她却很委屈，很想哭。

"四天后，我就回来了。"江逾以为她是分别前舍不得，柔声安慰着。

"四天也挺长的。"

"一晃就过去了。"

许念沉默了一会儿，指尖轻轻抚过江逾的小腹处被刀刺伤的位置。

· 286 ·

江逾没想到她会有这样的举动。

他下意识将身体往后退了稍许，顿了片刻，开口："念念。"

"干吗瞒着我……"许念小声嘀咕一句。

"你知道了。"江逾叹了一声。

"就是一个小口子，看你那天晚上吓坏了，怕你再担心我，就没有说。"

许念道："你这样，我不仅担心，还很愧疚。"

江逾笑了一下："愧疚什么，这是我的徽章。"

"可是我不想有这个徽章，只想你安全。"

"我这不是很安全吗？"

"也是。"许念点点头，"那就祈祷，再也不要有下次了。"

"不会有的。"江逾道。

许念抬头看向他："我想看看伤口，你带着伤，能去义诊吗？"

"青天白日的，要掀我的衣服？"江逾开着玩笑，"这里这么多人呢，好多我的同事，怪不好意思的。"

江逾说着，张了张双臂活动一下："你看我这不是好好的，真的只是一个小口子，而且当天在你家的时候，我就处理好了。是许叔给我找的药箱，你不信，可以回家问他，他看见过。"

"我爸也知道。"许念皱了下眉头，想想也应该。她爸爸要调查案件，早晚都会知道江逾受了伤。那个精神病患者这次能被强制送去医院看管起来，应该也和伤到了人有关系吧。

她居然没有想到这层来。

"江逾，马上发车了哈。"有医院的同事喊了一声。

"这就来。"江逾应道。

同事识趣地上车去了，没再催促。

"我要走了，你回去的路上，注意安全。"

江逾垂眸，认真地嘱咐许念。

"嗯，你快上车吧。"许念也不想耽误他，轻轻推他，让他上车去。

江逾上了大巴，他坐在靠窗的位置，打开窗户，朝许念挥了挥手。

许念在他温和的注视下目送大巴离开，分别没让她感到焦虑，甚至还让她莫名自信起来，以后不管发生什么，她都会相信他，支持他，爱他。

就像现在一样，尽管不能见面，但她会安然地等江逾回来的。

接下来的几天，许念回了学校写论文。每天都有新收获，每过一天都离见到江逾又近了一天。

或许这就是短暂离别的意义，从离开的那一刻起，时间就开始往相见的方向进行。

四天的时间一晃而过。

江逾回来的那日，许念又去了医院接他，算是有始有终。

"老江，可以啊，有老婆的人就是不一样，接送这么到位。"贺正在江逾边上连连感叹。

江逾努力做出风轻云淡的样子，抑制着心里翻涌的情绪，给贺正加油打气："你也抓紧。"

"我也想啊，这不在努力吗？如果有合适的，记得给你兄弟我介绍。"贺正叹气道，"我就奇怪了，虽然论相貌我是比不上你，但也算人群的中上等吧，而且我性格还比你好，怎么你就比我先脱单呢。"

他说着，拍了拍江逾的肩膀："其实我刚认识你那会儿，还以为你就是个学习机器，每天就知道搞研究的人，居然还能这么快找到对象。"

江逾垂了垂眸："可能因为，我们是天生一对吧。"

贺正嘴巴大张，还从未见过某人这么淡定地说出这般厚颜无耻的话。

他"啧啧"两声，懒得听江逾不动声色的炫耀："赶紧下车吧，看你那迫不及待的样子，目光都黏在老婆身上了。"

"走了。"江逾没否认，带好包，迅速下车。

许念小小的一只，站在不远处等他。她整个人几乎要黏在江逾身上，感受着熟悉的气息。

"好想你。"许念低低道，声音里的委屈让人心里瞬间一揪。

"我也想你。"江逾把她拥在怀里。

过了片刻，许念推开他："你同事们都下车了。"

"没关系，他们都认识你。"江逾道。

许念摇摇头，还是觉得不好意思。

"你还要去办公室吗，还是可以直接离开？"

江逾捏了下她的脸："去什么办公室？下班了。"

两人去了停车场，许念兴奋地坐上她的专属副驾座椅。

刚进家门，她便被江逾抵至墙角。小别胜新婚，两人相拥在一起，陷在充满粉色柔光的梦境之中。

不知过了多久，许念从幻境中走出来，她把脸往里面埋了埋，低声问："江逾，你什么时候学的这些？"

"就是床头那本。"江逾呼出的气息带着温热。

许念转过头去，恍惚中，确实看到了一本厚厚的书，她有些轻微近视，上面的字她看不清楚，只隐约看到上面有性和爱两个字，又像是百科全书。

许念的脸红了个透，在灯光下，显得整个人越发动人。

她想起之前江逾借书给她看，还都是她很喜欢的书，后知后觉地问："之前的书，你是不是也是故意买来要借给我看？"

江逾没回答，转而道："这本你也可以多看看。"

"不要。"许念浑身透着拒绝，目光却忍不住往那边轻瞥。

江逾垂眸，将她的神情尽收眼底，暗自笑了一下。

"刚刚怎么样？"

"什么怎么样？"许念装傻。

"就是感觉怎么样？"江逾说得不能再明确。

许念被迫回答："很好。"

江逾平静道："我下次会更好的。明天还有力气吗？"

"什么？"许念开始误会，莫不是明天还要？

"我是说白天。"江逾笑。

许念的样子呆萌好笑，江逾不逗她了，告诉她道："明天还有个重要的安排，需要回学校拍个宣传片，你有空吗？"

"拍什么宣传片？"许念一头雾水。

江逾道："学校的，你看看手机有没有消息，可能会有负责人联系你。"

许念目光扫了一圈，衣服扔了一地，她的包也被带了进来。

许念下床拿了包，掏出手机，看到联系人那里多了一个小红点，点开后，是一个昵称是slience的发来的加好友申请，验证消息那里是：【你好，我是校学生会的主席程墨。】

许念早就听说过程墨的大名，只是没怎么见过真人，现在被加好友，居然有些激动："是校学生会的主席程墨哎。"

"这么激动？"江逾眉头微皱，觉得她的反应过于激动。

"嗯嗯，他是活在传言里的风云人物。"

江逾语气酸酸的："你过于高看他了吧。"

"你们两人认识吗？"许念问。

"他是我篮球球友。"江逾道，"你大概不知道，对于他们来说，你才是那个活在传言里的风云人物。"

许念脸红，她这么有名的吗？

她通过了好友申请，很快程墨发来消息：【许念你好，我是程墨，学校现在在筹备拍摄校园宣传片，我们看到你们学院的宣传视频，觉得你很适合出镜，不知道你有没有时间参与校园宣传片的拍摄。】

许念看向江逾："所以，我是回答应吗？"

"明天有空吗？"江逾问。

许念点点头。

"答应不答应都看你的意思，对了，男主角是我。"江逾强调了最后一句话，许念太阳穴跳了两下。

这她会不答应吗？只是，怎么就这么巧找到了她和江逾来拍？还是在她和余盛拍完学院宣传片没多久之后。

"江逾，不会是你要求的吧？"许念想起江逾对她和余盛拍了视频这件事表示深切的嫉妒，说不定他真的会干出这种事。

江逾大方承认："是。"

许念虽猜到，但确认过后，还是惊讶了一瞬。

"至于吗？"她调皮问道。

"当然。"江逾看似漫不经心地回。

"你的男主角得是我。"

这周的最后一天，许念和江逾一起去到学校。

许念没想到她答应下来之后，这么快就进行拍摄。这次，她连台本都没有。

原本她还有些担心，但一想起江逾和她一样，莫名就心安了些。

等到了现场，程墨亲自指导，许念很快感受到了他的专业，他本身就是导演系的，在摄影上十分专业。

听过程墨的讲解，许念对自己要做什么迅速了然于心，但是，听着整个拍摄内容，许念总觉得，这一点都不像宣传片，倒像是专门为她和江逾拍摄的情侣大片。

"这真的是学校的宣传片吗？"许念弱弱问了一句。

程墨点点头:"是啊,等成品出来,是要发到官微上去的。"

许念吓了一跳,官微的流量,那可比学院的多了不止半点,压力一下就上来了。

程墨解释道:"不过你放心,刚刚我讲的是今天全程需要拍摄的,最终视频我会剪辑成两版,一版正式一点,发官方公众号,一版是你和江逾的私人视频。"

许念这下懂了,刚刚程墨给她讲的视频拍摄内容,大概有一部分是被江逾"胁迫"的。

专业的设备,专业的团队,许念感叹江逾的个人权力竟然能达到如此呼风唤雨的程度。

整个拍摄的效率很高,其中还有不少情侣互动,在这么多人面前,许念略微难为情,江逾却是全程处于兴奋与满足的状态。

拍摄很快结束,程墨说,成品大概三天内就能出来,许念对他说了声谢谢,然后几人告别。

午饭时间也到了,许念和江逾两人打算去梅园餐厅。

正是饭点,餐厅里人来人往,许念好不容易找到了一个两人位,正要招呼江逾,目光投过去,恰好看到江逾被一个端着饭菜的女生撞了一下。

"哎呀,对不起对不起,我不是故意的。"女生急忙道歉。

只是江逾的衬衫已经被撒上了汤汁,许念皱眉,那件衬衫是她买给他的。

"没关系。"江逾转身打算去找许念,又被女生拦住。

"等一下,同学,我把你的衣服都弄脏了,你就这样走,我心里过意不去。"女生想到一个办法,掏出手机来,"要不这样,我赔你衣服好了,你的微信是多少啊,我给你转账。"

江逾道:"不用。"

女生面色抱歉地跟着江逾:"不行不行,我还是转账给你吧,或者我跟你去换衣服,然后帮你把衣服拿去洗衣店洗一下,洗完再给你。我们加下微信?"

许念将女生的意图一眼看破,这种情形多了,她竟然也有点免疫了,心里毫无危机感。

她走到江逾边上,站定后拿出手机,从容地对女生说:"你好,我是他女朋友,这件衣服是我买的,你要是想赔偿的话,可以加我的微信。"

女生看了一眼许念，眼中浮出一抹复杂的神色，她拿着手机的手僵了片刻，然后犹豫地点了点头。

不过加微信的时候，能明显看出来，女生一脸的不情愿。

许念回到座位上的时候，收到了女生发来的一个红包，她没有领，女生也没有给她再发别的消息。

许念今天买到了她很喜欢吃的酸菜鱼，所以很快就忘记了刚刚的小插曲。

她吃着饭，没来由地开始伤春悲秋起来："时间过得好快，周末好短，你明天又要上班了。"

江逾不紧不慢道："你都说了，时间过得很快，所以下个周末也会很快来的。"

许念觉得有道理，她吃了口米饭，忽地抬头看向江逾，冒出一个想法来："江逾，明天我能不能也去找你，我中午去找你吃饭怎么样？"

"还能有这种好事情？"江逾受宠若惊，"从学校过来的话，会不会很累？"

"不累啊，你就是我的精神食粮，而且，我又不是天天都去。"许念嘴里塞满了米饭，腮帮子鼓鼓的跟只小仓鼠似的，嘴角还粘了一颗米粒，样子惹人发笑。

江逾帮她擦掉嘴角粘的米粒，笑道："倒是希望你天天都能来。"

"想得美，那真要累死我了。"许念撇嘴。

江逾道："偶尔也要做做美梦。"

周一，许念约了和导师汇报论文。快到放寒假的日子了，导师催他们比较紧，让他们早早写完论文过个好年。

许念的进度还算不错，她早早给导师汇报完，十点半左右，美美地去医院找江逾。到医院时还没到江逾下班的时间，许念便先找了个座位等他。她四下看了一圈，在不远处的取药窗口，居然看到了江逾，正要走过去，她见到江逾把手里的药交到一名中年男子手中。

是江逾的父亲江澜远。

许念停住脚，踌躇片刻，打算过去打个招呼。

这时一阵救护车的声音响起，医院门口陆续有全身是血的病人被送进来。

"医生——医生——"

整个医院大厅瞬间紧张起来。

江逾第一时间跑了过去:"让一下——"

人流迅速为担架让出一条路来。

拥挤中,江澜远没站稳,往后踉跄了几步,眼看就要摔倒,许念眼疾手快地跑过去将他扶住:"江伯父,没事吧!"

"没事,谢谢啊。"江澜远抬头见到扶他的人,瞳孔微微一震,"许念?"

"是我。"许念点点头,心里有点虚,垂着双手站在原处。她知道江伯父不太赞同她和江逾在一起,或许现在,他并不想看到她。

江澜远平日里比较严肃,许念在他面前一贯很拘谨,她努力想着话题,好让见面不太尴尬:"江伯父,您来医院是身体哪里不舒服吗?"

"哦,没事,来买点降压药。"江澜远道。

"哦,这样。"许念点点头。

"你来找江逾?"江澜远问。

许念心里一惊:"嗯,江伯父,我和江逾……"

"别说了。"江澜远打断了她。

许念心里重重一沉。

见她有些紧张,江澜远意识到是自己有些严肃了,他表情舒展开来:"谢谢你,许念。"

"谢我?"许念困惑。

江澜远温和地点点头。

"为什么?"许念问。

江澜远微微转头,往一个方向看去,许念随着他的目光看去寻找答案。

那个方向,江逾正在全神贯注地救治病人。阳光打在他的半边侧脸,他很专注,也很专业。

江澜远欣慰道:"我今天才看到,我儿子,他在发光。"

他望了一会儿,转身对许念说道:"许念,谢谢你当初鼓励他选择自己喜欢的道路,要不是你,我这般阻挠,他可能不会坚持下来。"

许念心里一时激动,开口问道:"那您同意我们在一起了吗?"

江澜远道:"你是个好姑娘,难怪江逾,还有淑云都那么喜欢你。"

"那丰明集团呢?"

"哪有那么多'那'啊？"江澜远一笑，"陆丰明是个商人，只要与我们合作有足够的利润可图，他何乐而不为呢？之前想要联姻的事情，确实是我糊涂，现在想明白了，也向你道个歉。"

许念被惊到，急忙摇头："不用，江伯父，您不用和我道歉的。"

江澜远看她惊慌的样子，觉得十分可爱。

"好了，我没事，我先走了。"

许念道："那我送您到门口。"

目送江澜远离开，许念心里犹如一块巨石落下。

一直担心的事情终于尘埃落定。这种突然造访的惊喜，让她意犹未尽，激动迟迟无法退去。

江逾忙了起来，肯定不能陪她吃饭了，她给江逾发了条短信之后，就自己乘公交车回了学校。

到了晚上，许念收到了程墨发过来的视频链接。

程墨：【成品出来了，看看怎么样。】

许念不可思议：【这么快？】

程墨笑：【你家老江心急，所以我赶出来了，还有一个情侣专享版，文件比较大，发你邮箱吧。】

许念颇为不好意思：【谢谢，实在是麻烦了。】

程墨：【客气，这个宣传片也可以发朋友圈哦。】

许念：【好。】

她把邮箱告诉了程墨，大概十分钟之后，收到了程墨发来的邮件。许念下载下来，果然能称作是情侣大片，里面基本上全是她和江逾的互动。

连现场拍摄时她没有注意到的一些江逾的小动作，都在视频里体现得一清二楚，程墨还特意配了文字。

许念红着脸看完了整个视频，心里又兴奋又激动。

她给江逾发了条消息，问道：【你有收到视频吗？】

江逾：【收到了。】

许念：【程墨效率好高啊，你是怎么做到让他这么快剪出来的？】

江逾：【反正是正当手段。】

江逾：【发朋友圈吗？】

许念：……还想着这事儿呢？

江逾：【要不要一起发？九点整发？】

许念在这头"扑哧"笑了一下，挺有仪式感。

她看着时间，在九点整的时候，按时将视频推送转发到了朋友圈。

几乎是刚刚返回到聊天页面，屏幕下面就出现了一个小红点。

她点进去。

江逾的评论：【爱你，老婆。】

估计，她必须要在江逾发的那条下面回"爱你，老公"。

许念不太喜欢在朋友圈秀恩爱，但现在秀了之后，收到很多人的点赞，心里又暗戳戳地激动。

点赞的人里面还有何明远，他还评论了一条：【男才女貌。】

许念回了他：【谢谢。】

江逾又发了消息过来：【今天没有共进午餐，明天要不要补上？】

许念回：【好啊，希望明天我不会再白跑一趟。】

许念：【不过，去找老公吃饭的路上心情很好，也不算白跑。】

许念：【如果明天还吃不了，就后天，再不行就大后天，反正一辈子都赖上你了。】

许念一连串发了好几条消息，情话也说得越发信手拈来。

江逾大概是去忙什么事了，过了一会儿，才回过来：【不许赖账，明天来了，和我拉钩。】

这几日，许念几乎一有空闲就会去找江逾吃饭，为了不打扰他工作，大多时候是晚饭。

放了寒假后，从家里到医院更近些，她去的频率也多了。周末，江逾也偶尔会来许念家里一块儿吃饭。

这事被周淑云知道了之后，她便坐不住了，打来电话说邀请许念一家过去吃饭。只是一直到过年，时间都没能错开，两家便只好约在年后找个时间见面谈谈。

一晃，新的一年到来。

往年春节，许念基本都是在家里，和家人一块儿看春晚。

说是一起看，徐岚和许继文一般到晚上九点多就挺不住了，徐岚回屋直接睡觉，许继文口中说着不睡觉，但没过多久就在沙发上靠着睡着了。

今年的春晚很无聊，许念看到一半，失去了兴趣，在沙发上百无聊赖地给江逾发消息。

许念:【还在值班吗？我在看春晚，有点无聊。】

江逾回她:【无聊还看？】

许念:【这就是一种仪式感。】

她放下了手机，看了一眼电视上正进行得火热的歌唱节目，过了一会儿，又收到江逾发来的消息。

江逾:【要不要换一种仪式感？】

江逾:【三十分钟后，我去楼下接你。】

突如其来的惊喜，许念看了，立刻去换衣服准备。她给爸妈留了个字条，免得他们突然醒了找不到她，然后出门下了楼。

江逾的车已经停好等她。许念飞快跑过去，在车窗外招招手，然后美美地坐上自己的专属座椅。

"要带我去哪里？"许念问。虽然之前他们经常见面，但除夕夜和江逾一起过，许念还是觉得兴奋不已。

"去一家还不错的店。"

江逾缓缓开着车。

许念好奇，大年三十的晚上，好多地方都歇业了，开着的店很少，也不知道他们要去什么好地方。

"把拉锁拉上，一会儿下车冷。"下车前，江逾提醒她。

停车的地方是一条小街，只有一家奶茶店挂着营业的牌子。这家奶茶店是二十四小时营业，春节也不打烊，而且装修得很好看，二楼还有个露台，平时座位都是满的，但今天春节，只有许念和江逾两个人来，可以肆意享受露台最好的位置。

许念点了一杯草莓牛奶，然后坐到露台的座位上。

吹来的风里带了些细碎的雪粒，不知是什么时候开始下起小雪的，有冰凉的雪粒在脸上融化成水，还好许念系了围脖，还穿了厚厚的羽绒服，整个人鼓鼓的，一点都不觉得冷。

远处的天空是漆黑的墨色，没有星星，整条长街被装饰得很喜庆，一排红灯笼亮着，还有滚动闪烁的霓虹灯。

等过一会儿到零点时分，还会有烟花，而这里是赏烟花的最佳视角。

江逾把买来的草莓牛奶递给她，说道："拿着它，手会暖和些。"

许念接过来，喝了口草莓味的热牛奶，暖暖的，带着适宜的甜味，从舌尖一点点蔓延，全身都暖和起来。

清甜的气息仿若将她包裹，许念分不清是草莓牛奶的味道，还是江逾的味道。江逾很像草莓味的蛋糕、糖果、奶茶，渗透在生活中的方方面面，是百吃不厌的经典味道。

许念想起那句话——众生皆苦，你是草莓味。

她脑子里忽然就想起他们两人第一次到游乐场的情景。

许念很喜欢那里的烟花，绽放在梦幻城堡的顶空，宛若置身童话世界，美不胜收。

当时的她因为看烟花，甚至都忘记了脚痛。那时候，他们两个人的关系还有些尴尬，现在想想，却是十分微妙又珍贵的感觉。

伴着新年钟声的响起，一道尖锐的声音响起，在她背后的天空绽放出绚丽的颜色。

"许念，看那边。"江逾轻声道。

他将许念拥入怀中，顺手帮她将发丝捋到耳后，然后在她耳边轻声道："有烟花。"

—正文完—

·番外一·
婚礼进行时

6月18日,许念正式研究生毕业。

这天天气很好,湛蓝的天空飘着朵朵白云,像是甜甜的棉花糖。上午的毕业典礼过后,许念和宋艾蓝、陶玥约好了在校园里面拍毕业照。

姐妹合影过后,便是情侣大片,所以拍照的后半程,赵岑和赖景和都过来一起拍了。宋艾蓝看着许念孤零零的一个人,搭着她的肩膀哀叹:"念念,你家江医生到底来不来呀?"

"他说有空就过来。"许念说完看了看四周,还没出现江逾的身影。

"那他有没有空呀?要不要打电话问问啊?一会儿光线就不好了。"宋艾蓝比她还急。

"刚刚我发微信问过了,他还没有回,应该是没看手机。"许念道。

"那你要一直等他吗?"宋艾蓝问。

"他昨天说,如果到下午六点还过不来的话,就不用等他了。"

"这都五点二十分了。"宋艾蓝拧了下眉,"他不是还给你准备了求婚戒指吗?今天要是不来,那礼物怎么办啊?"

"他不一定送吧,这是我自己猜的,我就瞥到他手机里有个钻戒的图片。"

宋艾蓝道:"好吧。"

许念笑了笑,从宋艾蓝手里拿过相机:"没事,我先给你们拍。"

宋艾蓝去将赖景和拽过来,让许念帮忙拍了几张后,又和陶玥、赵岑一起合影。

许念认真地帮他们找好背景和角度,宋艾蓝拍照的时候摆出各种搞笑的姿势,她这个临时摄影师都开了眼了。

"念念,你帮我们排一下队形哦。"宋艾蓝挽着赖景和喊道。

许念点点头,做了个"OK"的手势,她从镜头里看了一眼,略微调整了下布局。

"赖景和往左边一点,陶玥和赵岑都往左边一点,然后你们两个挨得再近一些。好啦,就这样。"

"我呢?"宋艾蓝道。

许念道:"位置挺好的,动作收敛点就好了。"

宋艾蓝:"啧……"

"大家笑一下哦,三,二,一。"

"咔嚓"一声,许念按下快门。

"多来几张哈。"许念正认真地看着镜头,忽然身后有人喊了她一声。

"许念!"

她的大脑还没有反应过来声线的主人是谁,身体就已经转了过去。离她几步远的树下,江逾拿了个拍立得,在她回过头来的时候按下了快门。

"江逾!"许念立刻放下相机,迅速跑过去,扑到江逾怀里,"还以为你来不了了呢。"

"这么重要的日子,我怎么可能不来?"江逾摸了摸她的脑袋,同时,拍立得里的照片洗了出来,"给,拿手捂着。"

许念把照片接过来,只有一张白色的相纸,上面还没有成像。

"哪里来的拍立得啊?"她问道。

"买的,送你的毕业礼物。"

"我的毕业礼物?"许念心里稍有些落差。原来毕业礼物是拍立得,不是钻戒啊。

"我的毕业礼物,你怎么先用上了?"她笑着把拍立得从江逾手中夺了过来,学着江逾的做法,将镜头对准江逾,近距离地拍他的正脸。

放下相机的时候,许念整个人怔住。

江逾不知什么时候单膝跪地,手里一个闪闪发光的戒指递到许念面前。

"毕业快乐。

"许念,我想向你求婚,可以嫁给我吗?"

许念完全没有想到江逾还有另一个礼物,她一时被幸福冲昏了头脑,呆在原地都忘记了回答。

"愣着干吗呢,念念,还不答应啊!"宋艾蓝跑过来在她身边提醒,顺便拿走了她手里的拍立得,在一旁摆好,准备记录珍贵瞬间。

许念这才回过神来,她脸颊红了起来,缓缓把手伸了过去。

"我答应。"

宋艾蓝和陶玥在旁边发出一声尖叫。

草地上还有不少同学在拍照,见到这种情景,目光都汇聚了过来,纷纷羡慕至极。

"天啊,第一次见到这么帅的男生。"

"那是江逾啊,你不认识吗?医学院的大神,那是他女朋友,叫许念!"

"想起来了!这两人的颜值绝了啊。"

许念本来还有点拘谨,但江逾给她缓缓戴上戒指的时候,紧张感全然消失,只剩下快要从心里洋溢出来的幸福。

"恭喜啊!太好了!等着喝你们的喜酒哦!"宋艾蓝欢快地走过来,将手里的拍立得还有一张照片还给许念。

照片里,绿油油的草地上,江逾正将戒指戴在许念手上,两人脸上都洋溢着发自内心的笑容。

许念将照片收起来放好,同时也是把她和江逾的感情放在心底最重要的位置。

一个月后,许念和江逾举办了婚礼。宋艾蓝和陶玥都过来给她当了伴娘。

上学时,三人在宿舍夜聊的时候,讨论她们三个人谁会先结婚,她们一致认同,是陶玥先结婚,宋艾蓝第二,许念最后一个。

没想到许念是第一个。

这天一大早,宋艾蓝和陶玥便到许念家来,帮许念梳妆打扮。

看着镜子里的许念,宋艾蓝狠狠感叹:"真好看啊!"

许念手里捧着花,发愁道:"我这个捧花只有一束,你俩怎么分啊?"

本以为两人会争一下呢,没想到宋艾蓝非常大方地说道:"让给玥玥好啦。"

"什么情况?"许念和陶玥异口同声。

宋艾蓝笑呵呵地承认:"我和赖景和已经领证啦。"

"什么时候的事啊?"许念惊诧。

"就是上周啦。"宋艾蓝不好意思地说道,"你俩一个忙着工作,一个忙着筹备婚礼,都没空搭理我,我就没说了。"

"真好。那我下一个就是你啦。玥玥,抓紧哦。"许念朝陶玥做了个Fighting的手势。

"好吧,好吧。"陶玥羡慕道。

"这个点,江逾应该快到了吧。"宋艾蓝是个急性子,很不喜欢等待。

"应该快来了。"许念开始有些紧张。

"念念!不好了!"宋艾蓝忽然惊呼一声。她音量突然提高,把许念和陶玥都吓了一跳。

"怎么了?大惊小怪的!"陶玥捶了她一下,嫌弃道。

"你看看这个,陆双凝发的朋友圈。"宋艾蓝将手机递给许念。

许念见到陆双凝发了一张戴着墨镜的自拍照,她坐在车里,并配了文字:【准备去抢婚。】

底下有一堆看热闹不嫌事大的人,都说要等直播。

宋艾蓝气愤道:"幸亏我当时没删她好友,不然咱没个准备,这么大的事儿让她毁了可就不好了!"

"那咱要怎么准备啊?"陶玥担心道。

宋艾蓝被这个问题问住了,转而求助许念:"怎么办,念念,她不会真来破坏你和江逾的婚礼吧?"

"没事,该什么流程就什么流程吧。"许念倒是淡定,因为陆双凝在她这里根本构不成什么威胁。都什么年代了,哪里还有抢婚的。

"你确定?"宋艾蓝道。

"要不然还能怎么样?"许念笑着,一副无所谓的样子。

"也是。"宋艾蓝做出一副气势汹汹的样子,"别害怕,就算陆双凝真来抢婚,我也会保护你的!"

她们在屋子里等了一会儿,便听到外面有人道:"来了,来了!"

宋艾蓝眼前一亮:"肯定是江逾来了!"

许念整个心提起,忍不住伸着脖子往门口看去。

江逾一身黑色西装,手里捧着花束走进门时,许念微微有几分恍惚。

那个瞬间,她这辈子大概都忘不了。她认定了,他就是那个来接她的王子。以后的日子,他们会互相依靠,互相陪伴,互相鼓励,互相支持。

宋艾蓝和陶玥她们还在门口拦着他,虽然要走完这个程序,但是许念心里早就迫不及待了。

一番闹腾之后，江逾走到许念面前，他的目光深情又轻柔，缓声说道："我终于等到这一天了。"

他在许念的唇上轻轻亲了一下，然后将她抱起，一路到了车上。

车平稳地向前开着，许念望向窗外，路旁树影婆娑，景色很美。许念觉得一切都十分梦幻，幸福又不真实。

许念正出神间，忽然一个急刹车，她身子往前一倾，幸好被安全带拉住。

"怎么回事？"

"前面发生了点事故。"司机师傅停车张望了会儿。

许念看过去，只见前面的小岔路上躺了一个老大爷。

江逾立刻下了车，许念也急忙跟着下了车。

地上的大爷陷入了昏迷，江逾快步跑过去，立刻给大爷做了心肺复苏。

"我打120。"许念拿出手机拨了电话。

"那个，我已经打了。"声音很耳熟。

许念抬头看到一张熟悉的面孔："陆双凝？"

她都忘了，还有陆双凝这个事儿。

还没问什么，陆双凝便心虚地先解释道："这人可不是我撞的！我根本就没有碰到他。"

"你没撞到他，他怎么晕倒了？"许念问。

"是他自己吓晕了。"陆双凝灰心丧气。她今天特意来这条路等，想着堵住江逾和许念的婚车，但这边不能停车，她就在支路徘徊，不想在路口开得有点快，差点撞到一个出来买菜的大爷。

"许念姐，我错了，我不该来破坏你和江逾哥哥的婚礼，肯定是上天在惩罚我。"陆双凝忽然开始哭起来，她从来没经历过这种事，人命关天，她一时慌了神，有种天塌了的感觉。

"怎么办啊，许念姐？我不会被抓去坐牢吧，我真没碰到他。"她边哭边拉住了许念的手，乞求对方的帮忙。

人还没醒，江逾一直在努力施救，许念指了指路边的摄像头："撞没撞到，那里都录下来了，警察会公平判定的。"

陆双凝咬着嘴唇："可是，毕竟是我吓到他了，我是不是也有责任啊。许念姐，我害怕。"

"只要这位大爷没事，一切都好说。"许念道。

陆双凝目光看过去，一直在心里祈祷。直到昏迷的老大爷醒过来，她才止了哭声。救护车和警察也来了，还好江逾赶过来及时救助，大爷没有了生命危险。不过许念和江逾都要跟着去警局做个笔录。

"方叔叔，今天我和江逾结婚。"许念为难道。

过来的警察叫方天成，许念认识的，和她爸是同事。

方天成看着许念和江逾两人一个婚纱一个西装，也颇为无奈地叹口气："这大喜的日子，还赶上了这种事儿，真不容易哈。"

"放心吧，不会很久。"他还是得坚持走工作流程。

"好吧。"许念知道，她得配合。

方天成道："那边不能停车，你们的婚车早就走了，就算让你们现在离开，你俩打算打车去？等笔录录完，我找人送你们回去。"

"那就多谢方叔叔了。"许念只得答应。

路上，陆双凝蔫蔫地道歉："对不起啊，许念姐，还有江逾哥哥。只要我这次能成功脱身，我一定好好做人，不再破坏你们的感情。"她举手发誓。

"你不会坐牢的。"许念道。

"真的吗？太好了！"陆双凝激动得几乎要哭出来。

许念心累。她和江逾录完了笔录，方天成也履行承诺，派人送他们去了婚礼现场。

婚礼现场好多人都在等着，见来了一辆警车，还以为出了什么事。

"老公，咋回事？你们警局的车咋来了？来抓人的？"徐岚贴到许继文耳边低声问。

"怎么可能？"许继文虽然不知道具体经过，但还是比较肯定的。

许念和江逾从车上下来，送他们来的警官也下了车，向局长问了好，便开车回去继续坚守岗位了。

婚礼比原定的时间推迟了两个小时。虽然晚了，但因为有特殊情况，大家也不在乎什么吉时不吉时的，还是依照原来的流程进行。

许继文牵着许念的手，一步步走过红毯，把她交给江逾。

在布满鲜花的舞台上，他们互相说着："我愿意。"

许念的手被江逾紧紧握着，四周是五颜六色的花与灯光。

有惊无险之后，许念心里百感交集，她觉得这个婚礼还挺特别的，迟来的婚礼，也很像她和江逾之间迟来的告白。

  他们两人都在努力朝着当初的约定奔赴，不管路途中间怎么样，只要最后他们互相走到对方的怀抱里，就是最好的结局。

·番外二·
Plan B

江逾经常双休日还在医院加班。

周末,许念一个人懒洋洋地在家,喜欢收拾东西,将一周的散乱整理得条理有序。

书房里有一个靠窗的长形书桌,她和江逾一人一边。

许念担心将重要文件误扔,所以一般不经常收拾江逾那边。不过这次江逾忘了关电脑,许念在电脑前坐下来,正要关机,她见到桌面上有一个文件夹,命名是"念宝贝的文件夹"。

她和江逾平时都会直接喊对方的名字,偶尔江逾会喊她念念,但还从来没有喊过宝贝这样肉麻的称呼,他还在宝贝前面加了一个念字。

许念自动脑补起来江逾喊她念宝贝的声音,浑身不自觉地麻了一下。她点开文件夹,里面有好多文件,都是她之前临时用江逾电脑时存的一些资料,很杂乱,许念让他及时删掉的,没想到江逾不仅没删,还整理到了一个文件夹里。

除了这些,还有一些照片,是高中时候的。里面好多她的一些侧影和背影,而且像素很低,模糊得只能看到一个轮廓。

照片明显是偷拍的。

重新看到她高中时的样子,许念竟然有些怀念高中时期,那时候她虽然胆小,不爱说话,但心里一直有一束光,支撑着她不断进步。

那种在黑夜里努力前行的样子,也很珍贵。

她忽然就很想回到过去再经历一次,要是能穿越回去,她肯定要大胆主动一些。

许念将电脑关机,然后去收拾别处,很快又有了新的收获——她在衣柜里找到了一个大盒子,肯定是被江逾故意藏在这里的。

快到情人节了,这八成是江逾送给她的礼物,早早买好了藏在这里。

上次她过生日，就在同一个地方找到了江逾送她的生日礼物，没想到江逾这么懒，这次连藏礼物的位置都不换一下。

许念打开，里面是一套护肤品，她差点惊呼出来，这个牌子老贵了！一套下来可以花掉她一个月的工资了。

她一直没舍得买，没想到江逾给她买了！

许念起了坏坏的心思，她将里面的护肤品拿了出来，放到自己梳妆台的抽屉里，然后将包装盒放回到盒子里，并按照原来的样子重新包装好，江逾肯定看不出来她已经动过了这个礼物。

弄好之后，许念继续收拾别的。她给阳台的多肉浇了水，书架上的盲盒小摆饰也排成了一整排，许念一一擦拭干净。

到了傍晚，她会提前备好菜，等江逾回来后做饭。

她曾尝试做过一次，但江逾对口味要求挺高，她满足不了，所以做饭的事，一直是江逾来。

收拾好之后，许念窝在沙发上或看书或追剧。

又是闲适又美好的一天。

情人节正好是在周末，江逾也不用去上班。早上，他早早做好了早饭，许念在床上赖床，忽然闻到了烤肠的香气。

她最喜欢的黑椒烤肠。

本来想再多睡一会儿，但是这个味道，让她的胃提前醒了。

"江逾，你怎么还把烤肠拿到屋子里来了。"她刚醒过来，声音还是小奶音。

"起床啦，忘了今天是什么日子了？"江逾将盘子放在床头柜，拉着许念的胳膊将她拽了起来。

"啊……"许念张开嘴巴。

江逾很懂地将烤肠递过去，许念咬了一口，鲜美的汁水在嘴里蔓延。

清早起来的第一份幸福。

"我记得，今天是情人节啊，这种美好的节日，当然要多睡一会儿。"她咬了一口烤肠后，还要躺下去睡，身子被江逾拉住。

"好啦，别睡了。给你个东西，你肯定立刻清醒。"江逾转身要去拿什么。

许念看他走去衣柜的方向，心里就知道他要去拿什么了。

她抑制住想笑的冲动,做出一副期待又好奇的模样,努力不让自己露馅。

"什么东西呀?"她故作疑惑。

江逾从衣柜里将他一早就准备好的礼物拿出来,抱着大盒子走到许念面前。

"情人节礼物。"

许念接过来:"我能打开看看吗?"

"当然。"江逾对他的礼物十分自信。

许念缓缓将盒子打开,里面有一个笔记本。

"哇哦,这个本子好漂亮啊。"她继续演戏。

江逾的表情凝固住,他将盒子拿过来,左看看右看看,里面除了一个本子,什么都没有。

"不对啊,不是这个。"他去看了衣柜里面,仍然没有。

江逾怀疑家里进过贼:"念念,你有发现家里丢了什么东西吗?"

"没有啊。"许念无辜地摇摇头,"怎么了?"

"我要送给你的礼物不是这个本子,是其他的。"江逾解释道。

许念装作听不懂他的话:"其他的什么呀,还有其他的盒子吗?"

江逾摇摇头:"我就放在了这个盒子里面,但是没有了。

"你别生气,我说的是真的。"

他又找了好几遍,依旧无果,百思不得其解的时候,见到许念慢腾腾地坐到了梳妆台前,拿出了一套新的化妆品。

"就是这个!"江逾走过去,惊讶地皱起眉头。

"我知道啊,是这个,而且我早就知道啦。"许念笑嘻嘻地坦白。

"早就知道了?"

"嗯,之前我在家里收拾东西的时候发现的,江逾,你也太懒了,上次你藏的礼物就被我发现了,怎么这次还藏在这里啊?"

江逾有些窘迫道:"我以为最危险的地方就是最安全的地方呢。没想到还是被你看到了。下次我藏在屋顶好了。"

"没想到又被你提前发现了,没了惊喜感。"江逾有些遗憾。

许念道:"没有啊,我发现的时候很惊喜的。"

"可是我没看见。"江逾居然还有些委屈了。

"我还有个礼物。"他道。

"还有？你还有 plan B 吗？"许念没想到。

江逾去了衣帽间，翻找了一会儿后，不知从哪里又抱出来一个盒子。这次，他自己提前打开先检查了一遍，确认无误后，才交给了许念。

"打开吧。"

许念还真没发现过这个盒子，她打开来，里面的东西让她大为震撼，居然是两套高中校服。

"干吗？"她不解。

"我们回一趟学校吧，穿着校服，谈一场校园恋爱。"

许念笑笑："那不是'早恋'吗？不提倡哦。"

"又不是真的，是假装回到高中，去吗？"江逾问。

"好呀。"许念开心地点头，她也很想回高中看看。

吃过饭，才刚刚早上七点钟，两人穿着校服出发。

江逾将刘海放了下来，校服一穿，全然一副高中生的样子。他的样貌真的一点都没变，这么多年过去，依然少年感十足。

许念也换上了校服，梳了马尾辫，恍惚间，好像真的回到了高中时期。

只是，这种恍惚等到两人上了车，江逾熟练地发动车子后，就烟消云散了。

"高中生应该不会开车去上学吧。"许念打趣道。

江逾道："本来想骑车载你的，但是不安全，还有点晒。将就一下吧。"

许念点点头，在她的专属座椅上坐好，并系好安全带："好吧。"

其实一点都不将就，车里真的很舒服。

周六学校里只有高三学生还在补课。

早上七点半，大门敞开，有学生陆续进去。江逾把车停在附近，然后两人走下来，一路到门口附近，许念开始布置战略："江逾，我们分开进去吧，我进去后，在花坛前面等你。"

周末学校人少，她有点担心门卫大爷会认出他们不是学生来。

"嗯，大方进去就好。"江逾嘱咐道。

许念做了会儿心理建设，告诉自己她就是一名高中生，然后表面淡定实则心里狂跳不已地进了学校大门。

她成功混入，然后在花坛前焦急地等待江逾。

有两名男同学路过。

"谁啊,长得这么好看,以前怎么没发现?"

"去搭个话呗!"

许念急忙将身子转过去,往别处走了几步,等两个小孩走了之后,才回到原处。

"小屁孩。"她"啧啧"两声。

还好并没有发生什么意外,她和江逾成功在花坛前碰面,然后两人溜进了教学楼。

"咱去哪儿啊?"许念小声道。

"五楼。"江逾道。

五楼的教室全是空的,平时也不会关门。这层教室专门供考试的时候用,或者周日有数学特训班会在这里上课。

许念还记得,每次班主任说"上五楼"的时候,她和宋艾蓝都会哀怨地对视一眼,仿佛班主任说的是"上刑场"。

他们两人溜进五楼的一个教室,这个当初让人感到恐怖的地方,如今再来,也尽是怀念。

许念透过窗户,俯瞰着学校的全景。

篮球场、小路、榕树,还有食堂和宿舍楼,一点都没变,只是现在再看,却总有种不一样的感觉。

"江逾,那个篮球场,你是不是最熟悉了?"

江逾笑了一下,目光远眺过去:"是啊,当时打篮球成瘾,有一次考试前,我和赖景在自习课的时间去打篮球,还被班主任骂了一顿。"

"不过后来赖景和出国之后,你打篮球的次数也少了。"许念漫不经心地说着。

江逾忽然看她。

"怎么了?"许念没懂他的目光。

"这么关注我啊,连我打篮球的频率都记得这么清楚。"江逾有些得意。

许念扬了扬下巴,嘴硬得很:"我只是记性好,观察细致。"

"干吗呢?你俩哪个班的!"身后突然传来一道呵斥。

许念吓得一激灵,转身,看到门口有一名老师,正怒气冲冲地看着他们。

"不去上课,跑这里谈恋爱来了?"

许念本来还有些慌张,但看清了来人之后,几分激动涌了出来。

"周老师?"

面前的中年男子正是他们的高中班主任兼语文老师周开平。

"许念?江逾?怎么是你俩?你们怎么来学校了,还穿成这样?"周开平认出他们来,又惊又喜。

许念一时不知该如何回答。

江逾先开了口道:"周老师,这是我送许念的情人节礼物,不好意思,给您添麻烦了。"

"情人节礼物?"周开平反应过来,露出欣慰的笑容,"没想到,你们两人成了一对了。"

他颇为感叹:"你们这届学生是我当初印象最深刻的了,毕竟有三个人都考上了江北大学这样的名校。"

"周老师,您还教高三啊。"许念道,她注意到周开平的鬓角已经发白,脸上也有了些皱纹,但整个人看起来还是十分精神。

周老师说道:"对,不过今年应该是最后一年了,一直这么累,身体吃不消。"

"嗯嗯,您平日也要多注意身体。"

他们聊了一会儿,许念和江逾怕耽误学校上课,便打算离开。

"周老师,下次我们再来看您。"许念道。

"等下,许念,和我来一趟办公室,我有个东西给你。"他只喊了许念,江逾便没跟去,去到楼下等她。

许念跟着周开平到了办公室。周末的时候,只有高三年级的老师在,但这会儿都去上课了,周老师翻找了一会儿,找出一个本子来,递给许念。

"这个,你留着吧。"周开平道。

许念看本子已经有些泛黄,料想应该是个有年代感的本子,她猜测道:"这是我们当时用的本子吗?"

"是啊。"

"那您还留着啊?"许念惊讶。

周开平道:"当年我没收的江逾的本子,忘了还给他,一直放在抽屉最底下了。我也是前几天收拾东西才翻找出来的,太巧了,今天居然能遇到你们。"

"里面是什么啊,周老师?"许念好奇。

"出去再看,怕你不好意思。"

"好。"许念笑了笑,然后和周老师道了别。

她下楼的时候,就已经迫不及待地打开了。

周老师悄悄给了她江逾的本子,那她肯定要一个人先悄悄看。

打开后,里面的一页全是许念的名字,还画了好几个小红心。此外,那一页还贴了一张创可贴,像是手账本一样丰富多彩。

怎么还有个创可贴?

她看了眼日期,写的9月1日。

开学第一天?

许念有点想起来,当时她被宋艾蓝拉着去看赖景和打球,然后碰到了江逾。那天,她确实给了江逾一个创可贴,让他贴在手背的伤口上。

江逾居然贴在了这里。

不至于吧。江逾是从那个时候开始喜欢她的吗?

后面还有些内容。许念往后翻,看到了她的一张作业纸,上面抄了语文课文《阿房宫赋》,她自己不记得什么时候写的了。不过,这张纸被贴在了本子上面,旁边还有另一种字迹,像是在临摹她的字。

许念顿悟。江逾居然连她的字迹都要临摹,忽而想起了江逾帮她写检讨书的那件事,好像一切事情冥冥中自有注定。

她心里像是吃了蜜糖一般,将本子放在包里藏好,开心地到楼下找江逾。

"周老师和你说什么了?"江逾见到她,好奇地问。

许念摊摊手:"没什么啊,他就是赞美了我一下,然后问问我今后的打算之类的。"

江逾问道:"那怎么还避着我?"

许念看着他疑惑的表情,想起高中,他在下课时间依旧盯着一道数学题思考的样子,白色的衣领半开着,有风吹动他的刘海。

那个青涩的时代真好,但是现在更好。

"不知道。"许念笑笑,故作神秘。

回到车上,江逾系好安全带,许念趁他不备,在他右脸颊亲了一口。

"江逾,我想问你一个问题。"

"问吧。"江逾轻声道。

许念扬了扬嘴角,开口问之前,倾身凑到江逾的耳边,低声呢喃道:"江逾,你就这么喜欢我啊。"

—全文完—

·后记·

活了二十几年,说实话,我并没什么恋爱经验,倒是经历过暗恋,体验过爱而不得。我觉得单相思好苦,当时唯一的愿望就是能让我喜欢的人也喜欢我,再美好的爱情也不过如此。

所以,我写了一个暗恋与双向奔赴的故事。

这篇小说的灵感来得很简单。2022年上半年是我人生中少有的闲暇时光,那时我整日窝在家,做饭,写作,看书,照顾我的小狗,生活算得上安逸。

每天中午我都会带我的小狗去楼下转转,它一见要出门,就开心地摇尾巴。

有天我遛狗回来,在卧室休息,午后的阳光从窗子照进来,温暖不刺眼,我突然来了灵感,想写一个简单且美好的故事,就像我当时的生活那样。

许念和江逾都不算是主动的人,他们互相暗恋却不敢表达,因为太喜欢对方,所以顾虑太多。好在上天给了他们一个契机,一纸婚约将他们牢牢牵绊在一起,让无论走出多远的两个人最终一定会见面,他们从很早就开始默默关注对方,了解对方的性格、习惯、口味、家庭,他们就是天生一对,生来就要在一起。

回归现实,这种契机可能只是小概率事件。我相信缘分,但我更希望每个人都能够勇敢地去创造契机,就像小狗一样,有小狗精神,简单潇洒地活着,开心就去表达,不害怕结局,没有太多顾虑,在能爱的年纪不遗余力地去爱。

写书和恋爱一样,要坚持,要相信,更重要的是要去行动。

故事进入尾声时,我收到了出版邀请,很惊讶,更多的是感激。感谢我的编辑将许念和江逾的故事出版成书。

世事纷乱复杂，每个人心中都要有一束光，这束光带给我们勇气，让我们去相信世界是美好的。希望这本书能带给你们温暖与勇气。

　　最后，希望每个人都能勇敢地爱自己，勇敢地表达爱，勇敢地去生活，也愿青春不留遗憾，愿有情人终成眷属，愿念念不忘，必有回响。

唐灯里